中国海洋大学一流大学建设专项经费资助

故事形态学研究新进展

李扬 主编

中国社会科学出版社

图书在版编目(CIP)数据

故事形态学研究新进展/李扬主编．—北京：中国社会科学出版社，2019.9
ISBN 978-7-5203-5405-9

Ⅰ.①故… Ⅱ.①李… Ⅲ.①民间故事—文学研究—中国—文集 Ⅳ.①I207.73-53

中国版本图书馆 CIP 数据核字(2019)第 233127 号

出 版 人	赵剑英
责任编辑	安　芳
责任校对	张爱华
责任印制	李寡寡

出　　版	中国社会科学出版社
社　　址	北京鼓楼西大街甲 158 号
邮　　编	100720
网　　址	http://www.csspw.cn
发 行 部	010-84083685
门 市 部	010-84029450
经　　销	新华书店及其他书店
印刷装订	北京市十月印刷有限公司
版　　次	2019 年 9 月第 1 版
印　　次	2019 年 9 月第 1 次印刷
开　　本	710×1000　1/16
印　　张	24
插　　页	2
字　　数	392 千字
定　　价	108.00 元

凡购买中国社会科学出版社图书，如有质量问题请与本社营销中心联系调换
电话：010-84083683
版权所有　侵权必究

目 录

总论

内容与形式：再读汤普森和普罗普
　　——对吕微自我批评的一个阅读笔记 …………… 户晓辉（3）
《中国民间故事形态研究》的学术价值和学术史意义 ……… 吕　微（29）
民间文艺学经典研究范式的当代适用性思考
　　——以形态结构与文本观念研究为例 …………… 康　丽（42）
略论故事形态学理论研究的新进展 ……………………… 李　扬（57）
《故事形态学》的问题意识
　　——兼谈列维-斯特劳斯对普罗普的批评 …… 刘涵之　马　丹（70）
普罗普与李扬故事形态研究之比较 ……………………… 刘　莉（84）

故事分析

孟姜女故事的稳定性与自由度 …………………………… 施爱东（95）
中国天鹅处女型故事的形态学研究
　　——以基本功能、序列及其变化为中心 ………… 漆凌云（126）
中国古代民间故事龙角色研究 …………………………… 闫雨濛（144）
中国古代民间故事蛇角色分析 …………………………… 张楠楠（197）

其他文类分析

动画电影的叙事结构
　　——《灰姑娘》的形态学分析 …………………… 王杰文（243）
《西游记》取经故事的故事形态学研究 …………………… 葛静深（255）

以故事形态学谈幻想小说中双主人公的信任
　　——以《黑暗元素三部曲》为例 ················· 洪群翔(263)
电子游戏文本的故事形态分析
　　——以国产 RPG《仙剑奇侠传五前传》为例 ········ 张倩怡(328)
从语义标注文本中推定普罗普的功能项 ························
　　········ [美]马克·阿兰·芬雷森　著　张瑞娇　李　扬　译(349)

后记 ··· (379)

总　论

内容与形式：再读汤普森和普罗普
——对吕微自我批评的一个阅读笔记

户晓辉[*]

一 引子

这些年，由于和业内"老大"吕微先生在一个研究室共事，自然有诸多向他讨教和讨论的机会。每隔一段时间，他都会发来自己的新作，让我提意见和批评，这让我很自然地想到了电影《秋菊打官司》里村主任说的一句话："你一撇腿一个女子，一撇腿一个女子……"——我没有别的意思，只是想说"老大"的勤于读书和善于思考使他每每有新的想法，而多有启我愚钝之处，尽管有时让我应接不暇，但也足够让我慢慢消化的了（因为我正在补的"课"比较多，用一句时髦的话，大概可以称为"恶补"），可是，更值得我学习的是他这种不耻下问的态度和精神——因为在许多专业问题或哲学问题上，我自知自己的理解还远不如他那样繁复、到位和深刻，而他的谦虚比他的精益求精更能激发我向往纯粹学问的境界。前阶段他又发来了一篇长文《母题：他者的言说方式——〈神话何为〉的自我批评之一》（顺便说一下，"老大"一出手，文章就短不了）。我的第一反应是重新勾起并加重了我的惭愧，因为他的大著《神话何为》在刚出版之后，我就写过一篇书评，但由于当时的兴趣点不在他讨论的问题上，所以，我对他在书中提出的两个

---

[*] 户晓辉，中国社会科学院文学研究所研究员。

核心概念"功能性母题"和"类型化原型",只是提了一下,根本没有展开讨论。① 当然,这其中可能还因为我当时根本没有讨论它们的能力,所以,我记得拙文发表以后,只落得"老大"略带苦涩的一句轻描淡写式的话——"不错"(他当时好像确实说得很轻,几乎到了不能让我听清楚的程度),而我立刻就在心里浮出了愧疚的想法——这样的文章,虽然我主观上没有吹捧的动机,但客观上却写成了一篇蜻蜓点水的"吹捧式"书评,而这样的文章,有不如无。因为在今天的我看来,真正的学术书评,至少要对所评的书的方法论或主要问题展开充分的分析和讨论,而非点到为止。遗憾的是,自该书出版以来的 5 年里,真正讨论他的问题的人仍然极少,致使"老大"在发来的文章的第一稿中不得不感叹:"但谁耐心去发现你的良苦用心?"我好像感觉到"老大"在恨恨地说:"你们都不讨论是吧?那我自己来讨论!"这怎么能够不让我这个写过书评的人汗颜呢?不知道这是否就是"老大把我等远远甩在后面"(刘晓春语,大意)的一个表征?然而我等后生似乎又不是只落得望洋兴叹的份儿,因为古人早就告诫我们,与其临渊羡鱼,不如退而结网。

当然,客观地讲,并非每本书的问题和方法论都值得去认真评论或讨论。即使"老大"在暗地里恨得满地找牙,仅凭这一点,也不足以让大家都来关注和讨论他的问题。他的问题之所以值得我们讨论,是因为这些问题本身对我们的民俗学或民间文学学科来说,都是无法回避的问题,也是根本性的问题。当然,我现在觉得自己仍然不具备足够的能力和写作篇幅来讨论这两个概念。2006 年 11 月 6 日,在中央民族大学主办的"神话与民间信仰"学术研讨会上,我有幸被指派为吕微发言的评议人。他发言的内容正是此前已经发给我的那篇文章。由于当时给他发言以及给我评议的时间都非常短暂,我只是表示了对他的两个结论的"怀疑":第一,汤普森的"母题"是纯形式的而普罗普的"功能"则是有内容或者和内容相关的;第二,汤普森的"母题"可以成为通达他者的途径之一,而普罗普的"功能"则不能。当时,我的"怀疑"多半只是出于"感觉",

---

① 我当时指出:"本书不满足于近代西学东渐以来'鉴西看中'或'援西释中'的研究模式,在辨析前人提出的基本概念(如母题、功能、类型、原型等)的有效性和有限性的基础上,重新熔铸更加贴切和准确的分析范畴,并在具体的个案研究中验证其可行性。"参看拙评《民间文学的学科自觉与规范化追求——评吕微的〈神话何为〉》,载《民俗研究》2002 年第 1 期。

无法也不准备形成文字，而正在此时，吕微鼓励我把自己的想法写下来，一方面是避免时过境迁就淡忘了；另一方面也是对阶段性想法的一个整理和记录。于是，才有了这篇"野叟曝言"式的读书笔记。

吕微在《神话何为》以及在发来的文章中研究的动机之一，是想发现"经典的民间文学概念、方法在今天可以被我们重新'激活'（高丙中）而继续为我所用的意义和价值"。这是我极为赞成的。我承担的国家社科基金项目"中外民间文学关键词研究"，其目的之一也正在于此。而且，我也认为，要实现这样的目的，即对学科传统资源的再思考和重新开掘，单单是民间文学、民俗学甚至文学一个学科的知识储备显然不能从根本上解决问题。近年来，吕微一直致力于以哲学思辨的途径寻求对民间文学或民俗学研究的再度反思的突破口，我以为是找到了一个正确的方向。本人也想在此方向上做点愚者之思，无论是国内还是国外，民间文学或民俗学的绝大多数研究者都会认为这样的研究方向可能已经远远超出了学科自身设定的研究目标和范围。因而，这样的研究努力，无论其本身做得是好还是坏，是成功还是失败，最终落得的结局无非是：或者没人把你当回事，即英美国家里人们常说的"Nobody takes it seriously"，或者是有人把你当回事，但不能理解你究竟要干什么，结果都是像吕微这样落得一个悲凉的感叹——"但谁耐心去发现你的良苦用心？"2006年夏季，我在德国和那里的几位民俗学"大腕"的访谈，大概可以印证我的这个感觉。① 但无论如何，这些都是外在于学科和学术的东西。真正的问题是：学科发展到今天，尽管有许多人认为我们的学科根本就没有危机，因为现在的所谓非物质文化"运动"② 好像给我们的学科带来了前所未有的生机和契机，我们也自然可以不断地扩大学科边界，不停地变换研究对象。但是，在我看来，这些都不足以掩饰学科基本概念的混乱不清和基本地基的摇摆不定。在近几年的读书过程中，我发现自己的胆子越来越小了，本来就不擅说话的我愈发不会讲话了，也越来越不会也不敢写东西了。如果说原来还有建地面建筑的想法，那么，近年来我的想法是：这辈子如果能够为学科

---

① 户晓辉：《德国民俗学者访谈录》，载《民间文化论坛》2006年第5期。
② 2006年10月，在给报考我的研究生的一个学生面试时，文学所的党圣元教授把我不太关注也没有弄明白的非物质文化称为"运动"，让我暗自吃了一惊；后来在一次和刘晓春先生的通话时，他说他也是这么认为的。

的打地基工作添砖加瓦,就余愿足矣!所幸,吕微已经在前面引路了,我不敢说自己是他的同道,但有了他,我至少可以说"吾道不孤"了。

二 关于汤普森的"母题"概念

好了,还是言归正传。先说"美国民俗学之父"斯蒂·汤普森(Stith Thompson,1885—1976)。在《母题:他者的言说方式——〈神话何为〉的自我批评之一》中,吕微首先断言,汤普森的母题绝不是叙事的"最小单位",因为母题与内容切分毫无干系,而是属于纯粹形式的概念。这一结论无疑是十分新颖的,是他通过训练有素的哲学眼光"看到"和提炼出来的一个十分值得我们思考和重视的结论。如果说,美国宾夕法尼亚大学的丹·本—阿莫斯教授在《民俗学中的母题概念》① 这篇重要的文章中把汤普森的"母题"概念(当然不仅是他的,详见下文)总结为"重复律"是对这个概念的一次重要的认识提升,那么,我们同样可以说,吕微将母题概念归结为"纯粹形式的概念"又是对汤普森的"母题"概念和丹·本—阿莫斯的总结的再次升华。

但是,从我见到的汤普森对"母题"这个概念的论述和使用情况② 来看,他本人的界定和认识有含混不清的地方。这一点,吕微和我有共同的认识。例如,汤普森在为利奇编的《民俗、神话和传说标准词典》所写的"母题"词条里认为:"在民俗学中,这个术语通常指一条民俗能够被分解成的任何一个部分"(In folklore the term used to designate any one of the parts into which an item of folklore can be analyzed.)③;从这个定义中,我们可以看出,在汤普森看来,无论我们怎样划分,母题都是叙事或民俗

---

① Dan Ben-Amos, "The Concept of Motif in Folklore", in *Folklore Studies in the Twentieth Century: Proceedings of the Century Conference of the Folklore Society*, edited by Venetia J. Newall, D. S. Brewer. Rowman and Littlefield, 1978. 以下凡引此文,只注页码。

② 我手头上只有本文中引用的资料,可惜目前还没有见到汤普森1955年在赫尔辛基发表的《作为民俗学方法的叙述母题分析》("Narrative Motif-Analysis as a Folklore Method")一文,这篇文章谈到他修改《民间文学母题索引》一书的想法和体会,因而对我们的论题来说,极为重要。

③ 我将本文中重要的引文附上原文,是为了便于读者随时检查我的译文中是否有走样的地方,因为这些对我们理解概念的细微差别并非无关紧要。下同。

中包含着的东西。他指出，母题最适合研究民间叙事，如民间故事、传说、歌谣和神话，虽然母题可以指进入某个传统故事的任何一个成分，但并非任何一个成分都能够成为母题。也就是说，为了成为传统的一个真正组成部分，该成分还必须有某种让人记住和重复的东西。他举例说，一个普通的母亲不是一个母题，但一个残忍的母亲就能够成为一个母题，因为她至少被认为是不同寻常的。普通的生活过程也不是母题，说"约翰穿上衣服进城了"并不能给出一个独特的值得记住的母题；但如果说主人公戴着隐形帽，坐着魔毯来到太阳以东和月亮以西的地方，就至少包含了四个母题——帽子、魔毯、神奇的空中之旅和神奇之地。每个母题的存在都仰赖于历代故事讲述人从中满足了自己的需求。在世界范围内研究母题比研究故事类型更有用，因为故事类型常常被限制在更狭窄的地理范围内，并且常常要假定历史联系，而母题的比较研究并不做这样的假定。[1]这样的实例仍然可以显示出，母题在汤普森看来是本来已经蕴涵在叙事内容里的东西。

后来，汤普森在 6 卷本的《民间文学母题索引：民间故事、歌谣、神话、寓言、中世纪传奇、轶事、故事诗、笑话集和地方传说中的叙事成分的分类》一书（1955—1958 年）的"导言"中又明确指出，他常常是在非常松散的意义上使用"母题"这个概念的，而且母题是由"叙事结构中的任何成分构成的"（When the term *motif* is employed, it is always in a very loose sense, and is made to include any of the elements of narrative structure）。[2]汤普森之所以会这样把"母题"的定义放宽，大概是因为他深明一个概念的内涵越小，它的外延就越大的道理——因为他编母题索引的目的就是"把构成传统叙事文学的成分都编排在一个单一的逻辑分类之中"（The purpose of the present study, then, has been to arrange in a single logical classification the elements which make up traditional narrative literature. 第 11

---

[1] Maria Leach (ed.), *Funk and Wagnalls Standard Dictionary of Folklore, Mythology, and Legend*, Harper & Row, Publishers, 1949, p. 753.

[2] Stith Thompson, *Motif - Index of Folk Literature: A Classification of Narrative Elements in Folktales, Ballads, Myths, Fables, Mediaeval Romances, Exempla, Fabliaux, Jest - Books and Local Legends*, New Enlarged and Revised Edition, Bloomington: Indiana University Press, Vol. 1, 1955, p. 19. 以下凡引此文，只注页码。

页）他认为，安蒂·阿尔奈（1867—1925 年）的《童话类型索引》（*Verzeichnis der Märchentypen*，1910）取材范围仅限于欧洲，而出了欧洲就用处不大了。为了纠正这种偏失，汤普森排除了哲学和心理学的取舍标准，而采取了实用原则，"根据这种实用原则，我做了这个能够囊括各种母题的索引"（Acting upon this principle of practical usefulness, I have also made the index very inclusive of various kinds of motifs. 第 10—11 页）。汤普森自己把这个索引和分类比作一个大图书馆里的书籍：所有的历史著作，无论其性质以及好坏，也无论其作者是谁，写的是罗马史还是法国史，都被放在了一起。图书馆的编目员不关心这些著作的优劣，他也不会按照文学批评的原则来编排这些书籍。同样，汤普森认为他自己对叙事母题的有序排列也最好用简单易行的办法把涉及同一个主题的所有的东西放在一起（The orderly listing of narrative motifs is likewise best accomplished by the simple and usually easy method of placing together all which deal with the same subject. 第 10 页）。汤普森说："我希望本索引的主要用途将是对各种故事集和传说集里的母题进行编目。如果所有的故事、神话、歌谣和传说都按照同一个系统逐渐得到编目，那么，我们将取得重大的进步来促成人们有可能进行比现在更完整的比较研究。"（第 24 页）应该说，汤普森将前人研究和收集的各种资料以及各种叙事体裁都尽量纳入自己的母题分类的动机（他说："我的希望是本索引的母题名单有如此的广度，以至绝大多数条目将被发现已经进入其中并且有了编号"，见第 24 页）和做法，尽管在逻辑标准上有被指责的不一致之处，但他艰苦卓绝的工作本身永远值得我们后人的尊敬和感佩，而且这个索引也的确为国际民间文学或民俗学的比较研究提供了一个重要的工具书，可以为我们在全球范围内查找相同的民间叙事"母题"起到按图索骥的作用（这一点，后来的学者，如理查德·多尔森、邓迪斯、丹·本—阿莫斯、刘魁立、陈建宪等都曾给予了充分的肯定）。

在 1977 年出版的《民间故事》（*The Folktale*）一书中，汤普森又说："一个母题是一个故事中最小的、能够持续在传统中的成分。"（the smallest element in a tale having a power to persist in tradition）这里，汤普森对这个概念的界定除了要求它在传统中持续之外，又增加了一个量化的要求——"最小"的成分。而且，汤普森认为，"一个类型是一个独立存在的传统故事,可以把它作为完整的叙事作品来讲述,其意义不依赖于其他任何故事。……组成它的可以仅仅是一个母题,也可以是多个母题"①。同样,我们在此仍然可以看出,在汤普森看来,"母题"无论如何都是故事的直接构成成分,《民间文学母题索引:民间故事、歌谣、神话、寓言、中世纪传奇、轶事、故事诗、笑话集和地方传说中的叙事成分的分类》这个书名已经可以直观地表明这一观点。这一点,大概是汤普森对"母题"的相关论述中"唯一"前后相一致的内容。

但是,我们现在要问的是:汤普森的"母题"究竟是什么?或者它是否就是"读书百遍,其义自现"的东西?汤普森说:"从总体上来看,我已经使用了任何叙事,无论是通俗的还是文献的,只要它能够构成一个足够强大的传统以引起它的多次重复。"(In general, I have used any narrative, whether poplar or literary, so long as it has formed a strong enough tradition to cause its frequent repetition. 第11页)1955年,汤普森在赫尔辛基发表了《作为民俗学方法的叙述母题分析》一文,论述他修改《民间文学母题索引》一书的想法和体会。他说:"我发现,关于这本《索引》人们问我的最困难的问题就是这样一个主要问题——即什么是母题?"他的回答是:"对此没有一个简短的和便易的答案。某些叙事中的条目一直被故事讲述者们使用着;它们是构成故事的材料。至于它们的相似之处何在,无关紧要;如果它们在故事结构中有实际的用处,它们就被看作母题。"(To this there is no short and easy answer. Certain items in narrative keep on being used by storytellers; they are the stuff out of which tales are made. It makes no difference exactly what they are like; if they are actually useful in the construction of tales, they are considered to be motif)②

从上面引述的文字里,我们至少可以看出,汤普森自己理解的"母题"概念,有以下几点值得我们注意:第一,汤普森在不同的地方对"母题"概念的表述不太一样,他没有给这个概念下一个始终一贯的定

---

① 该书汉译本被改了名(随便说一句,我不主张这样做),见[美]斯蒂·汤普森《世界民间故事分类学》,郑海等译,上海文艺出版社1991年版,第499页。

② Stith Thompson, "Narrative Motif - Analysis as a Folklore Method," 转引自 Robert A. Georges, "The Centrality in Folkloristics of Motif and Tale Type," *Journal of Folklore Research*, Vol. 34, No. 3, 1997.

义。或许编"大全式"索引的初衷和目的已经决定了他无法做到这一点；第二，汤普森本人的这种含糊或许给他本人的工作带来了便利，却为我们理解他的"母题"概念带来了困难，与此同时，也为我们后人的理解（在本文中就至少包括了丹·本—阿莫斯、吕微和我的理解）预设了更大的自由解释的意义空间；第三，这就决定了，如果我们分开看汤普森在不同地方说的话或写下的文字，可能会得到某些意思，而如果我们把他的这些话或文字综合起来看，很可能会得出另外的意思。即使这些意思不同，我们也似乎并不能说哪一个意思（对于汤普森的"本义"来说）是"合法的"、哪一个意思是"非法的"；第四，从上述汤普森的话里，我们至少可以看出，他本人认为，母题是叙事的直接构成成分，无论这些成分是什么，它们都直接蕴涵在叙事之中。换言之，汤普森虽然没有明确把"重复"作为一个"定律或规律"提出来作为判定母题的标准，但实际上，他的上述话语里已经隐含了这样的意思：不是生活里的任何东西都能够成为"母题"（在我看来，这首先因为不是生活中的任何东西都能够进入叙事或者值得讲述），而同样，也不是任何构成叙事的成分都是"母题"，虽然他给"母题"下的"定义"里一再用了"任何"（any）这个字眼。这就意味着，如果只给我们一个叙事文本，我们就无法判定哪个是母题哪个不是母题。汤普森强调的"重复"主要指"母题"在传统里的生命力，换言之，"母题"在不断重复的过程中不仅自我显现出来（暴露身份？），而且直接构成了某个叙事传统本身。因而，"母题"虽然是叙事中"固有"的东西，但如果它不重复，汤普森认为，我们也无以判定它是否是"母题"。正是在这个意义上，丹·本—阿莫斯认为，汤普森不是把母题看作最小的叙述单位（元），而是把它看作有能力成为叙事成分的最小的传统单位（元）。该成分不是被捆绑在它出现的某个特定的故事里，而是在被确认为母题之前，必须出现在一系列的故事里。丹·本—阿莫斯指出，"长度"（"最小"）这个标准不足以使汤普森来描述"母题"，所以，汤普森又增加了一个质的要求，即"只有在至少一个文化或者更好地是在许多文化的传统中反复出现的某个主题才能成为历史地理研究的一部分"（Only with recurrence in the tradition of at least a single culture but preferably many cultures could a theme become part of a historical – geographical study. 见 Dan Ben – Amos, 第 26 页）。这里，我们暂不谈丹·本—阿莫斯暗示出来的汤普森的索引工作与历史地理学派的关系问题，丹·本—阿莫斯在谈到汤普森的"母题"概念以及维谢洛夫斯基（Veselovskij）关于"母题"与"主题"（theme）的关系的观点时，的确说"恰恰是母题在各种文学语境里的重复出现构成了它的重要意义和功能"（The very occurrence of the motif in variable literary contexts constitutes its significance and function. 第29页），但丹·本—阿莫斯在指出了汤普森的"母题"概念的"重复"特征之后，主要是在谈到"母题"与"观念"（idea）的关系时才说起"重复在母题与观念的关系中成为一个重要的特征"（第29页）。而且，汤普森本人和丹·本—阿莫斯似乎并不认为汤普森的"母题"概念与主题或内容无关；第五，吕微判定汤普森的"母题"概念是纯粹的形式原则所依据的是"重复律"——我承认，如果单纯依据重复率来确定是否是"母题"，这当然是和内容无涉的纯粹形式法则。但问题是，汤普森的"母题"概念是否仅仅依据的是这个"重复律"。我们姑且不说邓迪斯在《母题索引与故事类型索引：一个批评》一文中指出的汤普森所遗漏和故意删除的那些母题①，单说我们在许多民间故事和童话里一开始最常见的"从前或者很久以前"，就是一个在不同民族或文化里反复出现的成分（这是吕微向我提出的一个例子），例如，在英语里叫"long long ago"，在德语里叫"ehemals/Es war einmal"，但这并没有成为汤普森意义上的"母题"。当然，汤普森自己也说："一个普通的母亲不是一个母题，但一个残忍的母亲就能够成为一个母题，因为她至少被认为是不同寻常的。"在这个意义上，吕微也曾认为，汤普森的"母题"是一种程度较轻的"抽象"的结果。他说："在《神话何为》中，我把汤普森的母题理解为对故事内容的直接表述或抽象程度不高的内容表述；而把普罗普的功能理解为对故事内容的高度抽象。现在我的理解是，母题看似是内容的直接表述，其实与内容无关；而功能看似与内容保持了抽象的距离，实则直接贴近内容。"具体地说，

  汤普森同样主观地设定了一个关于"形式"的条件，即"重复现象"这一主观条件，也就是"重复律"，于是经验就按照"重复

---

① 参看［美］阿兰·邓迪斯《民俗解析》，户晓辉编/译，广西师范大学出版社2005年版。

律"的形式条件而不是普罗普的"类型律"的形式条件显现其自身。"重复律"的母题和"类型律"的功能都是客观经验内容显现的主观形式条件,但二者之间还是有区别的,区别就在于,汤普森的母题不是像普罗普那样所设定的客位的主观形式,而是他所描述的主位的主观形式,在这个意义上,我们称汤普森的母题具有描述的客观性而不是设定的客观性。

于是,我们就得到了两种主观性,一是主位的主观性,以汤普森的母题为代表;一是客位的主观性,以普罗普的功能为代表,两种主观性都有各自应用的客观价值。由于汤普森所描述的主位的主观性是一种以主位的主体间的一致同意和约定,即"大家都可以重复使用这些母题"为前提条件的,因此,我们称这种主位的主体间的客观性为"主体间性",而不是普罗普的客位的主体性的客观性,即我们一般所说的主观范畴为客观事物立法的客观性。正是以此,我们将会看到,传统的、经典的民间文学的母题研究在后现代学术中焕发青春的可能性。(《母题:他者的言说方式——〈神话何为〉的自我批评之一》)

我们这里还是先谈汤普森。吕微在此似乎仍然和汤普森认为的那样,把"母题"确定为不同民族或文化的资料里"固有"的东西,所以,根据"重复律",它们自然就显现出来了。所以,他说:"在我看来,由于母题是他者所使用的东西,而不是根据研究者自抒己见所任意规定的标准所得到的东西。于是,母题索引就能够服务于我们今天对他者的研究即和他者的对话。……换句话说,由于母题索引的纯粹的描述性的方法,因此可以成为我们进入他者的叙事世界、精神世界的方法入口。"但是,汤普森的母题索引和分类看似对世界各地的材料中自然而然反复出现的东西(被他确认为"母题")不做人为的切分或者很少做这种切分而"客观地"呈现在读者面前,因而他说自己的《民间文学母题索引》"根本不是基于任何哲学原则,而主要是依据实践经验,依据试误法"(is not based on any philosophical principles at all, but mainly upon practical experience, upon trial and error. 转引自 Dan Ben-Amos,第25页),而丹·本—阿莫斯也认为汤普森对母题的区分似乎是一种后验的观察（an *a posteriori* observation，见 Dan Ben‐Amos，第 27 页）。但是，正像吕微也承认和指出的那样，汤普森的"母题"是主观选择的结果，因为至少我们在上文中已经看出，并非所有在叙事中重复的东西都成了他的"母题"。这里涉及的关键问题有两个：一是汤普森的"母题"是叙事里本来就有的，还是他"看出来的"或者从中抽取出来的？二是他的"母题"是否有内容或者和内容有关？汤普森本人的论述似乎告诉我们，他的"母题"直接是叙事的组成部分，他只不过从这些重复的部分中看出了母题，并把它们归了类。而在吕微看来，"母题是他者所使用的东西，而不是根据研究者自抒己见所任意规定的标准所得到的东西"，汤普森这种尽量保留"原材料"（可否看作他者的物化形式？）的原貌的做法属于"纯粹的描述性的方法，因此可以成为我们进入他者的叙事世界、精神世界的方法入口"。但实际上，正如丹·本—阿莫斯所指出的那样，汤普森及其学生没有清楚地意识到，"母题"这个概念是学者有关民俗的话语，即它是故事中存在的成分的符号，而非叙述成分本身。他尖锐地批评了有些学者把汤普森的母题索引比作字典的说法（我们从上文中得知，汤普森本人正是这样看待自己的工作的！），因为母题并非能够和字典里的字相等同的民俗。他认为，当汤普森开始断言母题能够在"传统中持续"的时候，他就像卡西尔所说的那种相信自己命名的力量确实存在的原始人一样（见 Dan Ben‐Amos，第 25 页）。换言之，在丹·本—阿莫斯看来，汤普森实际上是把他自己（作为学者）的"母题"概念误认为是直接存在于叙事之中的他者的概念了。用吕微的话说，就是汤普森把自己的客位概念与研究对象的主位概念混为一谈了（我不知道在这里能否用"偷梁换柱"或者"偷换"这样的词语？尽管这在汤普森本人来说是糊里糊涂地和不自觉地发生的）。

当然，我知道吕微的看家本领之一在于修得了德国哲学，即在一般人看不出差别或者认为根本不必要做出区分的地方细致入微地做出区分。这次，他正是想在汤普森和普罗普之间做出这样既有联系又有不同的区分，而且这种区分在他看来还是质的不同。从诠释学角度来说，我们完全应该承认后人对前人的理解比前人的自我理解更胜一筹这种情况的存在及其合理性，我们也完全可以说，丹·本—阿莫斯和吕微显然比汤普森更能够理解汤普森本人，或者说他们的理解比汤普森的自我理解更清晰、更明确，而且这样的理解具有诠释学的合法性和有效性。但是，如果我们按照吕微所说的，汤普森看他者的方式来看吕微自己看汤普森的方式（这个说法有些"绕"，但我一时没有更好的表述方式），二者似乎也有"本质的"不同。换言之，如果我们承认汤普森的母题（他者）分类是"纯粹的描述性的方法"，那么，吕微对汤普森的看法似乎就很难说是"纯粹的描述性的方法"了，如上所述，汤普森本人虽然承认母题直接就是叙事中包含的东西（用吕微的话说就是，他者使用的东西，尽管事实上不尽如此），而且指出了重复出现才能够成为母题，但他并没有明确地把"重复律"作为一个纯粹的形式法则提出来。在这个意义上，我认为，在汤普森本人的主观意向中，"母题"概念仍然是有内容的东西。我在此前之所以不同意吕微说的"汤普森的'母题'概念是无内容的"，正是因为我是试图从汤普森本人的立场来看待这个问题的。

在此，我应该再强调一次，我当然不是要否认吕微将汤普森自己还没有清晰认识的东西加以清晰化和哲学化这一做法的合法性——他完全有权利这样做，而且正是在这方面，他有着很强的创新意识和洞见能力。"母题看似是内容的直接表述，其实与内容无关"就是这样一个比汤普森本人更深刻地理解了汤普森的洞见！因为在汤普森的一系列论述里，我们不难看出他自己对"母题"的理解始终有摇摆不定的情况，即"母题"是否有内容以及是否和内容相关，他本人是不甚了然的，或者更准确地说，汤普森并没有从形式与内容的关系方面来考虑"母题"的问题。但我们从汤普森把自己的母题分类比作图书馆里的书籍分类（即按照同样的主题［比如，历史］排在一起）这一说法里已经可以自明地看出：他的母题分类的确是不管具体内容的纯粹形式分类！在我看来，这些具体的"主题"在各自的文化语境中是有内容的（比如，罗马史或法国史），是有"好""坏"的，一旦根据重复律进入了母题索引的体系里，它们就被抽掉了内容，而变成了纯粹的形式。某个叙事成分能否成为母题并且进入汤普森的母题索引，实际上并不是由它在单个叙事体裁中的实际状态决定的，而是要看它在许多个不同（跨文化、跨地区的）体裁中的重复使用状况。换言之,"母题"虽然可以出现在任何一个单一体裁的叙事中,但它的确定标准却是跨文本、跨地区和跨文化的"重复性"。前者是"母题"的实际存在,而后者则是它的观念存在。我的意思是说:如果我们一开始就从单一的某个叙事文本出发,我们就无法判定一个叙事中哪个成分是"母题",哪个成分不是"母题";但通过比较不同叙事中重复出现的东西,我们就可以把其中多次重复的成分确定为"母题"(汤普森实际上正是这么做的!),而一旦某个叙事成分被这样确定为"母题"之后,就有可能进入母题索引的分类系统,这样,我们就知道了什么是母题什么不是母题(比如,叙事中重复的赘语、语气词等可能都不是母题),一旦母题在某个叙事中出现,尽管它只出现在这一个叙事中,我们仍然可以说它是一个母题。我们能够这么做,是因为我们已经知道它是一个母题。这是我们对汤普森"发现"母题的程序的先验还原,也是最容易使我们甚至汤普森本人迷惑难解的地方!我以前一直没有认真追究"母题"概念的确切含义,在给《民间文化论坛》的"概念辨析"栏目写"母题"这个词条时,我仍然认为,"在民俗学或民间文学研究中,母题一般指民间叙事中的一个可记忆的和可辨识的成分"[①]。现在,多亏了吕微的提醒,才终于有所觉悟。因此,我在这里正式收回自己以前认为汤普森的母题有内容的看法,而是认为:汤普森的母题实际上是没有内容的纯粹形式的东西,是与单个叙事中出现的内容成分不同的观念性存在即纯粹形式。但这里仍然有一个在什么意义上来作这种判定或者这个判断在什么意义上有效的问题。吕微说:

在我看来,所谓母题其实就是美国口头程式理论所说的 great word(应为 Large word——朝戈金批注),我们翻译为"大词"者是也。母题、大词都是指的民间歌手、故事家在口头叙事时所使用的程式化的"素材"(Cliché,或叫作"观念部件",等于英文所说的 idea part——朝戈金批注),或故事家、歌手据以"在表演中编创"时能够调动的"质料"(也被形象地称之为"建筑材料"——朝戈金批

[①] 参看《民间文化论坛》2005 年第 1 期。

注），这些母题、大词就是储备在歌手、故事家的叙事武器库中随时可以取出来重复使用的那些东西。（《母题：他者的言说方式——〈神话何为〉的自我批评之一》）

一方面当他这样说的时候，仍然有把"素材"和"质料"这些内容性的东西直接混同于"母题"的危险！而其中的关键，在我看来，就是我们应该严格地把纯粹形式化的"母题"概念限制在汤普森的母题分类体系里，换言之，只有在汤普森的母题分类体系里，"母题"才成为"脱语境"的纯粹重复的形式（这不是亚里士多德意义上的"形式"），出了这个体系，它们就可能被语境化或者被赋予内容，从而成为形式和内容的统一体。这个问题的实质大概是：我们有必要把汤普森的"母题"与民间叙事中的"素材"和"质料"（我认为，严格地说，它们不能被称为"母题"）区分开来，在这个意义上，我赞成丹·本—阿莫斯的说法，即"母题"是学者的概念，是故事中存在的成分的符号，而非叙述成分本身。当汤普森以及他之前的一些欧洲学者描述母题在不同的传统中自由游走和穿行的状态时，很容易给我们造成一个错觉和假象——似乎这些母题本来就是传统叙事中的"素材"和"质料"，汤普森本人（以及吕微？）大概就被这种错觉和假象迷惑了，而且这些欧洲学者们基本上也都是这么认为的。当然，吕微已经洞察到："汤普森同样主观地设定了一个关于'形式'的条件"，而且，"由于汤普森所描述的主位的主观性是一种以主位的主体间的一致同意和约定，即'大家都可以重复使用这些母题'为前提条件的，因此，我们称这种主位的主体间的客观性为'主体间性'"，因此，吕微实际上已经差不多说出来了一个意思，即汤普森的"母题"概念是他作为一个学者与民间叙事的他者"交互主体"的认识产物。也正因如此，汤普森的（处于他的分类体系中的）"母题"概念才与直接处于叙事之中的东西（无论我们怎样称呼它们，但最好不要称之为"母题"）是不同的。但是，吕微在自己的文章里似乎没有做出这种区分。

另一方面，在我看来，汤普森的母题分类在严格的意义上还不能算作科学的或理论性的研究，至多是为科学的或理论性的研究所做的准备工作。他本人为自己的母题索引工作所设定的目标也正是如此。①胡塞尔在《逻辑研究》中对此曾经作了清晰的划分:"纯粹的描述只是理论的前阶段,但还不是理论本身。所以,同一项描述可以为不同的理论科学做准备"②。在德语中,有两个词可以把这个意思区分得很清楚。我们在胡塞尔、海德格尔等哲学家的著作中经常可以看到一个词,即"Vorarbeit",意思是"前期工作或准备工作",而这个工作一般来说不同于"Grundlegung",即"奠基"工作,因为后者已经是真正的研究的一部分,甚至是最重要的基础部分(相当于建筑的"打地基")。

后来,我发现有不少学者存在这样的看法。例如,1978年,丹·本—阿莫斯就认为,汤普森本人把他的《民间文学母题索引》一书仅仅看作未来研究的工具,而非研究本身(a mere tool for future research, not research per se)。③ 1982年,刘魁立先生在《世界各国民间故事情节类型索引述评》一文中也认为:"正是由于上述诸多原因使得我们只能把编纂索引看作是研究工作的手段,而不是研究工作的目的;看作是研究工作的准备,而不是研究工作本身。尽管如此,为方便掌握和利用无法数计的民间故事资料,类似 AT 索引的存在仍是十分必要的。我们利用这些索引,既不说明我们对它所存在的诸多缺点的迁就,也不意味我们对其编者的理论原则的苟同,我们利用这些索引手段仅仅是为了工作的便利和使大家在工作时能有一种共同的语言而已。一位学者说过,一种语言的词汇在辞典中可以根据不同的原则,

---

① 在《民间故事》一书中,汤普森指出:"为了提供一种基础来概述一个地区共同的大量故事储存,类型索引是必要的。而母题索引的基本用处是展示世界各地故事成分的同一性或相似性,以便于研究它们。类型索引暗示一个类型的所有文本具有一种起源上的关系;而母题索引并不含有这样的假设。"(重点为引者所加)而且,"很显然,对传统叙事作品的分类,无论是故事类型还是故事母题,主要意图都在于提供一种精确的查阅格式,对于分析性的研究或大范围资料的深入调查,它起的都是这种作用。倘若这两类索引能为此提高专门名词使用上的精确性,能够用作钥匙去开启大量的传统虚构故事的门户,它们的目的将是充分实现的"。分别见 [美] 斯蒂·汤普森《世界民间故事分类学》,郑海等译,上海文艺出版社1991年版,第499、513页。

② [德] 埃德蒙德·胡塞尔:《逻辑研究》第二卷,倪梁康译,上海译文出版社1998年版,第23页。

③ 见 Dan Ben-Amos,第25页。

有多种排列方法，但是大家选定了按字母表来排列的方法，实际上这是一种最皮相、最不说明词汇本质的方法，但它最简便实用。我想，情节索引也与此相类似吧。"① 而普罗普的功能概念却已经是在 AT 分类法的基础上做的科学的或理论性的研究了。在汤普森主观为自己的工作设定的目标或目的这个意义上，我们不能把他的工作和普罗普的研究相比较，因为一个是研究准备工作（汤普森），一个是研究工作本身（普罗普）。而且，普罗普的形态学研究是限定在单一文化的单一体裁中的，在一定程度上只存在"自识"的问题；而汤普森的分类是跨文化性质的和全球范围的统计与分类，所以，在这个意义上，只有他的研究才存在"互识"和"交互主体"的问题。当然，吕微可能会说我在这里狡辩，因为只要是研究者面对着研究材料，无论这些材料是出自自己文化或民族还是出自其他文化或民族，都有"互识"和"交互主体"的问题。

但作为旁观者的我们从客观立场来看，吕微的比较也可以成立，因为汤普森的母题分类是有"理论"的，正如吕微和丹·本—阿莫斯都正确地指出的那样，汤普森并非在做纯粹的经验分类，而是一种"研究"。正是在它们都是研究的意义上，我又说汤普森和普罗普的研究是可以比较的，因而吕微的比较在这个层面上是有效的。但也正是在这个层面上，我认为，汤普森和普罗普确认母题、功能的标准都是客位主观性的，其间只有抽象程度的量的差别而没有质的差别。

三 关于普罗普的"功能"及其序列

这就涉及了普罗普（Vladímir Jákovlevic Propp，1895—1970）的俄罗斯神奇故事功能研究。普罗普在回答列维—斯特劳斯的批评②时，写了

---

① 《刘魁立民俗学论集》，上海文艺出版社 1998 年版，第 386—387 页。
② 《结构与形式——对弗拉基米尔·普罗普一部著作的思考》，最初发表于 1960 年，见[法] 克洛德·莱维—斯特劳斯《结构人类学》第二卷，俞宣孟、谢维扬、白信才译，上海译文出版社 1999 年版。

《神奇故事的结构研究与历史研究》一文①,对自己的方法和理论作了集中的阐述。从某些方面来说,普罗普与汤普森有惊人的相似。比如,他们似乎都以林奈的生物学分类为榜样来研究民间文学,他们都声称自己从事的是经验研究,都是从材料里得出的结论。但是,与汤普森相比,普罗普作为一个出生在有德国血统的家庭、后来在彼得堡大学主攻俄语和德语文学乃至于再后来也教授德语的学者,他受过德国哲学精神以及欧洲时代精神的熏染并且得其精髓。尽管普罗普本人在回答列维—斯特劳斯的责难时说:"列维—斯特劳斯教授同我相比有一个十分重要的优势——他是位哲学家,而我是个经验论者,并且是个坚定不移的、首先注重仔细观察事实并精细入微和有条不紊地对其进行研究的经验论者,会检验自己的前提和环顾每一步推论"②(结合他下文对列维—斯特劳斯抽象逻辑的反驳,这话也许不无讽刺意味)。但是,普罗普在《神奇故事形态学》③一书中所做的功能研究似乎并不能让读者从纯粹的经验论角度就可以得到一目了然的理解。

普罗普在同一篇文章中抱怨《神奇故事形态学》的英译者"全然不懂"他在原书中引用歌德的题词有什么用,并且说该译者"将它们当作多余的点缀而野蛮地删去了,然而所有这些话都取自歌德的《形态学》"④

---

① 普罗普的这篇重要文章于1966年作为附录初次发表在《民间故事形态学》的意大利文版中;1976年发表了该文的俄文版和英译文,这篇英译文是 The Structural and Historical Study of the Wondertale, translated by Serge Shishkoff, 收入 Vladimir Propp, *Theory and History of Folklore*, translated by Ariadna Y. Martin and Richard P. Martin and Several Others, Manchester University Press, 1984, 该译者手头有俄文原文;另一篇英译文是 Structure and History in the Study of the Fairy Tale, translated by Hugh T. McElwain and River Forest, in Robert A. Segal (ed.), *Theories of Myth*, Vol. 6: "Structuralism in Myth: Lévi–Strauss, Barthes, Dumézil, and Propp", Garland publishing, Inc., 1996. 此文的翻译根据的是意大利文。依据俄文的汉译文有[俄]弗·雅·普罗普《神奇故事的结构研究与历史研究》,贾放译,《民俗研究》2002年第3期。

② [俄]弗·雅·普罗普:《神奇故事的结构研究与历史研究》,贾放译,《民俗研究》2002年第3期。以下凡引此文,不另注出。

③ 普罗普这本名著的俄文版名为《故事形态学》,英译本的书名是《民间故事形态学》,但他在《神奇故事的结构研究与历史研究》一文中坦言,该书原稿名为《神奇故事形态学》,是俄文版的编辑自作主张,删去了"神奇"二字,从而造成读者和英译者以及列维—斯特劳斯等人的误解。因此,我强烈建议,有朝一日,该书汉译本在出版时,恢复使用普罗普原稿的书名:《神奇故事形态学》。

④ 贾放译为《神话学》,似为误译,今据两种英译文改正。

统而称之的一系列著作以及他的日记。这些题词应该能表达出该书本身未能说出的东西。任何科学的最高成就都是对规律性的揭示。在纯粹的经验论者看到零散的事实的地方，作为哲学家的经验论者能发现规律的反映。不过那时我已经觉得这一规律的揭示可能会有更广泛的意义。'形态学'这个术语不是借自基本目的在于分类的植物学教程，也非借自语法学著作，它借自歌德，歌德在这个题目下将植物学和骨学结合了起来。在歌德的这一术语背后，在对贯穿整个自然的规律性的判定中揭示出了前景。歌德在植物学之后转向比较骨学并非偶然。这些著述可以向结构主义者们大力推荐。如果说年轻的歌德在那位坐在自己尘封的实验室中、被一架架骨骼、一块块骨头和植物标本所包围的浮士德身上除了尘埃什么也看不到的话，那么步入老年的歌德，为自然科学领域精确的比较方法所武装的他，透过贯穿整个大自然的个别现象见到的是一个伟大的统一的整体。但并不存在两个歌德——诗人歌德和学者歌德；渴望求知的《浮士德》中的歌德与已经完成求知的自然科学家歌德是同一个人。我在某些章节前引用的题词——标志着对他的崇拜。不过这些题词还应该表达出了另一重意思：自然领域与人类创造领域是分不开的。有某些东西将它们联结起来，它们有某些共同的规律，可以用相近的方法来进行研究"。我引这一段长文，因为它意味深长，对我们理解普罗普的思想很重要。我们从中至少可以看出几个意思：第一，普罗普虽然强调自己是经验论者，但他并非一般的经验论者或者纯粹的经验论者，而是一个"作为哲学家的经验论者"，因为他在《神奇故事形态学》中所做的研究，显然并非仅仅"看到零散的事实"，而是要发现规律，从变化中找出不变的东西；第二，普罗普的"形态学"概念并非我们一般容易想当然地认为的那样，直接效法于自然科学，而是来自歌德。当然，欧洲自然科学中的"形态学"观念与歌德以及当时的哲学思想也并非没有关系，但这不是我们在此要讨论的问题。我之所以判断年轻的普罗普的思想与当时及他之前的德国哲学思想有关系，不仅是因为他的出身、教育背景以及他所处时代的影响，而且也因为他自己的这段"夫子自道"。而这一点，决非不重要。相反，我们可以进一步认为，普罗普对俄罗斯神奇故事的研究尽管如他本人说的那样是"十分经验化、具体化、细致化的研究"，但它不仅仅是纯粹的经验研究。他的研究目的也不仅仅是植物学意义上的分类，事实上，正如丹·本—阿莫斯已经指出的那样,歌德当年在与席勒的通信中也使用和讨论了"母题"这个概念,这至少说明民俗学的"母题"概念有多种(文学的甚至哲学的)来源,该问题,此处不讨论;第三,普罗普对"除了尘埃什么也看不到"的年轻歌德与"透过贯穿整个大自然的个别现象见到的是一个伟大的统一的整体"的老年歌德(但二者实际上是一个人)的描述尤其值得我们回味:为什么在同一个人身上会出现这样两种截然不同的情况呢?普罗普认为,老年歌德之所以能够见年轻歌德所未见,恰恰因为前者"为自然科学领域精确的比较方法所武装",这自然让我想到了吕微之所以在汤普森和普罗普那里看见了我当初没有"看到"的东西,也正因为他有预先在脑海里准备好了的"武器"。而且,更重要的是,这直接和我们每个读者能够从普罗普以及任何人的著作中"看出"什么有关。但我们发现,普罗普的这一说法与他在下文中的自述是矛盾的:他认为在列维—斯特劳斯看来,好像学者是先有了方法,再考虑把这个方法用在什么对象上,"但在科学中从来不是如此,在我身上也从来不是如此。事情全然是另外的样子"。普罗普说,他的方法"缘于一个观察结果"[①]:他在阿法纳西耶夫编选的故事集里读到了一系列被逐的继女的故事。在这些不同的故事里,继女被后母派到树林里时分别落到了严寒老人、林妖、熊等的手里,阿法纳西耶夫根据出场人物的不同而认为它们是不同的故事,但普罗普却发现,这些人物考验和奖赏继女的方式虽然不同,但行为却是一样的,因而这些故事应该算同一个故事。他说:"这激发了我的兴趣,于是我开始从人物在故事中总是做什么的角度来研究其他的故事。这样,根据与外貌无关的角色行为来研究故事这样一种极为简单的方法就通过深入材料的方式,而非抽象的方式产生了。我将角色的行为,他们的行动称为功能。"(重点为引者所加,以下不另注出)在《神奇故事形态学》中,普罗普是这样来具体描述他的"发现程序"的:

用什么样的方法能够做到对民间故事的准备描述呢?让我们比较一下以下四个事件:

---

① 参看贾放《普罗普故事学思想与维谢洛夫斯基的"历史诗学"》,载《北京师范大学学报》2000年第6期。

甲、国王给了英雄一只鹰，这只鹰把英雄带到了另外一个国度。

乙、老人给了舒申科一匹马，这匹马把舒申科带到了另一个国家。

丙、巫师给了伊凡一只船，小船载着伊凡到了另外一个国度。

丁、公主给了伊凡一个指环，从指环中出现的青年把伊凡带到了另一个国家，等等。

在以上例子中，不变的成分和可变的成分都已显现出来。变化的是故事角色①的名字（以及每个人的特征），但行动和功能却都没有变。由此可以得出如下推论：一个民间故事常常把同样的行动分派给不同的人物。这样，按照故事中的角色②的功能来研究民间故事就是可行的了。③

我们从这里可以看出，普罗普在研究俄罗斯神奇故事的功能时首先回到在我们的直观和意识中呈现的神奇故事的叙事本身。在此，普罗普比汤普森更加强调重复的问题——他说："对被逐的继女故事的观察是一根线头，顺着它能扯出一条线来并解开整个线团，揭示出来的，是其他一些情节建立在功能的重复性上，和最终神奇故事的所有情节地建立在相同的功能上，以及所有的神奇故事按其结构都是同一类型。"普罗普一再强调，

---

① 原译"登场人物"，英译本作"dramatis personae"（参看 V. Propp, *Morphology of the Folktale*, First Edition Translated by Laurence Scott with an Introduction by Svatava Pirkova – Jakobson, Second Edition Revised and Edited with a Preface by Louis A. Wagner, Austin: University of Texas Press, 1968），法译本作"personnage"（参看 Vladimir Propp, *Morphologie du conte*, traduit par Marguerite Derrida, Éditions du Seuil, 1965 et 1970），根据有关学者考订，此处应该译为"故事角色"〔参看 Appendix 1: The Problem of "Tale role" and "Character" in Propp's Work, in Heda Jason and Dimitri Segel（ed.）, *Patterns in Oral Literature*, Mouton Publishers, 1977〕。普罗普分别用了两个词来表示"故事角色"和"人物"。

② 原译"人物"，英译本作"dramatis personae"，法译本作"personnage"，均属误译，现改为"角色"。

③ ［俄］V. 普洛普：《〈民间故事形态学〉的定义和方法》，叶舒宪译，叶舒宪编选：《结构主义神话学》，陕西师范大学出版社 1988 年版，第 5 页。由于该文的翻译根据的是 1958 年出版的英译本第 1 版，其中的名称和术语与现在我们已经知道的名称和术语有个别差异，在此暂不讨论这些差异。

他的功能概念不是列维—斯特劳斯说的那样主观确定的,"功能的确定是从对材料做详细比较研究得出的结论。……它们的确定不是随意的,而是通过对成百上千个例子做对照、比较、逻辑定义的途径得出的"。正因如此,普罗普说:"我得到的公式……是作为神奇故事基础的唯一的组合(普罗普在此文中认为,他当年选择的'形态学'这个概念不够贴切,更狭义的和更确切的概念应该是'组合')公式。……这个组合公式不是一种实体的存在。但它以各种各样的形式体现在叙述中,它是情节的基础,仿佛是它们的骨骼。"所以,普罗普认为自己是从材料中抽象出概念,而列维—斯特劳斯则是把普罗普的概念再加以抽象,因此,他写道:

> 他〔列维—斯特劳斯——引注〕指责我说,我所提出的抽象概念无法在材料中复原。但他若是拿来任何一种神奇故事的选本,将这些故事与我提出的模式放在一起,他就会看到模式与材料极其吻合,会亲眼看到故事结构(structure)的规律性。并且,不止是民间故事,根据模式,还可以自己按民间故事的规律编出无数个故事来。如果将我提出的公式称为模式,那么这一模式重复的是所有结构的(稳定的)要素,而不去注意那些非结构的(可变的)要素。我的模式适合于能够模式化的对象,它立足于对材料的研究,而列维—斯特劳斯教授提出的模式不符合实际,它的根据是并非一定得之于材料的逻辑推理。从材料中抽取出的概念能够解释材料,从抽象概念中抽取的概念只以自身为目的。

在普罗普看来,同样一个组合可以是许多情节的基础,而许多情节也可以以一个组合为基础,组合是稳定的成分,而情节是可变的成分,情节和组合的总和就是故事结构。普罗普在这段引文中自觉或不自觉地确定了"看"在他的研究中的重要性,而且又一次强调了从材料中"看出"结论的优先性。正是"作为哲学家的经验论者"的普罗普能够比汤普森更清楚也更明白地看到,他所说的"组合"或者"形态学"并非直接存在于故事中,因为:

> 组合并没有现实的存在,就像一切一般概念并不存在于事物的世

界中一样：它们只能在人的心灵中才能被发现。但我们用这些一般概念探索世界，发现它的规律并且学会掌握它。①

普罗普在此所说的"组合"即英文的 composition。贾放把这个词译为"组合"，而朝戈金在翻译口头程式理论中的这个术语时曾经把它译为创作或创编，指口头的、利用传统叙述单元即兴创编或者现场创作。② 但普罗普这里的"composition"与口头程式理论中的"composition"有相同也有不同。普罗普明确地说："我将故事本身讲述时的功能顺序称为组合"，而且"对我来说确定民众以怎样的顺序来排列功能是十分重要的。原来，顺序永远是一个：这于民间文艺学家来说是个极其重要的发现"。如果说口头程式理论注意到所谓的民众在利用传统的素材和"单元"进行创作时有自由也有不自由（受"程式"的制约），那么，普罗普在此并没有否认这样的自由或不自由，在这个意义上，他也是考虑和尊重"民众"的选择权的。在这方面，他与口头程式理论家甚至汤普森的发现立场并无本质差别，或者用吕微的话说，普罗普并非"设定的客观性"或者"客位的主体性的客观性，即我们一般所说的主观范畴为客观事物立法的客观性"。不同的是，口头程式理论家和汤普森观察的资料不限于一种体裁而是跨文化和跨地区的，而普罗普考察的材料则是单一文化、单一

---

① 贾放的译文是："在事物世界不存在一般概念的水平上组合不是一种现实的存在：它只存在于人的意识中。但正是借助于一般概念我们认识了世界，揭示了它的规律从而学会把握它。"第一句容易让人费解。由于我不懂俄语，此处根据 Serge Shishkoff 的英译文译出："Composition has no real existence, just as all general concepts have no existence in the world of the things: they are found only in man's mind. But with the use of these general concepts we explore the world, discover its laws, and learn to control it." 见 Vladimir Propp, *Theory and History of Folklore*, Translated by Ariadna Y. Martin and Richard P. Martin and Several Others, Manchester University Press, 1984, p. 75; Hugh T. McElwain 和 River Forest 的英译文大意相同："The composition does not have real existence, just as those general concepts which are found only in human consciousness does not have real existence in the world of things. But it is due precisely to these general concepts that we know the world, understand its law, and learn to govern and manage it." Structure and History in the Study of the Fairy Tale, translated by Hugh T. McElwain and River Forest, in Robert A. Segal (ed.), *Theories of Myth*, Vol. 6: "Structuralism in Myth: Lévi‐Strauss, Barthes, Dumézil, and Propp," Garland publishing, Inc., 1996, p. 234.

② 参见［美］约翰·迈尔斯·弗里《口头诗学：帕里—洛德理论》，朝戈金译，社会科学文献出版社 2000 年版，第 30 页。

地区和单一体裁的,而且,由于他们对"composition"的界定不一样,即口头程式理论家和汤普森试图观察的是叙事中的成分,因而他们发现的是许多成分,而普罗普在非常有限定的资料范围内寻找的是功能的序列,结果他发现只有这样一个序列。现在,我们必须马上补充普罗普对"功能"的定义。在《神奇故事形态学》中,普罗普说:"功能被理解为故事角色的某种行为,这种行为是从其对行动过程的意义来确定的。"(Function is understood as an act of a character[①], defined from the point of view of its significance for the course of the action)[②] 后来,在《神奇故事的结构研究与历史研究》一文中,他又明确地指出:"功能指的是从其对行动的意义的角度确定的角色行为。比如,如果主人公骑着自己的马一下跳到了公主的窗口,我们看到的不是骑马跳跃的功能(不考虑整体行动这样的定义也是对的),而是完成与求婚有关的难题的功能。同理,如果是主人公骑鹰飞到了公主所在的国度,我们看到的不是骑鸟飞行的功能,而是渡载到寻求之物所在地方的功能。如此说来,'功能'一词是一个有条件限制的术语,它在本书中只能在它的这个涵义上理解,而不能解为它意。"正因为不是一般意义上的和所有意义上的角色行为都是功能,而是只有"从其对行动的意义的角度确定的角色行为"才是"功能",因此,普罗普不仅强调列维—斯特劳斯"抛开材料将这些功能逻辑化的建议是不可取的",而且认为列维—斯特劳斯这样做就"取消了产生于时间的功能","因为功能(行为、行动、动作)如同它在书中被确定的那样,是在时间中完成的,不可能将它从时间中取消"。换言之,普罗普认为"功能"不能离开叙事的时间,"功能"的序列只能在单一的叙事时间里展开,而普罗普大概正是在这个意义上才说神奇故事的功能顺序只有一个。这是他从俄罗斯神奇故事的研究中得出的结论。普罗普说:"方法是可以广泛应用的,结论则严格受民间叙事创作样式的限制,它们是在对这一创作的研究中得出的。"因此,在普罗普看来,他的方法能够推广,而他的研究结论(比如功能的序列)则不能推而广之,因为研究其他民间叙事体裁甚至其他

---

① 英译本此处为误译,应译为 tale roles(故事角色)。

② V. Propp, *Morphology of the Folktale*, First Edition Translated by Laurence Scott with an Introduction by Svatava Pirkova - Jakobson, Second Edition Revised and Edited with a Preface by Louis A. Wagner, Austin: University of Texas Press, 1968, p.21.

民族的童话故事所得出的结论会是不同的，他举例说，连环故事或程式故事的程式类型可以被发现，但其公式却和神奇故事的公式完全不同。

在这个意义上，吕微说普罗普的"功能看似与内容保持了抽象的距离，实则直接贴近内容"，是有道理的。一方面是因为普罗普认为"功能"与叙事时间不能脱离；另一方面是因为普罗普指出：如果情节是内容，那么情节的组合就不是内容而是形式，但"组合与情节不可分割，情节无法存在于组合之外，而组合也无法存在于情节之外。这样我们便用我们的材料证明了一个人所共知的真理，即形式和内容不可分割"。正像"作为哲学家的经验论者"的普罗普在《神奇故事的结构研究与历史研究》一文的开头将精密科学与人文科学的规律的相似性联系起来，而在文章结尾又点名了它们之间的"原则性特殊区别"一样，在这里，他同样是把经过"中介"（黑格尔语）而分开的东西（形式与内容、功能与时间、组合与情节）又合了起来——普罗普在跟我们玩辩证法的"魔方"呢！

实际上，按照普罗普的理解，我们可以说，功能既在又不在神奇故事中——说它不在，是因为在讲述者甚至"不会看"的学者眼里，它也许并不直接存在于这些神奇故事里；说它在，是因为它确实是普罗普这样的"训练有素"的学者从神奇故事中"看"出来的，是这些故事本身在普罗普的眼中和直观中自己呈现出来的东西。

联系上文对汤普森的分析，我们可以进一步认为，汤普森对"母题"的发现和普罗普对"功能"的确认都借助了现象在直观里的重复显现，在这个过程中，汤普森的"母题"概念或者说在其索引中的"母题"已经是脱离"事实性之物"（"变项"）的一个"常项"，是民间故事的一个纯形式的"本质"，但他本人并没有清楚地认识到这一点，而是仍然认为他的"母题"直接就存在于各种叙事之中，是有内容的东西。而普罗普的"功能"及其序列则明确地被他本人宣布为不是一种实体的或现实的存在，而是一种观念的存在（纯形式），但"作为哲学家的经验论者"的普罗普同时又宣布，"功能及其序列"的观念存在是黑格尔意义上的还没有实现或者没有变成现实（Wirklichkeit）的存在，换言之，"功能"的观念存在不是现实存在，它要现实存在，就必须进入叙事的时间，而这就意味着它必须与内容发生关联和纠缠才能成为现实的东西，才能起到它的作用，发挥出它的"功能"。因此，普罗普反对列维—斯特劳斯等人把他的功能研究指认为形式主义的说法，因为这是对他的真实想法的歪曲或者至少是片面的理解。在这个意义上，我同意吕微的普罗普的功能与内容有关的说法。

在一定意义上，吕微是在用汤普森和普罗普的研究作为例子及个案来阐述自己的理论主张，而不是为了解释汤普森和普罗普的研究本身——当然，他完全有权利这样做，因为一切理解都是重新理解，而且每一次理解都是不同的理解。虽然我现在对汤普森和普罗普的研究的理解或许与吕微的理解不太一样，而且，我将来的理解很可能又和我现在的理解不同，但我赞成吕微说的："想当年，汤普森为了对世界各国的民间故事进行比较研究，于无意之间发明了这种主位的主观性即主体间的客观性的研究方法，如今我们意识到，这也许正可以帮助我们找到一条接近他者、走进他者的道路，尽管不是唯一的道路，但一定是诸多道路中的一条。"在此，我还想加上普罗普，因为他的思想未必就不能在我们当代民间文学或民俗学研究如何处理研究伦理的问题上给我们以启发。当吕微说"汤普森所描述的主位的主观性是一种以主位的主体间的一致同意和约定，即'大家都可以重复使用这些母题'为前提条件"时，普罗普早就说了，"对我来说确定民众以怎样的顺序来排列功能是十分重要的"，而且，不仅民众，任何人根据他的模式"还可以自己按民间故事的规律编出无数个故事来"。归根结底，任何人都可以通过"本质直观"的方法"看到"民间叙事或神奇故事的"本质"。

顺便要指出，吕微说："普罗普的关于功能顺序的理论，不属于纯粹的形式逻辑，而属于康德意义上的先验逻辑，也就是与内容相关的逻辑。"实际上，在我看来，康德的先验逻辑涉及的是先验内容而非经验内容，而普罗普的功能顺序理论既然涉及内容，那也是经验的内容。二者是有区别的。

由于吕微文章里讨论的问题比较多，我在此只能集中在上面提出的两个问题上略加分析。但无论如何，吕微的大作一方面比照出我读书的不求甚解；另一方面也坚定了我的一个信念：我们的民间文学或民俗学是有经典的，这些经典究竟是什么，它们如何能够成为我们今天思考问题的思想资源，这在很大程度上取决于我们能够从它们之中读出什么，而我们能够读出什么又取决于我们是否拥有"老年歌德"式的眼睛——吕微基本已经修成了这样一双眼睛，我虽然年纪已经不轻，却常常暗自惭愧离这一境界还如此遥远。

四 尾声

有人在"民间文化青年论坛"上说"被人讨论是幸福的"，我想补充的是："被人误解是很难受的"——我不知道这次带给吕微的是幸福还是难受，反正我要感谢吕微把我带到了这些重要问题的"曲径通幽处"，虽然对于我来说，未必会有那个"豁然开朗时"。

既然吕微这次自编自演了这出"童话剧"，我们总不能眼看它成为一个独角戏，让鲁迅当年"两间余一卒，荷戟独彷徨"（鲁迅：《集外集·题〈彷徨〉》）的凄惶再度降临到他的头上。为此，尽管有许多没有弄清楚的问题，我还是以糊涂的"搅局者"身份登场了，虽然我知道自己的吆喝可能是瞎起哄，但总可以让思想者吕微不至于感到太寂寞吧。

原载《民间文化论坛》2007 年第 1 期，发表时文章名为《内容与形式：再读汤普森和普罗普——"一个馒头引发的血案"：对吕微自我批评的阅读笔记》，内容有删改。

《中国民间故事形态研究》的学术价值和学术史意义

吕　微[*]

李扬《中国民间故事形态研究》（汕头大学出版社 1996 年版）初版之后，我曾在两篇文论中简评李扬君的大著；现值该著（中国社会科学出版社 2015 年版）再版之际，应李扬君来信邀约"就拙著及普氏理论评点一二，申引发见"，再撰专论一篇，内容如下。

据我所知，在这方面李扬先生的专著《中国民间故事形态研究》是迄今为止中国学者对普罗普的"民间故事形态学"所做出的最具国际水平的批评研究，且至今国内还没有人超越他。李扬在他的专著中着重讨论了普罗普关于功能顺序的假说，李扬随机抽取了 50 个中国的神奇故事做样本，[①] 通过分析，他发现，普罗普的功能顺序说不能圆满解释中国的故事，中国故事中的许多功能并不遵循普罗普的功能顺序。李扬研究了其中的原因，他发现，在许多情况下，中国故事的功能之所以没有按照普罗普的设想依次出现，是因为普罗普给出的叙事法则如若在中国故事中完全实现还需要其他

---

[*] 作者：吕微，中国社会科学院文学研究所研究员。
[①] "故事材料选自现当代（最早的故事记录时间是 1931 年，最晚近的是 1986 年）中国各地公开出版的故事集成刊物（个别故事选自内部印行的故事集，如《山东民间文学资料汇编》）。笔者先选出所有阿尔奈分类法中 300—749 型故事（即神奇故事），再随机选出 50 个故事作为分析的对象。"李扬：《中国民间故事形态研究》，中国社会科学出版社 2015 年版，第 13—14 页。

一些限定条件,因为中国故事比普罗普所使用的俄国故事更复杂,由于俄国故事相对简单,是一些简单的单线故事,所以在应用普罗普的假说时无须增加条件的限制。李扬认为,在生活的现象中,构成事件的各个要素固然按照时间和逻辑的顺序依次发生,但生活现象中的事件并不是一件接一件地单线发生的,而是诸多事件都同时发生。因此,一旦故事要描述这些在同一时间内同时发生的多线事件,而叙事本身却只能在一维的时间内以单线叙述的方法容纳多线事件,故事就必须重新组织多线事件中的各个要素,这样就发生了在一段叙事中似乎故事功能的顺序颠倒的现象,这其实是多线事件在单线故事中的要素重组。当然,李扬所给出的功能顺序的限定性条件不是只此一种,[①] 但却是其中最重要的一种,即功能顺序的假定只有在单线事件被单线故事所叙述的情况下才能够被严格地执行。从李扬的引述中,我们也读到了其他一些国家学者对普罗普功能顺序说的质疑,但我以为,李扬的分析之深入和清晰的程度不在那些学者之下,有些分析还在他们之上。对于普罗普的功能顺序说,李扬不是简单地否定,也不是一味地肯定,他一方面指出了普罗普的功能顺序说只具有(应用于俄国神奇故事的)的相对普遍性,同时又在给出一定的限定性条件后,论证了该假说在一定条件下(可应用于复杂的神奇故事甚至各种体裁的民间故事)的绝对普遍性,从而肯定了普罗普假说的合理性。[②]

以上是我在 2007 年写下的一段评论,强调了李扬君"通过文本内部的故事内容—叙事形式的非时间性规定性,质疑了普罗普关于神奇(幻想)故事的'功能时间顺序说'"[③]。现在看来,我当年给予李扬君大著

---

① "鉴于功能顺序一致乃是普氏发现的一条重要定律,笔者特别考察了中国民间故事功能顺序与普氏定律不符的原因:部分功能之间原本并无一定的时序、逻辑关系制约;讲述者或记录者可能的'情节化'等。"李扬:《中国民间故事形态研究》,中国社会科学出版社 2015 年版,第 178 页。

② 吕微:《母题:他者的言说方式——〈神话何为〉的自我批评》,《民间文化论坛》2007 年第 1 期。

③ 吕微:《从类型学、形态学到体裁学——刘锡诚〈二十世纪中国民间文学学术史〉补注》,《民间文化论坛》2016 年第 3 期。

的学术价值判断，大体上仍站得住脚；但是我对普罗普的理解，不仅仍然"远远在李扬先生之下"，甚至还达不到当年自我断言的"基本停留在简单接受的水平上"①。于是借着为李扬君再版大著撰写评论的机缘，我重新阅读了普罗普的相关著作（包括普罗普与列维—斯特劳斯之间那场著名的争辩），以期更好地理解普罗普。如果"李扬在他的专著中着重讨论了普罗普关于功能顺序的假说"，进而"李扬先生的专著《中国民间故事形态研究》是迄今为止中国学者对普罗普的'民间故事形态学'所做出的最具国际水平的批评研究"，那么，正确地理解普罗普的"科学发现"②，就成了准确地理解李扬君的学术和学术史贡献的前提条件。但是，要想正确地理解普罗普，首先要弄清楚普罗普（神奇故事形态学）与阿尔奈—汤普森（民间故事类型学）之间的区别，因为阿尔奈—汤普森类型学正是普罗普形态学的起点（尽管是批评的起点）。

  表面看来，要清楚地区分普罗普神奇故事形态学的"功能"概念与阿尔奈—汤普森民间故事类型学的"母题"概念，并非易事，因为二者都是指涉了故事内容当中不断被重复叙述的情节单元。但是，母题的所指范围甚广，只要是被重复叙述的情节单元，阿尔奈—汤普森就视之为一个母题；而普罗普的功能仅仅指涉了故事内容中不断被重复叙述的角色行为。③ 普罗普通过对100篇俄国神奇故事（我们习惯称之为幻想类型的民

---

① "比较起来，我自己对普罗普的理解远远在李扬先生之下，因为我基本停留在简单接受的水平上，没有与普罗普之间形成相互批评的平等对话。"吕微：《母题：他者的言说方式——〈神话何为〉的自我批评》，《民间文化论坛》2007年第1期。

② 普罗普《故事形态学》"具有某种科学发现般的令人震惊的效果"。[英] 斯柯勒：《神话收集者：普罗普和列维—斯特劳斯》，收入叶舒宪编选《结构主义神话学》，陕西师范大学出版社2012年版，第131页。

③ "功能指的是从其对于行动过程意义角度定义的角色行为。"[俄] 普罗普：《故事形态学》，贾放译，中华书局2006年版，第18页；"功能是指的是从其对行动的意义的角度确定的角色行为。"[俄] 普罗普：《神奇故事的结构研究与历史研究》，收入[俄] 普罗普《故事形态学》，贾放译，中华书局2006年版，第188页；"我将角色的行为，即他们的行动称为功能。"[俄] 普罗普：《神奇故事的结构研究与历史研究》，收入[俄] 普罗普《故事形态学》，贾放译，中华书局2006年版，第181页；"功能项……的确定不是随意的，而是通过对成百上千个例子所对照、比较、逻辑定义的途径得出的……诸功能项的安排不是任意的。"[俄] 普罗普：《神奇故事的结构研究与历史研究》，收入[俄] 普罗普《故事形态学》，贾放译，中华书局2006年版，第188—189页。

间故事)的分析,发现神奇故事的功能最多 31 个,尽管这 31 个功能,往往只有 N 个功能能够出现在某一篇神奇故事的具体实体当中。由此,普罗普划分了故事类型(学)与故事形态(学)之间的区别。

在普罗普看来,故事类型学着眼于一篇具体故事的表面内容之内(或情节的表面),一个故事的类型(或一个类型化的故事)是由 N 个功能组成的。而故事形态学则着眼于所有具体故事的表面内容之间(或情节的背后),即故事的形态是由从所有故事(以 100 个故事为案例)中抽象出来的 31 个功能"组合"(composition)而成的①。换句话说,这 31 个功能仅仅存在于所有故事之间,而不可能全部存在于某一具体故事的"实体"② 当中,以此,普罗普才说,"情节可以被称为内容③,情节的组合不能叫做内容"④,情节(在具体故事的表面内容中,功能也可以被称

---

① "如果选一个十分贴切的术语,那就不是用'形态学',而是该用一个更为狭义的概念'组合'(composition),那样书名便成了《民间神奇故事的组合》。但'组合'一词也需要定义,它可以指称不同的东西。"[俄] 普罗普:《神奇故事的结构研究与历史研究》,收入 [俄] 普罗普《故事形态学》,贾放译,中华书局 2006 年版,第 187 页;"组合,即功能项的顺序。"[俄] 普罗普:《神奇故事的结构研究与历史研究》,收入 [俄] 普罗普《故事形态学》,贾放译,中华书局 2006 年版,第 190 页。

② "实体指的是 [故事具体内容的] 叙事过程或情节。"[俄] 普罗普:《神奇故事的结构研究与历史研究》,收入 [俄] 普罗普《故事形态学》,贾放译,中华书局 2006 年版,第 196 页。

③ "俄语中'情节'一词作为文艺学术语有十分确定的意义:即在叙事过程中展开的那些行动、事件的总和。"[俄] 普罗普:《神奇故事的结构研究与历史研究》,收入 [俄] 普罗普《故事形态学》,贾放译,中华书局 2006 年版,第 192 页;"对民间美学而言情节就构成了作品的内容。"[俄] 普罗普:《神奇故事的结构研究与历史研究》,收入 [俄] 普罗普《故事形态学》,贾放译,中华书局 2006 年版,第 193 页;"'情节'是个与时间有关的范畴,而'主题'则不具备这个特征。"[俄] 普罗普:《神奇故事的结构研究与历史研究》,收入 [俄] 普罗普《故事形态学》,贾放译,中华书局 2006 年版,第 192 页。

④ "让我们暂且从民众的角度来看看,如果情节可以被称为内容的话,那情节的组合就无论如何也不能叫做内容了。这样我们从逻辑上便可以得出结论说,组合属于散文作品的形式领域。从这个角度出发可以将不同的内容纳入同一形式。但上文我们已经提及并试图指出组合与情节不可分割,情节无法存在于组合之外,而组合也无法存在于情节之外。"[俄] 普罗普:《神奇故事的结构研究与历史研究》,收入 [俄] 普罗普《故事形态学》,贾放译,中华书局 2006 年版,第 193 页;有时形式也可以指体裁,"形式通常被理解为体裁属性。同一个情节可以有小说、悲剧、电影剧本各种 [体裁] 形式。"[俄] 普罗普:《神奇故事的结构研究与历史研究》,收入 [俄] 普罗普《故事形态学》,贾放译,中华书局 2006 年版,第 194 页。

为"情节")的"组合不是一种现实的存在……它只存在于人的意识中"。① 以此，由 31 个功能组合而成的形态，就像是索绪尔心目中完美地存在于每个人头脑中但不是完美地存在于某个人头脑中的完整语库。② 这样，对于阿尔奈—汤普森来说，一个类型（具体内容的情节组合）就是一个故事，或者说一个类型化的故事就是一个由诸母题（具体内容的情节）组合而成的情节化的具体故事实体；③ 而对于普罗普来说，故事的形态则超出了一个具体的故事实体，即所谓神奇故事的"形态"就是既通过又超过 100 个具体的神奇故事实体，"从整体上、从故事的整个范围来确定"④ 的"基本故事"⑤ 的"元结构"（metaatructure）。⑥

但是，尽管故事的类型（情节）和故事的形态（组合）是如此的不

---

① "我将故事本身讲述时的功能项顺序称为组合……同样的组合可以是许多情节的［先验］基础；或反过来说，许多情节以一个组合为［先验］基础。组合是稳定的因素，而情节则是可变的因素。要是没有遭到进一步的术语误解的危险，情节及其组合的总和可以被称为故事结构（structure）［或功能组合的故事形态］，在事物世界不存在一般概念的水平上，组合不是一种现实的存在。此句户晓辉译作："组合并没有现实的存在，就像一切一般概念并不存在于事物的世界中一样。"户晓辉：《内容与形式：再读汤普森与普罗普——"一个馒头引发的血案"：对吕微自我批评的阅读笔记》，《民间文化论坛》2007 年第 1 期；"它只存在于人的意识中。但正是借助于一般概念我们认识了世界，揭示了它的规律从而学会把握它。"［俄］普罗普：《神奇故事的结构研究与历史研究》，收入［俄］普罗普《故事形态学》，贾放译，中华书局 2006 年版，第 189—190 页。

② "毫无愧意地说，我们了解的当地传说，已经比任何一位当地居民包括那些'民俗精英'们要多得多，这一点，跟我们熟悉的当地人也都承认""关于娘娘的身世传说的这颗生命树是虚拟的，它永远不会在现实中存在，但所有现实存在的说法，都可以在这棵树上找到相应位置——它的前后因缘、它的左邻右舍、它的朋友和对手，也许现实中的讲述者并不知道，至少不会知道得像我描画出来的这么全面，而有了这棵树，就会让我们用更加全面的眼光，来进行以后的讲述和分析。"陈泳超：《背过身去的大娘娘——地方民间传说升息的动力学研究》，北京大学出版社 2015 年版，第 22、93 页。

③ "母题是原生的，情节则是派生的。情节对于维谢洛夫斯基来说已经是一个创作和组合行为。"［俄］普罗普：《故事形态学》，贾放译，中华书局 2006 年版，第 11 页。

④ ［俄］普罗普：《故事形态学》，贾放译，中华书局 2006 年版，"序言"，第 7—8 页。

⑤ "基本故事——所有故事只是部分体现了这点。"［法］莱维—斯特劳斯：《结构人类学》第二卷，俞宣孟等译，上海译文出版社 1999 年版，第 148 页。

⑥ ［法］莱维—斯特劳斯：《结构人类学》第二卷，俞宣孟等译，上海译文出版社 1999 年版，第 132 页。

同，尽管在普罗普看来，阿尔奈对故事类型的划分具有相当的主观性，①

---

① "普罗普认为，对故事材料的正确分类是科学描述的首要步骤之一，精确的研究取决于精确的分类。对当时流行的数种故事分类法，普罗普一一提出了质疑和批评：或混淆不清、难以归类（最常见的分类法是［主观地］将故事分为奇异故事、日常生活故事、动物故事等）；或概念模糊、界限不明；按照主题（theme）［主观地］进行分类，更是人言人殊，依据的分类标准缺乏统一连贯性。"李扬：《中国民间故事形态研究》，中国社会科学出版社2015年版，第2页；"阿尔奈教授在《故事类型索引》一书中对民间故事按情节'类型'（Type）进行了分类编排。对此普罗普亦提出了质疑，他再三强调民间故事的主题（即阿尔奈所称的'类型'）间存有互相交织、紧密联结的关系，不可随意抽取加以孤立研究，同时，这一分类法在确立类型上，亦缺乏完全客观的标准。当然，普罗普的兴趣并不在于故事的分类法研究。他对上述分类的批评，旨在揭示故事研究方向上的偏误，他关注的是故事的叙事结构描述。"李扬：《中国民间故事形态研究》，中国社会科学出版社2015年版，第2页；"尽管分类是所有研究的基础，它本身也应该是一定的初步研究的结果。然而，我们所看到的恰恰是相反的情况，大部分研究者始于（主观地）从外部引入材料的分类（法），而不是根据实质从材料（即具体故事的实体内容）中得出来。"[俄]普罗普：《故事形态学》，贾放译，中华书局2006年，第3页；"上面分析的分类法涉及到将故事按类别进行分类，与按类别对故事进行分类并列的还有按情节分类。如果说按类别进行分类整理的情况并不如人意的话，那么按情节划分则是一片混乱。"[俄]普罗普：《故事形态学》，贾放译，中华书局2006年版，第5页；"从逻辑上就不可避免地会出现混乱……破坏了最起码的逻辑规则……"[俄]普罗普：《故事形态学》，贾放译，中华书局2006年版，第6页；"按个人趣味行事……划分此情节与彼且完全没有一个客观标准。"[俄]普罗普：《故事形态学》，贾放译，中华书局2006年版，第8页；"每个研究者在根据以上所引用的模式进行分类时，事实上是按其他方式进行的。"[俄]普罗普：《故事形态学》，贾放译，中华书局2006年版，第4页；"就按照个人的趣味行事，要做出客观的划分恐怕根本不可能。"[俄]普罗普：《故事形态学》，贾放译，中华书局2006年版，第8页；"充其量是个用途有限的索引。"[俄]普罗普：《故事形态学》，贾放译，中华书局2006年版，第7页；"阿尔奈并未着意于创制一部科学的分类法本身：他编写的索引重在作为一个实用的指南，它本身就具有巨大的意义。但阿尔奈的索引还有另一个危险。他引生出一些本质上错误的概念。事实上不存在精确的类型划分，它常常只是一个（主观）虚构的东西。如果说有类型的话，那它们也并不存在于阿尔奈所说的那个平面上……"[俄]普罗普：《故事形态学》，贾放译，中华书局2006年版，第9页；"分类不是在描述之后，而是描述在先入为主的分类框架中进行。"[俄]普罗普：《故事形态学》，贾放译，中华书局2006年版，第10页；"总可以发现一些可以归入几个门类的故事。无论这种分类是根据故事的类型还是根据所采纳的主题，这一点还是真的。诚然，主题的描写是随意的；它并不基于实际的分析，而是基于每个作者的直觉或理论观点。阿尔奈的分类提供了一份对研究者最有帮助的目录，但描写纯粹是经验的，所以把一个故事归入一个一定的门类只是［主观］随意的。"[法]莱维—斯特劳斯：《结构人类学》第二卷，俞宣孟等译，上海译文出版社1999年版，第129页；"阿法纳西耶夫将渔夫和金鱼的故事［主观地］归入了动物故事。他对不对呢？如果不对，那是为什么？……在我们看来阿法纳西耶夫在金鱼的故事上就是错了，这也是十分清楚的。"[俄]普罗普：《故事形态学》，贾放译，中华书局2006年版，第4页；普罗普设想过建立在故事形态学基础上的故事类型学或分类学："应该将整个故事分类法置于新的轨道。必须将它转（接下页）

普罗普却仍然把自己的故事形态学研究建立在"按情节[而不是按情节的组合]来进行的研究"①的故事类型学研究基础上，即普罗普仍然把自己的故事形态研究对象置诸故事类型的研究结果（属于阿尔奈分类体系的 100 个神奇故事）。②普罗普自我辩解说："如果无法从整体上、从故事的整个范围[即故事形态方面]来确定[研究对象]这一点，那么从各个[主题、情节的分类]方面来说确定被称之为'神奇故事'，即真正意义上

（接上页）向形式的、结构的标志。"［俄］普罗普：《故事形态学》，贾放译，中华书局 2006 年版，第 5 页；"具有相同功能项的故事就可以被认为是同一类型的。在此基础上随后就可以创制出类型索引来，这样的索引不是建立在不很确定的、模模糊糊的情节标志之上，而是建立在准确的结构[形态]标志上。"［俄］普罗普：《故事形态学》，贾放译，中华书局 2006 年版，第 19—20 页；"几个故事之间形式上的区别来自于每个故事在可用的 31 个功能中所作的选择以及其中一些可能的重复。"［法］莱维—斯特劳斯：《结构人类学》第二卷，俞宣孟等译，上海译文出版社 1999 年版，第 138 页；"[普罗普]企图重新引入一个分类的原则。只有一个故事，但这是一个由四组逻辑地联结在一起的功能所组成的古老的故事。"［法］莱维—斯特劳斯：《结构人类学》第二卷，俞宣孟等译，上海译文出版社 1999 年版，第 148 页；"借鉴普罗普的形态分析来对中国的民间故事进行分类，不失为一种有意义的尝试……如果能以形态学的方法，分析更多的故事，加以归类验证，很有希望总结出一种较之其他分类法更为合理、全面，也更能体现故事叙事本质的结构形态分类法。"李扬：《中国民间故事形态研究》，中国社会科学出版社 2015 年版，第 179—180 页。

① ［俄］普罗普：《神奇故事的结构研究与历史研究》，收入［俄］普罗普《故事形态学》，贾放译，中华书局 2006 年版，第 185 页；"以往对故事总是从情节的角度进行研究。"［俄］普罗普：《故事形态学》，贾放译，中华书局 2006 年版，第 110 页；"在芬兰学派的著作中所做的那种按情节[类型]来进行的研究。"［俄］普罗普：《神奇故事的结构研究与历史研究》，收入［俄］普罗普《故事形态学》，贾放译，中华书局 2006 年版，第 185 页；"阿尔奈将情节称为类型。"［俄］普罗普：《故事形态学》，贾放译，中华书局 2006 年版，第 8 页。

② "普罗普所研究的故事原材料是一组（100 个）特定类型[主题]的俄国民间童话故事（Fairy Tale），即阿尔奈分类法中 300—749 号故事。普罗普对研究方法的构思是：先用特殊的方法将故事的组成成分分离出来；再按照这些成分对故事进行比较，从而得出一种形态学意义的结果，即按照故事成分和这些成分彼此之间的关系，以及它们同整体的关系，对民间故事作出的描述。"李扬：《中国民间故事形态研究》，中国社会科学出版社 2015 年版，第 3 页；"普罗普一再声称自己只是研究民间文学的一个特殊方面——神奇故事，而不是追寻放之四海而皆准的规律。"李扬：《中国民间故事形态研究》，中国社会科学出版社 2015 年版，第 7—8 页；"我们采用阿法纳西耶夫的故事集，研究自 590 号故事始（根据阿法纳西耶夫的编排，这是故事集里的第一个神奇故事），至 151 号故事终。"［俄］普罗普：《故事形态学》，贾放译，中华书局 2006 年版，第 21 页；"分析将只涉及故事选集中阿法纳西耶夫搜集的 50 到 151 号的故事。"［法］莱维—斯特劳斯：《结构人类学》第二卷，俞宣孟等译，上海译文出版社 1999 年版，第 132 页。普罗普自己也说："我在一块十分不起眼的地盘上——民间故事的一种样式（即神奇故事的类型）中——看到了规律。"［俄］普罗普：《神奇故事的结构研究与历史研究》，收入［俄］普罗普《故事形态学》，贾放译，中华书局 2006 年版，第 179 页。

的故事是可能的。此书研究的只是神奇故事。"① ——列维—斯特劳斯敏锐且正确地指出了,普罗普这是在强制"把自己绝对地局限在支配主题分组的(主观性)规律中",② 对于讲究科学性、客观性的普罗普来说,这实在是一件令人无法思议的事情——所以,普罗普"最初的书名是《神奇故事形态学》,而初次预告该研究成果时的命名还要更贴切些:'俄罗斯神奇故事形态学'",③ 直到该书出版了英译本,书名才变成了 Morphology of the Folktale④,即"民间故事形态学"。⑤

当然,将自己的形态学研究命名为"神奇故事形态学",也许是普罗普的无奈之举,因为基于形态学的故事分类学还没有建立起来,所以,普罗普的故事形态学研究对象即原本是类型学研究结果的"神奇故事",只能够是一个尽管必须但却是随机的"工作假设"。⑥ 作为工作假设,普罗普的研究对象——按照普罗普自己的说法——是"受制于外部因素"⑦ 即

---

① [俄] 普罗普:《故事形态学》,贾放译,中华书局 2006 年版,"序言",第 7—8 页。
② [法] 莱维—斯特劳斯:《结构人类学》第二卷,俞宣孟等译,上海译文出版社 1999 年版,第 156—157 页。
③ [俄] 涅赫留多夫:《普罗普与〈故事形态学〉》(中译本代序),[俄] 普罗普:《故事形态学》,贾放译,中华书局 2006 年版,第 2 页。
④ [俄] 普罗普:《神奇故事的结构研究与历史研究》,[俄] 普罗普:《故事形态学》,贾放译,中华书局 2006 年版,第 177 页注释 2。
⑤ "书名被更改过。它原名是《神奇故事形态学》。为了赋予该书以更大的意义,编辑删去了'神奇'一词,于是读者(包括列维—斯特劳斯教授)误入歧途,似乎在此考察的是作为一种体裁(即与神话、传说相对而言狭义)的(民间)故事总的规律性。冠此名目似可产生一系列类型专论,如《咒语形态学》、《寓言形态学》、《喜剧形态学》等等。但作者绝对无意于研究故事这样一种复杂多样体裁的所有样式。书中考察的只是迥然有别于其他故事样式的一种样式,即神奇故事,而且只是民间的。"[俄] 普罗普:《神奇故事的结构研究与历史研究》,收入 [俄] 普罗普《故事形态学》,贾放译,中华书局 2006 年版,第 182 页;"此书研究的只是神奇故事。"[俄] 普罗普:《故事形态学》,贾放译,中华书局 2006 年版,"序言",第 7—8 页。
⑥ "本书是研究神奇故事的。作为一个必须的工作假设,要假定存在着作为一个特殊亚类的神奇故事。所谓神奇故事指的是阿尔奈和汤普森归在 300—749 号的故事。这个定义是初步的和人为设定的……"[俄] 普罗普:《故事形态学》,贾放译,中华书局 2006 年版,第 16 页;"正如普罗普在第二章开头所表述的,他的整个工作都建立在一种工作假设上,即'童话故事'(fairy tales)是作为民间故事的一个特殊门类而存在的。在研究开始时,'童话故事'就根据经验被定义为如阿尔奈在 300 到 749 号门类下的故事。"[法] 莱维—斯特劳斯:《结构人类学》第二卷,俞宣孟等译,上海译文出版社 1999 年版,第 131 页。
⑦ "材料[的选择]受制于外部因素。我们采用阿法纳西耶夫的故事集,研究自 50 号故事始(根据阿法纳西耶夫的编排,这是故事集里的第一个神奇故事),至 151 号故事终。"[俄] 普罗普:《故事形态学》,贾放译,中华书局 2006 年版,第 21 页。

人为、主观因素而设定的；而列维—斯特劳斯则再一次惺惺相惜地对"外部强加"① 于普罗普的人为、主观因素，表示了同情和理解。但是，这却带来了一个意外的惊喜，即，如果普罗普的研究对象（神奇故事）只是随机假设的结果，那么，其研究方法也就具有了随机地指向民间叙事的所有体裁、类型的可能性。② 进而，列维—斯特劳斯针对普罗普没有把各种体裁、类型的民间叙事都纳入形态学研究的批评，③ 也就被普罗普的研究对象的随机性否定了。但遗憾的是，普罗普自己并没有意识到这一点，④ 而是仍然坚持自己的形态学研究只是针对神奇故事的特殊结构，⑤ 而不是针对各种体裁、类型的民间叙事的统一结构。⑥

---

① "这种尝试是随意而且似乎是'外部强加的'。"[法]莱维—斯特劳斯：《结构人类学》第二卷，俞宣孟等译，上海译文出版社1999年版，第132页。

② "考虑在相同的方式上运用形态学的分析。"[法]莱维—斯特劳斯：《结构人类学》第二卷，俞宣孟等译，上海译文出版社1999年版，第144页。

③ "人们可以对促使普罗普选择民间故事或故事的某种类型来检验他的方法的理由感到好奇，这些故事不应离开口头文学的其余部分来加以分类。"[法]莱维—斯特劳斯：《结构人类学》第二卷，俞宣孟等译，上海译文出版社1999年版，第141页。

④ "（列维—斯特劳斯）说我过于神奇故事结构的结论是一个幻影，是形式主义的幽灵……他认为我是主观幻想的牺牲品。"[俄]普罗普：《神奇故事的结构研究与历史研究》，收入[俄]普罗普《故事形态学》，贾放译，中华书局2006年，第186页；"普罗普是一种主观幻觉的牺牲品。"[法]莱维—斯特劳斯：《结构人类学》第二卷，俞宣孟等译，上海译文出版社1999年版，第145页。

⑤ "我的目的纯粹专为民间文艺学而设（而不是为民间文艺学之外的研究例如神话学而设）。"[俄]普罗普：《神奇故事的结构研究与历史研究》，收入[俄]普罗普《故事形态学》，贾放译，中华书局2006年版，第180页。

⑥ "所有的神奇故事，它们都将是一个类型……所有神奇故事按其构成都是同一类型。"[俄]普罗普：《故事形态学》，贾放译，中华书局2006年版，第20页；"其他一些情节建立在功能的重复性上，和最终神奇故事的所有情节都建立在相同的功能上，以及所有的神奇故事按其结构都是同一类型。"[俄]普罗普：《神奇故事的结构研究与历史研究》，收入[俄]普罗普《故事形态学》，贾放译，中华书局2006年版，第181—182页；"神奇故事的定义不是通过它的情节，而是通过它的情节（即功能）组合得出的……确定了神奇故事情节组合的单一性。"[俄]普罗普：《神奇故事的结构研究与历史研究》，收入[俄]普罗普《故事形态学》，贾放译，中华书局2006年版，第183页；"对于普罗普而言，其结果是发现了真正存在的只有一个故事而已。"[法]莱维—斯特劳斯：《结构人类学》第二卷，俞宣孟等译，上海译文出版社1999年版，第147页；"严格来说，只有一个故事——即所有已知的故事必须被看作是唯一一种类型的一系列变体。"[法]莱维—斯特劳斯：《结构人类学》第二卷，俞宣孟等译，上海译文出版社1999年版，第140页；"从结构上看，一切神话故事都是一个类型。"[法]莱维—斯特劳斯：《结构人类学》第二卷，俞宣孟等译，上海译文出版社1999年版，第132页；"只会有一个唯一的故事。"[法]莱维—斯特劳斯：《结构人类学》第二卷，俞宣孟等译，上海译文出版社1999年版，第149页。

在明白了普罗普的研究旨趣其实最终指向了所有故事体裁、类型的统一结构（普罗普本人也表示过"这一规律的揭示可能会有更广泛的意义"①"我的模式适合于能够模式化的对象"②）之后，我现在的问题是：为什么普罗普会如此着迷于故事形态的统一性呢？普罗普自己解释说："对我来说确定民众以怎样的顺序来排列功能项是十分重要的"。③ 即，如果"根据模式，（民间文艺学家）还可以自己按民间故事的规律（自由任意地）编出无数个故事来"，④ 那么，"普罗普承认，讲述者在选择某些人物、省略或重复这种那种功能、确定保留功能的方式以及最后用更圆满的方式将名称和特性分派给人物方面有相对的自由"。⑤ 这种讲述者的相对自由包含两重含义：从形式上说，功能组合的自由；以及从内容上说，情节选择的自由。⑥ 列维—斯特劳斯认为，普罗普所说的这种相对的自由就是"任意"（法文 arbitraire，英文 arbitrary），⑦ 而基于"任意"，普罗普

---

① ［俄］普罗普：《神奇故事的结构研究与历史研究》，收入［俄］普罗普《故事形态学》，贾放译，中华书局 2006 年版，第 179 页。

② 同上书，第 191 页。

③ 同上书，第 190 页。

④ 同上书，第 191 页。

⑤ ［法］莱维—斯特劳斯：《结构人类学》第二卷，俞宣孟等译，上海译文出版社 1999 年版，第 142 页。

⑥ "在普罗普之前，维谢洛夫斯基已经明确指出：'对任务和遭遇次序的选择（母题的例子）已经构成了某种自由的前提。'"李扬：《中国民间故事形态研究》，中国社会科学出版社 2015 年版，第 146 页；"普罗普将口述文学分为两端：一是因为要让它们适宜于形态分析而构成了本质方面的一种形式；以及一个任意的内容，因为它们是任意的，我想他认为它们的重要性是附带的。"［法］莱维—斯特劳斯：《结构人类学》第二卷，俞宣孟等译，上海译文出版社 1999 年版，第 145 页；"普罗普值得赞扬地发现故事的内容是可变更的，但他关于频繁地下结论说它是任意的，而这就是他所遇到的可能的原因，因为甚至变更也服从于规律。"［法］莱维—斯特劳斯：《结构人类学》第二卷，俞宣孟等译，上海译文出版社 1999 年版，第 149 页；而普罗普本人通过他的形态学研究进一步确认了民间故事的讲述"以意志（的自由）抉择为枢纽的'序列组合形态'"高辛勇：《形名学与叙事理论》，联经事业出版公司 1987 年版，第 211 页。李扬：《中国民间故事形态研究》，中国社会科学出版社 2015 年版，第 162 页；即故事讲述形式方面的自由："难题和相遇的选择与程序……要求具有一定的自由"［俄］普罗普：《故事形态学》，贾放译，中华书局 2006 年版，第 19 页；即"故事提供了更多讲述的可能性，它的变化相对而言较为自由，它们逐渐具有了某些任意的特征"［法］莱维—斯特劳斯：《结构人类学》第二卷，俞宣孟等译，上海译文出版社 1999 年版，第 142 页。

⑦ 户晓辉批注：任意，"一般而言，而且在索绪尔那里，法语是 arbitraire，英译是 arbitrary，二者均来自拉丁语 arbitrarius（随意的，未决定的，假定的，推测的）"。

最终得出的结论（正如列维—斯特劳斯所引）就是："自由是民间故事独有的特色。"① 户晓辉也认为："普罗普在此并没有否定这种自由，在这个意义上，他也是考虑和尊重'民众'的选择权的。"② 尽管与此同时，普罗普又强调说："以上这些的创造（并非）是'绝对自由的'，那将只是一种可能。让我们再一次强调，这不是绝对自由的。"③ 而且，对这种任意的自由——如果我们把任意的自由（例如历史的自由创造）视为对法则的选择性应用，那么就意味着——唯当我们认识了叙事的法则之后，才可能认识到叙事对法则的自由选择。④

"任意的自由意志"（拉丁文 arbitrium liberum）是康德使用过的一个重要概念（列维—斯特劳斯不愧是哲学家，通过提出"任意"的概念，打通了普罗普故事形态学与康德实践哲学之间在学术思想上的问题史联系），康德也用 Willkür（英译 choice/汉译"选择"⑤）表达"任

---

① ［法］莱维—斯特劳斯：《结构人类学》第二卷，俞宣孟等译，上海译文出版社 1999 年版，第 142 页。

② 户晓辉：《内容与形式：再读汤普森与普罗普——"一个馒头引发的血案"：对吕微自我批评的阅读笔记》，《民间文化论坛》2007 年第 1 期。

③ ［法］莱维—斯特劳斯：《结构人类学》第二卷，俞宣孟等译，上海译文出版社 1999 年版，第 156 页。

④ "无论什么现象，只有在对其进行描述之后才可以去谈它的起源。"［俄］普罗普：《故事形态学》，贾放译，中华书局 2006 年版，第 3 页；"人们只是在对现象作描述以后才能对现象的起源进行讨论。"［法］莱维—斯特劳斯：《结构人类学》第二卷，俞宣孟等译，上海译文出版社 1999 年版，第 129 页；"没有正确的形态研究，便不会有正确的历史研究。"［俄］普罗普：《故事形态学》，贾放译，中华书局 2006 年版，第 15 页；"如果没有正确的形态学研究，也就不可能有正确的历史研究。"［法］莱维—斯特劳斯：《结构人类学》第二卷，俞宣孟等译，上海译文出版社 1999 年版，第 130—131 页；"在阐述故事是从何而来这个问题之前，必须先回答它是什么这个问题。"［俄］普罗普：《故事形态学》，贾放译，中华书局 2006 年版，第 3 页；"研究所有种类故事的结构，是故事的历史研究最必要的前提条件。形式规律性的研究是历史规律性研究的先决条件。"［俄］普罗普：《故事形态学》，贾放译，中华书局 2006 年版，第 13 页；"研究所有种类故事的结构，是故事的历史研究最必要的前提条件。形式规律性的研究是历史规律性研究的先决条件。"［俄］普罗普：《故事形态学》，贾放译，中华书局 2006 年版，第 13 页；"普罗普这些研究中对情节的透视——是以研究起源为目的的对现象结构的描写（《形态学》）。"［俄］涅赫留多夫：《普罗普与〈故事形态学〉》（中译本代序），［俄］普罗普《故事形态学》，贾放译，中华书局 2006 年版，第 2 页；"这项实验……将为故事的历史研究打下基础。"［俄］普罗普：《故事形态学》，贾放译，中华书局 2006 年版，"序言"，第 8 页。

⑤ 户晓辉批注：Willkür 和 choice "这两个词，前者指任意，后者指选择，（字面上都）没有'自由'的意思"。

意"的意思。① "任意"这一概念也曾被索绪尔借来用以描述语言制度和文化的实践原则。根据索绪尔的研究，语言和文化的实践制度、原则，主要就是基于任意的自由意志即意志的自由选择。② 可以说，普罗普的神奇故事形态学研究接过了康德的问题：任意的自由意志是否就是遵循或违背某种原则（规律）？而这个问题在跨文化、语境化经验的比较研究中能够给出直观的答案。③ 于是，我们也就可以进一步理解，李扬《中国民间故事形态研究》的跨文化、语境化经验比较研究的学术价值和学术史意义了。

> 实践证明，我们运用这种共时性的分析方法，确实可以发现中国民间故事结构形态上的一些共同的规律和特定，使我们可以从一个新的角度来观照故事，进行跨文化的比较研究。……一方面，本书试图通过具体的运用来验证普氏理论对中国故事的适用性；另一方面，本书力图描述这些故事的叙事形态，总结其独有的区域类型特征。④

李扬《中国民间故事形态研究》并不仅仅是对普罗普的普遍性发现的跨文化、语境化质疑和修正，同时更是对普罗普问题意识的进一步推进。从纯粹学术的角度说，李扬《中国民间故事形态研究》"力图描述这

---

① "意志（Wille）就是欲求能力……就理性能够规定任性（Willkür）而言，意志就是实践理性本身。就理性能够规定一般欲求能力而言，在意志之下可以包含任性，但也可以包含纯然的愿望（Wollen）。可以受纯粹理性规定的任性叫做自由的任性（arbitrium liberum），而只能由偏好（感性冲动、刺激）来规定的任性则是动物的任性（arbitrium brutum）。相反，人的任性是这样的任性：它虽然受到冲动的刺激，但不受它规定，因此本身（没有已经获得的理性技能）不是纯粹的，但却能够被规定从纯粹意志出发去行动。任性的自由是它不受感性冲动规定的那种独立性。这是它的自由的消极概念。积极的概念是：纯粹理性有能力自身就是实践的。但是，这只有通过使每一个行动的准则都服从它适合成为普遍法则这个条件才是可能的。" ［德］康德：《道德形而上学》，李秋零译，载《康德著作全集》第6卷，中国人民大学出版社2007年版，第220页。
② 吕微：《两种"自由意志"的实践民俗学——民俗学的"知识谱系"与概念间逻辑》，未刊。
③ "在口述文学的情况下，这些上下文［语境］首先是由变体的整体提供的。"［法］莱维—斯特劳斯：《结构人类学》第二卷，俞宣孟等译，上海译文出版社1999年版，第150页。
④ 李扬：《中国民间故事形态研究》，中国社会科学出版社2015年版，第14—15、179页。

些（中国）故事的叙事形态，总结其独有的区域类型特征"的科学性毋庸置疑（正如我已经指出的）；而从学术史的角度说，李扬对普罗普问题的再研究，不仅符合世界范围内，从共时性语法学（语言研究）到历时性语用学（言语研究）的语言学学科范式转换，也符合刘晓春所言从民俗研究到"语境中的民俗"研究的民俗学学科范式转换的学术史进程。①在这一从现代性到后现代性转换的学术史进程中，普罗普和李扬反复追问的问题，不应该仅仅被锁定为故事本身的讲述规律，更应该被设定为：故事讲述人根据或违背普遍原则（规律）的自由意志究竟如何可能？因而在普罗普、李扬的科学发现之后，逻辑上可进一步提出的问题是：如果跨文化、语境化经验的比较研究证明了任意意志的现实性（康德也认为，任意意志可以为感性经验直观地证明），那么，人的绝对的自由意志（德语 Wille/英语 will）是否也必然应该且能够建立起某种法则（规律），从而使得任意意志的自由选择成为可能？

  只有在研究了故事的形式系统并确定了它的历史根源之后，才有可能在其历史发展中客观科学地揭示故事中包含的最有意思、最意味深长的民间哲学和民间道德的世界。②

而对此，民间文学的各类形式（母题、类型、形态、原型……）研究是否应该以及能否进一步证成这一追问？将是我们学界中人共同面对的课题。

原载《民族文学研究》2018 年第 3 期

---

① 刘晓春：《从"民俗"到"语境中的民俗"——中国民俗学研究的范式转换》，《民俗研究》2009 年第 2 期。
② ［俄］普罗普：《神奇故事的结构研究与历史研究》，收入［俄］普罗普《故事形态学》，贾放译，中华书局 2006 年版，第 195 页。

民间文艺学经典研究范式的
当代适用性思考
——以形态结构与文本观念研究为例

康 丽[*]

同民俗学一样，民间文艺学一直都将"传统"作为学科前行的基础与动力。只不过，在民俗学的研究视野中，"传统"的承载形态是复杂多样的，无论是物质的静态存在，还是情感、认知的实践表达，其多样化的形态几乎可以涵盖地方社会生活的全部内容。而在民间文艺学研究中，"传统"的呈现方式相对集中，更多地聚焦在具有口头传承特质的民间叙事上。因为这种叙事特质的存在，使得"许多对于口头传统、口头叙事和语词艺术的研究，都是以'文本'这个概念作为出发点，从而建立在搜集和分析的基础之上"[①]。文本的形态结构与内涵观念，也在很长一段时间里，成为民间文艺学研究的致力之处。伴随而生的形态学研究方法、结构主义的分析模式、文化释义的解读途径等技术路线与工作手段，成为学者们开掘文本传统的看家本领，给予民间文艺学界以极为深远的影响。

但是，随着近年来包括表演理论、民族志诗学、传统的发明在内的诸多西方理论思潮的传入，以及中国学者相关实践的积累增多，学者的眼光更多地聚集在日常生活的实践层面，更为关注民间叙事的现代命运、变迁

---

[*] 作者：康丽，北京师范大学文学院民俗学与文化人类学研究所教授。

[①] Ruth Finnegan, *Oral Tradition and the Verbal Arts: A Guide to Research Practices*, Routledge: London and New York, 1992, p.17.

过程与主体实践。以"事件、过程、交流行动与实践"① 为标志的"语境"② 和涵盖了"传统、事件、表演者、受众以及研究者"③ 在内的"建构"④，作为核心术语进入学者的视野，成为学界在"口承—书写"框架下深入反思"文本"性质的重要助力。这种研究视角与立场的转换，让越来越多的学者意识到，传统民间文艺学研究对其学术立足点——文本的理解过于偏狭了：将文本视为"等着被筛选和分析的原材料"⑤ 的看法，实质上将文本的性质固化在以书写为基础的静态存在上。这种看法仅仅关注了口承文本经由文字转写之后的结果，而忽略了文本的建构特性，屏蔽了所有曾在文本生成过程中发挥作用的影响因素的存在。因此，建筑在书写文本认识上的各种分析模式，也因其无视或无力在文本与地方社会民众生活之间搭建关联，不能为理解生产文本的主体——民众提供足够的认知信息，从而逐渐丧失揭示民众口头传统的有效性。⑥

任何一门学科的发展都是承继前贤、后启新锐的结果，而新锐理论的建构又大多是建立在梳理经典研究的基础之上的。因而，本文尝试以形态结构与文本观念研究为例，探讨这两种经典研究范式在当代的适用性，并

---

① 语境在民间文艺学的研究中也有很长的传统，但是在经典民间文艺学研究中，语境大多被泛化为相对宏观的文化背景。但当代学界对语境的看法已有较大地转变。详见彭牧《实践、文化政治学与美国民俗学的表演理论》，《民间文化论坛》2005 年第 5 期。

② 杨利慧曾在细数了表演理论在中国的传播与相关学术实践之后，以"语境""过程""表演者"作为中国当代民俗学转型的标志。请参见杨利慧《语境、过程、表演者与朝向当下的民俗学——表演理论与中国民俗学的当代转型》，《民俗研究》2011 年第 1 期。

③ 巴莫曲布嫫在对凉山诺苏彝族史诗"勒俄"的个案检视中，精炼地提出了"五个在场"的田野研究操作模式，包括史诗传统的在场、表演事件的在场、演述人的在场、受众的在场，以及研究者的在场。参见巴莫曲布嫫、廖明君《田野研究的"五个在场"》（学术访谈），《民族艺术》2004 年第 3 期。

④ 王杰文在讨论学界对传统的认知变迁时，特别提到了建构主义思潮的重要影响。详见王杰文《"传统"研究的研究传统》，《民族文学研究》2010 年第 4 期。

⑤ Brunvand, J. H., *The Study of American Folklore, An Introduction*, 3rd edition, New York and London: Norton, 1986, p.19.

⑥ 目前学界对民间文艺学经典研究范式的有效性，存在比较普遍的质疑。而引致这种质疑声音出现的前提，是普遍存在于当代人文社会科学界的反思大潮。对以往宏观理论的解构中研究对象客体性质的批判、对以人为主体的实践关怀，已经成为众多学科的基本认识。在这种意义上，对文本认识的转变，也是这种思潮引发的结果，同时也是促使当代民间文艺学研究民俗学化或文化学化倾向出现的原因之一。

追索由此关联出的在进行范式的沿用、转换，甚至重构时必须予以深思的学科认知问题，以求教于方家。

一 形态结构研究：同构文本的集群构成与传统稳定性的体现

在民间叙事研究的文本实践中，文本的聚合形态与结构方式是认知多元异文同源属性的一个基本学术命题。作为研究民间叙事的看家本领之一，形态结构研究对这一命题的回答一直是相当有效的。应该说，从以分类为目的的形态学与以多元文本同质性为目的的结构分析成为民间叙事文本研究中的关键指向时起，学者们的努力基本上都是围绕着文本之间的关系展开的。譬如，在该领域众所周知的，由芬兰学者安蒂·阿尔奈（Antii Aarne）开创、其美国的后继者斯蒂·汤普森（Stith Thompson）完善的传统类型学研究，就是通过确定文本的"类型"（Type）与"母题"（Motife）[①]，为民间叙事，尤其是与民间故事的雷同勾描出具有世界性的同源图景。再比如，俄罗斯形态学大师普罗普（V. J. Propp）的叙事形态学[②]，借助情节与叙事节奏的复现，提炼出31种结构单元——"功能"（Function/функция），并通过确定其组合与固定编排的序列，规定了同构

[①] 传统类型学研究依靠的分类方法，先是由芬兰民俗学者安蒂·阿尔奈（Antti Aarne）在芬兰学者科隆父子（Julius Krohn 和 Kaarle Krohn）的"历史—地理研究法"（historic - geographic method）的基础上发展而来，并编纂了一部《民间故事类型索引》。这部索引后经美国民俗学家斯蒂·汤普森（Stith Thompson）的翻译、补充和修订，成为世界民间文学领域使用最为广泛的工具书之一，学界通常把该索引的分类和编排方法称作"阿尔奈—汤普森分类体系"（the Aarne - Thompson classification system），或简称为"AT 分类法"。需要说明的是，斯蒂·汤普森不满足于类型分类的粗放，于1932年提出了将故事情节切分为"最小单位的"的母题概念，并在定义"母题"这一术语时，说明了它同情节类型的关系："对于民间叙事作品作系统分类，必须将类型与母题清楚地区分开来，因为对这两方面项目的排列实质上是不一样的。一个完整的故事（类型）怎样由一系列顺序和组合相对固定了的母题来构成……一种类型是一个独立存在的传统故事，可以把它作为完整的叙事作品来讲述，其意义不依赖于其他任何故事。当然它也可能偶然地与另一故事合在一起，但它能够单独出现这个事实，是它的独立性的证明。组成它的可以仅仅是一个母题，也可以是多个母题。"也就是说，汤普森主张从相对固定的母题或母题组合的层面来把握故事情节类型。注中引文引自［美］斯蒂·汤普森《世界民间故事分类学》，郑海等译，上海文艺出版社1991年版，第498—499页。

[②] ［俄］普罗普：《故事形态学》，贾放译，中华书局2006年版。

文本多元形态中的基本结构限度，为俄罗斯神奇故事勾画出具有标志性的形态规制。站在"文本"的角度，不难发现，这些被归置到结构主义形态研究下的学术实践，基本上都建立在同样的认识基础上，即文本是凌驾于其生成语境的独立客体。他们的研究强调的，都是疏远具体传统的文本独立性。

近年来，受后现代主义思潮的影响，人文社会科学界普遍性地将当前的关注重点从中性确定的"客体"或设定的均质制度转向过程和实践。尤其是近 30 年来，随着表演理论、口头传统等西方理论在国际学界的传播与发展，民间文艺学界逐渐接受了这样一种认识，"一些在过去被称作特殊文化的'文本'（故事、神话、歌谣等），有时候只不过是一个个体在一个特殊场合的一次表演，或者是被某一人群中的一个个体所制造和拥有。受此影响，日益增长的关注不再将文本视为等待搜集的客体，而趋向对口头程式的创作、表演、接受、循环或操控过程的看重"①。就这样，语境因素的生产特质被纳入学者研究文本的考量之中，于是，"过程"成为被设定的文本最为本质的表现：任何一个文本的出现，都是对其生成过程的一种节录，都是传统与新生勾连互动的结果。

在笔者看来，有了"过程"与"语境"的视角，文本与文本之间的关联，就不再是遵循线性逻辑的同一源出主体的多元变形，而是具有同质结构，但生成过程各异的文本集群。与超越"传统"的中性文本认知不同，"集群"概念强调的不仅是同质结构在使大量异文可以作为一个整体存在的边界意义，更为重要的是具有同一性的形态结构与生成它的口头传统的差异性之间的复杂关联。因为这些同构的文本来源于不尽相同的群体生产过程，而抛却了这些过程中民众口传的思维和表述特

---

① 关于文本概念的讨论，鲁丝·芬尼根（Ruth Finnegan）曾在专著《口头传统与语辞艺术：研究实践导论》中有专门的梳理与分析，不仅讨论了学界对文本概念认知的转变，也详述了导致文本概念反思的三种理论思潮。相关内容请参见 Ruth Finnegan, *Oral Tradition and the Verbal Arts: A Guide to Research Practices*, Routledge: London and New York, 1992, pp. 17 – 22.

点①、背离了地域或民族群体的整体认知，是无法在集群的层面上真正理解文本聚合构架的成因与本质的。以"集群"的方式理解同构文本的聚合，实质上触及的是对民间文艺学而言至关重要的一对张力——传承的稳定性与变异性。

对传统而言，传承是其生命力存续的重要表现。故而，民间文艺学才会有"传承之学"的称谓。作为传承之学的民间文艺学，应该回答的是"此时此刻存在的东西从何而来，为何得以存在，其得以存在的深层机制是什么"②的问题。言及传承，就不可能不提到在其行动过程中的两种表现——稳定性与变异性，而想要回答形态结构研究在当下有何意义的问题，首先需要正确理解稳定性与变异性的关联。从本质上说，对于包括民间叙事在内的口头传统的传承而言，变异性与稳定性是分处于制衡张力两端的两种叙事力量，只有彼此依存，传统才有传续的可能。单纯地依靠任何一端，对包括民间叙事在内的口头传统而言，都将是灭顶的打击。因为没有稳定性制约的变异，会将口头传统慢慢带离传统圈定的边界；而没有变异创新的稳定，虽然没有离群的危险，但会因为与现实生活的渐行渐远而慢慢丧失存活的动力。因此，对两者的探索是从不同侧面来完善对口头传统的整体认识，二者之间不存在任何悖逆之处，且在对传统的研究中缺一不可。既然研究对象的重要已然清楚，那么用以开掘任一对象的研究范式的存在合理性，自然也是毋庸置疑的。

具体到民间叙事的形态结构研究。回顾相关学术的研究历史，可以发现，凡是对该模式产生过重要影响的学术发现，从芬兰学者安蒂·阿尔奈对"类型"（Type）的归纳开始，到俄罗斯民间文艺学家普罗普对结构

---

① ［美］瓦尔特·翁：《基于口传的思维和表述特点》，张海洋译，《民族文学研究》2000年第S1期。

② 赵世瑜对民俗学学科本位的讨论，针对的是民俗学在面对当前多学科问题意识与研究方法的交互（Interdisciplinary Studies）趋向时所发生的定位模糊问题。他的讨论是立足于它与临近学科人类学、历史学的关系之上的。他认为民俗学应当是一门以"记忆"为主要工作方法的传承之学，强调的是研究对象的过程性特征，这将与强调研究对象结构性的人类学和只关注过程当中趋于过去的那一端。笔者以为，民间文艺学研究的关注点同民俗学一致，故而"传承之学"的称谓转引来称呼民间文艺学，亦无不可。详见赵世瑜《传承与记忆：民俗学的学科本位》，《民俗研究》2011年第2期。

"功能"（Function）的梳理①，美国民俗学家斯蒂·汤普森对"母题"（Motif）的界定②，法国结构主义大师列维—斯特劳斯（C. Lévi Strauss）对"神话素"（Mytheme）的假设③，美国口头程式理论的创立者帕里—洛德（Parry－Lord）对"程式（Fomula）—主题（Theme）—故事范型（Story－pattern）"的发现④，乃至美国学者阿兰·邓迪斯（Alan Dundes）对"母题素"（Motifeme）的开掘⑤，无一例外的都是在传承稳定性与变异性的二元思维框架下对构成民间叙事文本聚合的叙事结构的研讨。上述的学术实践成果明确了这种研究范式的实际指向，是在结构意义上口传叙事得以持续传承的稳定性。同时，也证实了该范式解决稳定性问题的有效性。对比从安蒂·阿尔奈到阿兰·邓迪斯的相关研究成果，我们会发现，在其一致性的研究指向下，这些学者各自的旨归是不尽相同的。粗略说来，应该可以分为三类。

第一类，历时取态的传统类型学研究。阿尔奈与汤普森的分类研究是建立在民间故事一元发生假说基础上的，他们对跨文化文本的拆分是为了能够在异文中构拟出故事的原型。

第二类，共时取态的结构主义形态学研究。普罗普、列维—斯特劳斯与邓迪斯都应归属此类。他们三者的学术发现之间是有着一定的互动与承

---

① ［俄］普罗普：《故事形态学》，贾放译，中华书局2006年版。
② 斯蒂·汤普森于1932年提出了将故事情节切分为"最小单位的"母题概念，并在定义"母题"这一术语时，说明了它同情节类型的关系："对于民间叙事作品作系统分类，必须将类型与母题清楚地区分开来，因为对这两方面项目的排列实质上是不一样的。一个完整的故事（类型）怎样由一系列顺序和组合相对固定了的母题来构成……一种类型是一个独立存在的传统故事，可以把它作为完整的叙事作品来讲述，其意义不依赖于其他任何故事。当然它也可能偶然地与另一故事合在一起，但它能够单独出现这个事实，是它的独立性的证明。组成它的可以仅仅是一个母题，也可以是多个母题。"也就是说，汤普森主张从相对固定的母题或母题组合的层面来把握故事情节类型。注中引文自［美］斯蒂·汤普森《世界民间故事分类学》，郑海等译，上海文艺出版社1991年版，第498—499页。
③ ［法］列维—斯特劳斯：《结构人类学》，陆晓禾、黄锡光等译，文化艺术出版社1989年版，第47页。
④ ［美］约翰·迈尔斯·弗里：《口头诗学：帕里—洛德理论》，朝戈金译，中国社会科学出版社2000年版，第104—138页。尹虎彬：《古代经典与口头传统》，中国社会科学出版社2002年版，第101—172页。
⑤ ［美］阿兰·邓迪斯：《北美印第安人民间故事的结构类型学》，《民俗解析》，户晓辉编译，广西师范大学出版社2005年版，第13—24页。

继关联的。虽然对结构单元发现的途径与定名相异，但其共同的努力方向都是想要揭示出文本集群结构同质性的存在。

第三类，关注表演的口头诗学研究。相形之下，帕里—洛德的讨论虽然也是从文本集群的同质结构开始的，但是这种结构的程式化形制是他们用来解释口头传统何以称之为传统知识武库的重要工具。

如果从学术承继的角度看，上述三个类别逐一连接的过程，实质上也是对文本构架进行研究的学术发展历程：从传统类型学研究对文本类型性源头的追索，到经典结构主义形态学研究对结构法则与代表人类心智的普遍逻辑过程的提炼，再到口头诗学理论对口传叙事的模式化结构层级——从程式到故事范型的开掘。相应学术成果的累积，让学者的视点逐渐从单纯的疏离于传统的文本分析，慢慢转移到文本与传统的互构关联上。尤其是帕里—洛德关于传统持续力量与保守性的讨论，极其清晰且肯定地宣告了：模式化的同质结构，在口传文本集群的传演过程中，是作为制衡变异力量的叙事传统的有机组成部分而存在的。

如果说，近年来关注了"语境"与"过程"[1]的文本研究是对叙事传统变异本质的深描，那么添加了帕里—洛德立场的形态结构研究，就成为可以发掘稳定结构的有效工具，并在明确了聚合文本集群的同质结构之后，来揭示结构意义上的叙事传统，告知"在'传统'标签之下，世代口传的东西是什么？什么是大家公认的形式？"[2] 在这个意义上，形态结构研究的当代适用性，最为深切地表现在：它对文本集群结构体系的发掘，可以为辨析民众口头叙事传统的稳定呈现与变异表达提供足够的信息支撑。具体来说，这种研究模式以结构主义的取态原则，依照形态元素的条分缕析，通过寻找文本集群聚合的基本原则和维系传承中依附地方或民族群体的恒定特性而形成的最终规律，从而最终揭示出民间叙事传演张力中稳定一端的力量来源——这种力量来自民众的叙事传统，是凝结了文本生成群体在文化传承过程中对自我及其所属文化群体的生活方式的复杂认识与身体实践的结果。一旦在比较的视野下，将代表稳定的结构规律与文

---

[1] 杨利慧在总结民俗学界，尤其是民间文艺学界近年来研究范式的转向时，特别以"语境""过程""表演者"为标志范式转变的学术核心。详见杨利慧《语境、过程、表演者与朝向当下的民俗学——表演理论与中国民俗学的当代转型》，《民俗研究》2011年第1期。

[2] 尹虎彬：《古代经典与口头传统》，中国社会科学出版社2002年版，第156页。

本变体进行对照，就可以在二者的差异中发现民众生活赋予文本的地方性特征，从而更好地理解文本当中"最有意思、最意味深长的民间哲学与民间道德的世界"①。

二 文本观念研究：历时认知与共时结构统合研究的可能性

长期以来，民间叙事最为重要的社会文化功能之一，就是以艺术的方式传达民众对生活的认知。这也是惯于遵循历时的思维逻辑来解析文本与创造主体关联文化内涵分析方法，这成为民间文艺学界经典研究范式的主因。但随着学界对文本概念的知识生产特性与过程本质的强调日盛，这种研究方法也因为操作路径未能脱离书写文化的主观解读模式，越来越多地为关注语境与主体认识的当前研究所诟病。

具体来说，在以往以文本观念为旨归的研究实践中，文本同样是作为超越具体传统而存在的客体。在相应的分析当中，民众群体的异质性、地方文化的生产性与表演语境的建构性都被一一规避掉。因而，创造了文本观念的民众在此类研究中通常是作为面目模糊的均质群体存在的。与之对应的分析阐释所展现的，与其说是民众的认识，倒不如说是学者建筑于揣度之上的建构。深究起来，这种方法饱受质疑的原因，并不在于民间叙事的文本中缺少对观念的表达，而是在于学者对文本观念真实性的误读。

笔者相信，所有尊重事实的研究者，都能认可这样一个现实：在缺失具体讲述语境的情况下，任何文本，哪怕是储量丰厚的文本集群，都很难一一提供能够追寻文化传统全部细节的线索。口头讲述一旦被固化为书写文本，许多蕴含于其中的文化意义就必然会随着与语境关联的断裂而部分地流失或隐匿了。因此，这里的真实性不是指观念的传统性与文本表达的明确性，而是指文本观念与文化现实的互释功能及其存在的方式。诚如上文所言，口承向书写转化的代价就是文化意义的折损。因此，背离语境的观念揭示，会因为对文本口头本质的疏离而难于挣脱研

---

① ［俄］普罗普：《故事形态学》，贾放译，中华书局 2006 年版，第 195 页。

究者主观揣度①式的桎梏,其结论的危险性是不言而喻的。但是,这部分文化意义的消逝,并不意味着文本会变为保存形态结构的单一书写标本。因为情节叙事性的存在一定会有民众认知的附着,只不过这些认知不是依存于语境需求的地方性或群体性的认同,而是以观念形式稳固表现的超越地方性或群体性的民众对历史传统的理解。由此可见,基于民间叙事传承的稳定性特征,经历了书写转化的口传文本,能提供给学者寻找并发掘的,只有民众世代相传的、跨越了时间洗礼与地域隔膜的集体生活智慧与社会思想。从这个意义上看,文本观念同叙事结构一样,承担了维系传承稳定表现的功能,被传统赋予了牵引力量。作为叙事传统在文本中的双重存在方式,形态结构的存在与文化深意的存在之间是否存在关联,是值得深思的问题。对文本事实来讲,形式与内容原本就是一体两面的。但是这种形之表面的关联,不足以为厘清口传文本集群的传统属性提供充分的支持,我们需要探明的是二者之间更为深层的互构关联。

在田野实践中,笔者发现,民众在讲述民间叙事文本时,总会自觉或不自觉地将切身的情感体验和道德判断融入其中。但他们很少采用概念或论证等抽象的方式直接传达某种观念,因为这种方式是与口语表述思维的特点相悖离的。相形之下,民众更多的是通过"存于记忆中的故事范式传递信息"②,所以每个被设置在结构中的结构单元与叙事单位,乃至它们的排列顺序都蕴藏着某种文化深意。这种深意不是学者的凭空臆断,而是民众在传承过程中,因受到叙事结构的制约而不断重温其认知的结果。因此,文化观念的传达并非与其形态结构无关的。恰恰相反,它们之间的关联非常紧密。一方面,叙事结构通过对民众主体演述的限定,而制约着文化观念的传达;另一方面,文化观念的传达又在调整结构单元排序的基础上,借由民众主体的演述,完成了它对整个结构框架的影响、更迭乃至撼动。具体来说,

---

① 这也是文化内涵研究法备受学界抨击的主要原因。笔者对这种学者释义性的研究同样持批判态度。但是在本文的讨论中,笔者之所以认为这种方法依然具备当代适用性,是因为在正确理解文本观念真实性的基础上,在与形态结构研究的方法相佐证的情况下,它可以揭示出如下问题:在文本内部,文化观念与其载体——结构模式是如何在紧密结合的同时,又彼此制约的?最为重要的是,文化观念的传达会通过民众的传承部分地留存在文本当中,但它们是否能够影响、更迭甚至撼动叙事结构的整体框架?

② 约翰·迈尔斯·弗里为瓦尔特·翁《基于口传的思维和表述特点》一文所作的题注,《民族文学研究》2000年S1期。

叙事结构中稳定的基本结构序列，规定了角色在文本所描述的生活场域中的基本作用。这种作用在反映角色行为社会意义的同时，可以传达出民众投射于角色的情感需求和道德判断。简言之，传达了稳定性的文化观念是在叙事结构的制约下，从文本中确实传达出来的民众思想。因此，无论是以形态结构为目的的研究，还是以文化深意为目的的研究，在进行深究的过程中都是无法规避另一方对认知文本真相的影响。形态结构与文化深意在文本当中的互构，足以说明对以二者为目的的两种研究范式确有统合的必要。

由于受到"形式—内容"这个二元对立思维构架的影响，在学界对研究方法的传统认知中，遵循历时原则的观念研究与取态共时的结构形态学范式同样是以二元对立态势存在的。那么，这两种取态相异的研究范式是否有可能突破二元框架的囿限统合在同一对象的研究中？

从目前的研究现状看，学界对此问题的态度是较为壁垒分明的：以普罗普、阿兰·邓迪斯为代表的学者，坚信结构研究是文化分析的基础，二者的统合可以修正以往结构主义故事研究中忽略外部社会历史因素的弊端。譬如，普罗普曾在与列维—斯特劳斯论战的长文《神奇故事的结构研究与历史研究》中，尖锐地声明，"对所研究材料的形式研究和准确的系统描述是历史研究的首要条件和前提……只有研究了故事的形式系统并确定了它的历史根源之后，才有可能在其历史发展中客观科学地揭示故事中包含的最有意思、最意味深长的民间哲学与民间道德的世界"[①]。同普氏的观点一致，在邓迪斯的研究中，精确的结构分析也是可以揭示故事文本中所包含和联系的一个社会的重要隐喻的。在他看来，对这些隐喻类型的分析和解释，会为理解民众的观念与行为提供理论支撑。[②] 这种看法在认同索绪尔共时研究观点[③]的反对者眼中是难以成立的，因为直至目前，学界鲜少出现在同一研究中结合二者的成功实践。故而，施爱东在评述刘

---

① [俄] 普罗普：《故事形态学》，贾放译，中华书局2006年版，第184—185，195页。
② 李扬译著：《西方民俗学译论集》，中国海洋大学出版社2003年版，第112页。
③ 索绪尔曾经以下棋为喻坚决否认了历时研究在共时研究中的合理性："在一盘棋里，任何一个局面都具有从它以前的局面摆脱出来的独特性，至于这局面要通过什么途径达到，那完全是无足轻重的。旁观全局的人并不比在紧要关头跑来观战的好奇者多占一点便宜。要描写某一局面，完全用不着回想十秒钟前刚发生过什么。这一切都同样适用于语言，更能表明历时态和共时态之间的根本区别。"引文详见 [瑞士] 费尔迪南·德·索绪尔《普通语言学教程》，高铭凯译，商务印书馆1980年版，第129页。

魁立关于民间叙事生命树研究的长文中直言,"共时研究与历时研究是学术史上一对充满辩证意味的矛盾统一体……两者无法共存于一种研究范式之中"①。

若是站在研究方法的角度上看,上述两种截然不同的看法,的确是有各自的理论依据的。但是,如果将视野置于民间文艺学方法论的建设上,就会发现,"形态的研究以及结构的研究,如果将来不向历史文化内涵的研究发展,不能成为后者的基础和前奏,而只是把它当作自我目的,那么,这种研究只会停留在一定层面上,其价值可能是相当有限的"②。可见,将两种研究范式统合到对同一对象的研究实践当中,不仅是非常必要的,而且对在更深层面上把握同构文本集群整体而言,也是极为重要的。

与之相关的讨论与试验性的研究实践,对民间文艺学理论的建设而言,都将具有反思和示范的功效。例如,普罗普曾在俄罗斯神奇故事的系统研究中,希望通过对故事衍化的考察来搭建从形态结构分析转向历史文化阐释的桥梁。他以老妖婆的小木屋为例,详述了包括简化、扩展、损毁、颠倒、强化和弱化、故事内部的替代、日常生活的替代、宗教的替代、迷信的替代、古风的替代、内部同化、生活同化等 20 种故事衍化的类型③,来强调日常生活在故事的衍化中起到的巨大作用。在他看来,"整个衍化系列都可以用现实生活对故事的入侵来解释……日常生活不会打破故事的总体结构,但是可以从日常生活中为各种各样的新老更替吸取材料"④。普罗普这篇"桥梁"性的文章篇幅虽然不长,但是却极为鲜明地指出了,形态结构研究对理解与探究文本的文化观念而言,所具有的基础性与重要性。只有系统的形态结构研究,才能将叙事文本的基本形式与派生形式区别开来,从而判定民众的日常生活在故事中的投射。

---

① 施爱东:《民间文学的形态研究与共识研究——以刘魁立〈民间叙事的生命树〉为例》,《民族文学研究》2006 年第 1 期。
② 刘魁立、[日] 稻田浩二:《〈民间叙事的生命树〉及有关学术通信》,转引自刘魁立等著《民间叙事的生命树》,中国社会出版社 2010 年版,第 19 页。
③ [俄] 普罗普:《故事形态学》,贾放译,中华书局 2006 年版,第 163—172 页。
④ 同上书,第 159—161 页。

笔者也曾在中国巧女故事类型丛的研究中，尝试以文本角色作为勾连两种范式的中介平台。之所以做这样的尝试，是因为研究故事的叙事形态结构与社会文化意义，都是从分析角色行动开始的。[①] 只不过，前者关注的是角色行动的抽象功能，而后者关注的则是角色行动的具体承担者以及由这个承担者实施或执行的行动对处于同一关系网络中其他角色的影响。换言之，对故事的叙事结构而言，角色的最大功用在于实施或执行了某种能够推进情节发展的行动，至于是谁承担了这一角色并不重要。但问题是，在绝大部分民间故事中，角色不是单一存在的，而是处在由多个角色承担者构成的社会关系网络之中。任一角色的任一行动都有可能对关系网中的其他角色造成影响，甚至导致故事结局，乃至整个讲述主题的改变。我们需要借助这个关系网来判断角色的属性。所以，涉及故事角色的考察，就很难避免这种投射了社会文化的角色关系的影响。由此可以确定，附着于角色能指之上的有两种所指，即结构功能所指和社会关系所指。

为了把握类型丛中具有普遍性的叙事结构，自然要将角色从他身处其中的社会关系网络中抽取出来，使角色与其社会关系所指相剥离，这样才可能把具体角色的行动转化为抽象的结构功能。然而，一旦这种抽象的功能被置回到故事文本中，就会重新被纳入社会关系网络中与其社会关系所指相融合，成为行动承担者的具体作为。这些行为彼此互动，共同传达了民众赋予故事的文化意义。可以这样说，当研究视点从行动转向承担者时，故事角色也就从结构功能意义转向了社会关系意义。从这个意义转向出发，故事角色的分析是可以充当研究关联的中介层面，即借由角色研

---

① 笔者试图从故事角色的行动出发，追溯叙事结构研究与文化意义研究之间的关联。这种尝试的进行，源于普罗普对其学说的核心概念——"功能"的说明。普罗普曾指出："功能指的是从其对于行动过程意义角度定义的角色行为。……对于故事研究来说重要的问题是故事中的人物做了什么，至于谁做的以及怎样做——这只不过是附带研究的问题。"从这一界定看，普罗普对角色的重视，更多地侧重在角色行动所指向的功能意义。但是我们在巧女故事，乃至其他生活故事的解读中发现，故事角色做了什么固然是重要的，但谁是这些角色行动的承担者、这些行动对角色关系有何影响也同样具有着重要价值。故事角色从不同侧面同时影响着故事的叙事形态与文化意义——故事中的角色及其行动的分布关系着故事情节形态的变化，因为导致形态变化的结构组织单元——范型与范型序列都是由角色的单一行动和一系列行动及其后果构成的；而对角色及其行动的选择或设置则关系着民众观念的变更，因为它们都是能够体现民众思维模式以及现实思考的要素。以上，就是笔者将角色分析作为勾连形态结构研究与文本文化意义研究之中介的理论基点。引自［俄］普罗普《故事形态学》，贾放译，中华书局2006年版，第17页。

究，将叙事形态结构与社会文化意义统合在一起：通过叙事形态结构的变化，观察到角色分布与转换的规律；再通过角色关系及其行为互动的设置，找到它与民众观念变更之间的关联，挖掘出民众赋予故事的社会文化意义。如果说，普罗普的研究是申明了共时结构与历时认知统合研究的必要性与重要性，那么笔者的尝试则在一定程度上说明了这种统合的可能性与有效性。

钟敬文先生曾经将口头性、集体性、传承性与变异性之间的相互关联，规定为是划定民间文学边界的重要标识。在钟敬文先生看来，这四个特征之间具有密切的联系：作为本质特征，口头性与集体性对民间文学的创作与流传起着主导的支配作用。而对立统一的传承性与变异性，是从口头性和集体性作用于民间文学的过程中显示出来的。它们的存在又印证了口头性与集体性的重要意义。关于民间文学基本特质的讨论，从钟敬文先生将其纳入《民间文学概论》开始，一直都是学科的基础性命题。[①] 关于四大基本特征是否具有时代适宜性的批评[②]，我们暂不讨论。但是，如果从学术逻辑的思维取态细究这些特征的话，隐藏于其后的是历时与共时这两个时间轴向的重叠——民间文学叙事传统在口头传承的历时演进中最为本质地经历着多元变异，但总会有与传统关联密切的集体留存制衡着变异的尺度。这种留存一方面表现为有利于讲述主体记忆与口头表达的程式化结构；另一方面则表现为沉积在结构之中的传统观念。至此，我们可以确定观念的传统来源以及它们在共时取态研究中存在的可能。从这样的立场出发，原本被设置在结构形态研究与文化分析研究之间的对立藩篱，变得不再牢不可破。

结　　语

本文的讨论起始于这样的问题：在民间文艺学领域中，以书写文本为出发点的研究方法，在文本概念被反思与重构的当代社会，是否

---

① 相关内容详见钟敬文主编《民间文学概论》，上海文艺出版社1980年版，第23—46页。
② 近年来，不断有学者开始反思这四大特性的有效性，陈泳超对此问题的讨论是非常具有启发性的。陈泳超：《中国民间文学研究的现代轨辙》，北京大学出版社2005年版，第11—15页。

还有继续沿用的可能性与必要性？对这个问题的解答关键，是要理清口传文化的书写文本与体现着生产性的民间叙事传统之间的关联。学界近年来关于"传统化"与"传统化实践"的讨论①呈现了一个清晰的事实，即传统在传续过程中更为本质地表现了开放的特性。但是在这种开放性中，始终有种力量将其与新生事物的融合圈定在一定的范围当中，使之不致完全切断与历史的关联。这种力量便是帕里—洛德所关注的传统的保守性。因为保守性的存在，民间叙事才得以冠上"传统"的标签。作为始终体现传承稳定性的形态结构与文本观念，如果将它们视为传统的保守力量在文本中的具体表现，那么对以二者为目标的研究范式的研讨，在本质上指向的其实是民间文艺学的一个核心命题，即文本集群的传统属性与聚合边界，以及如何在充斥着变异的传承中保留它？

回到学科本位的立场上，作为融合了稳定与变异的口头传承，为民间叙事带来了极为多元的影响。它可能是固有文类与文本的转变，也有可能是当前语境中新文类与文本的生成。无论是前者"传统"标签的归属，还是后者新生性质的判断，都是可以通过标定其在传承过程中表现出来的稳定存在——形态结构与固有观念，来判断它们与传统的关联。因此，断裂地看待与使用以上述两种目标为旨归的研究范式，总会让研究者时有顾此失彼或力有不逮的危机感。如果能够转换视角，寻找并运用恰当的研究中介，将两种经典范式统合在同一对象的研究实践中，就可以更为有效用地划定口承文本的传统属性与聚合边界，清晰地呈现出历史积淀而成的文化意义在共时层面的存在形制，揭示出叙事结构与文化义存的互动规律，也为在语境视野下的变异研究垒实探究的可能与比较根基。至此，关

---

① 关于传统化与传统化实践的理论讨论可详见 Hymes Dell, "Folklore's Nature and the Sun's Myth", *The Journal of American Folklore*, Vol. 88, No. 350, 1975. Richard Bauman, *A World of Other's Words: Cross - Cultural Perspectives on Intertextuality*, Blackwell Publishing Ltd, 2004, p. 147. Handler Richard, Linnekin Jocelyn, "Tradition, Genuine or Spurious," *The Journal of American Folklore*, Vol. 97, No. 385, 1984. 中国学者的相关实践可参见康丽《从传统到传统化实践——对北京现代化村落中民俗文化存续现状的思考》，《民俗研究》2009年第2期；《传统化与传统化实践——对中国当代民间文学研究的思考》，《民族文学研究》2010年第4期。

于经典研究范式的当代适用性的讨论，最终要归结到的复合了学术立场的选择、研究视角的转换与术语体系的兴建等多元要素的方法论认知变革的梳理。

原载《清华大学学报》（哲学社会科学版）2016 年第 1 期

略论故事形态学理论研究的新进展

李 扬[*]

拙著《中国民间故事形态研究》（汕头大学出版社1996年版）一书，初版于20年前。那时国内对于普罗普的故事形态理论，虽然在民间文学界已经有了刘魁立、刘守华、叶舒宪和文论界、外国文学界袁可嘉、张隆溪等人的译介，但尚不成系统，人们对这一理论及其意义还未能充分了解认识，加上此书的印数少，出版后几年内，并没有引起学界太多的关注和反响，正如施爱东在总结30年故事学研究成果时所说："李扬是最早使用普罗普的故事形态学理论对中国故事展开研究的学者……可惜该书出版的时候，普罗普的《故事形态学》尚未全文汉译，多数学者对故事形态学还在一知半解的阶段，因而无法正确评判与理解李扬的工作，导致该书未能在恰当的时期发挥最大的效益。"[①]

数年后，此书才开始在学界渐现反响。最早公开提及这一故事形态研究的，大概是著名民间文艺学家刘锡诚先生。在《新中国文学五十年》（张炯主编，山东教育出版社1999年版）一书中，对于1949年以来民间文学搜集、研究的成就综述，是由刘锡诚先生执笔，在文末他提到："国际上被称为结构主义的形态研究，近年来已引进了我国的学坛。李扬的《中国当代民间故事的功能研究》一文，就是依据苏联学者普罗普的《民间故事形态学》中所创立的故事形态理论，探讨中国民间故事的'功能'的尝试之作。"2000年1月，华中师范大学的刘守华教授发表了《世纪之交的中国民

---

[*] 作者：李扬，中国海洋大学文学与新闻传播学院教授。
[①] 施爱东：《故事学30年点将录》，《民俗研究》2008年第3期。

间故事学》一文,在这篇评述总结故事学研究进展的重要文章中,刘守华先生注意到此项成果"未引起学界的重视",指出:"俄罗斯著名学者普罗普的《民间故事形态学》,不仅是世界故事学中的力作,还被西方学界推崇为结构主义方法的奠基石。此书中文全译本至今尚未问世。青年学人李扬借用它以功能为核心的研究方法,选取50个具有代表性的中国民间幻想故事,对它的叙事形态作常识性的剖析⋯⋯他的尝试却表明,故事学中的结构主义方法,在进行比较时是可以借用而获得有益结论的。"[1]刘守华先生是国内故事学领域首屈一指的权威学者,其评论影响自不待言。此后,刘先生不仅在多部著作、多篇论文中提及此书,介绍普罗普的相关理论,自己亦身体力行,在《神奇母题的历史根源》一文中,运用普罗普的思想资源,对中国神奇幻想故事的母题与原始习俗、信仰的关系进行了分析,"如果说,李扬、李福清、许子东成功运用《故事形态学》的理论资源,分析了我国的民间故事、台湾原住民神话故事、'文革'故事的叙事结构的话,那么,刘守华是运用《神奇故事的历史根源》的理论资源,透彻地分析了我国民间故事的历史根源,填补了研究我国民间故事的空白。刘守华对普罗普理论的运用,是建立在对其理论的见识的研究之上的,黑龙江人民出版社2003年出版的刘守华的专著《比较故事学论考》中就有专门介绍普罗普理论的章节"[2]。刘守华先生以开阔的国际视野、敏锐的学术见识,在向国内学界推介普罗普故事形态理论上,起到了重要的作用。

同年岁末,当时还在荆州师范学院(今长江大学)任教的孙正国亦发表文章,对20世纪民间故事叙事研究进行回顾和思考,文中评论《中国民间故事形态研究》是"属典型的民间故事的叙事性的专论",是"我国目前最系统的就民间故事形态所作的全面研究⋯⋯所发掘的中国民间故事结构形态上的共同规律和特点,为研究者得以从一个崭新的角度去审视民间故事,并进行跨文化的比较研究提供了可贵的学术范例"[3],"正如李扬

---

[1] 刘守华:《世纪之交的中国民间故事学》,《华中师范大学学报》(人文社会科学版)2000年第1期。

[2] 陈建华:《中国俄苏文学研究史论》第二卷,重庆出版集团、重庆出版社2007年版,第296页。

[3] 孙正国:《叙事学方法:一段历程,一种拓展——关于20世纪民间故事叙事研究的回顾与思考》,《荆州师范学院学报》2000年第6期。

在其论文的结语中所言：'本文的描述层次研究，严格说来只是迈出了结构分析的第一步。中国民间故事的结构深层，是否隐伏着特定的文化传统，体现着传播的文化心理和世界观，从故事叙事中是否可以发现远古人类叙事的某种元语言等等，这些问题，有待于我们做更加详尽和深入的探讨。'这段颇具学术见地的思索之语必将对此后的民间故事研究起到启发性的指导作用"[①]。

新西兰学者赵晓寰认为，近年来，学界重新兴起在普罗普的理论框架下研究中国文学的热潮，李扬是两位主要代表人物之一。[②] 日本学者西村真志叶注意到"在国内，李扬首次对中国民间故事正式进行了结构分析，并根据随机选出的 50 个神奇故事，向普罗普的'顺序定律'提出了质疑"[③]。

华东师范大学著名俄苏文学专家陈建华教授，在其国家社会科学基金项目成果《中国俄苏文学研究史论》第二卷（重庆出版集团/重庆出版社 2007 年版）中，专辟一章"新时期普罗普故事学研究"，分三个阶段全面介绍了普罗普理论在中国译介和应用的情况，其中较为详细地介绍了《中国民间故事形态研究》这一"较大型的、深入的研究"。书中总结道："随着我国对普罗普研究的深入，对其理论的接受也呈现出一种积极的态势。学界尤其是民间文学研究领域已不满足于单纯对其理论进行描述与探讨，而是要运用这一操作性很强的理论进行我国的民间文学研究。1996 年汕头大学出版社出版的李扬所著《中国民间故事形态研究》即是这样一次积极的尝试……该书是运用普罗普的理论体系对中国民间故事所作的大胆的尝试研究，也是新时期以来我国第一部较详细介绍普罗普生平和著述概况并具体应用其理论的论著。由此也可以看出，普罗普的理论已经深刻影响了我国学者研究民间故事的方法和视角。""我国学者非常善于将外来理论'中国化'，上述李扬的著作就是一个很好的例子……作者借用

---

① 毛洪文、孙正国：《近 20 年中国民间故事叙事性研究的探索与缺失》，《西南民族大学学报》（人文社科版）2004 年第 9 期。

② ［新西兰］赵晓寰：《从神奇故事到传奇剧：明代梦幻鬼魂剧〈牡丹亭〉的形态结构分析》，*Acta Orientalia Vilnensia*，2006/2007，7（1-2）。

③ ［日］西村真志叶：《反思与重构——中国民间文艺学体裁学研究的再检讨》，《民间文化论坛》2006 年第 2 期。

普罗普的方法也获得了有益的结论。"①

2007年1月号的《民间文化论坛》，刊发了中国社会科学院吕微、朝戈金、户晓辉以及北京大学高丙中的一场重要学术对话。吕微先生说："据我所知，在这方面李扬先生的专著《中国民间故事形态研究》是迄今为止中国学者对普罗普的《民间故事形态学》所做出的最具国际水平的批评研究，且至今国内还没有人超越他。"接着吕微较为详细地概述了此书的主要内容："李扬在他的专著中着重讨论了普罗普关于功能顺序的假说，随机抽取了50个中国的神奇故事做样本，通过分析，他发现，普罗普的功能顺序说并不能圆满解释中国的故事，中国故事中的许多功能并不遵循普罗普的功能顺序。李扬研究了其中的原因，他发现，在许多情况下，中国故事的功能之所以没有按照普罗普的设想依次出现，是因为普罗普给出的叙事法则如若在中国故事中完全实现还需要其他一些限定条件，因为中国故事比普罗普所使用的俄国故事更复杂，由于俄国故事相对简单，是一些简单的单线故事，所以在应用普罗普的假说时无须增加条件的限制。李扬认为，在生活的现象中，构成事件的各个要素固然按照时间和逻辑的顺序依次发生，但生活现象中的事件并不是一件接一件地单线发生的，而是诸多事件都同时发生。因此，一旦故事要描述这些在同一时间内同时发生的多线事件，而叙事本身却只能在一维的时间内以单线叙述的方法容纳多线事件，故事就必须重新组织多线事件中的各个要素，这样就发生了在一段叙事中似乎故事功能的顺序颠倒的现象，这其实是多线事件在单线故事中的要素重组。当然，李扬所给出的功能顺序的限定性条件不是只此一种，但却是其中最重要的一种，即功能顺序的假定只有在单线事件被单线故事所叙述的情况下才能够被严格地执行。从李扬的引述中，我们也读到了其他一些国家学者对普罗普功能顺序说的质疑，但我以为，李扬的分析之深入和清晰的程度不在那些学者之下，有些分析还在他们之上。……对于普罗普的功能顺序说，李扬不是简单地否定，也不是一味地肯定，他一方面指出了普罗普的功能顺序说只具有（应用于俄国神奇故事的）相对普遍性，同时又在给出一定的限定性条件后，论证了该假说

---

① 陈建华：《中国俄苏文学研究史论》第二卷，重庆出版集团、重庆出版社2007年版，第280—283页。

在一定条件下（可应用于复杂的神奇故事甚至各种体裁的民间故事）的绝对普遍性，从而肯定了普罗普假说的合理性。"他和户晓辉关于"功能"和"母题"经典概念的讨论、辨析，展现了二位深厚扎实的西方哲学功底，呈现出学界少有的理论思辨深度。

学者们在荐介评论此书时，亦对其不足之处提出了中肯的意见，如刘守华先生指出"缺乏必要的阐释"[①]，刘锡诚先生在《20世纪中国民间文学学术史》（河南大学出版社2006年版）中亦指出："对于中国故事的深层结构，故事结构的模型的内在体系，以及结构模型与中国文化传统、文化心理的互动关系等，还缺乏更深入的探讨，故而在结构主义的中国化上的研究还是初步的。"这些不足之处，在随后的学者们进行的相关研究中，都得到一定程度的修正弥补。

进入21世纪以来，正因为刘锡诚、刘守华、吕微、施爱东、万建中、孙正国等学者从学术史高度给予的评介推荐，此书开始引起同行的关注，逐渐得到学界的认可，甚至被民间文学界以外的其他学科所提及，如文论界赵炎秋教授《共和国叙事理论发展60年》一文，在论述"除了构建中国叙事理论的努力，另一批学者则借鉴西方叙事理论研究中国叙事文学实践，取得了可喜的成果"时，即以此书为一例。[②] 随着其他学者对普罗普理论的评述介绍，一些学者和研究生，亦开始采用普罗普的故事形态学方法进行相关课题的研究。北京师范大学万建中教授对普氏理论甚为重视，在他主编的《新编民间文学概论》（上海文艺出版社2011年版），辟有专节介绍普罗普的故事形态学理论；在《20世纪中国民间故事研究史》（北京师范大学出版社2011年版）中亦有介绍。万建中原本从事民间神话、传说和故事中的"禁忌"主题研究，在全面了解普罗普故事形态分析理论体系之后，较早地开始将普氏理论应用于其研究。他发现，禁忌主题的三个功能存在时序逻辑关系并有着完全相同的顺序，形成一个相对固定的叙事范式，三个功能之间构成两项"功能对"，即"禁令—违禁"和"违禁—惩处"，它们对所有故事的叙事都具有规范和支撑及引导作用。

---

① 刘守华：《世纪之交的中国民间故事学》，《华中师范大学学报》（人文社会科学版）2000年第1期。

② 复旦大学文艺学美学研究中心：《美学与艺术评论》第8辑，学苑出版社2010年版，第33页。

同时，这些核心功能又与角色之间有着相对固定的配属关系。① 万建中对结构形态的关注，旨在更方便地探求和归纳不同结构类型的禁忌主题内涵方面的特质。同时，他指导研究生同样主要采用了普氏理论，对魔宝故事的故事形态进行了详尽的分析。②

2008年，万建中的另一位学生漆凌云的博士论文《中国天鹅处女型故事研究》由中国戏剧出版社出版，天鹅处女型故事是中国现当代故事学的热点研究对象，成果甚多，能出新意殊为不易。首先，论文的第三部分，主要借鉴了普罗普和布雷蒙的叙事理论，亦参照了《中国民间故事形态研究》的思路和观点，依据中国幻想故事及天鹅处女型故事自身的结构特征，对普罗普划定的31个功能和角色进行了适当修正（如将普氏原有功能中的加害、获得魔物修正为陷入困境和获得奖赏，把寻求者同意或决定反抗和追逐分别并入功能主角出发和陷入困境中，补入功能远离凡间）。在对160则天鹅处女型故事进行功能排序后，发现此型故事一般由缺乏/困境—消除缺乏—困境—缺乏的最终消除两个序列构成，功能顺序不变的是核心功能（对），功能顺序发生变化的有功能（对）的重复、省略、偏离、移动等。此型故事经常出现的有7个序列，大体有连续式、镶嵌式和分合式。其叙事在"不平衡性朝平衡性"的叙事规则下沿着消除主角自身的多方面缺乏状态发展，构成形态结构变化的动因；其次，漆凌云注意到故事角色的转换、某些结束性功能的中断等，也会引发故事形态的变化。漆凌云的研究采用样本多、分析细致、结论有据，为运用普氏故事形态理论研究某一特定类型故事，树立了学术范例。

北京师范大学康丽在其博士论文《中国巧女故事叙事形态研究——兼论故事中的民间女性观念》（2003）和后来的延伸研究《文本与传统：中国民间故事类型丛研究》（国家社会科学基金项目结项成果，未刊，2013年7月）中观察到：近年来研究范式的转换，使得学者们的目光更多地聚集在日常生活的实践层面，更为关注民间叙事的现代命运、关心语境、关心变迁过程与主体实践，回身再次面对形态学研究时，总会面临如

---

① 万建中：《解读禁忌——中国神话、传说和故事中的禁忌主题》，商务印书馆2009年版，第31—32页。

② 万建中：《中国民间散文叙事文学的主题学研究》，北京大学出版社2009年版，第11—95页。

下关键问题：这种经典研究范式的现实意义何在？共时研究和历时研究两种相对的范式可否共存于一？如何理解历史积淀而成的文化意义在共时层面的存在？康丽认为，两种范式的结合，在重新理解并规定了叙事传统的文本表现与性质之后，是可以胜任对民间故事类型丛的研究重任的。她试图在叙事形态研究与文化内涵研究之间构筑或寻求一种中介，使前者能成为后者的基础或前奏，从而将两种研究方向统合在同一个具体对象的研究实践中。她的统合尝试主要体现在巧女故事类型里的"角色"研究上，将"角色"赋予双重含义：一是普氏形态理论"角色"的抽象结构功能；二是角色行动的具体承担者之间的关系网络，康丽在这里注意到了普氏神奇故事与巧女故事的属性差异，后者的生活属性注定了其角色行动之间的逻辑关系与民众现实生活网络之间的投射关联，这种关联的紧密程度使得对角色行动具体承担者的判定成为析分角色属性的关键。康丽根据她对特定故事类型的属性观察，强调"角色"的结构功能所指和社会关系所指，据此观察角色分布与转换的规律，通过角色关系及其行为互动的设置，找到它与民众观念变更之间的关联。华中师范大学李林悦的硕士论文《民间故事中公主角色的文化意义与叙事功能》（2006）结合后结构主义的理论，对公主在民间故事中所承担的配角类型进行研究，剖析公主角色所具有的文化属性以及该角色在民间故事中所承担的叙事功能之间的联系，注意到了故事叙事形态总是和故事中角色所具有的社会文化属性相关联，来自不同的政治经济权力网络、代表不同价值体系和文化观念的人物，在担任同一角色时可以催生出不同的故事叙事形态。康丽等人的研究，为学界关于两种范式结合的疑惑和争论，提供了有说服力的例证，其研究不是两种范式的简单捏合，而是令人信服地论证了角色的文化含义对叙事形态的作用影响，这种对单纯形式分析的突破无疑深化、拓展了故事形态理论。

《中国民间故事形态研究》影响亦波及港台地区。据不完全统计，近年来港台地区尤其是台湾地区高校的硕博论文，亦有 70 余篇涉及此书，其中直接引用的有近 20 篇，数十篇将之列为参考文献。直接引用此书的论文多数是根据普罗普的功能或角色划分，选择某一类别的民间故事加以研究。季雯华的硕士学位论文《〈贝洛童话〉中的禁令与象征》（2006）即以普罗普的 31 项功能之一"禁令"为核心将《贝洛童话》中与禁令有关的故事挑选出来作为研究对象进行专门研究。作者首先依据普罗普的功能理论将禁令故事分为"禁令—违反"和"禁令—执行"两大类，又在此基础上根据情节细分为严词警告型、预言实现型、禁止吃喝型、魔法破除型、相互约定型、恐吓威胁型六种禁令故事。主要从内容上对禁令故事进行了分析探讨指出了禁令故事在儿童成长过程中发挥的积极与消极作用；以"禁令"为研究切入点的还有张育甄的硕士学位论文《陈靖姑信仰与传说研究》（2002）。作者在分析陈靖姑传说的斩蛇母题时，运用普罗普关于"禁令"的功能理论从陈靖姑传说中分析出三道禁令，同样从内容角度进行分析，探求了禁令对于情节发展的作用，及其与结局的关系；黄薰慧的硕士学位论文《巧媳妇故事研究——以中国台湾为主》（2010）和洪白蓉的硕士学位论文《幸福的祈思——中国龙女故事类型研究》（2001）则是以普罗普的7种角色之一"主角"为核心选择某一类型的故事进行的研究。《巧媳妇故事研究——以中国台湾为主》在故事人物形象分析的部分，对巧媳妇及其他角色的变与不变进行了分析，指出巧媳妇的角色在此类故事中的固定性及这一角色帮助家人或自己解决难题的功能；《幸福的祈思——中国龙女故事类型研究》根据普罗普的角色理论对龙女故事中的角色进行分析，指出其中真正有分量的角色只有孤儿、龙女、龙王（或其他恶势力）三者，认为这是龙女故事的稳定性特质，其中，孤儿通常是主角，龙女通常是被寻求者、捐助者、助手，龙王通常是反角、捐助者、差遣者。此外，作者借用《中国民间故事形态研究》中对同类故事《笛童》结构分析展现了龙女类故事的结构，并指出普罗普理论的复杂"代号"记忆困难，易造成阅读障碍的缺陷；同样运用了普罗普的角色理论进行研究的论文还有陈茉馨的《格林童话研究》（2003）、黄圣琪的硕士学位论文《民间故事连续变形母题研究——以台湾汉语故事为例》（2005）、林宜贤的硕士学位论文《从唐传奇〈柳毅〉及后世相关戏曲作品看龙女故事发展》（2010），此处不再详述。另有人将普罗普的故事形态理论用于民间说唱研究，其中直接引用了《中国民间故事形态研究》的共有4篇，包括李淑龄的硕士学位论文《〈聊斋志异〉话本的叙述模式研究》（2004）、林博雅的《台湾"歌仔"的劝善研究》（2004）、林叔伶的《台湾梁祝歌仔册叙事研究》（2005）、潘昀毅的硕士学位论文《歌仔册〈三伯英台歌集〉之研究》（2011）。以《台湾梁祝歌仔册叙事研究》为例，其中"梁祝歌仔册之功能模式"一节整体参照了

《中国民间故事形态研究》的研究方法，利用此书关于功能数目、功能顺序、功能关系、序列内部结构、序列关系、角色分布、角色与行动场等研究成果，对梁祝歌仔册进行了极为详细的故事形态研究。

在宽松开放、中外交流日趋活跃的学术背景下，无论是民间文学界，还是文论界、外国文学界，不少学者关注研究普罗普，厚积薄发，陆续开始涌现了大批重要的论文、译著、专著等。北京师范大学贾放于2000年开始集中发表了系列论文，包括《普罗普：传说与真实》《普罗普"神奇故事的历史根源"与故事的历史比较研究》《普罗普故事学思想与维谢洛夫斯基》《神奇故事的结构域历史研究》等，并以《普罗普故事学思想研究》为论文题目，获得了博士学位。2006年11月，中华书局出版了贾放译《故事形态学》，国内学界终于等来了这部经典名著的中译本。过去"由于传播渠道的原因，各种介绍大都是出自英译、日译和法译的'转口'，乃至对'转口'的转述，经过这样的多重转换，难免会带来信息学所说的'信道损耗'，难以准确传达出他写作的文化语境。一些误译、漏译，在不同程度上影响了对原著理解的准确性。这些对普罗普本人及其学说而言不能不说是一种遗憾"[1]。现在这种遗憾终于不再。她翻译的另一部普罗普的名著《神奇故事的历史根源》于同年出版。贾放在引进推介普罗普理论方面，用力最勤，成果最为丰硕，对学界全面了解普罗普的故事学思想，起到了关键的推动、推广作用。此外，周福岩等也较早撰写发表了相关的论文，一方面，对普氏理论的研究介绍越来越全面系统，相关专著接续出现（另有赵晓彬《普罗普民俗学思想研究》，黑龙江人民出版社2007年版）；另一方面，对普氏理论的应用，亦有逐渐延伸的趋向，如董晓萍教授从故事遗产学的角度，重新发掘普氏理论的价值，认为在今天的故事遗产保护的讨论中，可以对他提出的人文分类原则、历史内涵阐释和研究型故事叙事建模，做适当的反思与吸收。[2]

在上述种种共同合力之下（限于视野和资料，笔者以上的述论和列举肯定会有遗漏不周之处），"激活"了普氏故事形态理论，引发了学界

---

[1] ［俄］普罗普：《故事形态学》，贾放译，中华书局2006年版，第207—208页。
[2] 董晓萍：《故事遗产学的分类理论——兼评普罗普的〈故事形态学〉和〈神奇故事的历史根源〉》，《民族文学研究》2007年第2期。

更多的关注，涌现了更多的应用成果。使用关键词对"知网"进行检索，相关情况从图1可略见一斑（按："普罗普"有的学者译为"普洛普"）：

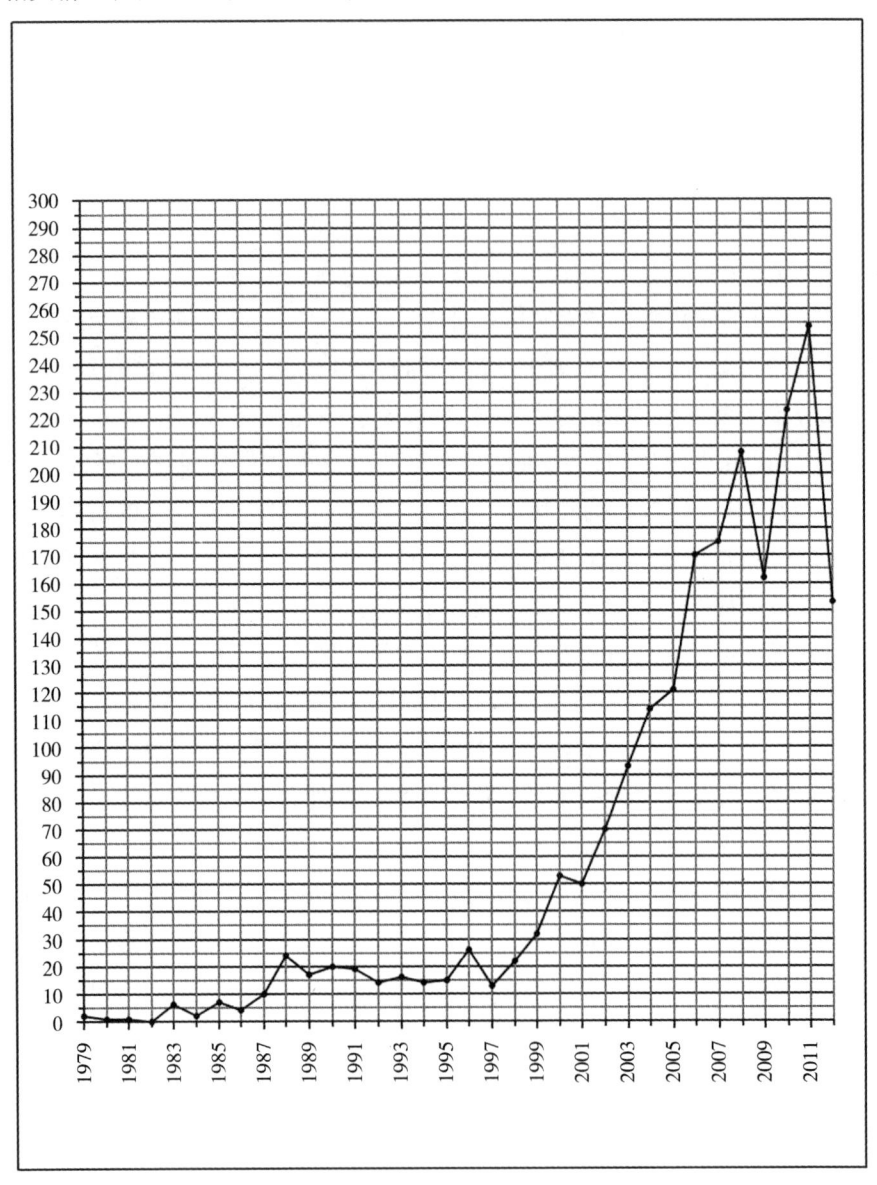

图1　全文检索提及普罗（洛）普的论文

20世纪80年代前后提及"普罗（洛）普"的论文很少，基本是个位数；80年代末开始增长，每年20篇左右，2001年开始显著大幅度增

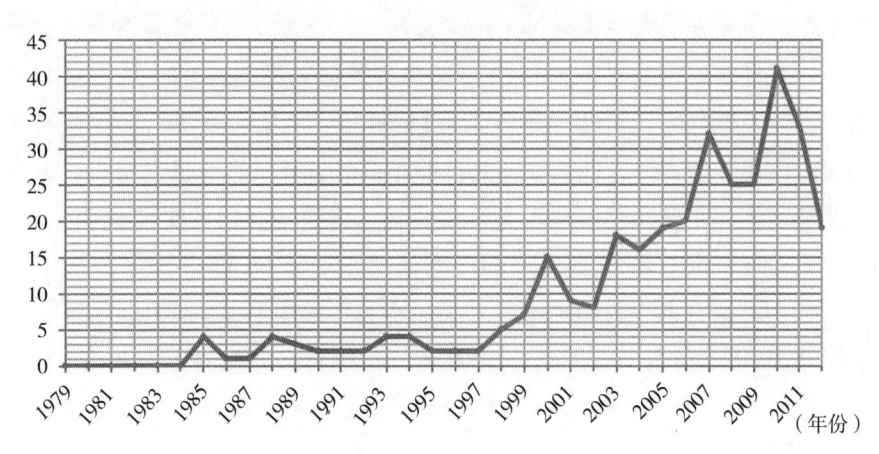

长，从每年约 50 篇一路攀升，2011 年达到 254 篇。

图 2　全文检索运用普罗（洛）普理论的民俗学、民间文学、
人类学、社会学等有关方面的论文

1984 年前多为文艺理论、结构主义、符号学、语言学等方面的论文，一般为译作或者是介绍性质的文章。从 1985 年开始零星出现关于民俗学、民间文学、人类学、社会学、民族学等方面的文章，大多数还是关于文艺理论、结构主义、符号学、语言学方面的。1997 年以后有关民俗学、民间文学、人类学、社会学、民族学等方面的文章数量开始迅速增长，显示出本类学科与其他学科同步的学术趋向。需要说明的是，上列数据只是根据"知网"检索，未使用其他学术论文数据库，著作类和为数不少未发表博硕士论文也未包括在内，数据不一定很全面准确，但是大抵还是可以看出一段时期以内普罗普故事形态理论在国内接受、应用的状况和走势。

普氏理论亦影响到民间文学之外的学科领域，例如作家文学研究方面，已有不少学者将之运用到中国古代小说、现当代文学作品、儿童文学作品的形态分析上。较早进行这方面开拓性研究的是香港大学的陈炳良教授，他敏锐地发现了张爱玲的小说《倾城之恋》与民间童话的相似性，借鉴普罗普的形态理论，对小说的功能和角色进行了分析评述，"证明了普氏的方法，可以应用在这篇小说的分析方面……各个功能大致是跟随普氏所拟定的次序，其中有些乖离的原因大概是法布拉（fabula 故事）和苏

热特（syuzhe 布局）之差别所致"①。这方面更为系统全面的研究者当属许子东，他在香港大学进行博士论文写作时，也选择了借鉴普罗普的形态理论，不过他的研究对象是当代"文化大革命"题材小说。其重点不是通过当代小说研究"文化大革命"，而是研究"文化大革命"如何被当代小说所叙述，换言之，他关注的是这些小说的叙事结构、事序逻辑、情节模式等，他关心形式模式多于小说内容，认为模式比内容更能说明内容。受普罗普《民间故事形态学》的启发，他选取了 50 部中长篇"文革小说"作为讨论对象，归纳列出了"文革小说"叙事模式的 29 个"情节功能"、5 种基本角色（受害者、迫害者、背叛者、旁观者、解救者），以及 4 个叙事阶段："初始情景"（灾难之前）、"情景急转"（灾难来临）、"意外发现"（难中获救）和"最后结局"（灾难之后），这些情节功能可以包括"文革小说"的各种叙事可能性，其排列顺序和组合规律都是可以辨认的。许子东详细分析了这些小说叙事的组合规则和角色的功能变化，进一步抽取提炼出 4 种叙事类型，并试图揭示选择叙述策略风格的历史背景与情节设计叙事规范的文化逻辑。② 另如香港岭南大学刘真途完成于 2000 年的硕士学位论文《从童话功能考察金庸武侠小说的叙事特色》，作者将普罗普 31 项功能中某些过于详细或过于简单的功能进行了更正，又补充进了金庸武侠小说中呈现出来的某些独有的具体功能举例，并且为了便于中文读者的阅读，将普罗普原本的代码改为汉字代码。依据修正补充后的功能列表，他用 31 项功能勾勒出金庸小说的主线，又用普罗普总结的 7 种角色概括了金庸小说中的上千种人物角色，最终验证了"武侠小说乃成人童话"的命题。

在电影研究方面，有王杰文的《动画电影的叙事结构：〈灰姑娘〉的形态学分析》（《北京电影学院学报》2006 年第 5 期）、李稚田的《普罗普功能人物理论的电影应用》（《民间文化论坛》2006 年第 6 期）、张爱琴《〈李双双〉系列文本故事形态学解读——以小说、电影及豫剧〈李双双〉为中心》（硕士学位论文，杭州师范大学，2013 年）、刘书芳《普罗

---

① 陈炳良：《〈倾城之恋〉的形态学分析》，《中国研究集刊》1996 年。
② 许子东：《为了忘却的集体记忆：解读 50 篇文革小说》，生活·读书·新知三联书店 2000 年版，第 224—234 页。

普功能人物理论对〈窃听风暴〉的评析》(《今传媒》2014 年第 7 期)等。更有延伸至平面广告、电视节目等各种领域的,不一而足。这些跨界跨类的研究应用,凸显和证实了普罗普故事形态理论蕴涵的潜在价值、恒久生命力和普适意义。

原载《贵州民族大学学报》2016 年第 2 期

《故事形态学》的问题意识

——兼谈列维-斯特劳斯对普罗普的批评

刘涵之 马 丹[*]

在《故事形态学》一书的开篇,普罗普对传统的故事研究方法有过一番扼要的总结:"我们周围的现象和对象可以或者从其构成与结构方面、或者从其起源方面、或者从其所经历的变化和过程方面进行研究。"[①]这种关于研究方法的讨论庶几可以粗略地分为历时性研究、共时性研究。历时性研究在发生学的角度理解对象的生成、变化、发展等要素,以便在"起源方面"作出宏观的总体描述。共时性研究则悬置了发生学的视角,着重在对象上截取横断面,从而从"构成与结构方面"接近对象自身。当普罗普强调研究对象的"构成与结构方面",问题探讨的重心主要集中在"系统描述"方面,放在"故事形态学"上,即"阐述故事是从何而来这个问题之前,必须先回答它是什么这个问题"。[②]这样,在故事形态学研究的一般原则中,对"构成与结构方面"的研究相应地便取代了对"起源方面"的研究。不仅如此,普罗普还以相当自信的口吻提出:"研究所有种类故事的结构,是故事的历史研究最必要的前提条件。形式规律性的研究是历史规律性研究的先决条件。"[③] 毋庸置疑,这一理论假设暗含了普罗普企图扭转此前俄国民间故事研究领域历史研究主流地位的努

---

[*] 作者:刘涵之,湖南大学中国语言文学院教授;马丹,湖南工程学院外国语学院讲师。
[①] [俄]普罗普:《故事形态学》,贾放译,中华书局2006年版,第3页。
[②] 同上。
[③] 同上书,第13页。

力——从故事的共时态层面来回答故事"是什么"的问题,从而有意遮蔽对"故事从何而来"的起源问题的探讨——以致他还会认为自己的形态学研究的主要任务就是寻找神奇故事的结构要素及其背后的功能模式。

当然,在这一过程当中,并非普罗普对历时性的故事研究方式不感兴趣或者没有意识到"历史规律性研究"的重要性,而是因为他明显注意到故事种类研究的基础根源于包括结构在内的"形式规律性",没有对故事叙述形式的重视,没有在叙述形式上凸显故事的结构之于叙事研究的优先作用,历史规律性的获得恐怕就是空中楼台。在这一前提下,历史研究必须遵循形式研究的规律并且依赖形式研究所取得的结果。

一

与对形态学的方法的预设相对应的是,普罗普在《故事形态学》一书开篇当中还十分强调故事分类法则、分类标准的确立。在普罗普看来,传统的"历史规律性研究"由于过多地从故事承载的内容出发来把握故事表述特征,即使提出过分类的研究,也无法避免分类标准在主题、题材方面的含混性。进而,普罗普主张如果"故事分类法置于新的轨道"被提上日议事日程的话,就"必须将它转向形式的、结构的标志"[①]。作为"形式的、结构的标志"的故事种类一旦确立起分类的形式主义原则,故事类别的划分就不再拘囿于故事自身的内容。它完全可以从故事主题、题材方面独立出来塑造每一个种类有别于情节的表述特征。无疑,这样的分类标准是围绕着"构成与结构方面"的中心进行的,它剥离出根据情节、根据本质进行描述的研究旨趣,将故事分类直接还原到故事"是什么这个问题"的起点上。普罗普认为,从分类出发引申出来的故事研究之所以时刻强调"形式研究"的自足地位,原因在于它突出的就是"构成与结构方面"的决定作用。所谓的分类研究其实就是以"构成与结构方面"为对象的"形式规律性的研究"。普罗普将此种研究思路和具体的操作途径命名为形态学研究。

普罗普自称,"形态学"来自歌德植物学分类以及比较骨相学,"为

[①] [俄]普罗普:《故事形态学》,贾放译,中华书局2006年版,第5页。

自然科学领域精确的比较方法所武装的他（指歌德，引者注），透过贯穿整个大自然的个别现象见到的是一个伟大的统一的整体"①。由此可见，形态学的分类依据在于"个别现象"背后的"统一的整体"。"统一的整体"决定了"个别现象"，那么分类的首要原则便是寻找"个别现象"的"统一的整体"。"个别现象"可以千差万别，但"统一的整体"完全能贯穿于其中并起着某种主导作用。如果缺乏此种"统一的整体"的话，"个别"也就不再成其为个别。按照普罗普的理解，从这一关系展开的形态学研究能够方便地把握分类的宗旨所在，同时有助于"整体"通过"个别现象"来展开自身。唯其如此，借用形态学这一术语来考察民间故事的表述特征的做法才具有特别的形式主义内涵。普罗普认为："在民间故事领域，对形式进行考察并确定其结构的规律性，也就像有机物的形态学一样地精确。"形态学视阈下的分类研究力图突出这种科学化研究的"精确"价值。在这一价值内部，形式的"结构的规律性"几乎成为制约着叙事功能的最高准绳。形态学研究注重的就是坚持从故事自身属性上探讨故事称其为故事的"形式的、结构的标志"。②

普罗普在一篇回应结构主义人类学家列维—斯特劳斯诘问的文章《神奇故事的结构与历史规律》中声称，自己的这种结构研究法其实也有"水平轴"式的视角。③民间故事在此被视为"体现了横向组合、'水平的'结构，而不是抒情诗式的联想的'垂直的'的结构"。④在"水平轴"上决定民间故事叙事形式的不是角色、人物以及情节的演绎，而是

---

① ［俄］普罗普：《故事形态学》，贾放译，中华书局2006年版，第180页。
② 雷纳·韦勒克以为俄国形式主义者在看待形式的意味时主要是就"变形"和"组织"的结果而言。"变形一词绝无贬低的含义，它意味着强加于材料的变化，举例来看，通过与散文语言相对照的诗歌语言所取得的效果，通过重复音声的和音型的模式，一个长篇小说式的情节上的曲折变化——总而言之，用过艺术上所有的'手段'，'步骤'，或者'机关'。但是这些手段，在名副其实的艺术的每部作品里，必须是以一种系统的方式来应用，必须加以组织，必须和各个部分和谐起来以便实现一部艺术作品的总体性：作品特有的形态或结构。"（参见［美］雷纳·韦勒克《近代文学批评史》第7卷，杨自伍译，上海译文出版社2006年版，第535—536页）从普罗普对"形式的、结构的标志"的突出来看，这其实类似于"用过艺术上所有的'手段'，'步骤'，或者'机关'"系统考察民间故事"特有的形态或结构"。
③ ［俄］普罗普：《故事形态学》，贾放译，中华书局2006年版，第191页。
④ ［英］特伦斯·霍克斯：《结构主义符号学》，瞿铁鹏译，上海译文出版社1987年版，第67页。

角色、人物的各种"功能",在所有种类的民间故事当中各种"功能"触发着情节发生、发展和变化,这样"历史起源"问题被再度悬置。

普罗普以俄罗斯著名的民间故事《天鹅》为例着重分析了18种功能在故事形态方面的展开。《天鹅》讲述的故事是具有一定长度,且情节完整的行动。在故事当中,小姑娘因为一时的疏忽,忘记了父母出门前的叮嘱没有认真照顾好弟弟,结果弟弟被天鹅趁机劫掠走。小姑娘很担心弟弟的安危,不顾阻挠只身踏上寻找弟弟的路途,最后她终于在小刺猬的帮助下找到被老妖婆困在鸡足小木屋的弟弟。在返程中,她又在小河、苹果树及其他小树的掩护下摆脱天鹅的穷追围堵,直到顺利地将弟弟带回家。从普罗普对《天鹅》故事的功能分析可以发现的是,尽管故事的情节千差万别,尽管我们可以抽取不同的功能进行组合,其主要构成部分和叙述的时序、因果关系却保持着相当的稳定性,即结构的稳定性往往成为判断故事情节展开的显在特征。普罗普注意到,仅仅提出一套解释角色、行动、功能的方案无法涵盖叙事模式的功能的稳定性,只有从功能的抽象性出发才能回答功能组合对整个叙事体例的概括作用。普罗普将功能的进一步抽象化称为图式。针对普罗普的分析法,托多洛夫有过一番总结,并认为《天鹅》故事包括五个不能或缺的成分,"1)开头的平衡情景;2)小男孩被劫引起的情景破坏;3)小女孩发现的失衡状态;4)寻找和发现小男孩;5)原初平衡恢复,重返家中"①。这些成分不能省略也无法省略,原因在于"人们可以想象一个省去了前两个成分的童话,从一个已有欠缺的情景开始;或者省略最后两个成分,以灾祸告终。但人们肯定感到,那是两个半环,而我们所拥有的是完整的循环。……这样的循环具有叙事的定义特征:叙事至少应包含这个循环的一部分,否则难以想像"②。就情节的完整性而言,托多洛夫所理解的叙事"循环"乃是一个建立在故事层面的"平衡→平衡的打破→平衡的恢复"的封闭圆圈。在这样的封闭圆圈内部,情节可繁可简、可起可伏,故事却必须有始有终、有头有尾。"平衡""平衡的打破""平衡的恢复"即可以看作情节意义上的形

---

① [法]托多罗夫:《巴赫金、对话理论及其他》,蒋子华、张萍译,百花文艺出版社2001年版,第43页。

② 同上。

式安排，也可以看作意义上的情节安排。任何"功能"都必须依赖形式、情节的此种交互影响，因此，在通常情况下，由情节安排形成的故事内容总是与如何安排以及安排的效果达成一致。这个如何安排以及安排的效果就是普罗普只从角色的功能组合推演故事的走向的目标所在，《天鹅》故事的分析就含有这种效果表达。难怪普罗普本人在反驳列维—斯特劳斯时也声称："如果形式和内容是不可分割的，甚至是具有相同的性质的，那么分析形式的人也就是在分析内容。"①

基于同一理由，普罗普对故事组合，即情节的时序、因果关系的安排有相当的肯定："……同样的一个组合可以是许多情节的基础；或反过来说，许多情节以一个组合为基础。组合是稳定的因素，而情节则是可变的因素。要是没有遭进一步的术语误解的危险，情节及其组合的综合可以被称为故事结构（structure），在事物世界不存在一般概念的水平上，组合不是一种现实的存在；它只是存在于人的意识中。但正是借助于一般概念我们认识了世界，揭示了它的规律从而学会把握它。"② 即是说，由"结构"的规律开启的"故事"组合方式一方面表明了人的意识对事物世界的认识水平；另一方面表明了人们认识事物世界的可能途径。因为凭借了以"稳定"的组合为基础的"故事"结构——虽然它并非"现实"，但是它完全能够描摹"现实"的复杂情景而且将之概念化、抽象化。人们在事物世界的特殊性上发现了其普遍性，从而便捷地抓住结构与存在的对应关系，并且依据这一对应关系来建立叙述的主要原则。这当然是在一种理想型态上描述故事结构和人们的认知能力之间的模式，如果不是出于过分夸大这种型态的优越性的话，那么"结构"对抽象化事物世界的突出、对科学化的"精确"的追求都是服务于人们"借助于一般概念"认识世界的需要。

普罗普在列出31种功能的时候曾说过："……功能项的数量的确十分有限。可以标出的功能只有31个。我们所引材料的所有功能中的行动一律在这些功能项的范围内展开，形形色色民族极其多样的其他故事中的行动亦然。还有，如果将所有的功能项连起来读下去，我们将会看到，出

---

① ［俄］普罗普：《故事形态学》，贾放译，中华书局2006年版，第193页。
② 同上书，第189—190页。

于逻辑的需要和艺术的需要，一个功能会引出另一个。"① 功能项数量的有限不等于故事情节数量的有限，功能的排列组合只要遵循"逻辑""艺术"的原则，那么"一个功能"引出"另一个"至少说明有限和无限的相对性，故事的不可重复的一面其实就是功能组合的无限性的体现。因此，考察数量有限的功能完全有可能推导出"形形色色民族极其多样的其他故事中的行动"逻辑的、艺术的标准。

二

不仅如此，普罗普还从"单个故事"本身来演绎他对故事之间关系的思考："……现在应该更专注地转向故事，转向单个的文本。该图式如何引运用于文本的问题、对图式而言单个故事是什么的问题，只有在文本分析中才能得到解答。相反的问题——对故事而言，这个图式是什么的问题——现在就可以解答。对于单个故事来说它是一个度量单位，就像可以用公尺丈量布料来确定它的长度一样，图式也可以应用于故事并对它们加以界定。将该图式用于不同的故事便可以确定故事之间的关系。我们已经可以做出预测：关于故事的亲缘关系问题、关于情节与异文的问题均可借此获得新的解答。"② 从前述普罗普对《天鹅》故事的分析来看，转向单个的文本的确有助于处理"图式"的应用问题。这里所谓的"图式"乃是一种定量、定性的分析方法，它直接解答单个故事本身、故事与故事之间基于功能、功能的同化所寻求的标准问题。普罗普认为在不同功能以完全一样的方式运用的背后存在"一些形式对另一些形式的影响"。他将这一影响命名为"功能实现方式的同化"。③ 可以肯定的是，功能的"同化"概念的提出相当巧妙地解决了功能以一定的形式影响、生成其他形式的重叠问题。功能组合的形式影响在"同化"当中不断转化为功能自身的繁衍、裂变。在功能同化之外，与功能同化相对应的是一个功能项具有双重形态意义。双重意义使得一个功能项的行动完成不再被限定在特有

---

① ［俄］普罗普：《故事形态学》，贾放译，中华书局2006年版，第58—59页。
② 同上书，第59页。
③ 同上书，第60页。

的空间。功能的同化导致了故事情节的相似，行动的展开在表面上遵循一致性的原则；功能的双重形态则不断拓展行动的表现领域，用同义反复的方式强化每一个功能在叙事模式上的不同维度的延展作用。如此这般，功能实现方式既可以同化，也可以双重延伸。这自然发挥了功能作为情节的基本要素多角度、多层次的拓展效应。

亚里斯多德在《诗学》一书当中讨论悲剧的六大要素时主张情节的产生、发展、变化等等受到"突转"和"发现"等影响。① 事实上，不仅悲剧情节如此，在叙事性作品当中，情节的完整性往往受制于一个中心意义的贯穿作用，缺乏意义支撑的功能不可能使得情节有始有终、有头有尾。借助于情节的"突转""发现"造成的变异标志，叙事作品的功能形式相互影响才有清晰可辨的途径。如果将亚里斯多德所谓的和普罗普提出的功能"存在一些形式对另一些形式的影响"联系起来，我们很快会发现与其说形式之间的相互影响产生情节的裂变，不如说决定情节的裂变的乃是情节存在"突转""发现"的地方，存在一个有关"结""解"效果的事件穿插。② 唯其如此，普罗普在讨论功能之间的相互影响时所提出的下述几种现象就不能不引起注意：

1. 用于功能项之间联系的辅助成分。
2. 伴随着三重化的辅助成分。
3. 缘由。③

普罗普认为，各功能项的辅助成分帮助情节形成信息的连缀（类似于亚里斯多德所谓的"突转""发现"标志），在故事结构当中充当中介作用。三重化的辅助成分将一个功能项重复三次，它要么是点缀的、成对的、成组的，要么构成整个组合的回合，最终完成功能项的联结作用。"缘由"既指行动的原因，也指角色产生行动的目的，它经常游走不定于功能项之间。在形态学的形式主义视角上，这三种现象都不能简单归属于

---

① ［古希腊］亚里斯多德：《诗学》，罗念生译，上海人民出版社2006年版，第43—44页。
② 同上书，第65—66页。
③ ［俄］普罗普：《故事形态学》，贾放译，中华书局2006年版，第64—72页。

故事的"构成与结构方面"的功能行列，普罗普用"故事的若干其他成分"作为章标题来讨论它们说明三者是以平行于"功能"的作用来协助"功能"实现对情节的奠基作用。

　　本文开头，我们已经指出普罗普在《故事形态学》一书当中对"历史研究"有过指责，且他对故事结构"形式规律性的研究"的强调也容易让人联想到维·什克洛夫斯基"内部规律的研究"的身影。① 但是一个不容忽视的事情是：在结构研究之上，他不但不绝对排斥历史研究而且声称历史研究是对结构研究的补充与加强。如此看来，普罗普真正的意图不是去解读故事的结构本身，更不是为结构而进行结构研究。就好比在提出"功能"研究的同时也对"功能"之外的成分加以关注，在挺立结构研究自足地位的同时，他还将兴趣转移到去进一步探讨适合对故事进行分类的基础和方法是什么以及在故事结构背后所隐藏的一般原则是什么。他甚至认为厘清结构内在的功能（当然也包括功能的同化），那么厘清故事的历史起源就可谓水到渠成。正因为如此，列维—斯特劳斯也会肯定普罗普在全书当中"为解决形式稳定与内容变化之间的表面对立"而采用功能的组合、同化等概念。毋庸置疑，"功能"的组合、同化等手段带来了情节的复杂多变，而适当的结构研究也不得不考虑组合、同化关系在"水平轴"上的特征表述和"垂直轴"的内容沉淀。如此看来，普罗普其实是在对功能的结构把握和对结构的功能把握两个层次上理解功能作为情节的基础形式意义。功能分析和结构分析的交叉进行实际上也有助于普罗普将两者等量齐观，有助于形态学研究在确立方法原则的同时，其出发点和目标指向形成统一的趋势。

　　普罗普认为："角色的功能这一概念，是可以代替维谢洛夫斯基所说的母题或贝迪耶所说的要素的那种组成部分。"② 在维谢洛夫斯基的历史诗学、情节诗学那里，"母题是一种格式，它在社会生活的初期回答自然界到处对人所提出的种种问题，或者把现实生活中一些特别鲜明的，看来

---

　　① ［俄］维·什克洛夫斯基：《散文理论》，刘宗次译，百花洲文艺出版社1997年版，第3页。

　　② ［俄］普罗普：《故事形态学》，贾放译，中华书局2006年版，第17页。

重要的或者重复出现的印象固定下来"①。母题构成情节，同时母题又被理解为最简单、最原初的叙述单位，而情节不过是"各种不同的情境——母题编织起来的题材"，是母题的再情境化。② 可见，维谢洛夫斯基是把母题视为提升情节与现实生活之间联系的某种中介，自身本来已经蕴含一定的社会历史内容。普罗普扭转了维谢洛夫斯基按题材划分故事情节类型的倾向，重新给予故事成分以新的思考，"即按照组成成分和各个成分之间、各个成分与整体的关系对故事进行描述"③。他的出发点乃是着眼于部分与部分之间、部分与整体之间的关系。如果功能是变动不居的，不仅功能的数量无法确定，就是这个预设"功能项极少，而人物极多"也恐怕不容易确立。在《故事形态学》第九章"故事作为一个整体"当中，普罗普对神奇故事还有一个描述性的界定："从形态学的角度说，任何一个始于加害行为（A，这是31种功能的符号标志，下同，引者注）或缺失（a）、经过中间的一些功能项之后终于结于婚礼（C∗）或其他作为结局的功能项的过程，都可以称之为神奇故事。"④ 神奇故事有始有终，并且拥有完整的情节，即它会"经过中间的一些功能项"得到叙述。一旦从情节的有始有终方面去理解故事的外部特征表述，那些结构的稳定性因素维持的便是"功能项有序交替之上的叙述"。⑤ "功能项有序交替"规定了叙述从开始到结束的大体走向。功能不但是情节构成的基础，而且是它的最重要内核。情节的叙述就是功能在以"完整性"为准绳的前提下的"有序交替"。

当然这一"有序交替"的展开与普罗普预设的"功能"概念有关。按照普罗普的预设，功能的基本论题有着四个方面的规定：

  1）角色的功能充当了故事的稳定不变因素，它们不依赖于由谁来完成以及怎样完成。它们构成了故事的基本组成部分。
  2）神奇故事已知的功能是有限的。

---

① ［俄］维谢洛夫斯基：《历史诗学》，刘宁译，百花文艺出版社2003年版，第588页。
② 同上书，第595页。
③ ［俄］普罗普：《故事形态学》，贾放译，中华书局2006年版，第16页。
④ 同上书，第87页。
⑤ 同上书，第95页。

3) 功能项的排列顺序永远是同一的。
4) 所有神奇故事按其构成都是同一类型。①

表面上看，普罗普考察的是俄国民间故事、俄国民间故事当中的神奇故事的某种表述特征，事实上，他所关注的是"恰好是叙述结构得以发挥作用的'标准'，它所要处理的那些'内容'的单位"②。就神奇故事提供的材料和普罗普预设的"功能"规定而言，两者其实存在相当吻合的地方，这似乎也说明普遍形式是受制于历史内容又超越历史内容的。

三

唯其如此，在一定程度上，我们可以视普罗普为带有形式主义倾向的结构主义者。这事实上已与列维—斯特劳斯的指责相反，虽然列维—斯特劳斯曾以坚定的口吻将普罗普塑造成一个不折不扣的形式主义者："普罗普将口述文学分为两个部分：一是形式，因其适于形态分析而构成主要的方面；二是随意的内容，并且出于这一理由，他认为不那么重要。请读者允许我们强调这一点，因为形式主义与结构主义之间的所有不同之处都可以归纳到这一点上。在前者看来，上述两个领域应当绝对分开，因为只有形式才是可理解的，内容只是没有重要价值的一种残留物。结构形式主义则认为不存在这种对立，没有以抽象为一方，以具体为另一方那种事情。形式和内容属于同一性质，并且可以通过同一个分析得到说明。内容从其结构获得实在性，所谓形式就是内容所在的局部结构的'结构化'。"③ 从普罗普形态学对研究方法的预设来看，分离开形式与内容的联系可能是其初衷、更是"形式规律性"研究的动力。列维—斯特劳斯以此为批评之靶确实有着一定道理。但分离形式与内容的联系并不必然导致形态学研究的偏差、偏见，形态学研究并不绝对地忽视对象的历史内容或者只是随意

---

① ［俄］普罗普：《故事形态学》，贾放译，中华书局 2006 年版，第 18—22 页。
② ［英］特伦斯·霍克斯：《结构主义符号学》，瞿铁鹏译，上海译文出版社 1987 年版，第 66—67 页。
③ ［法］列维—斯特劳斯：《结构人类学（2）》，张祖建译，中国人民大学出版社 2006 年版，第 610 页。

择取对象的内容。列维—斯特劳斯指责的是分离形式与内容的联系之后以形式决定一切（自然也决定了内容）的理论预设——这才是两者根本的分歧所在。因此，他还认为普罗普《故事形态学》关键性的一章"角色的功能"有着以"形式特征"为中心的价值诉求倾向，结果在区分主要角色的属（体）、种（类）之差的时候普罗普的观点模棱两可、摇摆不定。① 按照列维—斯特劳斯的理解，属（体）、种（类）之差反映了内容、形式之差，"人们要么是在处理一些特殊形式，并且如果不予彻底清点和分类就无法提出一个缜密的系统；要么就是全为内容，仅此而已，而且根据普罗普自己确定的法则，非得将其从形态分析中排除出去不可。说到底，一个塞满了未经分类的形式的抽屉是构不成一个'种'的。"②

是不是普罗普的分类标准不一致直接影响了属（体）、种（类）界限的明确？是不是属（体）、种（类）界限的不明确必然造成形式主义的偏差、偏见？是不是形式主义的偏差、偏见最终妨碍了普罗普彻底贯彻其科学化的形态学研究的"精确"呢？我们还是从列维—斯特劳斯的分析着手。列维—斯特劳斯一面将普罗普宣布为形式主义者；另一面又忙着替形式主义的弊病做出诊断："除非把内容悄悄地结合进形式当中，否则后者就注定会停留在一个毫无意义可言的抽象层次上，而且没有丝毫启发意义。形式主义毁灭了它的对象。在普罗普那里，形式主义发现，实际上只存在一个故事。这样一来，如何解释的问题只是被转移了而已。我们知道什么是故事，但当观察活动将我们置身于一大批具体的故事面前，而不是一个原型意义上的故事的时候，我们就不知道如何将它们分类了。在形式主义出现以前，我们大概不了解这些故事具有哪些共同点；有了形式主义，我们却又丧失了可使我们懂得故事之间有何不同的全部手段。我们确实从具体进入了抽象，但却不能从抽象再返回具体。"③

就列维—斯特劳斯每每述及的"具体→抽象""抽象→具体"的结构主义原则来看，普罗普形态学研究也许显示了形式主义和结构主义的努力

---

① 在贾放翻译的《故事形态学》里将两者分别翻译为"体""类"。参见［俄］普罗普《故事形态学》，贾放译，中华书局2006年版，第23页。
② ［法］列维—斯特劳斯：《结构人类学（2）》，张祖建译，中国人民大学出版社2006年版，第611页。
③ 同上。

方向的异中之同、同中之异，或者说对于普罗普这样的形式主义者结构分析只不过是结构主义登台之前的预演。在列维—斯特劳斯那里具体、抽象无法分离；在普罗普这里，可以先由形式分析进入内容分析，因为内容总能被置换、总能找到相辅相成的形式因素——所有这些正是对内容置换规律的揭示。用普罗普后来反驳列维—斯特劳斯的话来说，即是："具体的故事材料可归入所开列的栏目（指《故事形态学》一书附录所列'用于故事符号记录的材料'的分类栏目，引者注）——这就是垂直轴。这个用对比文本的方法得出的十分具体的图式毫无必要把它改换成纯粹抽象的公式。我的思维与我的论敌的思维之区别就在于我是从材料中抽象出概念，而列维—斯特劳斯教授是在对我的抽象概念加以抽象。他指责我说，我所提出的抽象概念无法在材料中复原。但他若是拿来任何一种神奇故事的选本，将这些故事与我提出的模式放在一起，他就会看到模式与材料极其吻合，会亲眼看到故事结构（structure）的规律性。并且，不只是民间故事，根据模式，还可以自己按民间故事的规律编出无数个故事来，如果将我提出的图式称为模式，那么这一模式重复的是所有结构（稳定的）要素，而不去注意那些非结构的（可变的）要素。"[1] 看来，列维—斯特劳斯指出的普罗普的局限，他自己却视为优点。普罗普坚信从故事材料当中绅绎出来的"模式"（即功能分析）与材料（即故事内容）"极其吻合"，并且能够预测到类似民间故事的故事编写规律、叙述规律。不过，在这一模式引发的理解差异问题上，普罗普又通过诉诸时间的手法来挫伤列维—斯特劳斯的批评锋芒："经过十分抽象的逻辑推理和与材料的彻底剥离（列维—斯特劳斯教授对故事不感兴趣也没有想了解它），他取消了产生于时间的功能。这对民间文艺学家来说是不可能的，因为功能（行为、行动、动作）……是在时间中完成的，不可能将它从时间中取消。"[2] 无疑，故事当中的"时间、空间、数的概念体系"是完整的统一体，"将功能从时间中粗暴地分离出来会破坏作品整个艺术结构"。[3] 功能是时间中的功能，民间故事情节的时序、因果关系都需要在功能"在时间中完

---

[1] [俄] 普罗普：《故事形态学》，贾放译，中华书局2006年版，第191页。
[2] 同上书，第191—192页。
[3] 同上书，第192页。

成"这个角度得到探讨。事实上,在《故事形态学》第三章"角色的功能"当中,普罗普设想的 31 种功能及其展开通常都源自"某种初始情境"。① "初始情境"给定了故事叙述的空间,更是给定了故事叙述的时间。于是,对功能的探讨相应地转化为对围绕着"初始情境"的功能项及其变体的探讨。一个功能引出另一个也只能在时间中完成、在时间中得到检验和呈现。

引入"时间"概念的好处是内在于故事"完整性"的表现为角色、人物"行为、行动、动作"的功能不可能"从时间中取消",取消了功能的时间属性,也就是取消了角色、人物"行为、行动、动作"在时间中的具体展开。因为功能展开的条件被预先安排到"某种初始情境"——情境是故事叙述过程表现出来的情境,那么功能就是反映情境因时空变化而变化的功能,它产生于一定情境也推动情境的变化,所有这些不可避免地形塑了作为神奇故事形态学基础的"功能"的要则。当普罗普将开列出的 31 种"功能"和对"功能"的定义之关系称为"体与类的关系"时,他显然看到了"功能"的抽象性,类的具体性,虽然他还声明过:"研究的基本任务是划分出类,对体的考察不是一般形态学的任务。"② 神奇故事的一般形态学研究建立起来的"功能"观之所以侧重在类的属性上而不是其他,原因就在于"类"的背后就是"体","体"的前面就是"类"。从故事当中抽绎出一个"功能"来可能是"体",而单独地理解赋予"功能"的角色、人物"行为、行动、动作"以及一个"功能"的内在构成又可能是"类"了。

以上讨论的是普罗普于 1928 年问世的《故事形态学》一书的问题意识,确切来说是从分类开始的"形式规律性"研究意识。可以肯定的是,普罗普首先是作为一个形式主义者进入故事形态学研究领域的,他自始至终都在突出分类标准的确立,突出"功能"概念对故事表述特征的把握力度。如果说这一做法坚持的是由"具体"到"抽象"的"形式规律性"的自足性的话,那么 1946 年出版的姊妹篇《神奇故事的历史根源》也许称得上是由《故事形态学》的"抽象"回到"具体",同时还可以

---

① [俄] 普罗普:《故事形态学》,贾放译,中华书局 2006 年版,第 24 页。
② 同上书,第 23 页。

看作普罗普从"构成与结构方面"转向"历史起源"的努力——也许还显示了已然马克思主义化的普罗普对待具体和作为结构主义的列维—斯特劳斯对待具体的差异所在。这当然是后话。

原载《俄罗斯文艺》2009 年第 2 期

普罗普与李扬故事形态研究之比较

刘 莉[*]

1928年,弗拉基米尔·雅可夫列维奇·普罗普的《故事形态学》出版问世,故事文本形态分析理论开始走进学者们的研究视野。20世纪中后期,越来越多的学者对普氏理论给予高度关注,无论是列维—斯特劳斯批评普罗普偏重于形式主义,还是功能顺序说适用范围的局限性,都无法忽视普氏理论已经在具体的运用与批判中,逐渐成为民间文艺界乃至整个文学理论领域所熟知的经典研究范式。

20世纪80年代,普罗普的故事形态分析理论开始受到中国学者的关注,"李扬是最早使用普罗普的故事形态学理论对中国故事展开研究的学者"[①]。两位学者均以民间故事为研究对象,且这些故事大部分具有国际故事类型,研究材料的相似性为两位学者提供了对话的基础。普罗普故事形态理论的创立经历了从个性到共性、从具体到抽象的归纳与总结,李扬的则是从共性到个性对普氏理论适用性及合理性的一次验证,最后回到共性层面,进一步修正并发展了普罗普的故事形态理论。所以,无论是研究故事形态理论本身还是它在中国的发展状况,李扬的《中国民间故事形态研究》都具有极其重要的地位。本文希望通过对李扬与普罗普关于故事形态理论具体内容的比较,更深刻地认识普氏理论的"相对普遍性"和"绝对普遍性"[②],以及《中国民间故事形态研究》的"学术价值与学

---

[*] 作者:刘莉,华中师范大学文学院硕士研究生。
[①] 施爱东:《故事学30年点将录》,《民俗研究》2008年第3期。
[②] 吕微:《母题:他者的言说方式——〈神话何为〉的自我批评》,《民间文化论坛》2007年第1期。

术史意义"①。

一　功能

功能是普罗普故事形态研究的核心。普罗普认为："在阐述故事是从何而来这个问题之前，必须先回答它是什么这个问题。"② 为了解决这个问题，普罗普以阿法纳西耶夫故事集中 100 个俄罗斯神奇故事为研究对象，通过划分故事的组成成分，发现了故事的稳定不变因素——角色的功能。普罗普将"功能"定义为"从其对于行动过程意义角度定义的角色行为"③，列出了神奇故事 31 个有限的已知功能项。李扬将这一结论用以划分 50 个中国民间故事的功能。在分析过程中，李扬发现普罗普所给出的已有功能项不足以满足现有故事材料的研究，于是在根据普罗对功能项的定义和划分，在 31 个功能项范畴内又增补了 22 个特殊功能项。

普罗普的另一重要结论是：功能项的排列顺序永远是同一的。李扬画出 50 个中国故事的形态图表并对比普罗普给出的总图式，他发现："在笔者已分析的故事材料中……尚未发现有任何故事的功能排列完全符合普罗普所给出的顺序。最接近的也有一个功能位置不符。"④ 两者结论的相悖令人不禁想起普罗普在与列维-斯特劳斯的论战中一直强调的："书中考察的只是迥然有别于其他故事样式的一种样式，即神奇故事，而且只是民间的……至于按照角色的功能来研究叙事体裁的方法不只是运用于神奇故事，也可用于其他故事样式，还可能用于研究整个世界文学的叙事性作品，结果都富有成效，那是另一回事。"⑤ 李扬研究的辩证性与重要意义就在于：他不仅没有违背普罗普研究的本意，更在此基础上，根据中国民间故事功能形态结构特征，给出了普罗普功能顺序定律成立的限定条件：民间故事中的功能（1）必须被逻辑关系中的因果和内在关系决定制约其

---

① 吕微：《〈中国民间故事形态研究〉的学术价值和学术史意义》，《民族文学研究》2018 年第 3 期。
② ［俄］普罗普：《故事形态学》，贾放译，中华书局 2006 年版，第 3 页。
③ 同上书，第 18 页。
④ 李扬：《中国民间故事形态研究》，中国社会科学出版社 2015 年版，第 144 页。
⑤ ［俄］普罗普：《故事形态学》，贾放译，中华书局 2006 年版，第 182 页。

顺序（位置）；（2）是历时地、接续地、单一线性地发展；（3）没有被讲述者或者记录者人为地情节化。这同样是功能顺序发生变异的原因。中国民间故事叙事的复杂性与多样性显然难以满足这三个条件，所以李扬认为："既不完全拘泥于普罗普顺序定律，又不排斥其中的合理部分。"①

普罗普发现："出于逻辑的需要和艺术的需要，一个功能项会引出另一个"②，即功能项的排列受制于功能间的逻辑关系。李扬通过对中国民间故事功能关系的具体研究，将这种逻辑关系划分为时序对应关系、因果关系和独立功能关系，功能项受三种逻辑关系而形成普罗普所说的功能对、功能群与独立功能，但涉及具体功能项的归类，李扬与普罗普仍有分歧。比如，功能项 U（惩处）和 W（婚礼），普罗普认为是独立功能，李扬则把它们纳入因果关系中，并将功能分为核心功能（对）、一般功能、负向功能和复合功能。无论是功能之间的逻辑关系还是功能的分类，都存在交叉重合的现象，且在功能的分类中，前两项李扬依据的是功能在故事中的地位，后两项依据的是功能本身的作用，分类标准并不统一，其合理性有待商榷。而且，是否存在一种科学的方法能对 31 项功能进行准确的分类还需要我们继续思考与探索，但无论对功能项作何分类，都要以揭示故事结构特征与历史根源为前提。

至于功能数目的增加和功能在中国故事中位的变异，李扬将其归结为与俄罗斯民间故事相比，中国民间故事具有较强的叙事能力，即故事叙事形态越简单，越符合普罗普的功能顺序定律。普罗普的研究严格遵循从材料到结论的科学论证方法，研究材料本身限制了普氏理论的适用范围。越是普遍适用的结论越是抽象，越是抽象越会脱离具体的文本。正如吕微所说，李扬的研究论证了普氏理论的"只具有（应用于俄国神奇故事的）相对普遍性……在一定条件下（可应用于复杂的神奇故事甚至各种体裁的民间故事）的绝对普遍性"③。

---

① 李扬：《中国民间故事形态研究》，中国社会科学出版社 2015 年版，第 148 页。
② ［俄］普罗普：《故事形态学》，贾放译，中华书局 2006 年版，第 59 页。
③ 吕微：《母题：他者的言说方式——〈神话何为〉的自我批评》，《民间文化论坛》2007 年第 1 期。

二　序　列

在《故事形态学》第九章"故事作为一个整体",普罗普提出了"回合"一词。"回合"是普罗普为了解答"故事指的是什么"这一问题而附带提出的一个概念,所以研究"回合"必须先弄清楚回合与故事之间的关系。

"从形态学的角度说,任何一个始于加害行为(A)或缺失(a)、经过中间的一些功能项之后终结于婚礼(C)或其他作为结局的功能项的过程,都可以称之为神奇故事。结尾的功能项有时是奖赏(Z)、获得所寻之物或者就是消除灾难(Л)、从追捕中获救(Сп)等等。这样的过程我们称之为一个回合。每一次遭受新的加害或损失,每一个新的缺失,都创造出一个新的回合。一个故事里可以有几个回合,因而在分析文本时首先应该确定它是由几个回合构成的。"[①] 功能是普罗普解构故事文本的工具,故事则是由一个或几个回合组成,多个回合构成一个故事时,普罗普总结归纳了六种回合与回合之间结合形式,而中国民间故事中只有其中的四种。为考察民间故事的形式并确定其结构的规律性,必然不能绕过链接功能和故事的结构单位——"回合"。普罗普并没有给"神奇故事"和"回合"下一个严密的定义,只是给出了区分一个"回合"的标志——标志起始和终止的功能项。李扬接过普罗普这一并未深入研究的概念,以"序列"代之,进一步探讨中国民间故事的结构形态。

李扬将"序列"理解为:"由核心功能(对)将一系列功能以某种关系连接而成的情节段落,它本身是自足的,起始项与终结项分别不与前后的功能发生联系。从层次上而言,它是介于故事'功能'与故事整体之间的一个结构单位。"[②] 关于"序列"的定义和划分,李扬和普罗普均以 31 个功能项为界定标准。但李扬认为,功能本身并不是序列划分的唯一标准,还应受制于序列内部的结构。他以中国民间故事为例,以功能项为基础,结合布雷蒙和邓迪斯的理论,总结出了序列的内

[①] [俄]普罗普:《故事形态学》,贾放译,中华书局 2006 年版,第 87—88 页。
[②] 李扬:《中国民间故事形态研究》,中国社会科学出版社 2015 年版,第 159 页。

部结构：

$$A1\ 不平衡出现——A2\ 行动（谓词）\begin{cases}A3a\ 取得平衡\\ A3b\ 未能平衡\end{cases}$$

图 1

序列的内部结构就像功能项排列的一个公式，序列的两极（A1 与 A3a 或 A3b）由 31 个功能项中的核心功能对充当，功能对的两个功能分别指向"不平衡出现"和"取得平衡"或"未能平衡"。充当"行动"部分的功能是决定序列结局状况的关键，被称为核心功能。李扬归纳了中国民间故事中最常见的三对核心功能对：a（缺乏）—K（缺乏消除）；A（恶行）—U（惩罚）；δ（违禁）—U（惩罚），以及五项充当序列"行动"部分的功能：E（主角对未来赠送者的行为做出反应）；δ（禁令被破坏——违禁）；H（主角与反角正面交锋）；N（难题得到解决——解题）；Rs（主角从追捕中得救——得救）。它们一起构成了故事序列的结构主干。"其他的一般功能，则按照前章所述之各种对应或逻辑、时序关系，在核心功能的统御下，起到某种过渡、催化作用，共同组成序列的叙事结构。"① 通过李扬的论述，功能、序列与故事之间的结构关系可体现为以下图式：

核心功能对 + 核心功能 → 序列的结构主干 + 其他一般功能 → 序列 →

故事/ + 序列（序列间的关联形式）→ 故事

图 2

李扬关于序列划分的结论仍是在普罗普 31 个功能项的基础上展开的。普氏理论具有强大解构能力与描述能力，李扬不仅重复普罗普的故事分解工作，还从功能上升到序列层面，探讨了序列与功能的关系，对功能项在序列或故事中的结构作用和地位进行分类和阐释。这种划分以序列和故事为依托，虽然不可避免地具有一定的主观性，或许只能视作中国民间神奇故事的区域性特征，但却体现了功能研究的系统性和整体观。

---

① 李扬：《中国民间故事形态研究》，中国社会科学出版社 2015 年版，第 163—165 页。

三　角色

普罗普通过比较阿法纳西耶夫故事的不同情节发现："故事里的人物无论多么千姿百态，但常常做着同样的事情。"[①] 他以此类推，划分出了故事的基本组成成分——功能，以"角色的功能"作为"准确描述"故事的工具，并发现了"所有神奇故事按其构成都是同一类型"[②] 这一惊人的结论。

其实，普罗普在划分出故事的可变因素——人物和不变因素——功能时，已经对人物和角色的关系做了限定，不同的人物（如：沙皇、老人、巫师、公主）从属于功能相同的角色，但具体的人物与抽象的角色并不是一一对应的关系。有逻辑关系的功能项联结起来组成行动圈，普罗普根据行动圈界定了故事的七种角色：主角、反角、捐助者、助手、被寻求者、差遣者、假主角。单个故事人物与行动圈具有这样三种关系：第一，行动圈与人物准确对应；第二，一个人物兼涉几个行动圈；第三，一个行动圈分布在几个人物身上。李扬赞同普罗普的"故事人物/角色"区分理论，但他将人物与行动圈的关系转述成"角色"与行动场的关系：一是行动场与角色完全对应；二是一个角色被卷入数个行动场之中；三是一个行动场分配给数个角色。这并不完全符合普罗普的原意。

普罗普说明的是具体人物与行动场的关系，李扬阐述的是抽象的角色与行动场的关系。第一、二种情况由于具体人物与抽象角色相对应，未产生歧义，问题出在第三种关系上。普罗普举例："如果蛇妖在作战中被杀，它就无法去追捕。追捕就要引入专门的人物：蛇妖的妻子、女儿、姐妹、岳母、母亲——它的女性亲属。"[③] 反角的行动圈分布在四个人物身上，她们可以只是单纯作为反角存在于故事中。李扬的"一个行动场分配给数个角色"，以中国民间故事中的第二个故事为例：差遣者的行动场同时分布在差遣者、反角和相助者身上。人物的数量多于角色的数量，李

[①] ［俄］普罗普：《故事形态学》，贾放译，中华书局2006年版，第17页。
[②] 同上书，第20页。
[③] 同上书，第75页。

扬论述的第三种关系已经包含在普罗普的"一个行动圈分布在几个人物身上"关系之中。

普罗普引入"角色"只是为了考察功能项的排列问题，普罗普认为，"角色的功能充当了故事的稳定不变因素，它们不依赖于由谁来完成以及怎样完成"①。他强调功能的定义无须考虑其负载者——人物。然而，通过李扬的研究发现，功能项的定义与划分可以忽视具体的人物，但却不得不考虑作为人物集合的角色，角色的变化还会对故事的序列和叙事形态产生影响。这种影响体现在三个方面：首先，影响功能的定义，"对功能进行说明时，某些功能有了作为'执行者'的'角色'限定。如'A：反角导致灾厄或伤害了家中的某个成员'，'E：主角对未来赠送者的行为做出反应'"②。如果为了更精确的描述，还可以加上对功能"承载者"的限定；其次，影响功能的性质，主要表现在主角和反角与核心功能的对应关系上。以核心功能对 A（缺乏）—K（缺乏消除）为例，在一个序列或故事中，如果反角成为"缺乏"的主体，则核心功能 K（灾难或缺乏消除）变成负向功能 K－（最初的灾难或缺乏未被消除），序列会出现"A3b-未能平衡"的状况，序列或故事的结局也必为负向。角色通过影响功能的性质从而影响序列和故事的叙事结构；最后，角色种类与充当某角色人物的多少还会影响功能和序列的数目以及故事发展的复杂程度。在中国民间故事中，"角色的种类越多，涉及的行动场越广，功能和序列的数目随之增加，故事的发展就愈复杂。故事中充当某角色的人物的多少，亦影响到故事的情节形态"③。

四　结语

通过比较发现，李扬的中国民间故事形态研究，虽然具有属于中国民间故事叙事形态区域类型特征的主观性，但他始终没有脱离普氏理论的核心——功能项，并在此基础上，对普罗普"附带研究"的序列和角色的

---

① ［俄］普罗普：《故事形态学》，贾放译，中华书局2006年版，第18页。
② 李扬：《中国民间故事形态研究》，中国社会科学出版社2015年版，第172页。
③ 同上。

内容加以扩展，同时从序列、角色两个层面，分析了组成成分和各个成分、各个成分与整体的关系，对功能项作更深层次的界定和补充说明，揭示了跨区域、跨文化民间神奇故事结构形态的共通性。不过，在比较认识两位学者的故事形态理论的同时，更需要去探索、挖掘运用故事形态理论生产新的故事文本的创造潜力与创作规则。

故事分析

孟姜女故事的稳定性与自由度

施爱东[*]

一 同题故事的"节点"

故事的传播过程中,哪些因素是稳定的,哪些因素是变异的?或者说,哪些因素是集体共享的,哪些因素是故事家即兴创作的?这中间有规律可循吗?

以孟姜女故事为例,我们可以把各种各样"成熟的孟姜女故事"放在一起,比较一下,看它们有哪些部分是相同的,哪些地方是不同的。我们可以把那些相同的部分看作集体共享的、稳定的因素,把那些相异部分看作变异的、不稳定的因素。

之所以强调"成熟的孟姜女故事",是因为孟姜女故事在千百年的传承过程中,历经变化,由早期无名无姓的杞梁妻到后来的孟仲姿、孟姿、孟姜女,再后来又插进一个第三者秦始皇,故事的主题、内容、形态均发生了质的变化。为了方便比较,我们首先要把比较的对象限定在一个大致同质的故事范围之内。所以,我们必须将讨论范围限定为"成熟的孟姜女故事"。为了有效地执行这一限定,我们只分析 20 世纪以来民俗学者

---

[*] 作者:施爱东,中国社会科学院文学研究所研究员。

们所搜集的各种孟姜女故事。①

接着,我们得把这些孟姜女故事都摆出来,然后像拆机械零部件一样,把每个故事都分拆成一串相对独立的情节单元。我们把这种情节单元叫作"母题"(motif)②。

我们把每个孟姜女故事都分解成一串由若干母题组成的链条,然后把一串串母题链放在一起进行比较。通过合并同类项,我们很快就能看出哪些母题是所有故事都共有的、传承的,哪些母题是属于个别故事独有的、变异的。

当然,在把这些故事拆分成母题链之前,我们首先必须问清楚:哪些故事是可以拿来进行比较的?或者说,我们认定一个故事是"孟姜女故事"的前提是什么?

首先,女主人公的名字必须叫作孟姜女,她是一个性情刚烈、有顽强意志的年轻女子。这是同一题材的故事最基本的前提。

其次,我们必须把列入讨论的故事限定为"为死去的丈夫而哭倒长城的那个孟姜女的故事"。也就是说,只有当故事必须具备了"为死去的丈夫而哭倒长城"这一"标志性事件",我们才能把它列入讨论范围。

围绕同一标志性事件,围绕同一主人公而发生的各种故事,我们称之为"同题故事"。据此,我们就把所有围绕"为死去的丈夫而哭倒长城"这一标志性事件、围绕主人公孟姜女而发生的各种故事,都叫作"孟姜

---

① 本文据以分析的故事来源主要有六个:一为《孟姜女故事研究集》第一、二、三册(顾颉刚编著,参见叶春生主编《典藏民俗学丛书》,黑龙江人民出版社2004年版)中所载录的孟姜女故事;二为《孟姜女万里寻夫集》(路工编,上海出版公司1955年版)所辑录的故事;三为《民间文艺季刊(孟姜女传说研究专辑)》1986年第4期(姜彬主编,上海文艺出版社1986年版)所辑录的故事;四为《孟姜女故事研究》(黄瑞旗著,中国人民大学出版社2003年版)所辑录的故事;五为"中国民间故事集成"各省卷本中所辑录的故事;六为山东大学文史哲研究院民俗学研究所于2009年4月在淄博市淄河镇所搜集的21则孟姜女故事。

② 母题被认为是"民间故事、神话、叙事诗等叙事体裁的民间文学作品内容叙述的最小单位。"(刘魁立:《刘魁立民俗学论集》,上海文艺出版社1998年版,第376页)但正如吕微在《母题:他者的言说方式》(《民间文化论坛》2007年第1期)一文中所指出的,"汤普森的母题索引太庞杂了,不好使用",所以,本文所使用的母题并不是来自汤普森(Stith Thompson 1885—1976)《民间文学母题索引》(1955 - 1958)中的现成母题,而只是暂时借用了母题这个通俗的故事学概念,用以指称组成孟姜女故事的基本情节单元。

女同题故事"。

确认了界限范围之后，我们开始对所有孟姜女同题故事进行母题拆分，然后对拆分好的母题链进行比较，很容易就会发现有这样几个关键性的母题是几乎所有同题故事中都要包含（或隐含）的：

1. 秦始皇要修一座长城。
2. 男主人公逃役。
3. 男主人公成为孟姜女的丈夫。
4. 男主人公被发现逃役，并被送往长城。
5. 男主人公死去，并被筑进长城。
6. 孟姜女寻夫。
7. 孟姜女哭倒长城，找到丈夫遗体。
8. 孟姜女报复害死丈夫的元凶。
9. 孟姜女自杀殉夫。

如果仔细考察以上 9 个母题，就会发现它们都有"前因后果"的逻辑关系，环环相扣，是"一条绳上的蚂蚱"，围绕着故事的标志性事件，被故事进程紧紧地串在了一起。也就是说，每一个单独的母题都是故事逻辑结构中的必备环节，缺了其中任何一环，别的母题就会没有着落，最终可能导致整个故事的支离破碎。

我们把这些在同题故事中高频出现的、在故事逻辑上必不可少的母题，称为同题故事的"节点"。

下面我们依次对孟姜女同题故事的 9 个节点进行简单的逻辑分析。

1. 秦始皇要修一座长城。这是故事的前提、悲剧的根源。

如果秦始皇不修长城，男主人公就无须逃役，不会被抓，孟姜女也不用寻夫、不用哭长城，整个故事无从讲起。

2. 男主人公逃役。这是矛盾和冲突的起始。

说明修长城对于老百姓来说是一单苦差事，男主人公是不情愿的、被迫的。因为逃役，所以男主人公需要背井离乡，于是才有机会在他乡偶遇孟姜女，并与孟姜女结为夫妻，这才会生出后续的许多情节。

3. 男主人公成为孟姜女的丈夫。这是故事的另一个大前提。

孟姜女和男主人公必须先有了夫妻关系，接着才会有孟姜女寻夫、哭长城、殉情的后续情节。

4. 男主人公被发现逃役，并被送往长城。这是必要的过渡。

如果男主人公没有被抓走，也就不会死，孟姜女也就不必哭了。那么，这个故事也就不存在了。

所以说，孟姜女故事先验地注定了男主人公一定会被抓走，而且一定得上长城。

在许多短故事中，上述四个节点可以是隐性的，比如说，故事一开头就单刀直入其标志性事件："孟姜女的男人在这边修长城，后来饿着了，饿着了就是饿死了，就因为饿死了，孟姜女才哭她丈夫啊。"① 虽然故事既没有交代谁要修长城，也没有交代男主人公是否愿意修长城、男主人公如何成为女主人公的丈夫等，但故事是以承认前述四个节点为前提的，即故事隐含了修长城这件事，隐含了男女主人公的夫妻关系，隐含了男主人对于修长城的抵触情绪以及被抓壮丁的事实。

5. 男主人公死去，并被筑进长城。这是矛盾激化的决定性因素。

男主人公一定要死去，他不死，孟姜女哭倒长城就变成无理取闹了。男主人公的死，是孟姜女哭倒长城的合理性依据。

而且，男主人公死后不能葬到别的地方，一定要被筑进城墙里面去，只有这样，孟姜女才有必要"向城而哭"。否则，如果男主人公另有葬所，孟姜女就应该到男主人公的墓地上去哭，不应该跑到长城脚下来哭。如果不在长城脚下哭，长城就不会倒。这样，从空间上来看，孟姜女的哭就可以脱离长城这个中心点。那么，我们再往前推，就会发现，男主人公其实也没必要非得死于修长城不可，反正就是死，然后她老婆来哭，这样，他可以死于战争，也可以死于别的灾难。同样，秦始皇也没必要出现了。整个故事就完全变样了。

所以说，只要"为死去的丈夫而哭倒长城"这一标志性的核心母题不变，男主人公就一定要死在长城，而且必须被筑进城墙里面。

---

① 淄博市淄河镇梦泉村孟兆兰讲述，山东大学文史哲研究院毕雪飞、付伟安搜集整理，2009 年 4 月 7 日。

6. 孟姜女寻夫。这也是必要的过渡。

一个千金小姐，毅然放弃了衣食无忧的富裕生活，要到一个陌生而凶险的地方去执行一项千古流芳的艰巨任务——用哭声去撼倒一座长城。寻夫之旅是孟姜女从"家"到"长城"之间必须解决的空间问题。我们后面还将详细分析，寻夫之旅可长可短，即使短至一个"去"字，或者一个"找"字，那也是必要的过渡。

7. 孟姜女哭倒长城，找到丈夫遗体。这是孟姜女故事的标志性事件。

哭倒长城是整个故事的高潮与核心，是该类故事中最神奇、最引人关注的一个母题。若没有这一中心节点，整个故事就土崩瓦解了。

而找到丈夫遗体，既是万里寻夫的目的所在，也是哭倒长城的目的与结果。

8. 孟姜女报复害死丈夫的元凶。这是民众心理的必然要求。

早期的孟姜女故事中并没有这个节点，但这个节点的出现是故事演变和发展的必然结果。在民间故事中，任何不圆满的事件我们都可以把它看作一种"缺失"，只要缺失存在，民众就会期待它得到弥补。只要民众的心理有期待，故事家们就一定会不断地尝试补接新的母题来弥合这些缺失，以平复因故事的不圆满而带给民众心理上的不愉快。

一般来说，如果故事开头出现了一个贫穷的正面主人公，那么，到了故事结尾，主人公一定会变得富有；如果故事开头的正面主人公是个渴望爱情的光棍，那么，到了故事结尾，主人公一定会有一个美满的婚姻。这是民间故事的通则。

因此，只要孟姜女出发了，事情就一定会有一个结果。如果孟姜女在半路因为某种变故而中止了她的寻夫之旅，那么，故事的缺失就没法弥补，这个故事就是不完整的。如果孟姜女到了长城，找不到丈夫的尸骨，寻夫没有着落，这个故事也是不完整的。同样，如果孟姜女找到了丈夫的尸骨，就这么悄无声息地回去了，听故事的民众也不会答应，因为他们心里不痛快，民众的这种心理缺失一定要得到弥补。

所以说，从孟姜女决定出发去寻找丈夫那一刻起，我们就知道，她一定会经历一个非常艰难的旅程，但她一定能到达长城，而且一定会找到她丈夫的尸骨，最后，她还要报复害死她丈夫的元凶。

9. 孟姜女自杀殉夫。这是故事的必然结局。

孟姜女早就说过了，如果丈夫不幸遇难，她也绝不偷生。作为故事家们着力表彰的"贞节妇"，她必须以自己的实际行动来回应这种表彰，以最大限度地符合故事家们对于"贞节妇"的崇高要求。即使早期的故事家不做这种要求，后期的故事家也一定会想办法让孟姜女走上"自杀"的道路。

更何况，从逻辑上来说，既然孟姜女得罪了秦始皇，就等于断绝了自己的活路，与其改嫁秦始皇或者被秦始皇处死，还不如自己了断，赢得千载美名。

更重要的是，孟姜女上无父、中无夫、下无子，而且不能改嫁，在传统的社会观念中，她活在这个世上已经没有任何意义或价值了，唯有一死，才是她的最终归宿。

通过以上分析我们知道，故事的节点，全都承担着不可或缺的结构功能，环环相扣。它们的关系就像多米诺骨牌，错置其中任何一环，整个结构就有可能全盘失效。

如果节点之间是这样一种关系，那么，是不是每个故事家的每一次讲述中，都一定要全部地提到这9个节点呢？

那也不一定。假设在一段野长城边上，有人对你讲了这样一个孟姜女故事：

> 秦始皇执政财，有个女人叫孟姜女，她老公被秦始皇抓去修长城，死在那里，后来，这个女人就跑到长城去哭，当她哭到了第十天的时候，那城墙突然就"哗"地一声倒下来了，这就是我们刚才看到的那一段倒塌了的长城。

虽然这个故事只具备了节点5和7，但我们仍然应该认可它是一个简陋的、不完整的孟姜女故事。因为在这个故事中，逻辑上已经隐含了节点1、3、4、6，只不过没有把这几个节点用实在的言语表达出来，未能展开为具体的故事母题。另外，它与节点2、8、9也没有发生矛盾，我们应当把它看作节点的省略或遗失。

一个故事家的某一次随意的讲述，往往会因为记忆的遗失，或者具体语境下对特定母题的强调或俭省，或者对共同知识的有意省略，导致故事结构的不完整。① 这种省略或遗失并不会妨碍其他故事家对于这些节点的补充。也就是说，实际的讲述活动中，未必每一次讲述都会充分展开每一个节点。只要一个实际讲述的故事包含了（或者隐含了）同题故事的"标志性事件"，而又能与同题故事的其他节点相兼容，我们都应该把它看作同题故事中的一员。

同一地区或同一族群、同一阶层的故事家往往会有相似的情节倾向，其大同小异的故事讲述往往可以互为补充，构成一个相对自足、完整的系统，比如淄博市淄河镇的故事家大都认为"故事主人公孟姜女与其夫即为本地或周边地区的人"②，而孟姜女哭倒的又是当地的齐长城，从"家"到"长城"也就几步之遥，千里寻夫的母题在该地区的故事系统中基本上就不会出现。我们的讨论，是以这个相对自足、完整的系统为基础，而不是以个别故事家的偶然讲述为基础。

另外，有一些故事家的个性特征比较明显，他的故事可能与别人的故事无法兼容，如果这样，我们就把这些故事视为"小概率事件"。从概率论的角度来说，这些情节比较特别、流传范围较小、影响不大的小概率事件是没有统计意义的，理论上是可以忽略的，比如顾颉刚先生搜集的一个异文，"广东海丰客家民族说孟姜女是一个孝女，她的父亲给人埋在长城下；她傍城大哭，城墙为她倒塌了八百里，她把父尸觅到了。后来补筑倒塌的城墙，终于随筑随崩，故至今长城仍然留着缺处"③；又比如说，有些地方有"孟姜女望夫石"的传说，既然望夫化石了，自然就没有寻夫、

---

① 2009年4月山东大学民俗学研究所师生在淄博市淄河镇调查时，梦泉村李作明、池板村刘安森等人的讲述就有明显的遗漏，他们自己也明确表示记不得了、不清楚了，如李作明说，"孟姜女后来怎么了，我就听老人传说她死了，以后怎么死的我就不知道了"。另外，由于该镇村民多强调孟姜女就是本地人，她哭倒的就是本地的齐长城，所以，孟姜女的寻夫之旅往往就被简化为一两句话。还有些村民认为孟姜女哭长城是大家都很熟悉的故事，没必要细说，所以讲得特别简略，比如梦泉村李兴源的故事："孟姜女的男人范喜良修长城没有回来，她去找他，找不到就哭，就把长城哭倒了，故事就这样。"（以上参见毕雪飞《淄博市淄川区淄河镇孟姜女传说调查专题报告》，山东大学文史哲研究院民俗学研究所《百脉泉》2009年第2期）

② 付伟安：《山东淄河镇孟姜女故事文本的现实性》，《民俗研究》2009年第3期。

③ 顾颉刚：《孟姜女故事研究》，叶春生主编《典藏民俗学丛书》（上），黑龙江人民出版社2004年版，第70页。

哭城等一系列后续行为。这一类异文显然与其他地区故事家的讲述不一样，我们就把它叫作小概率事件，不列入讨论。

提取故事节点的时候，我们一定要先把这些小概率事件排除出去，否则，我们就只能面对一团乱麻，什么规律也抓不住。

二 故事讲述的自由度

关于秦始皇为什么要修长城，在台湾宜兰，有个叫陈阿勉的老太太是这样讲的：

> 有一次李铁拐来到人间，拿了两朵很漂亮的花给秦始皇，对他说："这株美丽盛开的花朵，你拿给你母亲插；另外一朵含苞待放的花儿，拿给你老婆插。"
>
> 秦始皇看到这两朵花，心想："要我老婆插这朵花这么丑，才刚含苞而已；我老妈却插一朵这么漂亮的花？干脆我把它们换过来好了，含苞的给我妈，漂亮的给我老婆。"
>
> 因为李铁拐给的是仙花，含苞的花会愈开愈漂亮，但是已经盛开的花则会慢慢地凋谢，越来越丑。
>
> 结果，秦始皇发现："哎呀！我妈妈竟然变得比我老婆还漂亮！"
>
> 他就说："这样子的话，我要娶我妈妈当老婆！"
>
> 秦始皇的母亲就说："我是你的母亲啊！你怎么可以说这种话！如果你真要我当你老婆的话，可以呀！你去把天给遮起来吧！日光被你遮住看不到的时候，我就当你老婆！"
>
> 秦始皇说："好！我就造万里长城来遮天！"[①]

在福建沿海一带，这种讲法也很盛行。这类传奇性的母题很自如地进入了孟姜女故事，使原本单调的哭长城故事变得更加丰富多彩。奇妙的是，这种新母题的加入，似乎并没有影响到同题故事的逻辑结构。

那么，一个外来的故事母题，它以一种怎样的方式进入，能够做到既

[①] 黄瑞旗：《孟姜女故事研究》，中国人民大学出版社2003年版，第241页。

丰富了同题故事，又不破坏同题故事本来的逻辑结构呢？

我们前面提到，同题故事的逻辑结构主要是由节点以及节点之间的关系所决定的。

至迟在北宋初年的时候，孟姜女故事的逻辑结构就已经基本定型。故事的节点网络一旦建成，故事的各个部分就自然而然地被故事的内在逻辑铆在一起，联结成一个比较稳定的逻辑整体，故事结构就不容易发生变异了。

那么，稳定的故事结构，或者说节点网络是否会排斥新母题的进入呢？

答案是：不会！

刘魁立先生在分析"狗耕田故事"时曾经举过一个例子。大多数的狗耕田故事，开头都是这样的："A 兄弟分家——B 弟弟只得到一条狗——C 弟弟用狗去耕田……"但是，有一种异文是这样讲的："A 兄弟分家——X1 弟弟只分得一只牛虱——X2 牛虱被别人的鸡吃了，鸡主人把鸡赔给弟弟——B 鸡又被别人的狗吃了，狗主人把狗赔给弟弟——C 弟弟用狗去耕田……"①

表面上看，后者（A - X1 - X2 - B - C）与前者（A - B - C）很不一样，过程复杂多了，但是，两者的情节结构是完全一样的，后者既没有发展也没有结束前者原有的情节，最终还是落在"C 弟弟用狗去耕田"上，因而丝毫没有影响到整个故事的逻辑结构与发展方向。

如下图，假设某一同题故事包含了 ABCD 四个节点，那么，任何一个故事家，无论他的个性化讲述如何与众不同，只要他的故事能够完整地呈现 ABCD 四个节点，我们都认为它还是属于同题故事。

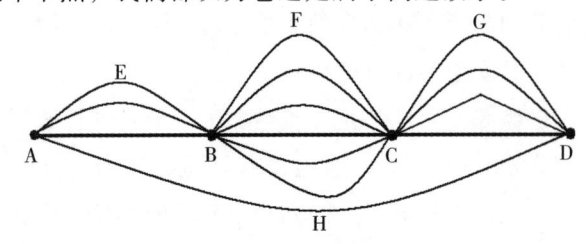

图1　同题故事的节点及其异文

---

① 刘魁立：《民间叙事的生命树——浙江当代"狗耕田"故事情节类型的形态结构分析》，《民族艺术》2001 年第 1 期。

图中 ABCD 是故事节点，EFG 是从节点间衍生出来的故事异文。

无论故事家把故事讲成 A－B－C－D，还是讲成 A－E－B－F－C－G－D，或者讲成 A－B－C－G－D；也无论在 A－B 之间是讲成 A－E1－B，还是讲成 A－E2－B，都没有改变故事 A－B－C－D 的结构逻辑，因而也就不会改变我们对同题故事的确认。

我们前面提到，孟姜女故事有 9 个节点。接下来，我们可以围绕这些节点展开讨论，看看故事家在具体的故事讲述中，创造性发挥的自由度有多大。

围绕节点 1：秦始皇要修一座长城

有些故事对节点 1 的讲述非常简单，甚至一句"秦始皇修长城的时候"或者"那时候秦始皇不是修长城吗"就交代过去了。但也有些故事对于秦始皇筑长城的因由讲述得非常丰满，甚至可以成为一个单独的故事，如前面陈阿勉老太太的讲述。

那么，秦始皇为什么要修长城？到底是为了阻挡胡人南下、保境安民呢，还是为了借着这个工程杀戮良民，抑或是为了遮蔽天上的日光呢？关键得看讲故事的人是否喜欢秦始皇，毕竟秦始皇是个功过参半的人物。

在一则清代同治年间忍德馆抄本的《长城宝卷》中，是说秦始皇做了一个梦，梦见许多鬼魂来求他救命，一个阴阳官为他解梦，认为是塞北胡人南下犯边，死伤良民无数，应该修一道长城，挡住胡人的南下势头，于是，有了修长城的需要。故事这样开头，秦始皇修长城就有了积极的意义，秦始皇是以一个"救星"的角色出场的，所以，在后面的情节中，害死男主人公的元凶就成了秦始皇的大将蒙恬。在这本宝卷中，秦始皇斩了蒙恬，成了替孟姜女申冤的青天皇帝。

山东淄河人讲孟姜女哭倒的是齐长城，可既然是齐长城，又关秦始皇什么事呢？"齐长城沿线的民众一般把齐长城也记在秦始皇的名下，也就是说人们把齐长城误作秦长城了，问起当地长城的修建，很多人都说是秦始皇。"[1]

---

[1] 毕雪飞：《民间传说的文化解读：淄河语境中的孟姜女传说》，《民俗研究》2009 年第 3 期。

无论什么长城，都是秦始皇修的，而且只要秦始皇决定修一座长城，无论故事家把修长城目的说成什么，都不会影响故事节点的逻辑功能。关键是秦始皇得征用民夫去修一座能倒下来的建筑物，好给孟姜女哭去——要是没有这座城墙，你让孟姜女去哭什么呀？

围绕节点 2：男主人公逃役

　　这是一个比较弱的节点，有许多短故事中没有提到男主人公逃役的问题。凡是没有逃役节点的故事，节点 1 – 4 往往合并为一两句话，如"这个故事就是说原来范喜良修长城，刚结婚没多久就被抓壮丁抓去了"①。这类故事大多非常短小，也不会出现孟姜女报复秦始皇的情节，只是简单交代一下长城是怎么被哭倒的。

　　一般来说，在男主人公逃役之前，故事家会对男女主人公的身世做一番交代。很多说唱文学中，都在男女主人公出世之前，进行了大量的铺陈，有说他们本来是金童玉女、神仙转世的，有说他们神奇诞生的，还有说他们是牛郎织女转世投胎的。

　　总之，任何一种"神异出生"和"特异成长"的母题，都可以进入孟姜女故事。只要孟姜女在许配男主人公之前，保持身心的纯净，之前发生什么故事，都不会影响到后续的情节。

　　男主人公的身世同理。可以把他说成是世家子弟、书生公子，还可以是孝子、逃役，只要是个品德不坏的单身男子，不至于玷污了孟姜女的纯洁就行，甚至没有名字都没关系。

　　长城开工之后，男主人公是一开始就逃役呢，还是在长城干了一段时间之后再逃役？在主观上是故意逃役呢，还是受人陷害，逃役而不自知？是因为怕苦怕累呢，还是因为思念爹娘？

　　各种原因，随故事家们怎么说都没关系。

　　只要男主人公有了躲避徭役的意向，就回到了故事的节点，就能把故事继续讲下去。要是他不及时逃出来，错过了孟姜女脱衣服，这场好戏就全完了。

---

① 淄博市淄河镇梦泉村李兴柱讲述，山东大学文史哲研究院毕雪飞、付伟安搜集整理，2009 年 4 月 7 日。

因为男主人公不是故事的主角，所以，男主人公逃役的过程不会成为故事家们的讲述重点。但即使如此，还是有许多故事家愿意在这里插入男主人公逃役路上的各种故事。比如在本文开篇介绍的《万里寻夫全传》中，就铺陈了万喜良的多才多艺（以便值得孟姜女下嫁）与逃役过程中的懦弱无能（以弱化男主人公对于灾难性事件的应变能力，反衬孟姜女的英烈）。

当男主人公流亡在逃役路上的时候，孟姜女在干什么呢？故事家喜欢什么样的孟姜女，就可以安排孟姜女去干什么，只要不与节点发生冲突就行。这样的情节在故事中是不承担功能，也不干扰原有功能的，所以，无论孟姜女干什么，都没关系。

男女主人公的这些琐碎小事，可有可无，可以随故事家个人的喜好进行增减，不会影响故事的发展。

围绕节点3：男主人公成为孟姜女的丈夫

男主人公为什么会成为孟姜女的丈夫？是青梅竹马、早有婚约，还是偶遇后花园，窥浴成亲呢？

这也没关系，关键是两人得结为夫妇，好让孟姜女有个合法的理由跑到长城去哭。

许多故事家都说，孟姜女结婚才三天（有的说是结婚当天，总之，他们还来不及圆房，来不及享受鱼水之欢），男主人公就被抓走了。为什么要这么急就把男主人公给抓走，就不能让他们在一起多待两天，培养培养感情再抓走吗？

这就是故事家们的别有用心了。

孟姜女为什么要嫁给男主人公？正如孟姜女自己说的，"古云：男女授受不亲。又云：男女不同席。今夜我一身尽为君看，岂堪再事他人？"孟姜女脱衣服的时候不小心被男主人公看见了，于是，她觉得这个看见她裸身的男人已经占有了她的贞操，因此"孟姜女一心要嫁万喜良，为的是一身被他看未防"。如果万喜良不娶她，那么，孟姜女决定"就此死在公子前"。

用我们今天的眼光看，这就是地地道道的封建思想，而过去的故事家们所要表彰的，正是这种思想。

孟姜女一再强调自己嫁给男主人公"原不图那闺房之乐"。两人拜堂成亲之后，孟姜女就认定自己"生为男家人，死为男家鬼"了，她说："妾自今日为始，退去铅华，脱却绫罗，从此荆钗布裙，在家侍奉双亲，久等我夫回转；倘若不幸，为妻的一准相从地下，决不独生。"多么坚贞的一个女人！

所以，故事家们早早安排官差把男主人公给抓走，就是为了淡化孟姜女夫妇之间的男女之情，反过来，孟姜女后来的行为就更突出了她对于"夫妻"这个抽象名分的"忠贞"。故事着重宣传的，就是孟姜女的"贞节"思想。

当然，且不说孟姜女只是故事家们编撰出来的虚拟人物，就算实有其人，我们也不能指责孟姜女的封建思想。她的观念代表了她那个时代的"先进思想"，是时代的产物，我们不能用今天的观念来苛求古人。

广西有一种说法，说死在长城的是孟姜女的父亲，孟姜女哭长城，是为他父亲而哭的。这种说法明显偏离了故事的节点，很难得到大多数人的认可，所以施展不出传播势力，没什么影响。

围绕节点 4：男主人公被发现逃役，并被送往长城

男主人公是如何被送到长城役所的？是主动投案自首，还是被官差逮捕归案？如果是被逮捕，官差又是怎么发现他的？是因为被人跟踪了呢，还是因为婚礼上走漏风声？如果是婚礼上走漏风声，这风声又是谁走漏的？

每一个问题上，都有可能滋生出新的母题，都能够让故事家们充分驰骋他们的丰富想象，把故事演绎得柳暗花明、峰回路转。但是，无论如何柳暗花明，最终还是得回到故事的节点，把男主人公送上长城。

所以说，孟姜女家人操办婚事的时候，一定要犯点错误，一定得有个人不小心把男主人公的身份给暴露出去，好让官府把男主人公抓走。如果他们不犯错误，婚礼办得很隐秘、很成功，那么，孟姜女夫妇就会悄悄地隐居起来，甜甜蜜蜜地过上幸福生活，这样，后面就没有故事可讲了。

许多故事家把男主人公被捕的时间安排在婚礼仪式刚刚结束的时候，反正是没让他们进得了洞房，故意让他们有名无实，以突出孟姜女的贞洁。

但也有些故事家为了突出孟姜女"为人妻"的贤淑干练,让男主人公在拜堂之后、被捕之前,适时地病倒在床上,这就给了孟姜女一个充分展示具有舍己为夫、任劳任怨优秀品质的绝好机会。

男主人公被抓走之后,剩下孟姜女留守闺中。这是一段漫长的留守。

一个深闺怨妇,天天望眼欲穿,这是很能滋生"望夫"情节的。这个话题我们后面还会讲到。

除了"姜女望夫",故事家似乎还可以再编些故事填塞到这段时间中去。于是,一批仆人粉墨登场了。最典型的是《万里寻夫全传》中,虚构了一个叫孟兴的家人,为了让他既能打探到万喜良的生死消息,又有足够的时间在风月场上饰演故事,故事家们不惜把《水浒传》中神行太保戴宗"日行八百"的神奇本领都给了此人。

孟兴的故事基本上属于节外生枝,这样的枝节,在整体故事中没有什么意义。只是故事家为了显示孟姜女家有钱有势、有人可使,或者只是为了拖缓故事节奏、凑凑字数而随意编造的情节。

无论孟兴、孟和还是使女小秀,无论他们是好人还是坏人,也无论他们做了多少好事或是坏事,最终,他们是怎么进入故事就还得怎么退出故事。让他们死去也好、逃走也好、回家也好,总之,他们这些不承担结构功能的角色,全都得在孟姜女到达长城之前从故事中彻底消失,他们的存在丝毫不会影响到节点之间的逻辑关系。

围绕节点5:男主人公死去,并被筑进长城

男主人公是怎么死的?是病死的、累死的、被打死的,还是被活埋的?山东大学民俗学研究所于2009年在淄博市淄河镇调查所得的21则孟姜女故事中,有16则异文明确讲述了范喜良的死因。其中3则异文提到了被筑进城内是为保城坚固、不再坍塌;3则异文说是因工程事故等原因给砸进去了;其余的文本都说他是因饥饿、积劳成疾而死。[①]

男主人公并不是故事的正主角,故事家们一般不会在他身上浪费太多的口舌,这个环节也很难生出什么新奇的花样。稍微传奇一点的说法是,修长城的人太多,一天送九顿饭(或者七顿饭、十二顿饭),但还是送不

[①] 付伟安:《山东淄河镇孟姜女故事文本的现实性》,《民俗研究》2009年第3期。

到万喜良手上,最后饿死了。①

如何安排男主人公的死,得看故事家有什么承前启后的需要。总之,随便给个理由就行。只要把男主人公弄死了,然后把他筑进城墙里面,这个节点就算顺利完成。接下来,就只等着孟姜女来哭了。

围绕节点6:孟姜女寻夫

故事家们可以突出这个环节,也可以简化这个环节。若要突出这个环节,就让孟姜女一步一步走路去;若要简化这个环节,就让孟姜女那个家财万贯的父母雇几辆马车把她拉过去。山东淄博传说孟姜女就是当地人,哭倒的又是当地的齐长城,所以,干脆说成孟姜女的家就在长城脚下,寻夫之旅就被大大压缩了,甚至一个"找"字就打发了:"孟姜女的男人范喜良修长城没有回来,她去找他,找不到就哭,就把长城哭倒了。"②

但是,大部分故事家还是很愿意突出这个环节,他们选择了让孟姜女走路去长城。尤其是江浙一带,因为这里距离长城比较远,所以,万里寻夫送寒衣的情节就被渲染得特别丰满,"苏南东部沿太湖地区是水网地带,水乡多桥,在这一地区搜集到的大量同真实地名相连的孟姜女传说,不少都是与桥有关"③。

一个小女人,千里迢迢跋山涉水,这一路长夜漫漫孤苦无依,正是可以滋生各种故事的大好环节。如何从"家"来到"长城"?中间会经历多少的艰难曲折?这是常人难以想象,更难以实践的。正是这种"千金小姐"与"艰难险阻"的强烈对照,更能加深听众对孟姜女"节烈"事迹的无限敬佩。故事家们的目的正在于此,他们有意给孟姜女安排了各种各样的磨难,以成就她作为"贞节妇"的光荣使命。

她在出发前可以知道丈夫的死讯,也可以不知道丈夫的死讯。如果知道死讯,她就是去收尸;如果不知道死讯,她就是去送寒衣。

---

① 毕雪飞:《民间传说的文化解读:淄河语境中的孟姜女传说》,《民俗研究》2009年第3期。

② 淄博市淄河镇梦泉村李兴源讲述,山东大学文史哲研究院毕雪飞、付伟安搜集整理,2009年4月7日。

③ 秦寿容、袁震:《苏南地区孟姜女传说的特色——专题采风调查报告》,《民间文艺季刊〈孟姜女传说研究专辑〉》1986年第4期,上海文艺出版社。

她可以一个人走，也可以带着仆人或丫鬟一起走。这中间还可以插入很多故事，既可以插入与恶仆斗争的故事、丫鬟遇害的故事，也可以插入得到神灵帮助的故事。

一路上，孟姜女可能碰上强盗、小偷、淫贼，也可能碰上好心的店主、同命的妇女、善良的老妈妈，甚至可以遇上贫贱之中的韩信母子。

总之，一个弱女子，而且是个能让秦始皇垂涎三尺的美貌弱女子，涉险离家的危险系数之高，是可想而知的。因为万里寻夫要经过的地方可以很多，每一个地方的故事家都可以把当地风物与孟姜女寻夫挂起钩来，说明孟姜女当年途经此地时做了一个什么动作，以至于形成了今天的某道风景。"山西曲沃县侯马镇南浍河桥土岸上有手迹数十，是她送寒衣时经过浍水，水涨不得渡，以手拍南岸而哭，水就浅了下去，这手迹便是拍岸时所留遗。"①

这就像唐僧前往西天取经一样，小说家故意要放出风去，让各路妖魔鬼怪都知道：吃了唐僧肉可以长生不老。这样一来，唐僧西行的危险系数就会大大提高。

唐僧也好，孟姜女也好，他们在旅途上的危险系数越高，潜在的紧张与缺失就越多，就越容易滋生出各种各样的离奇故事，故事就会愈加生动刺激。这种状况恰如"一张白纸，好画最新最美的图画"。

无论孟姜女在路上遭遇什么、收获什么，经历了怎样的艰难曲折，都没有关系。只要不把孟姜女弄死、弄丢、弄残（如果弄残了，秦始皇就不会迷她，后面的故事就没法讲下去），后面的故事还能接着照讲。

故事家们把孟姜女折腾够了，这才跟跟跄跄地把孟姜女带到长城脚下。可怜的孟姜女，她的下一个任务是，用哭声去撼倒一座长城。

围绕节点 7：孟姜女哭倒长城，找到丈夫遗体

所有的准备，都是为了这一刻。"哭长城"是孟姜女故事的重中之重，绝不能随便一哭了事，她得不停地哭。

好心点的故事家们，让她随便哭几声，表示个意思，甚至才哭第一声

---

① 顾颉刚：《孟姜女故事研究》，叶春生主编：《典藏民俗学丛书》（上），黑龙江人民出版社 2004 年版。

就把城墙哭倒了；狠心一点的故事家们，会要她哭上十天八天；更狠一点的，非得让她把眼睛哭出血来，这才把长城放倒。淄博市淄河镇甚至有一种说法，"孟姜女与万杞梁的夫妻关系非常恩爱，万杞梁的死对孟姜女的刺激非常大，以至于哭成了精神病，每天沿着长城哭，为什么她能坚持下来就是因为她是精神病。"①

长城怎么倒的？不同的故事家会有不同的设想。有人说就是哭倒的，天人感应，哭着哭着，城墙实在受不了了，就倒；有人说是神仙帮她推倒的，孟姜女哭了半天，发现城墙还没倒，就用头去撞，故事家绝不能让她把头撞坏了，要是撞得满脸是血，秦始皇还能爱上她吗？后面的戏没法演了，于是，众神仙赶紧发力，帮助孟姜女把墙给推倒了；也有人认为是巧合，孟姜女哭着哭着，"突然有一天，天上打雷下雨，雷把长城劈倒了，就认为是孟姜女把长城哭倒的"②。最有想象力，也是最狠心的故事家是这么说的：孟姜女哭啊哭啊，泪水把城墙根给泡软了，墙就倒了。

总之，无论她怎么哭，墙是一定要倒的。

墙倒了，尸骸露出来了。有的故事家直接就说露出了男主人公的尸骸，也有的说男主人公的尸体一直没有腐烂，还有的说男主人公的尸骸上有信物③，按这几种说法，那就不必费事去"滴血认亲"了。但大多数的故事家不想让孟姜女这么容易结束任务。墙倒了，露出来的只是一堆乱七八糟的白骨，于是有了辨认尸骨的需要，有的故事家要求孟姜女滴血认亲，有的故事家要求孟姜女滴泪化血。故事家们可以想出各种各样的办法来折磨孟姜女，以达到最理想的悲剧效果。

淄博市淄河镇"对于哭夫的情节描述与别处略有不同，讲到孟姜女一边哭一边在地上画圈烧纸，而这个正是当地为逝者烧纸风俗的由来"④。淄河镇孟姜女故事的哭夫情节比较突出，这与当地盛行《十哭长城》《送寒衣》《哭情郎》《孟姜女哭长城》等孟姜女小调是相对应的。

---

① 张士闪：《从故事到事件——围绕山东淄博市淄河镇孟姜女故事产业开发的讨论》，《民族艺术》2009年第4期。

② 同上。

③ 付伟安：《山东淄河镇孟姜女故事文本的现实性》，《民俗研究》2009年第3期。

④ 毕雪飞：《民间传说的文化解读：淄河语境中的孟姜女传说》，《民俗研究》2009年第3期。

有些早期的故事中，孟姜女哭倒长城，找到丈夫的尸骨，就把他背回家安葬了，完成了一个结发妻子应尽的义务；也有的说她见了丈夫白骨之后，痛哭了三天三夜，直接把自己也哭死了；更多的是讲她投水自杀。还有一种是说，孟姜女借助神仙的帮助，让男主人公起死回生，夫妻得以重新团聚。

我们前面说过，如果孟姜女就这么死了，坏人没有受到处罚，老百姓是不会让这个故事结束的。

秦始皇作为孟姜女报复和戏弄的对象，到底是什么时候被故事家们发明出来的，目前没有确切的材料。但至迟在明代应该有了这一情节的萌芽。《风月锦囊》所录的《孟姜女寒衣记》中，孟姜女有这样一段唱词："因哭倒长城七十余处，被蒙恬捉见秦王，要奴为妃。奴苦哀奏，赐奴寻夫，再来听奏。"可见这时秦始皇就已经开始对孟姜女动心思了，但孟姜女的反抗行动还不够激烈。

围绕节点 8：孟姜女报复害死丈夫的元凶

大概在明代以后的故事中，孟姜女开始了她的复仇计划。

如果故事中的元凶是蒙恬，那很容易，孟姜女随便使点什么手段，就能够找个机会陷害他一把，直接借手秦始皇就把他斩了。

如果故事中的元凶是秦始皇本人，那就不太好办，孟姜女只能利用"女色"耍耍花样，戏弄戏弄秦始皇，聊以解恨，至多也就是让秦始皇为男主人公披个麻戴个孝，因为实在是没办法弄死秦始皇，全天下人都知道，秦始皇是自己中暑死的，与孟姜女没有关系。

除此之外，实在也想不出还有什么更好的复仇办法。这一个环节的变异性比较小。

围绕节点 9：孟姜女自杀殉夫

孟姜女当然不能活泼泼艳生生地落入秦始皇手中，否则，仇没报成，反让仇人占了便宜。孟姜女一定要逃离秦始皇的魔爪，怎么逃离？普天之下，都是秦始皇的土地。看来孟姜女也只有自杀一条路可走。

孟姜女死是一定的，怎么死却是可以由故事家们发挥想象加以选择的。孟姜女可以撞墙，或者撞石碑而死，也可以跳长城、投河、投湖、投海、投大洼而死，还可以是悲伤过度，痛哭而死。死后，也许是良心发现的秦始皇，也许是哪位好心人，也许是老天爷，一般都会给她建一座纪念性的坟墓，以表彰她的节烈行为。

还有一种传说非常残忍，孟姜女跳了海，秦始皇把她的尸体捞上来，"拿起铁枝扫帚将她一身皮肉全洗掉，奇迹顿时出现，孟姜女的皮肉落水化成银鱼水上漂。秦始皇再命人将孟姜女的骨头全磨掉，谁知道骨粉散开随风飘来又飘去，变成蚊虫叮得昏君无处逃"①。

当然也有些很好心的故事家，在孟姜女跳海的那一刹那，派出虾兵蟹将，把她接到东海龙宫。老龙王为她接风洗尘，收为义女。这样一来，孟姜女升入神格，肯定会获得一些神奇的力量，于是，有了神力的孟姜女，还得再次回到陆地上与秦始皇周旋一番。

孟姜女跳海之后，在许多神奇故事中，秦始皇转而升为故事主角。据说秦始皇织了一条赶山鞭，能把高山赶入大海，能把石头赶得满地跑。秦始皇要赶山填海造长城，或者是赶山填海找孟姜女，海里龙王一看着急了，于是施出美人计，让龙女假扮孟姜女前去敷衍秦始皇，偷了赶山鞭。后来龙女怀孕，生下一个男孩，就是楚霸王。龙女将霸王放在沙滩上，于是，老雕张开翅膀给他遮阳，老虎过来给他喂奶，所以楚霸王是"龙生虎奶雕搭棚"②……按照这种方式，故事家可以无休无止地把故事讲下去，但那已经不是孟姜女哭长城的故事了，我们也就此打住。

从以上围绕9个节点的分析中我们可以看到，无论是在节点之上，还是节点之间，都存在巨大的想象空间，可以让故事家们充分地驰骋自己的文学想象，遂人所愿地增添新的故事母题。

这些母题只要不构成与故事节点的逻辑冲突，是可以随故事家们的个人喜好随意选择的。至于听众能不能接受这些稀奇的讲法，那就只能看故事家的忽悠水平了。

但是，如果故事家的讲述更换了其中部分节点，比如把A-B-C-D讲成了A-H-D，故事进程不是以节点B和C的方式来展开，而是以H

---

① 马知遥：《论孟姜女传说的人文内涵与创意之可能》，山东省民俗学会、淄川区人民政府主办：《山东淄川·中国孟姜女传说学术研讨会论文集》，2009年5月。

② 在淄博市淄河镇，城子村的韦良斌、西股村的孟兆翠都讲到了这些情节（毕雪飞：《淄博市淄川区淄河镇孟姜女传说调查专题报告》）。

的方式从 A 到达 D，那么，我们就不认为故事 AHD 是故事 ABCD 的同题故事。

打个比方，如果有个故事家这么讲：

>……孟姜女哭倒长城之后，秦始皇没有怪她，反而向她求爱，孟姜女要他答应三个条件，秦始皇答应了，并且完成得很好，孟姜女仔细想想，觉得秦始皇是真心爱自己的，而且"忠君"也是一种美德，于是就嫁给了秦始皇，受到秦始皇的宠爱，后来，因为不堪忍受皇后的妒忌与折磨，跳海自杀了。

除了故事节点 8 "孟姜女报复害死丈夫的元凶"被篡改之外，其他所有的节点都具备。哭也哭过了，长城也倒了，最后也跳海自杀了，但我们还是不能认可这是孟姜女同题故事。一旦"复仇"的节点被更改，转而向秦始皇投怀送抱，那么，原来的复仇主题也就荡然无存了，故事将彻底变味。

或者另外一个故事家这么讲：

>秦始皇修长城的通知下达以后，爱国青年万喜良热血沸腾，决心为祖国国防建设贡献自己的一份力量，主动申请前往长城服役，最后累死在长城，孟姜女万里寻夫来到长城，知道丈夫死讯，哭了十天十夜，终于把长城哭倒了……

除了节点 2 "男主人公逃役"被篡改之外，其他所有的节点都具备。我们同样不能认可这是孟姜女同题故事。"逃役"节点的被更改，直接导致孟姜女哭长城"合法性"的消失。如果万喜良主动赴役是一种爱国行为，那么，他光荣牺牲之后，孟姜女跑来大闹工地、哭倒长城、报复秦始皇、以死相要挟，就无异于破坏国防建设、扰乱社会治安了，这只能给万喜良的光辉形象抹黑。

由于故事的节点网络构成了一个自足的逻辑体系，某个节点被篡改后，必然会发生连锁反应，可能引起故事逻辑结构的全盘崩溃，或者导致原有故事主题的全面消解。但是，只要故事家不篡改故事的节点，任何相容母题的进入，都不会影响到同题故事逻辑结构的变化。

所以说，在故事的传承与变异过程中，传承的稳定依赖于节点的稳定，变异的随意是指节点之外的随意。

三 故事节点与母题、功能的简单辨析

结束本文之前，我们再对同题故事、节点以及故事类型（type）、母题（motif）、功能项①（function）等相关概念作一简单辨析。

功能项是普罗普在《故事形态学》②中提出的核心概念。普罗普对阿法纳西耶夫搜集的100个俄罗斯神奇故事（同一体裁故事）进行了形态分析，总共分析出31个功能项。这31个功能项基本上涵盖了100个神奇故事的全部母题。

功能项是组成同一体裁故事的基本单元。功能项类似于母题③，但具体用法不同。功能项是在特定的故事体裁下分析出来的，因此是具体故事体裁之下的情节单元，它不能脱离具体的故事体裁而被称作"功能项"。母题是从所有故事中借助"重复律"分析出来的④，不依赖于某一具体的故事类型，因此是一种相对独立的故事单元。比如说，一本《文学理论》，把它放在中文系的教材体系当中，它被当作培养学生的一种"基础

---

① 《故事形态学》中译本（中华书局2006年版）译者贾放教授在该书"译后记"中说，"function这个核心概念曾被直译为'功能'，但就现代汉语语感而言，功能指一种作用，而不是一种成分，事实上，作者是将其作为进行结构分析的基本单元来使用的，与民间故事研究的其他流派所使用的'情节''母题'等概念是在一个平面上，是一个构成元素的单位"。经过反复斟酌，贾放教授创用了"功能项"这个译名，力图更好地体现普罗普结构分析理论的基本理念。

② 涅赫留多夫在《故事形态学》的中译本序言中说：《故事形态学》最初的书名是《神奇故事形态学》，而初次预告该研究成果时的命名为《俄罗斯神奇故事形态学》（《故事形态学》中译本，第2页）。

③ 普罗普说："角色的功能这一概念，是可以代替维谢洛夫斯基所说的母题或贝迪耶所说的要素的那种组成成分。"（《故事形态学》中译本，第17页）

④ "阿莫斯指出，母题不是分解个别故事的整体所得，而是通过对比各种故事，从中发现重复部分所得。只要民间故事中有重复部分，那么这个重复的部分就是一个母题，即使这个母题是一个完整的大故事中套的小故事，只要这个小故事能够自由地进出不同的大故事，那我们也就可以称这个小故事为一个母题。"（吕微：《母题：他者的言说方式》，《民间文化论坛》2007年第1期）

教材"（功能项）；把它放在图书阅览室，它就只是可供不同读者阅览的一本"图书"（母题）。

普罗普认为："对于故事研究来说，重要的问题是故事中的人物做了什么，至于是谁做的，以及怎样做的，则不过是要附带研究一下的问题而已。"所以，故事功能"在任何情况下，都不应考虑作为完成者的人物"①。也就是说，普罗普认为，故事体裁学和形态学排斥了以主人公属性和姓名为标识的故事类别。

对于故事类型的划分，一直存在分歧。"19世纪末，当卡尔·克隆注意到不同民族的故事中存在着大量相似情节梗概时，他就提出了'故事类型'这个概念。他的学生安蒂·阿尔奈（Aarne）根据这个概念发展出国际民间故事的分类体系，于1910年出版了著名的《故事类型索引》一书。"② 但是，阿尔奈对类型的划分基本上是经验式的，并没有制定一套严格的划分标准，因此后来的学者对于分类标准一直存有分歧。自从普罗普的故事形态学出来之后，多数学者倾向于依据形态特征来对故事进行类型划分，刘魁立先生就是这一标准最坚定的支持者，他认为"一切故事类型的确立，从根本上说，依据的是形态。靠什么？靠情节基干"③，刘守华也认为"类型是就其相互类同或近似而又定型化的主干情节而言"④。

可是，在中国著名的故事中，大多是以主人公的属性和姓名来标识的，如孟姜女的故事、梁山伯与祝英台的故事、牛郎织女的故事、刘三姐的故事、秃尾巴老李的故事、白蛇传、柳毅传书等。在中国民间文学体裁学中，一般把这些与"一定的历史人物、历史事件或地方风物、社会习俗"⑤ 有关的故事叫作"传说"。传说的数量在中国民间文学诸体裁中是最多的，超过其他各类故事的总和。

以历史人物或虚拟的历史人物为中心的各类传说，在普罗普的故事形

---

① ［俄］普罗普：《故事形态学》，贾放译，中华书局2006年版，第17、18页。
② 户晓辉：《类型（英语Type，德语Typ）》，《民间文化论坛》2005年第1期。
③ 高木立子翻译、西村真志叶记录整理：《刘魁立、稻田浩二谈艺录》，北京龙爪树宾馆，2004年10月24日。
④ 刘守华：《中国民间故事类型研究》，华中师范大学出版社2002年版，第2页。
⑤ 万建中：《民间文学引论》，北京大学出版社2006年版，第169页。

态学中是不合法的。故事形态学不承认以"物"(人物、事物)为中心的传说具有"类"的特征或"类"的研究价值。于是,如何对这些具有浓郁中国特色的"物"的故事进行结构分析,就成为中国故事学所面临的一个问题。

解决问题的第一步,我们就得定义一个以"物"为中心的故事类名。因此,我们把围绕同一标志性事件,围绕同一主人公而发生的故事命名为"同题故事"。

故事类型主要被应用于跨文化的比较研究。"阿尔奈1910年编纂的故事类型索引,虽然主要建筑在芬兰民间故事的资料基础上,但是他大量引用了丹麦等北欧国家以及德国的资料,所以它一开始便具有一定的国际性。"[1] 随着阿尔奈编纂体系的影响日益扩散,"母题和类型概念使学者们在全球范围内研究民间叙事的规律以及异同成为可能,它们可以看作是民间文学或民俗学最核心的两个学科范畴"[2]。所以说,"通过母题或故事类型编目来确定民间叙事,在真正的民俗学家中间已经变成一个国际化的必备条件"[3]。

同题故事由于限定了与特定主人公的关系,因此就被限定在主人公所生活的特定文化背景之下,这种文化背景是相对同质的。如果说故事类型以及母题、功能是一种跨文化的故事研究工具,那么,同题故事以及节点则是同质文化体系内部的故事分析工具。

节点只在同题故事中才有意义,是同题故事内部的分析与归纳。本文所归纳的9个节点都是由故事主角(主人公,以及主人公必要的助手、对手等角色)发出的必要行为,这些行为在故事进程中必不可少,承担着不可或缺的结构功能。

作为国际性的故事检索工具,母题的划分必须具有严格的统一标准,只有这样,才能保证不同学者析出的母题之间具有可比性。"母题是他者所使用的东西,而不是根据研究者自抒己见所任意规定的标准所得到的东

---

[1] 刘魁立:《刘魁立民俗学论集》,上海文艺出版社1998年版,第104页。
[2] 户晓辉:《母题(英语Motif,德语Motiv)》,《民间文化论坛》2005年第1期。
[3] [美]阿兰·邓迪斯:《民俗解析》,户晓辉编译,广西师范大学出版社2005年版,第228页。

西。于是，母题索引就能够服务于我们今天对他者的研究即和他者的对话。"①

与此相反，由于故事节点的析出被限定在同题故事之内，因而并不需要在更广大的范围内与其他故事母题具有"重复性"或"可比性"。故事节点只需要满足同题故事内部的重复性和可比性，更极端地说，只需要满足研究者自己的分析需要，无论是开放的还是非客观的。只要研究者的数据来源可靠，分析和论述的逻辑是清楚的，而且能够自圆其说，那么，我们认为他对该同题故事的分析是有效的。

我们说，每一个故事节点都承担着不可或缺的结构功能，节点与节点之间环环相扣。事实上，普罗普对于功能项的界定也部分地具有这一特征，"如果将所有的功能项连起来读下去，我们将会看到，出于逻辑的需要和艺术的需要，一个功能项会引出另一个"②。另外，吕微在《神话何为》一书中曾经创造性地使用了"功能性母题"这一概念，与故事节点的界定也有相近的地方。③

尽管节点与功能项、功能性母题有如此多的相似之处，但区别也是非常明显的，下文试述之。

无论某一故事体裁的功能项集合，还是故事类型的母题集合，都相当于这一故事体裁或类型中所有故事的"最小公倍数"。举例来说，假如在某一故事类型中，故事 A 包含母题 12345，故事 B 包含母题 23456，故事 C 包含母题 34567，那么，故事的全部功能项就包含了所有的 1234567。

阿法纳耶夫的 100 个神奇故事，甚至所有的神奇故事，全都涵盖在普罗普的 31 个功能项之中。而对于一个具体的神奇故事来说，并不需要具备所有的 31 个功能项，"缺少几个功能项不会改变其余功能项的排列顺序"④。

---

① 吕微：《母题：他者的言说方式——〈神话何为〉的自我批评》，《民间文化论坛》2007 年第 1 期。
② ［俄］普罗普：《故事形态学》，贾放译，中华书局 2006 年版，第 59 页。
③ "功能性母题是在对同类型故事的各种异文中重复性内容的综合，再结合对该类型故事的整体性内容进行分析，即把故事内容分解为相互限制、相互制约的不可分割的不同部分的基础上给出的抽象。"（吕微：《母题：他者的言说方式——〈神话何为〉的自我批评》，《民间文化论坛》2007 年第 1 期）
④ ［俄］普罗普：《故事形态学》，贾放译，中华书局 2006 年版，第 18 页。

关于故事类型，邓迪斯也曾指出："应该记住，一个故事类型是一个合成的情节概要，它在准确无误的细节方面对应的不是一个个别的异文，但同时又在某种程度上包含着那个民间故事所有的现存异文。"①

如图 2 所示，假设我们把大圆当作神奇故事的全部功能项，把两个长方形当作所有神奇故事中的任意两个故事，那么，所有的长方形都涵盖在大圆之内。

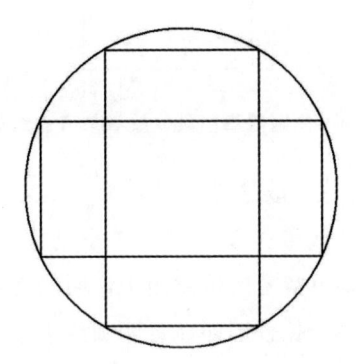

图 2　故事体裁或类型中功能项与具体故事的关系

"节点—故事"与"功能项—故事"的关系则恰恰相反。节点相当于所有同题故事的"最大公约数"。也就是说，每一个孟姜女同题故事都涵盖了前述的 9 个故事节点。举例来说，假如在某一同题故事中，故事 A 包含母题 12345，故事 B 包含母题 23456，故事 C 包含母题 34567，那么，故事的节点就只有 345。

如图 3 所示，假设我们把两个长方形视作任意两个孟姜女同题故事，把小圆视作 9 个故事节点，那么，所有的长方形都涵盖了小圆。

在许多情况下，故事类型与同题故事难以重叠，比如《狼外婆故事》和《老虎外婆故事》，明显属于同一故事类型，但由于"物"的名称不同，我们无法将它纳入同题故事中进行研究。尽管这样看起来有点呆板，可是，既然我们已经如此定义了，就只能按照既定的规则来操作，任何理论的提出，都有一定的适用范围和局限。

但在一些特殊的情况下，有些故事类型与同题故事是可以重叠的，比

---

① ［美］阿兰·邓迪斯：《民俗解析》，户晓辉编译，广西师范大学出版社 2005 年版，第 229 页。

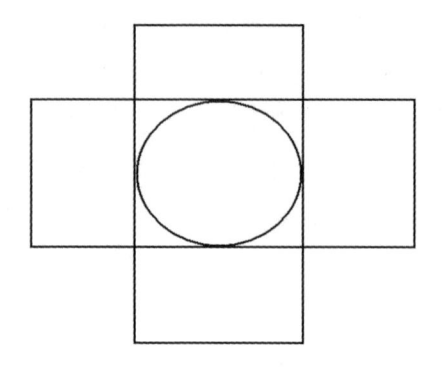

图 3　同题故事中具体故事与节点的关系

如《狗耕田的故事》，这一故事类型中的所有异文，还没有发现"物"的名称不是狗的。在这种故事类型与同题故事的集合对象完全一致的情况下，我们可以画出一张更清楚的示意图来说明功能与节点的区别。图 4 中大圆即全部功能项，两个长方形即任意两则故事异文，小圆即全部节点。

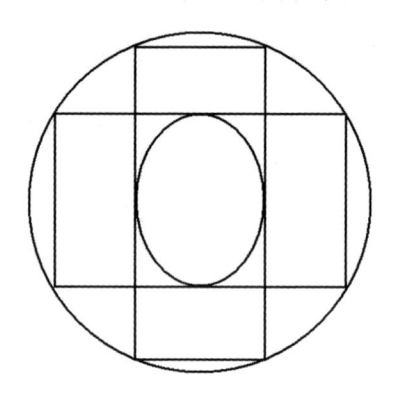

图 4　特殊情况下功能、故事与节点的关系

附录：吕微、户晓辉评点意见

1. 吕微评点意见

爱东：

《孟姜女故事的稳定性与自由度》是一篇好文章！论理、论据都令人信服。还有些问题可进一步讨论。

普罗普的故事"形态"研究对神奇故事（或：魔法故事、幻想故事、童话)这一体裁的所有类型进行了统一的结构分析。按照芬兰人的观点，神奇故事内部还可以划分出多种类型，而这种类型的划分与更具体的不同主题、内容有关。普罗普放弃了对同一体裁（童话）故事中更具体的不同主题、内容的类型区分，专注于对该体裁（童话）故事的所有类型的内容作统一的结构分析，自然得出"所有神奇故事都是同一类型"的结论。由于普罗普是对某种故事体裁的结构形态研究，所以爱东所说的大圆形（体裁功能）才能涵盖长方形（故事母题）。

体裁划分在格林兄弟那里已经十分成熟，即：神话、传说、故事（包括童话），体裁的划分既事关题材的结构内容，也事关体裁的功能形式。神话、传说、故事一般拥有各自不同的题材内容，比如，"世界的创造"的内容一般被认为是专属于神话的。但格林认为，有些童话的内容是神话的遗留物，因而童话和神话有时也共享同一内容。巴斯科姆区分不同体裁的标准除了题材内容还有功能形式，比如对题材内容的"信实性"程度，信其为真是为神话，以之为假则是故事（见朝戈金等译《西方神话学读本》第一篇，广西师大出版社 2006 年版）。

但总的来说，题材内容仍然是划分故事体裁的经典依据，学者们根据不同的内容划分出不同的体裁，尽管这样的划分往往有民众实践的客观依据，但恐怕也有学者的主观意志在发挥作用。你怎能肯定"狗耕田"的内容就一定属于幻想故事的体裁并且专属于幻想故事当中的一种故事类型呢？同样的内容难道就不可能出现在"专名"的传说中？所以说，仅仅依据故事的内容进行类型划分有其不能解决的问题。

但是，以往对故事体裁、类型所做的划分的确主要是以故事的题材内容为主要依据的（比如阿法纳西耶夫的 100 个神奇故事）。而这样的划分往往是由学者来完成的，而不是由民众自己来完成的。学者根据自己的研究需要，对故事进行划分，以服务于自己的研究目的。具体在孟姜女故事中，哪些故事能够进入研究的视野，哪些不能，也是由研究者主观设定的，这种设定对于实证研究来说是必要的甚至是充分必要的前提条件。

除了内容，主题也是划分故事体裁、类型的标准，在爱东的"同题故事"的概念中，除了题材的内容（材），题材的主题（题）也占了相当的比重。比如，如果没有"复仇（的思想）主题"，那么即使讲的是有关孟姜女的故事，爱东也不把该故事算作孟姜女的"同题故事"。高丙中区分了故事的内容含义（meaning）和故事的作用（功能）意义（significance）（《民俗文化与民俗生活》第157页），可参考。以主题为参照点，"标志性事件"是各个母题当中集中体现主题的母题，"小概率事件"则是脱离主题的母题。

最后，对故事进行内容划分，除了人物的行为（即普罗普所谓"功能"），还有人物本身，也是对故事进行划分的依据，正如爱东所言，根据人物对故事进行划分更符合中国国情。吕蒂也表示过近似的看法，但与爱东不同的是，吕蒂不是强调故事中人物所体现的文化性，而是强调故事人物对于特定故事体裁（比如童话）本身就是重要的研究视角。吕蒂代表了与普罗普不同的另一种童话研究的思考立场，吕蒂说过，如果没有国王和公主，我们如何想象是"童话故事"还是童话？即使该"童话故事"有着与其他童话相同的（普罗普所谓）功能。

以下两段文字均引自西村的论文，可参考：

引文一：

在魔法故事乃至整个民间童话里，剧中人的行为比剧中人更稳定、更重要这一点上，我个人还是同意普罗普的主张。普罗普还举例说明了这一点：

1. 沙皇送给勇士（主人公）一只老鹰，这只鹰把勇士送到另一个王国。

2. 一位老人给了苏森科一匹马，这匹马把苏森科送到另一个王国。

3. 巫婆送给伊凡一只小船，这只小船把伊凡送到另一个王国。

4. 公主送给伊凡一只戒指，从戒指里跳出来的青年把伊凡送到另一个王国。

这些例子中，行为本身比起行为者更为重要。名词能够被替换，动词则不然。即使用公主、老人、巫婆等来替代沙皇，没有任何问题。作为行为的手段，鹰、马、小船、魔法戒指等（不管是直接的还是间接的)都可以发挥出同样的功能。在这种情况下,事件本身始终没有发生任何变化。这里,我们再次拿出句子的例子,大概是有意义的。相对内容而言,文章的结构更加稳定。比起内容相同的文章,结构一致的文章多得多。而且语言学早就肯定了动词在其他句子成分中的优先地位。与之相对应,民间童话的(也是其他口承文艺体裁的)结构,比起所讲述的"内容"、主题、素材等,更为突出。尽管这种突出的程度,和一般的句子并不完全相同。

(然而)普罗普过分小看了剧中人的意义和剧中人在属性上所显示出来的相当程度的稳定性。的确,相对传说而言,民间童话替换剧中人更容易些。而且并不是所有的"魔法故事"都含有魔物或者施法过程。然而作为一个体裁,(我们)无法从民间童话中除去诸如国王、王子、公主、巫婆、魔物等因素。和那些遵守规律的情节、结局同样,人物和物象一旦出现,便以一种相当的稳定性反复出现在其中。这些对魔法故事特有性格的形成大有贡献。假如,国王、公主和巫婆总是被一些日常的现实人物所取代,那么即使保留了故事的结构,体裁性格却会发生根本性的变化,这个体裁特有的象征力量也会有所减弱,从而变成另一种东西了。

——吕蒂《民间童话的结构主义研究》,西村真志叶译

引文二:

在普罗普看来,剧中人的行为(功能)就是相当于民间童话的结构成分:"民间童话永恒的不变项,是剧中人的功能。这时,这些功能由哪个人物或通过什么办法而实现,没有任何关联。这些功能就是民间童话根本的结构要素。"简言之,他把剧中人的行为视为不变项,把剧中人的属性视为可变项。首先,吕蒂对普罗普可变项和不变项的观点表示了质疑,认为到底什么是可变项,什么是不变项,这最终归于一个视角问题。如在"沙皇送给勇士老鹰,老鹰把勇士送到他国"和"巫师送给伊凡小船,小船把伊凡送到他国"两句中,剧中人的属性确实是可变项,剧中人的行为则是不变项;而在"国王

送给勇士老鹰，老鹰把勇士送到他国"和"国王要求勇士奉献老鹰，老鹰把勇士吞进肚子里"两句中，剧中人的属性是不变项，而他们的行为便是可变项。

——西村真志叶《中国民间幻想故事的文体特征研究》，北京师范大学硕士学位论文，2004年。

吕微 2009 年 6 月 26 日

2. 户晓辉评点意见

爱东：

大作已经拜读，写得很细致，尤其是对故事的分析和几个概念的辨析，颇见功力。

文中提及的普罗普的《故事形态学》，可否加注解或者括号说明一下：俄文书名应该是《童话形态学》，或译《神奇故事形态学》。实际上，吕蒂已经指出，普罗普研究的不是一般的故事，也不是一般的童话甚至幻想故事，而是魔法故事，即故事中的一个特殊的类（亚体裁）。所以，普氏的方法如何与一般的故事研究方法转换和衔接，的确是一个值得思考的问题，而吕蒂也的确批评了普氏的"失误"，与你的意思似有暗合之处。我把我翻译的吕蒂的话转引如下，仅供参考。

普罗普低估了情节承载人的意义及其明显的稳定性。尽管他们在童话中或许比在传说中更容易被替换，而且并不是所有的'魔法童话'中都出现魔法物或魔法过程，但是，如果把国王、王子、公主、巫婆或者魔法物从这种体裁（指魔法童话——译注）本身剔除出去，那将是不可思议的。上述带有值得注意的稳定性的人物和事件，就和那些老套的情节和情节结局一样，反复出现。它们部分地有助于给魔法童话赋予特有的标记。如果国王、公主和巫婆一直被日常现实的形象取代，而且相应的魔马或魔戒被飞机取代，那么，即使叙事结构保留着，但这种体裁的特征就会发生决定性的变化，它的象征力量也会有所减弱，并且变成另一种东西了。

当然，在吕蒂的《欧洲民间童话：形式与本质》中，人物已经变成了形式，即同样具有决定体裁的作用，这是后话。

顺颂

夏安！

户晓辉 2009 年 7 月 1 日

原载《民俗研究》2009 年第 4 期

中国天鹅处女型故事的形态学研究

——以基本功能、序列及其变化为中心

漆凌云[*]

天鹅处女型故事是指以男子通过窃取仙女羽衣而得妻为核心的母题故事。中国天鹅处女型故事历史悠久、流传广泛。以往我们对某一故事类型形态结构研究，大多是将收集到的故事文本划分为多个类型。这一方法对故事形态比较单一的故事类型比较适合。但对一些形态结构多变的故事类型则不易分析。天鹅处女型故事的形态结构复杂多变，与数十种中国常见故事类型有复合关系。[①] 本文首先对搜集到的故事文本进行分类，将其分为破坏水田型、报恩型、牛郎织女型、寻宝型等12种类型，再运用普罗普的故事形态学方法对故事的形态结构进行考察，试图勾勒出天鹅处女型故事形态结构变化的规律。

一 功能顺序及其对应母题

通常，每个故事的开端都会介绍主角的身世、婚姻状况、职业和品行。普罗普称之为"最初情境"，虽不是功能却是重要的形态学因素。一般来说，天鹅处女型故事中主角的身世通常情况是以下几种情况：孤儿，与母亲生活或与哥嫂生活。这就表明其在情感方面缺乏爱情。讲述者有时

---

[*] 作者：漆凌云，湘潭大学文学与新闻学院讲师、博士。

[①] 我们如果将搜集到的273则文本中出现的故事类型归入丁乃通的《中国民间故事类型索引》，会发现有多达24种类型，分别是AT301、301A、301B、302、312A、313A、313A1、326E、329、400、400A、400B、400C、400D、408、465、465A、465A1、480F、555A、555、592A、851A和876型。详见丁乃通《中国民间故事类型索引》，郑建成等译，中国民间文艺出版社1986年版。

会以"有个孤儿很穷苦,老婆也没有钱娶""从前有个孤汉,因为家里贫穷,没钱娶不起老婆"等为开端直接点明主角缺乏爱情;有时则以隐性的方式表明主角处于未婚状态;有时则直接通过他人骂主角是"无娘儿"来表明主角在亲情方面处于缺乏状态。

主角在故事的初始阶段处于缺乏状态,进一步发展就是改善阶段,得到妻子或寻到母亲。为了更加明了天鹅处女型故事的功能演进情况,我们选取不同型式的中国天鹅处女型故事一百六十篇进行功能排列,得出其基本的功能顺序表,并把相对应的母题列出以作参照。①

表1

故事型式	功能名称②	对应母题
破坏水田型	陷入困境	仙女沐浴时弄死池塘的鱼、弄坏水田或水车
	出发	主角外出
	刺探	主角打听破坏者
	获悉	主角获悉是仙女洗澡弄的
	到达	主角到达仙女沐浴处
	消除缺乏	主角通过窃取羽衣得到仙女
	返回	主角把仙女带回家
报恩型	出发	主角外出
	辅助者的考验	处于困境的辅助者(被猎人追赶的动物)向主角求助
	主角的反应	主角帮助辅助者脱离困境,通过考验
	主角得到奖赏	辅助者告诉主角得到仙女的方法

---

① 之所以把功能和母题结合起来进行研究,是因为在普罗普所划定的31个功能中,许多功能在故事中一般还是有较为稳定的对应母题,如普罗普列举功能中,难题和禁令等功能是和具体母题相对应的。所选取的文本标准为每一型式的天鹅处女型故事各选取若干,在此前提下按地域和民族分布选取若干文本。需要说明的是不同类型故事的功能排列往往是不同的,但是我们在排列功能顺序时发现除非插入另外序列或出现功能重复、省略等情况,同一型式故事的功能顺序基本一致,详细功能排列见笔者博士论文附录二,"中国天鹅处女型故事研究",北京师范大学2005届民俗学博士论文(未刊稿)。

② 本文对功能的界定及划定的31项功能与普罗普划定的大体一致,另外根据天鹅处女型故事的形态结构将功能加害和缺乏修正为陷入困境,获得魔物修正获得奖赏,婚礼修正为缺乏的最终消除。

续表

故事型式	功能名称	对应母题
报恩型	到达	主角到达仙女沐浴处
	消除缺乏	主角取走仙女羽衣得到仙女
	返回	主角把仙女带回家
牛郎织女型	主角陷入困境	主角在家遭到反角（嫂子）虐待
	主角的反应	主角善待辅助者（老牛）
	主角得到奖赏	辅助者帮助主角逃过嫂子的毒害
	调停	辅助者要主角分家或主角被嫂子赶出家门
	出发	主角带着辅助者外出
	主角得到奖赏	辅助者告诉主角织女沐浴的信息和得到织女的方法
	到达	主角到达织女沐浴处
	消除缺乏	主角取走织女衣裳得到织女
	返回	主角把织女带回家
寻宝型	困境	派遣者要求主角去寻宝
	调停	主角接受任务，去寻找宝物，如千瓣莲花或不老药
	出发	主角外出寻宝
	辅助者的考验	辅助者（高僧）考验主角的品行、毅力
	主角的反应	主角通过辅助者的考验
	主角得到奖赏	主角得到辅助者赠送的宝物；辅助者告诉主角宝物或仙女的信息
	到达	主角到达被寻求对象所在地
	消除缺乏	主角通过窃取仙女衣裳得到妻子
	返回	主角带着宝物和仙女回家
王子与孔雀公主型	缺乏	主角想找传说中的仙女为妻
	出发	主角外出寻找
	辅助者的考验	主角被告知要经历许多磨难
	主角的反应	主角通过考验
	得到奖赏	主角得知仙女沐浴地点

续表

故事型式	功能名称	对应母题
王子与孔雀公主型	到达	主角到达仙女沐浴处
	消除缺乏	主角通过取走仙女的衣裳得到仙女
	返回	主角带着仙女回家
除妖型	辅助者的考验	仙女沐浴时落入反角圈套
	主角的反应	主角搭救
	交锋	主角和反角交锋
	获胜	主角杀死或打败反角
	消除缺乏	主角得到仙女为妻
贪心受罚型	主角陷入困境	主角外出砍柴时干粮被偷吃
	刺探	主角刺探偷食者
	获悉	主角发现是动物偷吃了干粮
	辅助者的考验	动物请求主角放过它
	主角的反应	主角放过动物
	主角得到奖赏	动物告诉主角得到仙女的方法
	出发	主角外出
	到达	主角到达仙女沐浴处
	消除缺乏	主角窃取仙女衣裳得到仙女
	返回	主角把仙女带回家
稻作型	出发	主角去稻田收割水稻
	陷入困境	主角种下的水稻收不完
	得到奖赏	仙女帮助主角收割水稻
	消除缺乏	主角藏起仙女的翅膀得到仙女
	返回	仙女和主角回家
田螺姑娘型	出发	主角外出干活
	辅助者的考验	陷入困境的辅助者向主角求助
	主角的反应	主角救助辅助者（小鸡或鸽子）
	得到奖赏	主角回家发现每天有人暗中为他做好饭菜

续表

故事型式	功能名称	对应母题
田螺姑娘型	刺探	主角打听是谁暗中相助
	获悉	主角得知是鸟变成姑娘帮助他
	消除缺乏	主角窃取姑娘的羽衣得到妻子
神奇伙伴型	困境	主角被嘲笑是异类所生
	刺探	主角向母亲打听自己的身世
	获悉	主角获悉自己是异类所生
	调停	主角要求外出闯荡
	出发	主角出发
	考验	主角与辅助者（树兄弟和石头兄弟）交锋
	主角的反应	主角要求与辅助者结为兄弟
	得到奖赏	主角与辅助者结为兄弟
	到达	主角和辅助者寻到住处
	得到奖赏	主角和辅助者发现有人暗中帮助他们
	刺探	主角打听是谁暗中相助
	获悉	主角发现是鸽子变成姑娘为他们做饭
	消除缺乏	主角烧掉姑娘的羽毛，得到妻子
画中女型	困境	主角在家遭到反角（哥哥）虐待
	调停	主角被反角赶出家门
	到达	主角在庙里住下
	得到奖赏	画上的鸟变成姑娘暗地送给主角财物
	得到奖赏	鸟姑娘告诉主角相见信息
	到达	主角到达约定地
	消除缺乏	鸟姑娘见主角品行好嫁给他
巫师指引型	困境	主角被别人嘲笑是无娘仔
	刺探	主角打听母亲的信息
	获悉	主角从辅助者（巫师）处获悉母亲信息
	禁令	巫师要求主角不能说出是他告诉的信息

续表

故事型式	功能名称	对应母题
巫师指引型	调停	主角要求外出寻亲
	到达	主角到达母亲沐浴处
	消除缺乏	主角寻到母亲

从表1可以看出，主角陷入困境和主角出发两个功能是主角获得仙女的引发因素。在故事里导致主角陷入困境的情形有很多：主角的财物遭到破坏；主角在家遭受虐待；被上层强迫要求外出寻宝；被外人嘲笑是异类所生。这些事件都导致主角外出，从而为得到仙女提供铺垫。主角外出后有的直接沿着刺探仙女情况的方向发展，如破坏水田型故事；有的则沿着面临辅助者的考验、得到辅助者的奖赏发展，如报恩型故事、寻宝型故事、牛郎织女型故事、田螺姑娘型故事等；还有的沿着主角得到仙女的帮助发展，如稻作型故事、画中人型故事和神奇伙伴型故事。破坏水田型和神奇伙伴型故事中是主角经过刺探得到仙女的有关信息后窃取仙女的羽衣得到仙女。在报恩型故事、寻宝型故事、牛郎织女型故事里主角通过辅助者的考验后获悉如何得到仙女，采取行动得到仙女。在田螺姑娘型故事里主角得到变形为动物的仙女后发现有人暗地为他做家务，经过打听才发现是仙女所为，于是烧掉仙女的羽衣才得到仙女。在稻作型故事里主角得到仙女的帮助后直接采取行动窃取仙女的翅膀从而得到仙女。故事中主角从出发到获得仙女这个改善过程，在不同类型的故事中沿着不同方向发展，但往往最终回归到通过窃取羽衣得到仙女这个核心母题（即功能消除缺乏）。其功能示意图如下：

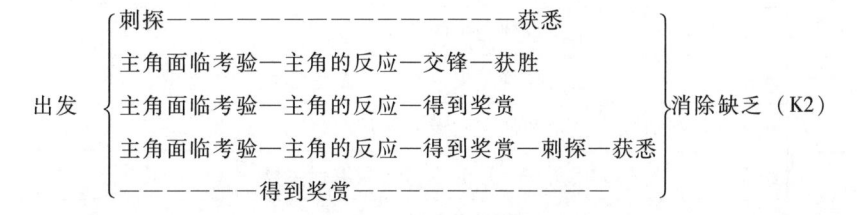

$$出发\begin{cases}刺探————————————获悉\\主角面临考验—主角的反应—交锋—获胜\\主角面临考验—主角的反应—得到奖赏\\主角面临考验—主角的反应—得到奖赏—刺探—获悉\\————得到奖赏——————\end{cases}消除缺乏（K2）$$

在主角得到仙女并把仙女带回家后，故事继续发展的功能和对应母题详见表2：

表 2

故事型式	功能名称	相应母题
破坏水田型	到达	仙女带着主角和孩子回到天上
	困境	派遣者（天神）企图害死主角
	难题	天神要求主角完成难以完成的体力劳动，如烧山、砍柴、播种、收回种子等；要求主角到危险地方去偷宝物
	得助	仙女帮助主角完成难题
	解决	主角完成各种难题或主角最终被天神害死
	缺乏的最终消除	主角和仙女回到人间
报恩型	刺探	仙女打听羽衣藏处
	获悉	仙女获悉羽衣藏处
	困境	仙女找到羽衣后飞回天上
	得助	主角在辅助者（动物）的帮助下获知如何找到仙女
	调停	主角外出寻找仙女
	到达	主角到达仙女住处
	难题	派遣者（岳父或岳母）要求主角去妖魔或猛兽处借来宝物，住进魔鬼出没的房间
	得助	主角得到仙女或动物的帮助
	解决	主角完成任务
	缺乏的最终消除	主角和仙女回到人间
牛郎织女型	获悉	反角得知仙女下凡私自婚配；仙女引诱主角违反禁令，说出羽衣藏处
	困境	反角（玉帝或王母）派天兵抓走仙女；仙女找到羽衣离开
	得助	主角得到老牛的帮助
	调停	主角披着牛皮带着孩子去追仙女
	缺乏的最终消除	主角和仙女被天河隔开
寻宝型	获悉	反角（上层）获悉主角取回宝物
	窃取	反角想得到主角的宝物
	困境	反角派人来抓主角；反角想抢走宝物和仙女

续表

故事型式	功能名称	对应母题
寻宝型	得助	主角用宝物和反角斗争
	惩罚	反角被主角打败或打死
	缺乏的最终消除	主角成为国王或土司
王子和孔雀公主型	困境	仙女被反角（妃子或巫师）诬陷而被迫离开
	调停	主角决定去寻找仙女
	出发	主角外出寻仙女
	标志	主角从辅助者处得到仙女留下的戒指
	获得奖赏	主角获得宝物和辅助者
	到达	主角到达仙女住处
	确认	仙女见到戒指后得知主角来到住处
	难题	仙女父亲测试主角的箭术、智慧和公主的缘分
	解决	主角通过考验
	缺乏的最终消除	主角带着仙女回家；主角和仙女回家后继承王位
贪心受罚型	获悉	反角（地主）获悉主角娶到仙女
	窃取	反角试图仿效主角行动得到仙女
	揭露	仙女发现反角窃取其衣裳
	惩罚	反角被仙女打死
稻作型	刺探	仙女打听翅膀藏处
	获悉	小孩告诉仙女翅膀藏处
	困境	仙女找到翅膀后飞走；仙女和主角吵架后离去
	得助	主角搭着仙女放下的金线上天
	难题	反角想在主角烧山、打猎时加害主角；要主角去妖魔处借来宝物
	得助	仙女帮助主角
	解决	主角躲过加害
	缺乏的最终消除	主角带着仙女回到人间

续表

故事型式	功能名称	对应母题
田螺姑娘型	获悉	反角（地主）获知主角娶了仙女
	窃取	反角想霸占仙女
	难题/欺骗	反角要求主角进行不公平的比赛或难以完成的任务；反角要求与主角换妻
	得助	仙女帮助主角
	解决/得逞	主角在仙女帮助下斗败反角；仙女帮助主角挫败反角的欺骗计划
	惩罚	反角遭到惩罚
	缺乏的最终消除	主角和仙女团圆
神奇伙伴型	困境	反角趁主角外出来吸主角妻子的血
	交锋	主角和反角搏斗
	获胜	反角被打败后逃跑
	到达	主角沿着反角的逃跑血迹到达它住处
	获胜	主角杀死反角
	窃取	主角的兄弟想害死主角
	得助	主角在辅助者（老鹰）的帮助下从魔窟出来
	未被认出的抵达	主角隐藏身份回到家里
	惩罚	主角惩罚背叛他的兄弟
	缺乏的最终消除	主角和妻子团圆
画中人型	消除缺乏	主角和孔雀姑娘结合后变富
	惩罚	反角来乞讨，见到弟弟后羞愧而死
巫师指引型	违禁	主角说出是算命先生泄露的秘密
	得到奖赏	仙女交给主角宝物
	返回	主角返回，仙女没有和他回去
	惩罚	辅助者的书被仙女送的宝葫芦烧坏
	出发	主角再次出去寻母
	消除缺乏	主角找不到上天的路，未能见到母亲

续表

故事型式	功能名称	对应母题
难题型①	困境	母亲找到羽衣后离开他们
	调停	两兄弟准备外出寻母
	出发	两兄弟外出
	得到奖赏	两兄弟得到铁匠或动物帮助，得知如何寻到母亲
	到达	两兄弟到达母亲住处
	消除缺乏	两兄弟见到母亲
	获悉	派遣者（外公）得知两兄弟来到天上
	难题	派遣者要求外孙烧山、砍树、撒种、捡谷种；和外孙捉迷藏；要外孙去妖魔处借来铜鼓；躲进鼓里承受鼓声的冲击
	得助	两兄弟得到母亲帮助
	解决	两兄弟完成任务，躲过加害
	惩罚	派遣者被鼓震死
	返回	两兄弟和母亲回家

在主角娶了仙女并带回家后，故事由原有的不平衡状态过渡到了平衡状态，有些故事至此就以两人过上幸福生活而结束。故事倘要继续发展，就要引入新的恶化因素，打破原有的平衡状况，形成新的困境，进入新的序列。在主角依然是仙女丈夫的情况下，促使主角陷入困境的情形有仙女离去、反角抢走仙女和仙女受到伤害。

以仙女离去为引发因素的出现在报恩型、稻作型、王子和孔雀公主型故事中。导致仙女离开的因素有：a 仙女刺探羽衣藏处，寻回羽衣回到天上；b 夫妻吵架，仙女离开；c 丈夫违禁，仙女离开；d 仙女遭到嫉妒，被诬陷是导致战争失利的根源。仙女离去后，主角外出寻亲，途中往往得到辅助者的帮助，在历经险阻找到仙女后，仙女的父母想方设法刁难主角

---

① 难题型故事前一部分讲述男子通过窃取在水田沐浴仙女的羽衣或窃取帮助其收割水稻的仙女的翅膀得到仙女，后一部分讲述仙女离去后，仙女和男子所生的两个儿子寻找仙女。前一部分的功能顺序及对应母题与破坏水田型和稻作型故事相同，故只在此列出该故事的功能顺序与对应母题。

甚至想害死主角，主角则在仙女的帮助下完成难题，躲过重重加害，重新把妻子带回家。

由反角抢走仙女方向发展的故事出现在田螺姑娘型和寻宝型故事里。反角为了得到仙女，屡次给主角出难题，要求主角交出稀奇的宝物或要求主角参加不公正的比赛，但在仙女的帮助下，主角胜利完成难题击败反角，有的甚至还得到反角的财富和地位。

由仙女受到伤害方向发展的故事出现在神奇伙伴型故事里。主角发现仙女被妖婆吸血后，与妖婆展开战斗，妖婆逃跑，于是主角追逐，在魔窟杀死妖婆后发现遭到兄弟暗害，得到老鹰帮助出洞后杀死了暗害他的兄弟，与仙女团聚。其功能顺序示意图如下：

$$ 困境 \begin{cases} 难题————得助———解决——————— \\ 调停—出发—得助—到达—难题—得助—解决 \\ 战斗—获胜—到达—战斗—获胜—窃取—匿名抵达—惩罚 \end{cases} 团聚 $$

从仙女离开到夫妻团聚，由仙女离去方向发展的故事大都经过了调停、出发等七项功能到达团聚。由反角试图抢走仙女方向发展的故事通常经历了难题、得助、解决三项功能才到达团聚。由这两个方向发展的故事中难题和完成任务这对功能充当核心功能作用。而由仙女受到伤害方向发展的故事则主要是通过战斗和获胜等功能到达团聚，战斗和获胜这对功能充当了核心功能作用。在由困境功能发展到团聚（即功能缺乏的最终消除）时，主角可以通过难题和解决这对功能或者通过战斗和获胜来实现团聚，这两对功能之间只是并列关系，没有时序上的先后关系，最终的目标是实现夫妻团聚。

从上述的图表中我们不难看出，在主角是仙女丈夫的情况下，天鹅处女型故事沿着不平衡（缺妻）—平衡（得妻）—不平衡（失妻）—平衡（团聚）的方向发展。其他功能顺序的变化较大，但核心功能的顺序是不变的。故事由功能缺乏或困境往功能消除缺乏方向发展时，获得奖赏这一功能（获知如何得到仙女或将仙女作为礼物赠予主角）是主角消除缺乏的必备功能，始终处于缺乏或困境之后，功能消除缺乏之前。随着故事继续发展至仙女离开或面临危险时，主角陷入新的困境，主角要和仙女团聚必须要解决反角所出的难题或击败反角，功能对难题—解决和战斗—获胜是重要的核心功能对，它们的顺序也是固定的，出现在功能困境和缺乏的最终消除之间。当我们将所有故事的功能排列按照基本功能的顺序排列时发现：天鹅处女型故事通常由缺乏/困境—消除缺乏—困境—缺乏的最终消除两个序列构成，功能顺序的变化固定不变的是核心功能（对）：困境—获得奖赏—消除缺乏；困境—难题—解决/战斗—获胜—缺乏的最终消除。

二 功能位置的变化

当我们对 160 则天鹅处女型故事进行功能排序后，发现没有完全符合普罗普所划定的顺序[①]。这种情况的出现主要有以下原因：

第一，功能（对）的重复、省略以及偏离会导致故事功能位置变化。普罗普认为，故事功能的顺序是一致的，尽管故事里会出现功能的重复、省略和倒置的情况。在天鹅处女型故事里，重复较多的功能有难题和解题、刺探和获悉、战斗和获胜、欺骗和得逞、考验和获得奖赏等功能。比如在破坏水田型、王子和孔雀公主型和田螺姑娘型等故事里，难题和解决这对功能就反复出现。故事中不少功能对通常会同时出现，但在有些故事里，有些功能对只出现其中的一个，另外一个被省略。如刺探和获悉本是一对功能对，在不少故事里功能刺探会省略，只出现功能获悉，如吉林前郭尔罗斯《神鹿》故事里地主没有经过刺探就直接获悉了成柱娶了漂亮仙女的消息。

普罗普认为 31 个功能中，一些功能的位置会发生变化，如交锋发生在追逐之后，确认和揭露，婚姻和惩罚可以交换位置，获得魔物出现在主角出发前，其中最不稳定的功能是变形，从逻辑角度看，这个功能要么出

[①] 普罗普关于神奇故事功能的四条结论中，有一条是功能的顺序总是同一的。对于这一结论，李扬运用普氏的形态学方法在对中国 50 个民间故事进行形态学分析后，认为就故事整体而言，尚未发现有任何故事的功能顺序完全符合普罗普所给出的顺序。李扬注意到普氏划定的 31 项功能彼此并没有严格的逻辑关系，但忽略了普氏所排列的功能顺序并未将处于预备阶段的几个功能列入。这是两人对故事功能顺序出现如此大差异的主要原因。详见李扬《中国民间故事形态研究》，汕头大学出版社 1996 年版。

现在假主角受到惩罚之前或之后，或者在婚礼之前。① 对照中国天鹅处女型故事，我们发现功能标记的位置也并不仅限于出现在功能交锋和获胜、难题和解决之间，而是出现在功能出发之后，如《诺桑王子》故事里王子出发寻妻（功能：出发），在隐士那里得到仙女留下的信物——戒指（功能：标志），同时得到隐士送的宝物（功能：获得奖赏），与标志对应的功能确认也不是出现在功能揭露之前或之后，而是出现在功能到达和功能难题之间。

第二，功能（对）的移动。在普罗普划定的功能中，设禁和违禁、欺骗和得逞、刺探和获悉三对功能属于预备阶段的功能。他认为如果把所有故事材料的功能逐个排列，总体而言，符合他所列举的功能顺序排列。然而，这种研究很难进行，因为没有一个故事会出现所有预备阶段的功能，一个功能的缺席不能视为省略。② 在中国天鹅处女型故事里，我们见到的情形并非如此。如《门翁和仙女》的故事由两个序列构成，第一个序列从开头至门翁和仙女成亲；第二个序列从仙女外出到门翁等着仙女从天上放下线来。在第二个序列里，我们看到预备阶段的功能设禁发生在功能刺探之前，此后的功能获悉发生在违禁之前，并没有出现符合普罗普所列举的预备阶段功能顺序"设禁—违禁—刺探—获悉"。实际上，处于预备阶段的这三对功能彼此之间并没有严密的内在逻辑联系，可以单独出现在故事里，也可以互相穿插进功能对内部。

事实上，这些属于普罗普划定的预备阶段的功能顺序并不固定，还经常渗透进普罗普划定的比较稳定的发展阶段的功能中，如设禁通常发生在故事中功能获得奖赏和消除缺乏之后，违禁发生在主角和被寻求者结合之后；刺探和获悉这对功能也是如此，通常出现在陷入困境前，但也经常出现在获得奖赏和消除缺乏之间，如安徽滁州《天鹅妻子》中小青年回来发现有人做好饭菜（获得奖赏），于是询问附近邻居（刺探）。一天他躲在屋后看见家里的白鹅在地上滚了几滚，变成漂亮姑娘到厨房烧饭（获悉），于是把鹅皮扔进井里，娶了她做妻子（消除缺乏）。

---

① V. Propp, *Morphology of the Folktale*, Austin: University of Texas Press, 1968, pp. 107 – 108.
② Ibid., p. 108.

三 序列之间的组合

当我们对中国天鹅处女型故事的功能和序列[①]进行排序后发现,一个相对完整的天鹅处女型故事通常由两个序列组成:第一个序列是得妻序列,以主角的缺乏或困境为开端,讲述主角和仙女的结合;第二个序列为团聚序列,以仙女的离去或面临险境为开端,讲述主角和仙女的团聚。然而故事的发展往往有着多向性,在这两个基本序列中还可以组合进其他序列,给故事的形态结构带来变化。在主角为仙女丈夫时,天鹅处女型故事里经常出现的序列有得财序列、得子序列、寻亲序列、得助序列、除妖序列、难题序列。[②] 就天鹅处女型故事中经常出现的 8 个序列而言,其顺序之间大体还是有着较为固定的逻辑顺序。一般来说,得子序列、得财序列、寻亲序列和得助序列出现在得妻序列前,在故事发展至得妻序列后,如果要继续发展,可以补入仿效序列、寻亲序列和团聚序列。在主角为男子或男子和仙女所生小孩时,得助序列、难题序列和寻亲序列可以出现在得妻和团聚序列之间。图 1 为天鹅处女型故事的序列组合的情况:[③]

得财序列 ⎫
得助序列 ⎬ 得妻序列 ⎧ 寻亲序列
得子序列 ⎭   ⎨ 团聚序列
寻亲序列   ⎩ 仿效序列

图 1

[①] 本文所指的序列依据李扬的定义。他以普洛普划分的 31 项功能为序列划分的出发点,参考托多罗夫和巴尔特的序列划分,将序列定义为:由核心功能(对)将一系列功能以某种关系连结而成的情节段落,它本身是自足的,起始项与终结项分别不与前后的功能发生联系。一个序列可以构成一个故事,一个故事可以包括数个序列。序列是根据标志一段情节起始和结束的功能而界定。李扬:《中国民间故事形态研究》,汕头大学出版社 1996 年版,第 239 – 242 页。

[②] 上述序列的划分依据核心功能所对应的母题。得财序列讲述主角从生活贫困发展至主角得到财富;得子序列讲述主角的神奇诞生;寻亲序列讲述主角出发寻亲到主角寻到亲人;得助序列是讲述主角陷入困境到主角摆脱困境;除妖序列讲述某人或某地受到妖怪危害到杀死妖怪;难题序列讲述主角面临难题到解决难题。

[③] 图 1 表示以得妻序列为核心出现的功能序列情况;图 2 表示主角为男子或男子和仙女所生小孩为主角时的序列演变情况。

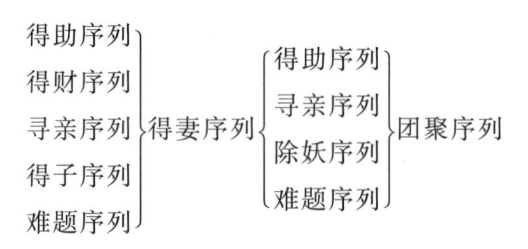

```
得助序列 ⎫              ⎧ 得助序列 ⎫
得财序列 ⎪              ⎪ 寻亲序列 ⎪
寻亲序列 ⎬ 得妻序列 ⎨ 除妖序列 ⎬ 团聚序列
得子序列 ⎪              ⎪ 难题序列 ⎭
难题序列 ⎭
```

图 2

四　序列组合的方式与形态结构变化

在天鹅处女型故事里经常出现的 8 个序列中，得妻序列是故事中稳定不变的序列，其他序列以各种方式组合其中，组合的方式大体有以下几种：1. 连续式[①]；2. 镶嵌式[②]；3. 分合式[③]。

中国天鹅处女型故事的组合方式主要由这三种方式把数种序列组合起来，从而带来故事形态结构的多样变化。此前我们从功能讨论了天鹅处女型故事的形态结构的变化，导致其变化的原因有：功能（对）的省略与重复；功能（对）的移动。事实上，不同序列的补入以及不同的组合方式对故事形态结构的变化影响更加明显。在对天鹅处女型故事中序列组合情况及组合方式进行分析后，我们有以下几点发现。

（一）主角多方面缺乏的存在是导致故事形态结构变化的引发因素

故事沿着"不平衡性朝平衡性"发展，这是故事本身的内在逻辑。然而故事的不平衡性体现在具体文本中又呈现出多样性。在天鹅处女型故事中，主角在初始状态时在诸多方面处于缺乏状态。在情感方面，主

[①]　连续式的组合是指故事序列之间的顺序依次进行，一个序列结束之后另一序列紧接发生。在天鹅处女型故事中序列之间这种组合方式最为普遍，一般得妻序列发生之后，紧随团聚序列或寻亲序列；在稻作型故事里寻亲序列紧接得妻序列发生；神奇伙伴型故事里得助序列跟随得子序列发生，得妻序列又紧跟得助序列产生。

[②]　镶嵌式是指在某一序列未完成之前，插入另外一个序列。镶嵌式的序列组合多是出现在故事往某一具有结束性功能发展时被中断所引发。

[③]　分合式的序列组合，通常是故事中派遣者委派给主角和其他角色同样的任务，主角和其他角色接受任务后各自出发，由于故事讲述时无法同时叙述不同角色在同一时间段内的行动，只能分别叙述。这样不同角色的行动就构成各自独立的功能序列，直到不同角色完成任务后相会。

角缺乏爱情是所有这一类型故事文本的共有因素，也是故事得以发展的基础。在许多故事中，主角的身世有四种情形：父母过世；与母亲生活；跟着哥嫂生活；异类所生。这也就意味着主角不仅在情感方面缺乏爱情，而且缺乏亲情和友情。情感上的诸多缺乏状态在文本里不少是隐含的，直至这种缺乏主角意识到或被他人告知时才引发序列。如一些故事中的主角是在上学或玩耍时被他人嘲笑为"无娘儿""野仔"或看见他人有父母后才产生寻父或寻母的行动，从而引发寻亲序列；在神奇伙伴型故事里，主角被他人嘲笑是异类所生，通过刺探得知实情后，由于获悉母亲是异类自然不会产生寻母序列，而是外出引发得助序列，得到朋友弥补亲情的缺乏；难题型故事也是如此，弟弟得到妻子后想念哥哥从而引发寻亲序列。故事中主角多方面的情感处于缺乏状态，从而导致故事的发展可能不是直接往得到仙女方向发展，而是往寻找亲人或朋友的方向发展，其顺序一般位于得妻序列前，只是难题型故事中情况特殊，主角发生转换后出现的情感缺乏，导致得妻序列位于寻亲序列前。

故事中主角不仅在情感方面处于缺乏状态，而且在生活方面也是过着贫苦的日子，这同时表明其在经济方面也是处于缺乏状态。这通常引发得财序列。故事中消除经济方面的缺乏一般通过主角搭救处于困境中的动物、善待异类、借助仙女的神力而得以消除，如《华姑》的故事里张三救下被猎人追赶的麋鹿，麋鹿把张三带到他家做客，叫手下给他家送大米，把他的房子变成大瓦房。故事中通常得财序列有时被省略为功能消除缺乏，如鄂伦春族故事《攸来》中攸来被哥哥赶出家门，后来在黄羊的帮助下得到仙女，仙女用法术为他变出漂亮房子和饭菜。

故事中的主角不仅在情感、经济方面处于缺乏状态，而且在政治地位方面也是处于缺乏状态，经常受到上层的压迫。这方面的缺乏往往通过上层阶级试图抢走仙女、仙女帮助其打败上层来实现。仫佬族的《百鸟衣》故事里穷苦的单身汉娶了龙女，领主得知后抢走龙女，龙女临走前要他打鸟做成百鸟衣就来找她。单身汉做好百鸟衣后去找龙女，领主发现一直不笑的龙女直到看见穿百鸟衣的单身汉才笑，于是要求和单身汉换衣。龙女等换完衣后叫手下把穿百鸟衣的领主给杀了，单身汉成为领主。

（二）故事角色的转换导致故事形态结构的变化

通常一个故事中主角只有一个。但是在天鹅处女型故事中男子通过取走仙女的羽衣得到妻子后，情感缺乏得以消除。故事继续发展，主要朝主角寻妻、反角仿效和儿子寻母方向发展。往后两种方向发展的故事主角就由仙女丈夫转换为反角和仙女的小孩，新的主角自然产生新的序列，从而带来故事形态结构变化。在故事转换为反角后，反角获知主角得到仙女后起了贪心，不顾自己已有妻室，想仿效主角娶仙女，见到洗澡的仙女后把所有沐浴仙女的衣裳都拿走，结果命丧黄泉，形成一个仿效序列。

当故事的主角转向仙女和男子所生小孩后，小孩又重新进入一个多方面缺乏的存在状态，其中小孩由于母亲的离去导致亲情的缺乏尤为突出，自然产生寻亲序列，在寻亲序列实现后有的故事通常以全家团聚结束。有些故事则是仙女返回途中遇阻，两兄弟在路口分手，弟弟到达一个吃人妖魔村庄，杀死妖魔后得到两个姑娘，构成一个新的得妻序列，消除情感缺乏。弟弟婚后想念哥哥于是出门寻亲，杀死哥哥娶的猴子后把哥哥接回家中，构成寻亲序列，此后哥哥嫉妒弟弟妻子漂亮于是暗害弟弟，弟弟在野兽的帮助下摆脱险境从洞里出来，嵌入一个得助序列。回家后惩罚哥哥，与妻子团聚，形成团聚序列。故事中主角从最初的缺乏状态，实现了消除亲情的缺乏和爱情的缺乏，有的还实现了地位的变更，成为领主。

（三）结束性功能的中断或未实现引发故事形态结构变化

民间故事的发展可以在缺乏得以消除后，引发新的困境产生新的序列。这是常见的发展方式。我们在研究天鹅处女型故事的序列组合方式中发现，故事中某些结束性功能的中断或未实现也会引发新的序列，如破坏水田型故事中主角在仙女的帮助下，躲过天神的重重加害，最后赴宴时被天神毒死，从而引发得助序列。

这种结束性功能的中断或未实现，可能出现在故事一开始的序列中，如广西壮族的故事《从他爹撞断那只角说起》里主角未能寻回父亲，得到父亲的角，把角绑在绳子上到角被卡住的地方种田，田里长出的稻子收不完引来仙女帮忙，窃衣得到仙女。这样就在消除缺乏这一功能未能实现的情况下，引发了一个得妻序列。也可能出现在核心序列结束时，如宁夏回族的《黑马张三哥》故事中张三哥杀死吸血的蟒蛄子后返回途中被石头兄弟和柳树兄弟暗害，由此引发得助序列。

原载《民间文化论坛》2006年第5期

中国古代民间故事龙角色研究

闫雨濛[*]

一　绪论

作为中华文化中古老而重要的一环，"龙"在中国古代为数众多的民间故事里不可避免地留下了踪迹。学者们对我国丰富的龙故事也进行了一些尝试性解读，多聚焦龙故事中的典型类型或典型形象，或考其源流，或析其形象，或究其信仰，如容肇祖的《德庆龙母传说的演变》、顾希佳的《龙子望娘型故事研究》、刘守华的《关于"龙母"故事的演变及其文化内涵》，皆以中国龙故事中的"龙母"型故事为主要研究对象；王娟1994年发表的《断尾龙故事类型的心理分析研究——兼谈民俗学的研究方法》一文，尝试运用弗洛伊德（S. Freud）精神分析理论探究断尾龙故事这一类型中有感而孕、斩断龙尾、断尾龙祭母三个主要情节；薛克翘1997年发表的《关于中国龙王龙女故事的补充意见》一文在介绍季羡林先生、阎云翔先生有关印度文化对中国龙王龙女故事影响研究的基础之上，提出了一些自己的思考；孙克诚2005年发表的《秃尾巴老李的传说形成考略》一文着眼于山东、东北地区流传的秃尾巴老李传说，考证传说的形成年代和深层文化渊源；赵红、高启安2004年发表的《张孝嵩斩龙传说探微》一文研究张孝嵩斩龙传说诸种文献间的渊源关系，考证故事原型，同时对异文进行辨正。

还有些学者关注少数民族龙故事，如阎云翔1986年发表的《纳西族

---

[*] 作者：闫雨濛，中国海洋大学文学与新闻传播学院硕士研究生。

汉族龙故事的比较研究》一文,将纳西族的龙故事分为东巴经中的龙神话、民间故事中的龙王龙女故事两个主要系统,分别与汉族的龙故事进行比较,指出前者与汉族龙故事存在诸多相异,后者则与汉族龙故事基本相同,进而在此基础上分析造成这一情况的原因;郎樱1995年发表的《东西方屠龙故事比较研究》一文,以屠龙类故事(即AT分类法中300型屠龙者故事)为研究对象,分别介绍了西方典型屠龙故事及流行于我国西北地区多个少数民族中的屠龙故事;鲍惠新2000年发表的《龙——白族民间传说的重要形象》一文归纳介绍白族龙传说的六个主要类型,并分析白族龙传说呈现多样风貌的具体原因;马妮娅2011年发表的《云南少数民族龙的故事及其文化渊源》一文分析云南少数民族地区龙故事的文本类型、情节母题和文化背景;江冬梅2013年发表的《贵州布依族民间文学中"龙"的意象解读》分析布依族传说中龙意象产生的语境、内涵及其对民族文化的影响。

另一些学者则着眼于文人笔记中的龙,如刘淑萍2003年完成的硕士毕业论文《〈太平广记〉狐类龙类虎类研究》论及龙故事,分龙与佛、龙女龙王、龙住处、龙与雨四部分进行阐述;任增霞2012发表的《〈聊斋志异〉龙故事研究》将《聊斋志异》中涉及龙的20余篇作品分类介绍,并将其置于古代小说的纵向发展脉络中考察承袭之迹与开拓之功;苏智2012年完成的硕士毕业论文《从〈大唐西域记〉中走出的"龙"——中印文化传统中龙形象的比较研究》一文从《大唐西域记》中的龙故事出发,分析其中凸显的印度龙文化与中国龙文化差异及原因,关注印度文化影响下中国龙形象的发展和变异。

值得一提的是,也有个别学者尝试将故事形态理论与龙故事研究结合在一起,如迪玛(Dima Pironkova)2013年完成的硕士毕业论文《中保民间幻想故事中的神奇动物角色功能及其文化观念差异》一文,就从中国与保加利亚民间故事中择取AT301型故事,将中国民间故事中的"云中落绣鞋"类故事与保加利亚民间故事中的"三个兄弟和一个金苹果"类故事进行比较研究,运用普式理论解析龙在两国故事材料中的角色功能,指出龙在前者中主要承担神奇帮助者的角色功能,而在后者中则大多承担神奇对手的角色功能,并从起源、种类、神性内涵、文化地位等多个角度综合分析这一差异出现的文化成因。这为龙故事研究的开展提供了新的思路，是将龙故事研究与故事形态学角色理论两相结合的有益尝试，但其研究仅着眼于 AT301 型故事，论述重心主要在于两种异文化背景下民间故事中龙角色的差异对比，因此不可避免地造成了所涉及的龙角色功能较为单一、成因研究侧重于两相比较而失于全面等局限。

总的来说，目前学界对于龙故事的关注与挖掘仍尚为欠缺，而运用故事形态理论来研究中国古代民间龙故事更是存在着较大的探索空间。此前学者们的大量学术探索业已论证了运用这一理论开展民间故事研究的可行性，基于此，本文以普罗普所创立的故事形态学为理论依托，以顾希佳主编的《中国古代民间故事长编》为材料来源，将此书正文部分选录的民间龙故事一一整理分析，并通过图表辅助探究中国古代民间故事中龙的角色分布及具体行动圈，同时聚焦典型龙故事类型，并在此基础上分析龙的文化蕴藉及其之于角色分布的影响，借以一窥中国民间故事中龙的角色特征、类型、功能与文化根因。这既是对普氏理论在中国古代民间故事领域的尝试性运用，亦是对博大精深的中华龙文化于新视角下的探索与观照。

二 龙的角色分布及具体行动圈

中国古代民间故事是一座丰富而珍贵的宝库，神奇的龙故事是其中一颗璀璨的明珠。然而时至今日，我们已无从得知其在各个历史时期口头讲述、流传的生动图景，只能从浩如烟海的古代典籍中悉心寻觅检索。此外，古代民间故事与文人创作的区分识别也绝非易事，历来众说纷纭、难有定论，正如顾希佳先生所言："迄今为止，也还没有出现在这方面为学界所公认的完善的鉴别方法"。文献版本的考辨、异文的辨正，更使得古代民间故事研究困难重重。

然而，仍有学者为此付出不懈的努力。如顾希佳先生从事古代民间故事爬梳工作多年，六卷本丛书"中国古代民间故事长编"即他研究心血的结晶。这部书从先秦至清的诸子散文、史书方志、文人笔记、宗教经典、民间抄本等多门类古代典籍中钩沉，着眼民间故事的类型化、模式化特征和至今仍有相似故事口耳相传等条件，对文献中的古代民间故事进行细致的鉴别和较为全面的整理，以时间为序，辑录传说和狭义的故事（不包括寓言、笑话）两方面材料，俗文学（包括白话小说、戏曲曲艺）

受制于篇幅过长和鉴别困难，一概不予收录原文。丛书具有一定的权威性，是对中国古代民间故事研究领域的重大贡献，为后续研究的推进铺就了道路。

基于此，本文即选取丛书"中国古代民间故事长编"为材料来源，将此书正文部分选录的民间龙故事一一择选并录入，进而运用普式理论对其进行整理与归纳分析，标识各故事中龙的功能项并借助图表辅助呈现，在此基础上探究中国古代民间故事中龙的角色分布特点及具体行动圈涵盖。龙属中其他小类如虬、蛟等的故事也纳入其中，虽仍难免失于全面，却也可略窥中国古代民间故事中龙的角色分布特征。一则民间故事往往存在多个异文，若异文文字表述雷同度较高且其中龙的角色和功能项并无明显变化，则不予重复选择和分析，过于冗长的故事也仅仅节选与龙有关的部分进行片段研究。205个故事原文及其中龙的角色、功能项原始分析不在正文中多加呈现，以附录形式附于文后。

（一）龙的角色分布

根据普罗普的分类，在本文研究的205个故事中，龙的角色分布状况如表1（表中"＊"表示同一龙同时担任的角色）：

表1　　　　　　　　　　龙角色分布情况

故事编号	加害者	赠与者	相助者	被寻求者	派遣者	主人公	假冒主人公	其他情况
1			√					
2			√					
3	√							
4	√							
5	√							
6		√＊	√＊					
7			√			√		
8								√

续表

故事编号	加害者	赠与者	相助者	被寻求者	派遣者	主人公	假冒主人公	其他情况
9	√							
10								√
11			√					
12			√					
13	√							
14	√							
15	√							
16						√		
17			√					
18			√					
19		√						
20								√
21	√							
22	√	√						
23	√							
24				√	√			
25		√/√*	√*					
26				√				
27	√							
28	√	√						
29	√							
30		√		√				
31						√		
32	√*	√*		√*				
33						√		
34			√					

续表

故事编号	加害者	赠与者	相助者	被寻求者	派遣者	主人公	假冒主人公	其他情况
35	√	√		√*/√	√*			
36						√		
37	√							
38			√					
39						√		
40	√							
41			√					
42	√							
43			√*		√*			
44								√
45	√	√		√				
46		√*	√*		√*			
47			√					
48			√					√
49	√*		√*					
50			√/√					
51			√					
52	√							
53		√/√						
54		√						
55	√							
56		√*			√*			
57								√
58			√					
59	√							
60			√					

续表

故事编号	加害者	赠与者	相助者	被寻求者	派遣者	主人公	假冒主人公	其他情况
61			√*		√*			
62	√							
63		√						
64			√					
65			√					
66		√	√					
67		√						
68	√	√*			√*			
69		√/√	√*	√*				
70	√							
71	√							
72		√						
73								√
74	√							
75	√*			√*				
76			√					
77			√					
78	√							
79	√							
80	√	√						
81								√
82			√					
83		√						
84								√
85	√							
86	√							

续表

故事编号	加害者	赠与者	相助者	被寻求者	派遣者	主人公	假冒主人公	其他情况
87			√					
88						√		
89	√		√					
90								√
91			√					
92	√							
93				√				
94	√		√			√		
95	√							
96		√*			√*			
97	√							
98	√/√							
99		√						
100	√							
101						3√		
102		√	√					√
103						√		
104			√					
105			√*			√*		√
106			√					
107	√							
108	√							
109	√							
110		√/√						
111			3√			3√		√/√
112	√*	√/√	√/√*			3√		√/√

续表

故事编号	加害者	赠与者	相助者	被寻求者	派遣者	主人公	假冒主人公	其他情况
113	√							
114	√							
115	√							
116		√						
117				√				
118		√						
119						√		
120		√*	√*					
121			√					
122		√						
123			√					
124						√		
125						√		
126	√							
127		√						
128						√		
129	√/√							
130	√							
131	√							
132	√	√						
133		√	√			√		
134		√*	√*			√		
135			√	√		√		
136		√	√*			√*		
137	√					√		
138			√					

续表

故事编号	加害者	赠与者	相助者	被寻求者	派遣者	主人公	假冒主人公	其他情况
139	√							
140		√						
141			√					
142	√							
143	√							
144	√							
145								√
146			√					
147						√		
148		√*	√*					
149		√*	√*					
150	√		√					
151								√
152	√							
153						√		
154		√						
155		√						
156								√
157		√						
158	√	√						
159			√					
160								√
161	√							
162	√	√*			√*			
163	√							
164	√							

续表

故事编号	加害者	赠与者	相助者	被寻求者	派遣者	主人公	假冒主人公	其他情况
165			√*			√*		
166	√				√			
167								√
168			√					
169		√						
170			√					
171		√						
172			√					
173								√
174						√		
175		√*	√*					
176			√					
177								√
178								√
179	√							
180	√							
181			√					
182			√					
183	√/√					√		
184	3√		√					
185		√						
186	√							
187	√		√					
188		√*	√*					
189			√					
190			√					

续表

故事编号	加害者	赠与者	相助者	被寻求者	派遣者	主人公	假冒主人公	其他情况
191	√							
192		√						
193						√		
194		√*				√*		
195	√*		√*	√				
196	√							
197	√							
198	√							
199		√						
200	√							
201	√							
202	√					√		
203						√		
204	√							
205		√				√		

从表1中，我们可以归纳出中国古代民间故事中龙角色分布的几个特点：

第一，涉及角色全面。

在中国古代民间故事中，龙涉及的角色较为全面。普罗普界定的七种故事角色中，除了"假冒主人公"在所研究材料中未见涉及，其他六种皆有呈现。

具体来说，先秦民间故事（故事1—3）中的龙涉及相助者、加害者两种角色；两汉民间故事（故事4—11）中的龙在上述两种情况之外，还作为赠与者和主人公出现；魏晋民间故事（故事12—17）中的龙基本延续此前的角色，涉及相助者、加害者、主人公三种；南北朝民间故事（故事18—26）和隋唐民间故事（故事27—60）中的龙角色分布则相对广泛，加害者、赠与者、相助者、被寻求者、派遣者、主人公六种均有所涉及；五代民间故事（故事61—62）中的龙包含加害者、相助者、派遣者三种情况；宋代民间故事（故事63—90）中的龙角色分布亦较为广泛，关涉除假冒主人公之外的全部其他六种角色；元代民间故事（故事91—97）中的龙存在加害者、赠与者、相助者、派遣者、主人公五种情况；明代民间故事（故事98—152）中的龙则有加害者、赠与者、相助者、被寻求者、主人公五种情况；清代民间故事（故事153—205）中的龙角色分布与宋代相同，作为加害者、赠与者、相助者、派遣者、主人公出现。

第二，频次分布不均。

虽然涉及的角色较为全面，但龙在故事中的角色分布情况却存在明显的不均衡。

在中国古代民间故事中，最常见的是作为加害者的龙和作为相助者的龙。这两种角色不仅在出现时间上早于其他几种角色，在各个时期的故事中均有出现，还在数量上占有明显的优势。

以具体数据进行分析，在本文研究的205个故事中，龙作为加害者的情况最多，共涉及81个故事，占全部故事材料的30%；以相助者角色出现的情况次之，共涉及67个故事，占全部故事材料的23%；以赠与者角色出现的情况居第三，共涉及52个故事，占全部故事材料的19%。其余角色相对而言则出现较少，具体来说，龙作为主人公出现在33个故事中；作为派遣者出现在13个故事中；作为被寻求者出现的则仅有8个故事，在全部故事材料中所占比例分别为12%、5%、3%。此外还有23个故事中的龙没有承担明显的功能项，属其他情况。

第三，同故事较单一。

此外，针对单个故事而言，龙在其中承担的角色较为单一，但也有特例。

在绝大多数古代民间故事中，龙仅担任了一种角色，这种情况在205个故事中有154个，所占比例高达75%。但有些时候，故事里也会出现担任两种角色的不同的龙，如故事7既有作为主人公的龙，也有作为相助者的龙；故事22既有作为加害者的龙，也有作为赠与者的龙；故事24既有作为主人公的龙，也有作为派遣者的龙；故事25既有作为赠与者的龙，也有作为赠与者和相助者的龙；故事30既有作为赠予者的龙，也有作为被寻求

中国古代民间故事龙角色研究　　157

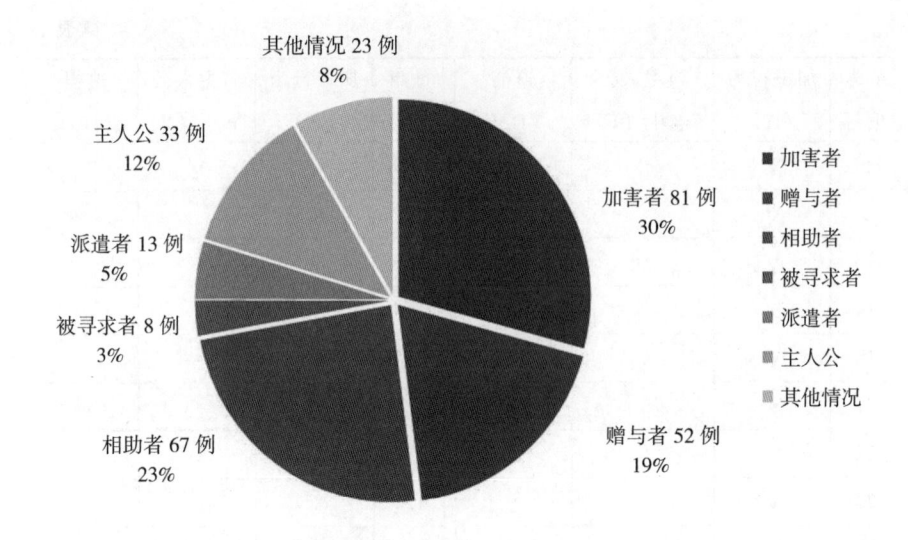

图 1　龙角色分布频次

者的龙等。更为复杂的情况下，同一龙在一个故事里会担任两种乃至两种以上不同的角色，如故事 6、25、46、120、134、148、149、175、188 中的龙，都存在既作为赠与者，又作为相助者同时出现的情况。

总体来说，随着时间的推移，民间故事日渐丰富，龙承担的角色也由单一日渐趋向复杂与多样。

（二）龙的行动圈

上文对龙在中国古代民间故事中的角色分布状况和特征做了初步阐述，然而，角色的划分实际建立在对于功能项和行动圈识别的基础之上。因此，为进一步考察龙所承担的角色和与之对应的行动圈情况，现分角色加以具体研究。

1. 加害者的行动圈

表 2　　　　　　　　　　加害者功能分布

故事编号	加害行为（A）	与主人公争斗（Б）	追捕（Пр）	故事编号	加害行为（A）	与主人公争斗（Б）	追捕（Пр）
3	√	√		107	√		
4	√	√		108		√	

续表

故事编号	加害行为（A）	与主人公争斗（Б）	追捕（Пр）	故事编号	加害行为（A）	与主人公争斗（Б）	追捕（Пр）
5	√			109		√	
9	√			112	√		
13	√			113		√	
14	√			114	√		
15	√	√		115	√		
21	√			126	√		√
22	√			129	√	√	
23	√			130	√		
27	√			131		√	
28	√	√		132	√	√	√
29	√			137	√	√	
32	√			139	√	√	
35	√			142	√		
37	√	√		143		√	
40	√			144	√	√	
42	√			150		√	
45			√	152		√	
49	√	√		158	√		
52	√			161	√		
55	√			162		√	
59	√			163	√		
62	√			164	√		
68	√	√		166	√	√	
70	√			179		√	
71		√		180	√		
74	√			183	√		
75	√			184	√		

故事编号	加害行为（A）	与主人公争斗（Б）	追捕（Пр）	故事编号	加害行为（A）	与主人公争斗（Б）	追捕（Пр）
78	√	√		186			√
79	√			187	√		
80	√			191	√	√	
85		√		195	√		
86	√	√		196	√		
89	√			197	√		
92	√			198	√		
94	√	√		200	√		
95	√			201	√	√	
97		√		202		√	
98		√		204	√		
100	√	√					

在本文研究的龙作为加害者出现的 81 个中国古代民间故事中，龙涉及的功能项大多包含加害行为（A），计 65 例；部分包含作战或与主人公争斗的其他形式（Б），计 33 例；少量包含追捕（Пр）的情况，计 5 例。

结合故事内容具体而论，龙的加害行为多种多样，可大致分为伤命、毁物、背弃、抢窃、妨碍、旱涝雷灾 6 类，具体涉及情况详见表 3：

表 3　　　　　　　　加害行为分布

伤命	故事 4、15、22、23、28、29、37、42、52、55、70、89、92、95、100、107、126、129、132、139、161、183、184、204
毁物	故事 27、59、62、78、80、89、95、129、130、144、158、164、184、197、198、201
背弃	故事 9、35
抢窃	故事 13、21、49、59、68、94、115、163、180、191
妨碍	故事 3、5、14、59、75、79、86、114、166
旱涝雷灾	故事 27、32、40、79、95、112、137、142、187、195、196、200

伤命的加害行为如故事 23 中，毒龙因愤怒咒杀三百商人，犯下恶行；毁物的加害行为如故事 89 中，龙经过时"卷去女墙数百丈"，还将人家的小亭吸入云中；背弃的加害行为如故事 9 中，龙得以升天之后，遗忘了曾与其为伍的蛇；抢窃的加害行为如故事 115 中，龙每逢风雨便来攫取湖中蚌珠，又如故事 163 中龙将在溪边饮水的赵姑摄去成礼；妨碍的加害行为如故事 114 中，龙潜于炼铁炉下，导致"四十日而无铁"的情形；旱涝雷灾的加害行为如故事 40 中的龙，"致滂沱之雨，连日不止"。与加害行为相比，龙与主人公争斗的形式则较为单纯，几乎皆为直接作战，此处不再赘述。追捕的功能项亦较为简单，如故事 126 中，凤仙取天河十二品稻至人间，被苍龙发觉后追杀。

此外，还值得一提的是，当龙属的亚类"蛟"出现在故事中时，其角色大多为加害者。本文研究的 205 个故事中，蛟共在 31 个故事中出现，其中就有 22 例为加害者。如故事 3 中两蛟夹绕行船威胁乘舟之人的安危；故事 13 中蛟龙侵窃沉水之食；故事 15 中苍蛟吞啖人、故事 52 中蛟龙潜入人腹中谋害人命、故事 115 中蛟龙强攫蚌珠、故事 164 中蛟龙屡溃河堤等。

2. 赠与者的行动圈

表 4   赠与者功能分布

故事编号	准备转交宝物 (Д)	将宝物提供给主人公 (Z)	故事编号	准备转交宝物 (Д)	将宝物提供给主人公 (Z)
6	√	√	116	√	√
19		√	118		√
22		√	120	√	√
25	√		122	√	√
28		√	127	√	√
30		√	132		√
32	√		133		√
35		√	134		√
45		√	136	√	√

续表

故事编号	准备转交宝物（Д）	将宝物提供给主人公（Z）	故事编号	准备转交宝物（Д）	将宝物提供给主人公（Z）
46		√	140		√
53	√	√	148	√	√
54		√	149		√
56		√	154	√	
63		√	155	√	√
66	√	√	157	√	√
67	√	√	158		√
68		√	162		√
69	√	√	169	√	√
72	√	√	171		√
80	√	√	175		√
83	√	√	185	√	√
96	√	√	188		√
99		√	192		√
102		√	194		√
110		√	199	√	√
112	√	√	205		√

在本文研究的龙作为赠与者出现的52个中国古代民间故事中，龙涉及的功能项几乎全部包含将宝物提供给主人公（Z）（唯一的例外是故事154，故事中的龙在提出请求时仅表示"当有报"，而故事叙述中并未涉及报偿或赠与内容），部分包含准备转交宝物（Д）。

在这些故事中，准备转交宝物这一功能项有主动寻求帮助（故事6、25、32、53、67、80、83、96、112、120、122、148、154、156、157、171、188、192）、不直接提出请求（故事25、66、69、72、112、136、155、169、185、199）和其他考验（故事116—询问、故事127—威吓、故事133—对弈）三种情况。主动寻求帮助如故事6中龙"垂耳张口"盼马师皇救治；不直接提出请求如故事25中商人见龙女被捕，"即起慈心"，主动赎救龙女；其他情况如故事116中龙夫妇询问主人公并与之攀谈、故事127中秃尾龙父显原形考验十个儿子、故事133中敖广与大士对弈等。

面对龙作为赠与者准备转交宝物的行为，主人公所作出的反应大多数是正面的，如接受请求提供某种效劳（如故事6为龙医治、故事32为龙觅婿、故事83与龙同行、故事96同意除害、故事157为龙起表开罪等）、放走被囚者（如故事67释放龙妻）、同意交换（如故事53以明月之珠与龙易化水丹）等。但也存在少量主人公作出负面反应的情况（故事66、72、80、112、192、199），从而导致了Zcontr的情况，即失败者受到残酷的惩罚。如故事66中，城中人因食龙子之肉，导致"全城陷于惊波巨浪"，仅有一姆因拒食幸免于难并得龙厚报；故事80中，龙求见主人公朱教授，甚至"盼朱再四"，主人公却置之不理，甚至"以箸夹入沸汤中"，最终落得"毙于舟中"的下场；故事192中，龙化为童子索饭，执馔者却弗与，童子因此跳入井中，"水为迸涌"。

此外，还有一类特殊情况是赠与者的角色功能与相助者的角色功能出现重合，如在故事6中龙将宝物提供给主人公的途径是供其驱乘以实现空间移动，也就是说出现了 $Z = R$ 的特殊情形；故事148中龙将宝物提供给主人公的途径是协助主人公摇身一变，从而出现 $Z = T$ 的特殊情形。

3. 相助者的行动圈

表5　　　　　　　　相助者功能分布

故事编号	主人公的空间移动（R）	消除灾难或缺失（Л）	从追捕中救出（Сп）	解答难题（P）	主人公摇身一变（T）
1	√				
2	√				
6	√				
7	√				
11		√			
12	√				
17	√				

续表

故事编号	主人公的空间移动（R）	消除灾难或缺失（Л）	从追捕中救出（Сп）	解答难题（P）	主人公摇身一变（T）
18	√				
25	√				
34	√				
38		√			
41	√				
43		√			
46		√			
47		√			
48		√			
49	√				
50	√	√			
51		√			
58	√				
60	√	√			
61		√			
64				√	
65				√	
66	√				
69				√	
76	√				
77		√			
82		√			
87		√			
89	√				
91	√				
94		√			

续表

故事编号	主人公的空间移动（R）	消除灾难或缺失（Л）	从追捕中救出（Сп）	解答难题（P）	主人公摇身一变（T）
102		√			
104				√	
105		√			
106	√	√			
111	√				
112	√				
120		√			
121		√			
123		√			
133		√			
134	√	√			
135		√			
136		√			
138	√				
141		√			
146		√			
148					√
149		√			
150		√			
159		√			
165	√	√			
168		√			
170		√			
172		√			
175		√			
176	√	√			

续表

故事编号	主人公的空间移动（R）	消除灾难或缺失（Л）	从追捕中救出（Сп）	解答难题（P）	主人公摇身一变（T）
181		√			
182		√			
184		√			
187		√			
188	√				
189	√				
190		√			
195	√				

在本文研究的龙作为相助者出现的67个中国古代民间故事中，龙涉及的功能项有主人公的空间移动（R）、消除灾难或缺失（Л）、解答难题（P）、主人公摇身一变（T）四项，并未出现从追捕中救出（Сп）的情形。其中主人公的空间移动和消除灾难或缺失两项较为常见，前者计28例，后者计40例，解答难题和主人公摇身一变则各仅有4例和1例。

在涉及主人公的空间移动这一功能项的故事中，龙大多以直接成为主人公坐骑或驱驾的形式协助主人公实现空间移动（如故事1中的姑射山神人御飞龙而游），其他协助形式还有垂髯（故事7）、神变（故事25、50、60、66、89、112、134、159、165、168、170）、拥簇（故事111）、引领（故事170）等。龙消除灾难或缺失这一功能项的实现，则主要是以行雨、出泉等方式缓解水的缺乏（如故事61中龙召云致雨一日一夜缓解了旱情），其他协助方式还有照明（故事11）、提供食物居所或财富（故事46、48、60、106、165、176）、救生（故事50、135、182、184）、开路（故事61）、协战（故事94）、守护（故事181）、治涝（故事190）等。涉及解答难题功能项的如故事64、65、104中，龙为主人公回应质疑应对考验；故事69中，龙女为主人公李元窃取试题，助其荣登科第等。龙助主人公摇身一变的功能项出现在故事148中，主人公因为龙医治疾病而最终得道成仙，飞升而去。

此外，分析图表不难发现，龙作为相助者所涉及的功能项在不同时期存在着一定的差异。具体来说，在先秦两汉至魏晋南北朝时期，以相助者角色出现的龙主要承担主人公的空间移动这一功能项，而非消除灾难或缺失，两项功能项之比为8∶1；隋唐五代至宋元时期，上述两个功能项出现的频次不相上下，涉及故事数量比为10∶13；到了明清时期，龙承担消除灾难或缺失功能项的情况则后来居上，占据了绝对的优势，两项功能项涉及的故事数量之比为10∶26。也就是说，同样是作为相助者角色出现在民间故事中的龙，在中国历史发展的不同阶段所承担的具体功能项略有差异，前期侧重于协助主人公空间移动，后期帮助主人公消除灾难或缺失的情况则占据了上风。

4. 被寻求者的行动圈

表6　　　　　　　　　　　　被寻求者功能分布

故事编号	出难题（3）	打印记（K）	揭露（O）	认出（y）	惩罚加害者（H）	婚礼（C*）
26					√	√
30						√
32						√
35					√	√
69						√
75						√
117						√
135	√					√

龙作为被寻求者出现的情形较为罕见，在本文研究的205个中国古代民间故事中仅有8例，其所涉及的具体功能项也较为单纯，主要是婚礼（C*）一项，即主人公与龙女婚配。在故事26、故事35中，龙作为被寻求者，除婚礼外还涉及惩罚加害者（H）这一功能项：故事26中龙女"以金掷王"，使其"额破命终"，而主人公因此得以霸王天下；故事35中龙女之舅钱塘君则大杀四方，吞食了负心的泾川龙子。此外，在故事135中，龙女化为金甲红鱼，在被识破后才得以实现婚配，其父亦不忍女远嫁，致使主人公寻求观世音菩萨的帮助，最终才如愿以偿，因此在婚礼

这一功能项之外，还涉及了出难题（3）的功能项。打印记（K）、揭露（O）、认出（y）这三个功能项在本文所研究的故事材料中则未有涉及。因龙作为被寻求者出现的故事材料较为有限，难以归纳出其他规律特征。

5. 派遣者的行动圈

本文所研究的故事材料中龙承担派遣者角色的共关涉 13 个故事，因派遣者这一角色的对应行动圈中只包含派遣（B）这一项功能项，较为单纯，如故事 24 中虺妇派大虺上岸寻找猕猴心食用、故事 35 中龙女请求柳毅前往洞庭送信、故事 43 中龙请求道士前往观南小海助战解救等，故此处不再以图表形式展开分析论述。

6. 主人公的行动圈

以主人公身份出现在故事中的龙与担任其他角色的龙相比较为特殊，在本文研究的龙作为主人公出现的 33 个中国古代民间故事中，除了故事 24 中的龙涉及了动身去寻找（C↑）这一主人公行动圈典型功能项（故事中的虺接受虺妇的派遣，离家寻觅猕猴心），其余 32 个故事中的龙均不具备通常意义上的主人公行动圈功能项标识，即动身去寻找（C↑）、对赠与者要求的反应（Γ）或婚礼（C*）。

究其原因，一是上述三个典型功能项是普罗普针对充当寻找者的主人公而提出的，并未穷尽主人公所涉及全部功能项，而本文所研究的故事中作为主人公的龙虽然是叙述中心，但大多并非寻找者；二是普罗普故事形态理论的提出主要是针对民间故事中的神奇故事一类，虽具有相当的延展性，但毕竟存在一定的局限，而本文的材料并未据此严格甄选，只是在理论基础上的尝试性发散和推演，因此可能会出现其理论未曾覆盖的情况。

7. 其他情况

在本文研究的 205 个中国古代民间故事材料中，龙还可能作为故事的辅助成分出现，不承担任何功能项，因此除上述 6 种角色之外，单列其他情况一类，涉及故事共 24 例。如故事 10 中，主人公东方朔随手挂于树的布裳化为龙，龙的出现仅意在彰显东方朔的神异，并未具有实际功能；故事 57 中，张僧繇画龙点睛致龙腾云飞去，此处的龙亦仅在渲染其画技的高超，不具备其他叙事功能；故事 167 中，主人公接雨水致右手拇甲中隐现红线，后逢雷震化龙腾空而去，并未对主人公造成伤害，此后也未有相助或赠与行为，故难以进行角色划分，亦归入其他情况。

三　典型龙故事及其角色分布

龙在华夏文明中的独特地位，使得中国古代民间龙故事内容丰富、数量庞杂。前文对这些故事中龙的角色功能从整体上进行了整理和分析，是站在宏观角度对龙角色的概览。然而，在这众多的民间故事中，有几类较为典型的龙故事，如"龙母"型故事、"龙听讲"型故事、"坠龙洞"型故事、"协龙战"型故事等，下文将对这些类型一一进行梳理和归纳，在前一部分研究的基础之上，聚焦典型龙故事中的角色分布，从微观视角进行推演和考察。

（一）"龙母"型故事及其角色分布

"龙母"型故事是龙故事中极为重要的一类，此前不少学者已从历史演进、信仰崇拜、地方文化等诸多方面，对龙母故事及信仰进行了探讨和研究，如容祖肇先生的《德庆龙母传说的演变》、叶春生先生的《悦城龙母文化》，都是龙母研究领域较为重要的成果。

在本文研究的205个龙故事材料中，有20例涉及这一类型，运用形态学理论及方法，不难发现这些龙母故事在叙事结构上存在一定相似性，大致可划分为Ⅰ获龙子、Ⅱ失龙子、Ⅲ龙子念母三个主要环节。

Ⅰ获龙子

表7　　　　　　　　获龙子情节类型

ⅰ 神奇得孕生龙	渚次浣衣，觉身中有异，遂妊身（故事16）
	感黑龙于田野，归而有娠（故事81）
	尝浣于山下，有雾蒙身，遂孕（故事84）
	风雨暴至，避于龙塘之侧，遇白衣老人留宿，归有妊（故事89）
	担水溪流，见水面石子纳口中，旋已吞入，无夫而孕（故事105）
	浣纱水滨，见水中一石状如卵，取置口不觉吞之，自是有娠（故事145）
	浴于溪，遇黄犬迫之，有孕期年（故事111—1）
	猺妇入山，为龙所据，岁余产龙（故事111—2）

续表

ⅰ 神奇得孕生龙	浣衣石上，感赤光之祥而怀孕（故事 111—3）
	汲于河，得浮卵，吞之因娠（故事 118）
	游于溪畔，恍惚有孕（故事 156）
	暮春见树上有李，大如鸡卵，采而食，遂有孕（故事 159）
	汲水河崖，感而有娠（故事 168）
	浣矶上，有鳅绕矶游泳数匝而去，若有所歆，归感娠（故事 187）
	雷雨大作，跟跄于泥途，归房后身倦不快，无故有孕（故事 190）
ⅱ 偶然拾得龙子	尝于野岸拾菜，见沙草中有五卵，遂收归，置绩筐中（故事 60）
ⅲ 其子神奇化龙	子采薪山中，见树果摘食之，归觉偏体甚痒，浴于河，变龙形（故事 165）
	子尝就浴，日晨往过午不归，其母往视，鳞鬣遍体，云将化龙（故事 194）

Ⅱ 失龙子

表 8　　　　　　　　　　失龙子情节类型

ⅰ 龙子自去	天暴雨水，三蛟一时俱去（故事 16）
	后成龙而去（故事 81）
	雷电晦暝，鱼失其所（故事 111—1）
	云雾交集，腾举而去（故事 111—2）
	坠地即飞去（故事 159）
ⅱ 龙子被放	遂送于江次（故事 60）
ⅲ 龙子遭逐	居民怪之，惊弃水中（故事 89）
	弃之，化为龙去（故事 118）
	弃之河，化为小龙，擘空而去（故事 160）
	怒劈为九段，投之溪中，化为九龙（故事 156）
	飞刃击之，似中其尾，腾跃而去（故事 168）
	执锹斩之，仅断其尾，夺门去，入溪而没（故事 187）
ⅳ 龙子牺牲	窟坚而此人寂然，不知所往（故事 190）

Ⅲ 龙子念母

表9　　　　　　　　　　　龙子念母情节类型

ⅰ 龙子探母	后天欲雨，此物辄来，举头望母，良久方去（故事16）
ⅱ 龙子别母	夭矫母前，若有所告（故事89） 须臾成龙入海，犹转身回顾其母（故事145） 既去，复回顾者九，地成九曲（故事165）

ⅲ 龙子助母	奉养	鱼常戏于媪前，乡里敬为龙母，询灾福多征应，媪渐丰足（故事60） 母晨起，必有鱼虾积户外，赖以存活（故事165） 持平日所卧草茵就潭洗之，有病者以茎草烧灰服之即愈，尽此茵可赡母天年（故事194）
	治害	留龙须为笔，遇旱，以笔书符投龙王潭中，立雨（故事111—3） 黄河水溢，此子知之，谓母曰："此事我能"（故事190）
	保护	秦始皇遣使聘，夫人不乐，龙引所乘船还程水，使者复往，龙复引船以归（故事170）

ⅳ 龙子葬母	吊母	女亡，三蛟子一时俱至墓所哭之，经日乃去（故事16） 母亡，每春时必来坟所（故事81） 后有龙子数来，游母墓前，遂成溪径（故事84） 连日溪雨涨，两鱼游绕墓所，行处地辄陷（故事111—1） 方殓，雷雨晦冥，龙来哀号，声若牛吼（故事160）
	移坟	移其冢于西，而草木悉于西岸（故事60） 龙拥其骸以去，至白花村，地石自裂，龙置骸陷而入，后龙常飞绕其居（故事111—2） 其母死殡于村中，一夕雷电风雨，晦冥中若有物蟠旋，次日视之棺已葬矣，隆然成一大坟（故事159） 母殁，忽见雨骤至，失尸所在（故事165） 妻死葬山下，一日龙旋绕山头，移冢山上（故事168） 龙转沙以成坟，会大风雨，墓移江北，每洪水淹没，四周皆浊，而近墓数尺独清（故事170）

以上图表涵盖了本文所研究的故事材料中所有"龙母"型故事的具体情节展开方式。在"龙母"型故事中，故事展开多从Ⅰ获龙子环节开始，大多数故事中的获龙子方式是ⅰ女子因某种神奇原因得孕生龙，具体途径则多种多样，如"感黑龙""雾蒙身""吞石子""黄犬迫""为龙据"等；还有少部分故事中的获龙子方式是ⅱ女子偶然拾得龙子或ⅲ其子因某种神奇原因化为龙子。其后是Ⅱ失龙子环节，女子孕生或育养的龙通过ⅰ自去、ⅱ放离、ⅲ遭逐、ⅳ牺牲等方式离开其母。最后一个环节是Ⅲ龙子念母，将离或离开的龙子对其母多有牵念，情节构成有ⅰ探视、ⅱ惜别、ⅲ相助、ⅳ葬吊等，其中ⅲ龙子相助其母的具体方式有以鱼虾或神异奉养母亲、协助治理水旱灾害、保护母亲等；ⅳ龙子葬其母的具体方式主要有哭吊其母和为母移坟两种。

以故事118为例具体分析故事中所涉及的功能项：

故事编号：118

故事出处：明·谈迁《枣林杂俎·卷下妖异》

龙女·《明代卷》，第311页

海宁许村南五里龙王塘，初有女汲于河（↑主人公离家），得浮卵（Z^5宝物偶然落入主人公之手），吞之，因娠，仍生卵，弃之，化为龙去。复时候其母，留龙须为笔（Z^1直接转交宝物）。遇旱（a^5缺乏金钱或生活必需品），以笔书符，投龙王潭中，其符浮于临平山之巅，立雨（Л^{5}使用宝物获取所寻找的对象）。后令君取其笔，遂绝响。

功能图式：(a^5) ↑ Z^5 (↓) (Л^4)

$$Z^1 \quad a^5 \quad Л^5$$

说明分析：

故事一开始，因家中生活需要水（省略a^5缺乏金钱或生活必需品），女子赴河汲水而离家（↑），于河中偶然拾得可以孕生龙的浮卵并吞食（Z^5），汲水归家后孕生龙（省略↓主人公归来）（省略Л^{4}所获之物是先前行动直接结果），以上为故事的第一回合。此后龙子作为赠与者，将龙须化笔赠与其母（Z^1），遇旱灾出现新的缺乏（a^5），龙母运用宝物笔获得雨水（Л^5），缺乏最终得以顺利消除。

需要注意的是，由于中国古代民间故事叙事较为简略，一些功能项在故事中被省略，为呈现完整故事回合特将其补全，并用"（）"与故事叙述中实际存在的功能项进行标示区分。此外，这一故事还存在一个特别之处，即在第二个回合中，主人公是先得到宝物，之后才出现缺乏，这与普罗普规定的功能项位置顺序存在差异。

龙的角色及功能项：赠与者——将宝物提供给主人公（Z）

就所有研究材料中此型故事角色分布来看，"龙母"型故事中的故事人物一定涉及龙母、龙子，部分涉及其亲属，由于故事叙事中心的不同，龙母和龙子都有可能是故事的主角，而龙母的亲属多数情况下作为加害者出现，对龙母或龙子犯下恶行，各故事具体角色分布情况详见表10。

表10　　　　　　　　　　龙母型故事角色分布

故事编号	龙母	龙子	亲友
16	相助者	主人公	—
60	主人公	相助者	—
81	主人公	其他情况	—
84	主人公	其他情况	—
89	主人公	加害者	加害者
105	主人公、相助者	其他情况	加害者
111—1	主人公	其他情况	—
111—2	主人公	其他情况	—
111—3	主人公	相助者	—
118	主人公	赠与者	—
145	主人公	其他情况	加害者
156	主人公	其他情况	加害者
159	主人公	相助者	加害者
160	主人公	其他情况	—
165	其他情况	主人公、相助者	—
168	主人公	相助者	加害者
170	主人公	相助者	—
187	主人公	相助者	加害者

故事编号	龙母	龙子	亲友
190	主人公	相助者	其他情况
194	其他情况	主人公、赠与者	—

由此可见,"龙母"型故事中的龙,多涉及相助者、主人公、赠与者、加害者的角色,当故事结构较为简单时,也会有不承担明显功能项的情况,即表10中的其他情况一类。

(二)"龙听讲"型故事及其角色分布

"龙听讲"型故事亦为龙故事中重要的一型。在本文研究的故事材料中有十四例涉及这一类型。其叙事结构较之"龙母"型故事,更为复杂和多样,大致可划分为Ⅰ龙听师讲、Ⅱ龙师对话、Ⅲ龙酬师恩或龙师离心三个主要环节。

Ⅰ 龙听师讲

表11　　　　　　　　龙听师讲情节类型

有老父白衣而髯者,每先来而后去（故事43）

时有三叟,虔心谛听,如此累日（故事61）

每日说法之时,必有一老叟来听讲（故事77）

一老翁日来听法（故事78）

有一女郎来听,移时方去（故事82）

龙闻师持课（故事112—1）

有五老人来听讲《易》（故事112—2）

有一叟来听（故事121）

有老人在旁（故事122）

潭龙日听法（故事124）

龙每夜听之（故事140）

感老叟来听（故事141）

每晚有一叟来听（故事149）

有一白须老者,日来听讲（故事179）

Ⅱ 龙师对话

表 12　　　　　　　　　　龙师对话情节类型

ⅰ 龙祈师救	协战	有僧来犯，惟仙师哀之，必免斯难（故事 43）
	脱祸	少室山孙思邈处士道高德重，必能脱弟子之祸，则雨可立致矣（故事 61）
	医病	因病，行雨不职见罚，求救（故事 122）
	化形	苦不得师貌（故事 124）
ⅱ 师盼龙助	开泉	汲水路远，思绕观有泉以济（故事 43）
		此山乏水，汝能神变，为我开一泉，可乎？（故事 82）
	救旱	国内荒馑，可致甘泽，以救生灵（故事 61）
		亢阳为灾，五谷不熟，万民将无以生，愿龙君慈仁，亟下甘泽（故事 77）
		能救旱乎？（故事 121）
		今方旱，何不降雨？（故事 141）
	避祸	峡路险恶，多覆溺之患，盍敕诸龙而禁戢之可乎？（故事 112—1）
	开路	前山当路，不便往来，却之可否？（故事 61）
	见形	本相可得见乎？（故事 78）

Ⅲ 龙酬师恩或龙师离心

表 13　　　　　　　　　龙酬师恩或龙师离心情节类型

ⅰ 龙酬师恩	石甃绕观，清流潺潺（故事 43）
	有清泉涌于座中（故事 82）
	出泉以报（故事 122）
	千里雨足，于是如期泛洒，泽甚广被（故事 61）
	一雨三日（故事 77）
	是夕大雨（故事 121）
	是夕大雨（故事 141）
	有符箓一道以酬君德，持符箓往洞取水归，遂得大雨（故事 149）
	及晓开霁，寺前豁然（故事 61）

续表

ⅰ 龙酬师恩	令希夷闭目，凌空御风，及张目，已在华山石上（故事112）	
	作礼具言，许施其宅（故事124）	
	以神力化大园石榴而去（故事140）	
ⅱ 龙师离心	与龙角力，龙不能胜，破其山而去（故事78）	
	此类实蕃皆业报所作，非常力所能制也（故事112）	
	僧出其不意，覆釜于其顶镇龙（故事179）	

以上图表即为本文所研究的"龙听讲"型故事基本叙事架构。此类故事以Ⅰ龙听师讲作为基础故事背景，即有师传道或讲经，龙化形或以本形前来听讲。其后龙告知师或被师识破龙的身份，进行Ⅱ龙师对话，故事走向由于对话内容的不同而略有差异。在一些故事中，ⅰ龙有求于师，希望得师相助，具体请求事项有协战、脱祸、医病、化形等；在另一些故事中，龙为报听讲之恩而询问师的需求，从而出现ⅱ师盼龙助的情况，具体请求事项包括开泉、救旱、避祸、开路等。需要注意的是，二者有可能在同一故事中并存，即师协助龙之后向龙提出请求（如故事43），或是龙为了满足师的需求向师申请协助（如故事61）；还有一些故事缺失了这一环节，龙或师皆未明确提出请求，故事由第一环节直接进入第三环节（如故事140、故事179）。第三环节为故事的结局，即Ⅲ龙酬师恩或龙师离心，在大多数故事中，龙或师的需求得到了满足，ⅰ龙酬师恩，为其出泉、降雨、开路、移居、赠宝；但也有少部分故事中，出现了ⅱ龙师离心的局面，龙与师争斗或拒绝满足其愿望。

以故事82为例具体分析故事中所涉及的功能项：

故事编号：82

故事出处：宋·张敦颐《六朝事迹编类·卷下》

祈泽寺·《宋元卷》，第363页

有初法师者，来结茅庵于山下，日夜诵《法华经》。有一女郎来听，移时方去。师讶之，因问其住止。女曰："儿东海龙女，游江淮间，闻师诵经，来听之。"

师曰："此山乏水（a^5 缺乏金钱或生活必需品），汝能神变，为我开一泉，可乎？"女曰："此固易事，容儿归白父。"言讫不见。

数日后，忽作风雷，良久，有清泉涌于座中（Л*最初的灾难或缺失被消除）。

功能图式：a^5 Л*

说明分析：

这一故事所涉及的功能项较为简单，法师所居之山缺少水（a^5），这是故事中的缺乏，龙女来听法师诵经，法师与之攀谈，告予其缺乏，希望得到帮助，龙女与其父作为相助者，为法师开泉，使得缺乏得以消除（Л*）。

故事中缺乏消除的方式，难以归入普罗普所定义的功能项 Л 下列的 12 种子类情况，故这里用符号 Л* 进行标示。

龙的角色及功能项：相助者—消除灾难或缺失（Л）

就所有研究材料中此型故事角色分布来看，"龙听讲"型故事中的故事人物一定涉及师、龙，部分较为复杂的故事还会牵涉其他人物，由于故事走向的不同，各个故事的角色分布略有差异，具体情况详见表14。

表14　　　　　　　　龙听讲型故事角色分布

故事编号	师	龙	其他人物
43	主人公	派遣者、相助者	加害者、相助者
61	主人公	相助者、派遣者	相助者、加害者
77	相助者	相助者	主人公
78	主人公	加害者	—
82	主人公	相助者	—
112—1	主人公	其他情况	—
112—2	主人公	相助者	—
121	主人公	相助者	—
122	主人公	赠与者	—
124	相助者	主人公	相助者
140	主人公	赠与者	—
141	主人公	相助者	—
149	主人公	赠与者、相助者	—
179	主人公	加害者	—

由此可见,"龙听讲"型故事中的龙,多以相助者、赠与者的角色出现,为主人公排忧解难、提供帮助。另一些故事中,龙还承担派遣者的角色,告知主人公灾难或缺乏,向其提出请求并派遣出发;还有少量故事中,龙作为加害者出现,与主人公展开争斗。

(三)"坠龙洞"型故事及其角色分布

"坠龙洞"型故事较之上述两类型,叙事结构、故事人物、角色分布都较为单纯和统一,本文研究的故事材料中可归于此类型的有五例,叙事结构一般大致包含Ⅰ坠洞、Ⅱ遇龙、Ⅲ龙助三个主要环节。

Ⅰ坠洞

表15　　　　　　　　　　坠洞情节类型

ⅰ失足坠洞	韦氏乘马,忽然马惊,坠于岸下(故事58)
	尝采药堕溪(故事175)
ⅱ遇害坠洞	二樵谋取蜜,一人缒巨木而下,一人于其颠引绳上下之,上之人欲专其利,绝绳而去不顾(故事91)
	与某某探珠海蚌中,一人下,二人乘绳其上,得珠复取,绳忽断,随流堕潭中(故事106)
	与村人采药,解衣使同伴者缒而下,同伴见其衣中藏金,利之,怀其金与众俱走(故事176)

Ⅱ遇龙

表16　　　　　　　　　　遇龙情节类型

傍视有一岩罅,见光一点如灯,后更渐大,乃有二焉,渐近,是龙目也(故事58)
蹒跚石罅得一穴,顾见一物如蛟蟒,蛰其中,腹秽不可近(故事91)
潭中反无水,龙所蟠处(故事106)
手摸石,滑而蠕动,两目如灯,照见须角,知为龙(故事175)
行十里许得一洞,一蛇存焉,长四五尺,围可五寸,鳞甲陆离,形状颇异(故事176)

Ⅲ 龙助

表 17　　　　　　　　　　龙助情节类型

出洞	候龙将出，抱龙跨之，遂腾于空，落于深草之上（故事58）
	其物蜿然而起，挺身由穴而出，其人遂攀鳞而跃，约一二里顷掉地，得不死（故事91）
	跨其背如马，雷动龙起，闻身随之，故堕此（故事106）
	负姚上，委姚地上，腾云去（故事175）
	蛇腾跃欲上，周攀其角俱上，俄坠于其村（故事176）
寓居	穴中气懊，可御寒（故事91）
	求寄宿焉，蛇若领之者，遂匍匐入，伏其侧（故事176）
充饥	腹饥，因龙自舐其肋胁涎，亦舐之，遂不饥（故事106）
	久之饥甚，见洞有一石，蛇恒以舌餂之，意其可以疗饥（故事176）
神异	手触涎处，香累月不散，以手撮药，病立愈（故事175）

由上述分析整理可知，"坠龙洞"型故事基本叙事结构较为单一。这一类型故事始于Ⅰ坠洞，即主人公由于ⅰ失足或ⅱ遇害坠洞，其中遇害的形式多为同行者为利背弃。主人公落入洞中后，经探索或机缘Ⅱ遇龙，进而Ⅲ得龙相助，最终成功脱险。龙相助的方式一定包括通过驮行等方式协助主人公出洞，部分包括为主人公提供居所、食物或神奇本领。需要注意的是，如果主人公因遇害坠洞，故事大多还包含惩罚最初加害者的环节，如故事91中主人公"诉于官，捕专利者杖杀之"，故事106中"抵二人死，而大珠还探者"；故事176中加害者"披发跣足，奉衣及金跪于门外"，皆属于这一情况。

以故事91为例具体分析故事中所涉及的功能项：

故事编号：91

故事出处：元·白珽《湛渊静语·卷一》

采蜜人·《宋元卷》，第439页

庐山之阳，颠崖千尺，下临大江，崖之半，悬络古木藤蔓，有蜂室其上，如五石瓮者四，过而利之者，下睨无策。俄有二樵谋取之，得其利可以共济（↑主人公离家）。于是一人縆巨木而下，约二三十丈，达，得蜜无算。一人于其颠引绳上下之。蜜且尽，则上之人欲专其利（A^5对头以其他形式实施窃取），绝绳而去不顾（A^{14} 对头动手杀人）。

一人在下叫号久之，知不免，采余蜜，并其滓食之，因不饥，蹒跚石罅。得一穴，颇深暗，顾见一物如蛟蟒，蛰其中，腹秽不可近。又久之，忽开两目如钲，光焰烁人，然亦不动。其人怖甚，而无地可逭避，且其中气懊，可御寒，因出没焉，待尽而已。

忽一日，雷声作，其物蜿然而起，雷再作，则挺身由穴而出。其人自念等死尔，不若附之而去，万一获免；遂攀鳞而跃，约一二里顷（R^1 主人公在空中飞行），竟为此物所掉，着地，得不死（↓ 主人公归来）。

后诉于官，捕专利者杖杀之（H 敌人受到惩罚）。

功能图式：↑ A^5 + A^{14} R^1 ↓ H

说明分析：

故事一开始，主人公和同行者为获取蜂蜜而离开家（↑）。本是协同合作共享成果，同行者却见利忘义，为了独吞蜂蜜而犯下恶行，一方面窃掠获得的所有蜂蜜（A^5）；另一方面将主人公弃于崖下欲置之死地（A^{14}）。主人公呼号求助无应，陷入困境，此时遇到了作为相助者的龙，通过攀鳞骑龙随之飞行（R^1）的方式，最终得以脱困归家（↓），并讼之于官，杖杀专利者（H），惩罚了作为加害者的同行人。这一故事构成了一个较为完整的回合。

龙的角色及功能项：相助者——主人公的空间移动（R）

就所有研究材料中此型故事角色分布来看，"坠龙洞"型故事中的故事人物一定涉及坠洞者、龙，部分涉及一些其他人物，如实施加害行为的同行者、惩治加害人的官吏、关心主人公的亲友等。坠洞者一般是故事的叙事核心，作为主人公出现。各故事的角色分布情况以表 18 标示。

表 18　　　　　　　　　　坠龙洞型故事角色分布

故事编号	坠洞者	龙	其他人物
58	主人公	相助者	相助者；其他情况
91	主人公	相助者	加害者
106	主人公	相助者	加害者；其他情况
175	主人公	相助者、赠与者	—
176	主人公	相助者	加害者；其他情况

由此可见，"坠龙洞"型故事中的龙，通常承担的是相助者的角色，为主人公化险为夷提供以助其空间移动为主的帮助。所研究材料中唯一的例外是故事175，在这一故事里，龙还额外承担了赠与者的角色，向主人公赠与宝物，故事主人公因手触龙涎，获得了"以手撮药，病立愈"的神奇本领。

（四）"协龙战"型故事及其角色分布

除上述三类龙故事之外，本文所研究的故事材料中，还有一类较为典型的龙故事，即"协龙战"型故事。此类故事叙事结构亦较为简单，所涉材料共四例，情节展开大致可归于Ⅰ述情求救、Ⅱ标记授法、Ⅲ相助协战、Ⅳ回报恩情四个主要环节。

表19　　　　　　　　协龙战型故事情节类型

	故事43	故事56	故事68	故事86
Ⅰ述情求救	胡僧术成，来喝水干，宝无所隐，惟仙师哀之，必免斯难	今为一人所苦，祸且将及，非子不能脱我死，辄来奉诉	西北有陷池龙来兹小戏，凤知郎君善弓矢，可相救乎？	吾数为吕湖蛟所困，明日当复来。君能见助，当有厚报
Ⅱ标记授法	—	见道士自西来者，伺其漱水竭，厉声呼曰："天有命，杀黄龙者死！"如是者三	吾以素帛缠身，但腰有白者，即吾也	束白练者我也
Ⅲ相助协战	仙师遽使门人相助，婆罗门拗怒而去	遂往山西，厉声呼："天有命，杀黄龙者死！"道士怒责数言而去	不违所托，挽弓于塘侧伺之，挽弓流矢中其俱青者膊，逐过冈原	率里中少年鼓噪于湖上，射黑牛中之
Ⅳ回报恩情	愿出门人，可指使也，一念召之，即立左右，为师开泉	今奉一珠，用表我心重报也	保从郎君世世相继矣	—

因"协龙战"型故事材料相对较少，结构差异亦不甚明显，故以表19概之此类故事发展脉络。这一类型故事始于Ⅰ述情求救，即派遣者向主人公告知即将到来的灾祸，请求主人公协战相助。主人公应允之后，进入Ⅱ标记授法阶段，派遣者教予主人公具体迎战之法或辨别敌我之术，也有故事省略这一环节（如故事43）。主人公如约Ⅲ相助协战，帮助成功战胜敌方，将其驱逐或杀害。一些故事在这里结束（如故事86），也有一些故事继续发展，进而进入Ⅳ回报恩情阶段，派遣者感激主人公的协助，赠予其宝物或满足其请求作为回报。

以故事56为例具体分析故事中所涉及的功能项（受制于篇幅，此故事文本中与情节发展无关的描述性文字略有删节，原文可参见附录）：

故事编号：56
故事出处：唐·张读《宣室志》
任顼救龙·《隋唐五代卷》，第321页
唐建中初，有乐安任顼者，居深山中，有终焉之志。

尝一日，闭关昼坐。有一翁叩门来谒。顼延坐与语，既久，顼讶其言讷而色沮，甚有不乐事，因问翁曰："何为而色沮乎，岂非有忧耶？"老人曰："果如是，吾忧俟子一问固久矣。且我非人，乃龙也。西去一里有大湫，吾家之数百岁。今为一人所苦，祸且将及（A^{19}对头宣战），非子不能脱我死，辄来奉诉（Б^{1}发出求助呼吁致主人公被派遣）。"顼曰："某尘中人耳，何以脱翁之祸乎？"老人曰："但授我语，非藉他术，独劳数十言而已。"顼曰："愿受教。"翁曰："后二日，愿子为我晨至湫上。当亭午之际，有一道士自西来者，此所谓祸我者也。道士当竭我湫中水，且屠我。子伺其湫水竭，宜厉声呼曰：'天有命，杀黄龙者死！'言毕，湫当满。道士必又为术，子因又呼之。如是者三，我得完其生矣。必重报，幸无他为虑。"顼诺之。已而祈谢甚恳，久之方去。

后二日，顼遂往山西（↑主人公离家），果有大湫，即坐于湫旁以伺之。至当午，有云自西冉冉而降于湫上。有一道士自云中下，于袖中出墨符数道投湫中（A^{14}对头动手杀人）。顷之，湫水尽涸，见一黄龙，帖然俯于沙。顼即厉声呼："天有命，杀黄龙者死（Б^{1}主人公与对头在野外战斗）！"言讫，湫水尽溢（$П^1$对头在战斗中被打败）。

道士怒，即于袖中出丹字数符投之（A^{14}对头动手杀人），湫水又竭。即震声呼（$Б^1$主人公与对头在野外战斗），如前词，其水再溢（$П^1$对头在战斗中被打败）。

道士怒甚，凡食顷，乃出朱符十余道，向空掷之（A^{14}对头动手杀人），尽化为赤云，入湫，湫水即竭。呼之如前词（$Б^1$主人公与对头在野外战斗），湫水又溢（$П^1$对头在战斗中被打败）。道士顾谓项曰："吾一十年始得此龙为食，奈何子儒士也，奚救此异类耶！"怒责数言而去。项亦还山中（↓主人公归来）。

是夕，梦前时老人来谢曰："赖得君子救我；不然，几死道士手。今奉一珠，可于湫岸访之，用表我心重报也（Z^2指点宝物在何处）。"项往寻之，果得一粒径寸珠。后有胡人见之曰："此真骊龙之宝也，而世人莫可得。"以数千万为价而市之。

功能图式：$A^{19} Б^1 ↑ \{A^{14} Б^1 П^1\} ↓ Z^2$

说明分析：

故事一开始，龙因对头即将带来的灾祸而困扰（A^{19}），化为老人，以派遣者的身份向主人公求助（$Б^1$），希望其能从旁协战，并告知主人公具体方法。主人公接受请求离家（↑）赴约，三次在道士用符涸尽湫水欲取龙命（A^{14}）时出手相救，与道士争斗（$Б^1$），使湫水复溢（$П$），最终战胜了道士，顺利归家（↓）。后续龙为表谢意，作为赠与者指明宝珠放置的地点（Z^2），主人公依其言获得宝物，以致富足。

故事中出现了民间故事中常见的"三段式"重复结构$\{A^{14} Б^1 П^1\}$，即"加害—交锋—战胜"在叙述中三次循环往复。这虽然导致了故事长度的增加，但并没有对叙事线索造成太多影响，故事的结构仍较为简单明晰。

龙的角色及功能项：派遣者—派遣（B），赠与者—将宝物提供给主人公（Z）。

就所有研究材料中此型故事角色分布来看，"坠龙洞"型故事中的故事人物主要涉及请求方、协助方和来犯方三类，各个故事的角色分布较为一致。一般来说，请求方主要充当派遣者角色，此外涉及赠与者或相助者的功能；协助方担任主人公角色；来犯方则毋庸置疑属于故事中的加害者。

表 20　　　　　　　　协龙战型故事角色分布

故事编号	协战方	请求方	来犯方	其他人物
43	主人公	派遣者、相助者	加害者	相助者
56	主人公	派遣者、赠与者	加害者	—
68	主人公	派遣者、赠与者	加害者	—
86	主人公	派遣者	加害者	相助者

"协龙战"型故事中的龙，大多是请求方，作为派遣者对主人公进行派遣，同时作为赠与者或相助者赠与主人公宝物或帮助其消除某种缺乏；此外龙也有可能作为来犯方出现，站在主人公的对立面与其争斗，承担加害者的角色。以本文研究的材料为例，故事43中的龙属于第一种情况，对主人公叙情求助导致派遣，同时作为相助者为主人公出泉以消除汲水不变的缺乏，故事56中的龙也属于第一种情况，派遣并作为赠与者赠给主人公宝珠；故事86中的龙则属于第二种情况，作为加害者犯下恶行并与主人公争斗；故事68较为特殊，其中出现了多龙，既涉及第一种情况，亦关乎第二种情况。

四　龙角色的文化蕴藉

故事中角色的文化意义和叙事功能是紧密联系的统一体。康丽在《中国巧女故事中的角色类型》一文中指出："附着于角色能指之上的有两种所指，即结构功能所指和社会关系所指"[①]，故事讲述过程中的人物形象、情节设置、叙述程序，实际自觉不自觉地隐含着社会固有文化观念。因此可以说，角色是一个极为重要的中间桥梁，通过角色研究，可以将故事的叙事形态结构研究与社会文化意义研究有机统合在一起。

前文已对中国古代民间故事中龙整体上的角色分布做了分析与探讨，并在此基础上重点研究了四类典型龙故事的角色分布情况，本章将继续对

---

① 康丽：《中国巧女故事中的角色类型》，《民族文学研究》2005年第2期。

材料进行延伸分析，探讨龙角色的社会文化属性，即中国古代民间龙角色所呈现特点、类型、功能的文化根因。

（一）龙之形

龙是华夏文明中一个极为重要的文化概念，它贯穿中华民族千百年发展始终，萦绕在社会生活的方方面面。中国的龙究竟由何而来、缘何而起？这是所有探讨中华龙文化的学者首先面临和无法回避的一个问题。有碍于此，不断有学者在自身研究的基础上，给出形形色色的解答。这里仅选取较具影响力和代表性的几种观点，作一简单归纳介绍。

大致来说，既有研究成果可分为以下三类。一些学者认为，龙是原始图腾交融组合的结果，如闻一多先生在《伏羲考》中指出，龙是"由许多不同的图腾糅合成的一种综合体"[1]；何星亮先生也提出，龙是"超民族、超地域的超级图腾"[2]；多数学者认为，龙源自某些动物或某些自然现象，或是这些动物或自然现象模糊集合而成的神物。此种说法目前为学界主流观点，但具体集合对象则众说纷纭，主要有龙从蛇说、龙从马说、龙从鳄说、龙从犬说、龙从蜥蜴说、龙从鱼说、龙从云说、龙从雷电说、龙从虹说、龙从物历说等[3]，难有定论；还有个别学者认为，龙确有其物，是我们至今未明的一种古代稀有动物，如马小星先生指出，我国先民所崇拜的龙并非虚妄之物，而是"一种跟原始鱼类有着最直接联系的四足动物"[4]。

在本文所研究的古代民间故事材料中，各个故事对于龙的形貌叙述亦较为模糊，较为常见是将其与鱼或蛇联系起来，此外还涉及蜥蜴、马、鳄等，表21各选列几例。

---

[1] 闻一多：《神话与诗》，武汉大学出版社2009年版，第20页。
[2] 何星亮：《龙族的图腾》，台湾中华书局1993年版，第28页。
[3] 庞烬先生所著《龙的习俗》、刘志雄先生等所著《龙与中国文化》，皆在各自《龙的起源》一章中对前人所提出的多种龙的集合原型做了详尽地整理与爬梳，此处不再赘述。
[4] 马小星：《龙：一种未明的动物》，华夏出版社1994年版，第154页。

表 21　　　　　　　　　　　龙形貌类型

龙类鱼	有鱼子也。着池中养之，一年皆为龙形（故事 8） 生三物，皆如鲠鱼。……经三月，此物遂大，乃是蛟子（故事 16） 有一鱼，可长丈余，粗细大于臂；首红额白，身作青黄间色；无鳞有涎，蛇形龙角；嘴尖，状如鲟鱼；动而有光，在于泥水，因而不能远去。绩谓蛟也，失水而无能为耳（故事 27） 龟鱼集龙门下数千，不得上；上则为龙（故事 33） 城沟有巨鱼，长数十丈，血鬣金鳞，电目赭尾（故事 66） 后产鲤鱼，投于水中，复能变化，随母出入，后成龙而去（故事 81）
龙类蛇	忽见五小蛇，壳一斑四青（故事 60） 见一小朱蛇，长不满尺，赭鳞锦腹，铜鬣绀尾，迎日望之，光彩可爱（故事 69） 立化为小朱蛇（故事 73） 状类蛇，四足，苍色，鳞甲遍体，其长不盈尺，行则昂首竦身，殆若兽走（故事 100） 蛇闻之，蠕蠕然动，未几暴长，头角峥嵘，不蛇而龙矣（故事 176） 既而蛇成龙，以秃尾故，不能升天（故事 187）
龙类蜥蜴	卵内皆如蜥蜴状，纯青色（故事 93） 有蜥蜴出，须臾成龙入海（故事 145）
龙类马	池有二龙，时化为马，一骊一黄，遇天阴晦，民间之马遇之，生驹神骏，或有角，如鹿茸然（故事 119） 蜿蜒逾尺，鳞角俱备，项间有黄鬃如马鬣，拂拂而动（故事 154）
龙类鳄	中有蛟鳄，尝为人患（故事 55）
综合体	睹若有大犬蹲其旁，明视之，龙也……龙鳞作苍黑色，然驴首，而两颊宛如鱼，头色正绿，顶有角座极长，其际始分两歧焉，又其声如牛。考诸传记，实龙也。（故事 72）

　　学者们所提出的诸说究竟孰是孰非，至今尚无定论。无论哪一种观点，都有赞成者提供证据，也有反对者加以反驳。然而仍可以从这一派纷繁复杂中抽丝剥茧，得出一些基本的结论。

　　首先，认为龙当属一种确乎存在的神秘古生物，大概不足为信。无论是从原始甲骨文中象形的"龙"字（图2）①来看，还是从历朝历代主流龙形象（图3）②的变迁演化来看，又或是从各个时期民间故事材料对于龙形貌的描述（表21）来看，都不难体察到"龙"这一概念具体所指的变化不居。

图2　甲骨文中"龙"字代表写法

　　早期古籍中之于龙表象的记载，亦似是而非、难以描摹。略举几例：《庄子·天运篇》言："龙，合而成体，散而成章，乘云气而养乎阴阳"③；《管子·水地篇》云："龙生于水，被五色而游，故神。欲小则化如蚕蠋，欲大则藏于天下，欲上则凌于云气，欲下则入于深泉。变化无日，上下无时，谓之神"④；《说苑·辨物篇》曰："神龙能为高，能为下，能为大，能为小，能为幽，能为明；能为短，能为长"⑤；《说文解字》则说："龙，鳞虫之长。能幽能明，能细能巨，能短能长。春分而登天，秋分而临渊"⑥。倘使中国的龙确有其具体相对应的实际生物存在，那么便不应再出现这样模糊的描述和多样的形貌了。

　　其次，中国的龙确乎是一个多元一体的庞杂概念，很难笃定某一来源

---

① 台湾历史博物馆编辑委员会编：《龙文化特展》，史博馆（台北）2000年版，第116页。
② 陈绶祥编著：《中国的龙》，漓江出版社1988年版，第3页。
③ （清）郭庆藩撰，王孝鱼点校：《庄子集释》，中华书局2004年版，第525页。
④ 黎翔凤撰，梁运华整理：《管子校注》，中华书局2004年版，第827页。
⑤ （汉）刘向撰，向宗鲁校证：《说苑校证》，中华书局1987年版，第457页。
⑥ （清）王筠撰：《说文解字句读》，中华书局1992年版，第461页。

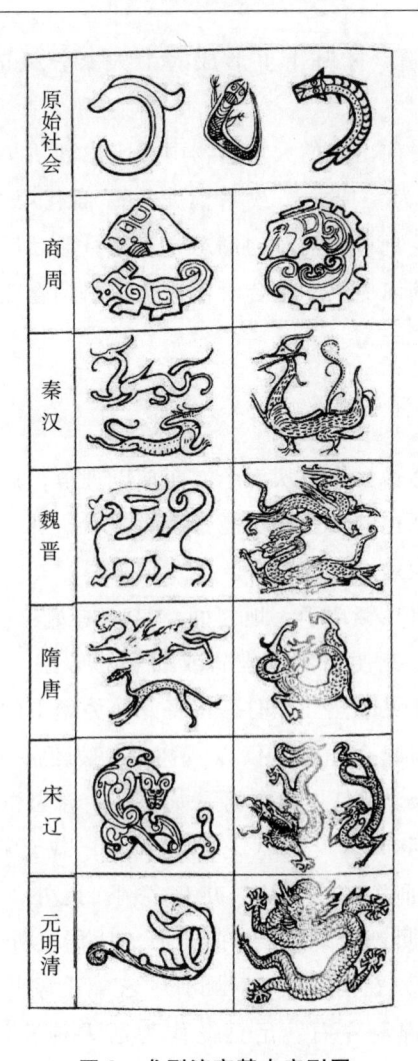

图3 龙型演变基本序列图

即为历史真相。正是这种形象、来源上的神秘复合,赋予了中国龙变幻莫测的个体魅力和无限延展的丰富蕴藉。故事72的描述很好地契合了这一点,故事中的龙"若有大犬""驴首""两颊宛如鱼""其声如牛",足见其多元化和复合性。正如陈绶祥先生所言:"从'龙'产生那一天起,它就并非是某一类具体动物之物,而是某种特定观念赖以寄托之形骸。"[1] 亦如麗烬先生所说:"笼笼统统、含含混混、模模糊糊,经过几千年甚至

---

[1] 陈绶祥编著:《中国的龙》,漓江出版社1988年版,第20页。

几十万年的幻想创造，才基本上形成一个大家公认的神秘的'群体表象'——龙。"①

总而言之，在史前出土的大量器物中，已出现了早期的基础龙形纹饰（学者多称这些龙纹为"原龙"或"前龙"）；商代甲骨文中"龙"字的出现，标志着中国龙具备了初步的形态与意义；此后历代，龙的形象在保留了某些基本特征的前提下，结合时代特色不断调整变迁，龙的人文内涵与蕴藉亦不断发展和丰富。

（二）龙之意

中华龙的文化蕴藉具体可从五个方面加以理解，这五个方面对龙在古代民间故事中具体承担的角色和功能皆有所影响，现分而论之。

第一，龙被认为是通天的神兽。

能腾云驾雾、自在翱翔于天地之间，是中国龙一项较为原始的功能。早在先秦两汉时期，龙便已然以坐骑或助手的形象，协助神与人沟通天际。如楚辞作品中神灵翩然而至时往往将龙作为麾下的坐骑，而凡人亦可以乘龙上致天际纵情肆意遨游，仅以《离骚》为例，通篇即有"驷玉虬以桀鹥兮，溘埃风余上征""为余驾飞龙兮，杂瑶象以为车""麾蛟龙使梁津兮，诏西皇使涉予""驾八龙之婉婉兮，载云旗之委蛇"②等语，《九歌》《九章》《远游》等篇章中亦有多例。此外，《九歌·河伯》用"鱼鳞屋兮龙堂，紫贝阙兮珠宫"③描述河伯所居之处，使龙鳞作为河伯厅堂的装饰；《远游》在描述仙境时则有"玄螭虫象并出进兮，形蟉虬而逶蛇"④，使龙伴于神灵左右。足见龙作为通天神兽的形象其时已深入人心。

正因如此，从那时起，民间故事中的龙，便往往作为相助者出现，承担着协助主人公进行空间移动（R）的功能。如出自《庄子·内篇·逍遥游》的故事1中居于姑射之山的神人"乘云气，御飞龙，而游乎四海之外"；出自《韩非子·十过篇》的故事2中记载黄帝"合鬼神于泰山之

---

① 庞进：《龙的习俗》，文津出版社1990年版，第22页。
② （宋）洪兴祖撰，白化文等点校：《楚辞补注》，中华书局1983年版，第25—46页。
③ 同上书，第77页。
④ 同上书，第173页。

上,驾象车而六蛟龙";出自《列仙传》的故事6中的马医马师皇救助病龙,后"龙负皇而去",故事7中的黄帝则因"有龙垂胡髯下迎"而升天。此后历代民间故事中兼有此类例证,前文论述龙的相助者角色时对此已有详细统计与分析,此处不再赘述。

第二,龙也被视作布雨的灵兽。

中国龙与水有着脱不开的关联。《周礼》中的《地官·掌节》和《秋官·小行人》都有着"泽国用龙节"的记载。这里所出现的"节",当指其时各个诸侯国的使者出境时所携带使用的凭信。郑玄注以:"山多虎,平地多人,泽多龙。……必自以其国所多者,于以相别,为信明也。"[①]也就是说,各个诸侯国都以所处之地居多者为自身的标识用以区别,居于山区的诸侯国因其地多虎,所以使用虎形的凭信;居于平地的诸侯国因其地多人,所以使用人形的凭信;居于泽地的国因其地多龙,所以使用龙形的凭信。以龙作为泽地之国的代表与象征,可见在先民的心目中,龙与水在一开始就存在密切的联系。此外,《周礼》中的《冬官·画缋》也言及:"火以圜,山以章,水以龙",郑玄注以:"龙,水物。"[②] 这里是说,绘制图画时分别以圆环、獐、龙作为火、山、水的象征,同样是把龙和水关联在了一起。而后世所修筑的龙王庙和民间流行的龙王信仰,更是主要着眼于龙之于晴雨旱涝的影响,希望龙能保一方风调雨顺、行航平安。可以说,"中国大地上江、河、湖、海、渊、潭、塘、井,凡有水处莫不驻有龙王"[③]。

古代民间故事中的龙也与水密切相关,它们常常依水而居,并能操纵云雨。《山海经·大荒东经》中有"应龙处南极,杀蚩尤与夸父,不得复上,故下数旱,旱而为应龙之状,乃得大雨"[④] 的记载,应龙能致雨、致旱,可见龙具有兴云布雨、司水里水的神通。龙的这一文化内涵,使其在故事中得以承担加害者、相助者、赠与者等多种角色,它既可以以加害者的身份实施加害行为(A)操控天气水流带来灾难(如故事27中蛟以

---

① (汉)郑玄注,(唐)贾公彦疏,彭林整理:《周礼注疏》,上海古籍出版社2010年版,第549页。
② 同上书,第1607页。
③ 刘志雄、杨静荣:《龙与中国文化》,人民出版社1992年版,第266页。
④ 陈诚撰:《山海经译注》,上海古籍出版社2012年版,第275页。

"大雹浸堤坏阜"、故事40中龙"致滂沱之雨"经久不止、故事112中群龙"誓三百日不雨"使得田地枯涸等），亦可以以相助者的身份出泉行雨消除灾难或缺失（Л）（如故事44中龙为师穿泉使"石甃绕观，清流潺潺"，化解了汲水不便的困难；故事47中龙协助主人公三藏引"昏霾大风，震雷以雨"，缓解了旱情等）；还可以以赠与者的身份对主人公进行考验（Д）并将能控水引雨的宝物赠与主人公（Z）（如故事53中龙赠予老叟的化水丹能使人入水不濡、故事118中的龙子将龙须化笔以赠其母遇旱出雨等）。

第三，龙又是民众心中吉祥的瑞兽。

龙与上天关系密切，又可布雨理水，变化不居、神通广大，自然成了先民心目中崇拜的祥瑞之物。《周易·乾卦》中有"见龙在田，利见大人""飞龙在天，利见大人""见群龙无首，吉"① 等言，将龙的行为行动与上天的征兆预示关联在一起，将龙视作传递天命的使者和吉祥的寄托。《周礼》中《春官·大司乐》曰："（凡六乐）六变而致象物及天神"，郑玄注以："象物，有象在天，所谓四灵者"，并引《礼记·礼运》的记载曰："何谓四灵？麟凤龟龙谓之四灵。"② 这里是说，演奏六遍乐舞，就可以招致麟、凤、龟、龙这四灵，进而以招及天神，可见龙在当时已被视为与天神休戚相关的四大灵兽之一。人们也乐于以龙喻指人杰，如孔子曾尊称老子为龙、诸葛亮被称为"卧龙"、蔡邕被称作"醉龙"等。王逸序《离骚》时有"虬龙鸾凤，以托君子"③ 之语，指出《离骚》中出现的意象实际多有所兴指，其中龙、凤皆为君子的象征。

民间多以龙作为祥瑞神异之兆，使得龙具备了准备转交宝物（Д）和将宝物赠与主人公的功能（Z），得以作为赠与者出入于多个古代民间故事中。如故事25中龙女将金饼赠与商人，保其"尽寿用之，不可尽也"；故事33中龙献大鼓，可以预报敌情，保一方平安；故事110中载董仲舒"梦蛟龙入怀而作《春秋繁露》"、王积薪棋艺之所以精湛是因曾"梦青龙吐棋经九部"；故事175中摸龙阿太因手触龙涎致使香味经久不散，获得

---

① 黄寿祺，张善文撰：《周易译注》，上海古籍出版社2004年版，第2—5页。
② 同上书，第843页。
③ （宋）洪兴祖撰，白化文等点校：《楚辞补注》，中华书局1983年版，第3页。

了为人诊治时"以手撮药,病立愈"的神奇本领等。民间故事中的龙宫更是珍宝的聚集地。如故事54中主人公跟随吞食了宝珠的胡人出入龙宫蛟室,"奇珍怪宝,惟意所择",一夕即所获甚多;故事185中石郎持辟水珠进出海中龙室,得"大禹驱山之铃""秦皇塞海之宝""鉴魑魅之铜""斫蛟鼍之剑""珊瑚树真有高六七尺者",着实羡煞旁人。可以说,龙及其居所在中国古代民间故事中尽显神异,这些故事材料中龙角色背后所蕴涵与投射的,正是普通民众对于其招祥致瑞的文化诠释和心理期待。

第四,龙还是象征皇权的圣兽。

龙亲天的神通和祥瑞的福兆也为中国封建社会的统治阶级所喜,在历代统治者的大力推崇之下,中国龙又逐渐成为至高皇权与封建王族的代名词。其实,中华始祖早在远古神话中,就与龙有了千丝万缕的微妙关联:传说中的黄帝龙颜而有圣德,最终攀龙髯而升天;而大禹在治水时则有神龙曳尾于前相助,并且常常乘龙巡行。急于证明君权神授、人主天选的帝王们敏锐地觉察到了这一点,纷纷将自身与龙联系在了一起。据《史记·秦始皇本纪》载,秦始皇嬴政在位时就曾被称作"祖龙",裴骃集解引苏林言曰:"祖,始也。龙,人君象。谓始皇也"[1],将龙与人君这两个概念联系了起来。汉高祖刘邦与龙的关联则更为具体,《史记·高祖本纪》论至刘邦身世时,说其母刘媪梦与神遇,其父刘太公探看时见"蛟龙于其上",刘媪"已而有身,遂产高祖"[2],而《史记·项羽本纪》中范增在谈及刘邦时,亦有"吾令人望其气,皆为龙虎,成五采,此天子气也"[3]之语,可见刘邦的出生与气象皆涉龙迹龙影。此外,汉文帝刘恒、汉武帝刘彻的出生,也都有与龙相关的传说传世。神龙和自命为"真龙天子"的人主就这样攀上了亲,成为帝王们至高地位和无上权力的象征。中国历代统治者屡次颁谕定制,几欲垄断龙象,而其宫室、服饰、用具,无不以龙为饰。

在本文研究的民间故事材料中,始祖帝王化龙的例子也有很多,在这些故事中,龙与统治者合二为一,承担了主人公的角色,如故事7中用

---

[1] (汉)司马迁撰,(宋)裴骃集解,(唐)司马贞索隐,(唐)张守节正义:《史记》,中华书局1999年版,第184页。

[2] 同上书,第241页。

[3] 同上书,第220页。

"自以为云师，有龙形"来形容黄帝；故事101引《南齐书》云"高帝郁后化为龙"；故事128在介绍河蛮九部时，也有"母化凤而飞升，父化龙而西去"的说法，将部族视为龙与凤的后代，从而赋予河蛮九部神圣的色彩。

第五，龙亦为暴虐的恶兽。

此前学者在论及中华龙文化时，通常仅仅将龙视为统治者信仰推崇、民众喜爱尊崇的祥瑞神兽，这诚然是中国龙在历史发展进程中的主体形象。然而，不容忽视的是，龙在一些情况下又是危险、暴虐的象征。孙机先生在《神龙出世六千年——龙的形象之出现、演变和定型》一文中引王维的"薄暮空潭曲，安禅制毒龙"和刘禹锡的"独向昭潭制恶龙"来论证唐代受佛教传播和印度龙文化影响，产生降恶龙、制毒龙的观念，并说"这是中国以前不曾有过的一种观念"①，这一论断的正确性是有待商榷的。中国龙文化中的恶龙形象和除恶龙观念，实际古来有之。楚辞作品《大招》中就有这样的例子，作为一篇招魂辞，《大招》在前一部分着力刻画渲染四方环境的种种凶险与怪异，其中有"螭龙并流，上下悠悠只""北有寒山，逴龙赩只"等句，王逸分别章句云："言海水之中，复有螭龙神兽，随流上下，并行游戏，其状悠悠，可畏惧也"② 和"言北方有常寒之山，阴不见日，名曰逴龙。其土赤色，不生草木，不可过之，必冻杀人也"③，也就是说，这里出现的"螭龙""逴龙"实际都是危险的代名词，诗人将其用于自己的写作中，以期能起到使亡灵因畏惧凶险而返回楚国的功效。

本文所研究的材料中，出自先秦时期《吕氏春秋·恃君览·知分》的故事3即载有"次非刺蛟"的故事，面对"两蛟夹绕其船"的危险情景，次非"攘臂祛衣拔宝剑"，"赴江刺蛟，杀之而复上船"，英勇地挽救了全船人的生命；故事4出自《韩诗外传·卷一〇》，也记录了东海勇士菑丘欣鏖战三日三夜，"杀三蛟一龙"的故事；故事5出自《淮南子·卷七精神训》，其中的禹，在"黄龙负舟"时大义凛然毫无惧色，"视龙犹

---

① 台湾历史博物馆编辑委员会编：《龙文化特展》，史博馆（台北）2000年版，第52页。
② （宋）洪兴祖撰，白化文等点校：《楚辞补注》，中华书局1983年版，第217页。
③ 同上书，第218页。

蝘蜓，颜色不变"，使得龙"弭耳掉尾而逃"。由此可见，从中华龙文化发源初期始，"龙"就不单单只是祥瑞之兆，也被民众视为危险的威胁，以加害者的角色屡屡出现在民间故事中，承担加害行为（A）、作战或与主人公争斗的其他形式（Б）、追捕（Пр）等功能项，此后历代的民间文学和文人创作中，与龙争斗、铲除恶龙的作品更比比皆是，这使得中国龙的面貌更为多样、内涵更为丰富。这是中国龙一以贯之的重要功能之一，绝不能予以忽视或误解。

综上所述，中国龙历史悠久、蕴藉广博。缘起、形象上的神秘莫测赋予其变化多端的个体魅力和无限延展的文化内涵。在历史发展的过程中，中国龙的蕴藉不断发展丰富，龙既是通天的神兽，又是布雨的灵兽，既是吉祥的瑞兽，也是皇权的圣兽，同时还是暴虐的恶兽。正因为中国龙具有上述诸多文化意义，在古代民间故事中，龙得以承担多样的叙事功能和角色，是民间故事宝库中独特而充满魅力的存在。

（三）龙之别

前文在论及龙作为暴虐恶兽的社会文化属性时，曾提及有学者认为其产生深受佛教传播和印度龙文化的影响，虽然前文已论证这一属性实际古来有之，但不可否认的是，以印度为代表的南亚龙文化确乎与以中国为代表的东亚龙文化存在极为显著的差异，佛教在华夏大地的传播也对中华龙观念产生了不容小觑的影响，这些影响也体现在本文所研究民间故事材料的角色分布中，因此这里有必要对印度龙文化稍加阐释。

随着佛教典籍传入中国，梵文名称为"那伽"（Naga）和"那伽罗亚"（Nagaraja）的神兽被汉文译本分别译作"龙"和"龙王"。早在后秦僧人鸠摩罗什翻译的《妙法莲华经》中，便出现了"龙王"一词和八大龙王。印度的龙在佛教典籍中有的以佛法的护卫者形象出现，有的则是凶悍暴虐的恶业化身，龙王的主要职能在于布雨祈晴，大多以水神的身份受到人们的尊崇与供奉。

实际上，用"龙"来指代印度文化中的类龙神兽，是不甚准确的。刘志雄先生指出："那伽身长无足，能在大海及其他水域中称王称霸。那伽的原型当为生活于南亚次大陆的蟒蛇，仅此一点，那伽就与形成机制极为复杂的中国龙有着本质的不同。"①孙机先生也说:"印度本无与中国之龙完全相当的概念。那伽指的是一种大蛇。那伽罗亚则是水神、海神和司行雨之神,其像作人形,但在头巾或伞盖上探出蛇头,甚至在头上盘蛇,以表明身份。"②据《佛学大辞典》言,那伽"长身、无足,蛇属之长也。八部众之一。有神力,变化云雨",可知我们称之为印度龙的那伽和那伽罗亚,最初实际上只是一种和传统中国龙在形态、功能、内涵上有些许相似或部分重合的神物,而随着佛教在神州大地的传播与发展,民众大多从自身文化体系出发,用中国龙的概念去理解和阐释印度那伽,这实际上与其原本蕴载的文化内涵存在相当的差异。苏智在硕士论文《从〈大唐西域记〉中走出的"龙"——中印文化传统中龙形象的比较研究》中指出,中国龙与印度龙地位悬殊、凶吉有别,印度龙文化的传入,使得中国龙在形象和蕴藉上实际产生了一些发展或变异,比如恶龙形象的精神内化、龙的人格化,同时也为文学创作提供了龙王聚财、龙女婚恋等素材。

就本文所研究的故事材料而言,早期佛经故事或其他涉佛故事中的龙,很好地继承了印度那伽和那伽罗亚本恶的特性,多以加害者的角色出现在故事叙述中,需经佛感化和驯服才能悔过,转而护卫佛法。如故事22中提及"恶龙吐毒";故事23中提及"毒龙居之""咒杀商人",并能"变为人,悔过向王",人格化的描述确乎是不同于其时其他民间故事中龙的风貌;而故事25中出现了能变为人身的龙女,并借商人之口称"汝等龙性卒暴,嗔恚无常",正体现了印度文化传统对那伽的理解;《大唐西域记》中的诸多故事也证实了这一点,如故事28中沙弥怀忿发愿变为大龙王,"嗔毒作暴",无恶不作,后被迦腻色迦王制服;故事29中龙亦成本恶愿,"破国害王",见如来后方才"毒心遂止,受不杀戒,愿护正法"。然而,随着时间的推移,印度那伽的特性逐渐内化,巧妙地融合进华夏大地原有的龙观念中,涉佛民间故事中的龙,也因此呈现出多样化的角色分布;如故事37中高僧无畏祈雨时,龙就作为相助者出现,引来云雨缓解旱情;前文所专门论及的"龙听讲"型故事中的龙,虽仍称"以贪残受业报,为滮涻堆龙王三千年"(故事112)或"荷君经功,今得解

---

① 刘志雄、杨静荣:《龙与中国文化》,人民出版社1992年版,第256页。
② 台湾历史博物馆编辑委员会编:《龙文化特展》,史博馆(台北)2000年版,第51页。

脱"(故事149),将身而为龙视为恶业,将听经礼佛视为救赎与解脱之道,与早期涉佛故事存在一定相似之处,却又在此基础上有了新的发展——随着故事的推进,龙多承担起相助者、赠与者的角色,部分还承担了派遣者或加害者的角色,呈现出与早期佛经故事中的龙截然不同的多样化风貌。这种龙角色分布上的变化,实际正体现出了中国龙文化与印度龙文化两者的交汇和融合过程。

五 结语

在当今世界,西方各国多视龙为神秘中国的代表,而渴盼民族振兴的祈望也使得华夏儿女寄望于中华传统文化中龙观念所蕴含的祥瑞与奋起,以"龙的传人"自诩、自励。然而中国龙与西方龙在形象、内涵和情感上,实际存在相当重大的分歧,不可将其混为一谈。通过本文的阐释不难看出,中国龙的文化蕴藉自古就是一个庞杂、多元的综合体,与之相较,西方龙观念则显得单纯、统一,与"龙"互译的"Dragon"在西方文化中,几乎从始至终都是凶残、暴虐、罪恶、丑笨的反面形象。面对西方对于"龙"根深蒂固的误解与排斥,一向以"龙的传人"自居的华夏儿女究竟该如何自处?笔者拙见,一方面,我们不应过度自卑,因介意西方的有色眼镜而将龙打入冷宫,改旗易帜避而不谈,这既不值得,也不现实;另一方面,我们也不应过度自负,置文化差异于不顾,或误解西方对龙所怀有的敌意,而要在加深对自身龙文化理解的基础之上,重视文化传播、加强文化交流,以切实增进在彼此了解基础之上的文化谅解。站在这一立场上,积极不懈地运用多种视角对博大精深的中华龙文化进行探索观照并推广传播,确乎是必要的和有益的。

本文即为运用故事形态学理论对中国古代民间龙故事在新视角下的尝试性研究。虽力求完成宏观意义上的引论和概览,同时兼顾微观上的典型故事类型,然受制于材料与学力,仍难免失之于粗略,博而不深。对普式理论的运用,也主要着眼于角色论部分,功能论、序列论则仅在具体例证分析中稍有涉及,并未展开详述,仍存在较大的研究空间。后续如有学人有志于此,一是可在本文研究的基础上,对中国古代民间龙故事进行功能论或序列论分析,亦可专选一典型故事类型从三个方面综合研究,进而对普式理论进行增益或修正；二是可利用本文附录所筛选、整理、录入的205个古代民间龙故事原文，以其为材料来源，运用新的研究理论和方法对古代民间龙故事进行考辨，以期对龙故事研究、龙文化研究有所补益和贡献。

中国古代民间故事蛇角色分析

张楠楠[*]

本文主要以俄国著名民俗学家普罗普《故事形态学》中的故事形态理论为依据，以"角色论"和"功能论"为方法，对民间故事中的蛇故事进行具体分析，探讨蛇在故事中所承担的角色及功能，并联系不同角色所承担的功能对故事发生发展的影响，探讨其所蕴含的文化内涵。

一 蛇角色分布及具体行动圈

蛇在民间故事中的角色十分丰富。作为主角，是故事的中心人物，其必须经过各种考验才会获得美好的大团圆结局；作为反角，其必须在主角成功路上设置障碍，为故事的情节发展提供可能；作为救助者，其必须救主角于危难之间，推动故事情节的动态发展；作为赠与者，其必须在主人公遭受磨难或即将陷入困境前，给予主角带有魔力或能够让主角转危为安的宝物，以便促成故事情节的转折；作为派遣者，其必须赋予主角一个可以出场的可能性，以彰显主角的重要性；作为假主角，其承担着升华故事主旨的功能，增强故事的戏剧性。那么，蛇在民间故事中具体承担何种角色？各种角色的分布如何？在故事的发展中承担何种功能？

（一）民间故事中蛇角色分布

笔者根据所选取的132则故事，按照普氏理论进行角色划分，具体情况如下。

---

[*] 作者：张楠楠，中国海洋大学文学与新闻传播学院硕士研究生。

表 1　　　　　　　　　　蛇角色分布

编号	主角	反角	赠与者	相助者	派遣者	被寻找者	假主角	其他
1		√						
2		√						
3		√						
4		√						
5		√						
6	√							
7		√						
8		√'	√*		√*			
9		√'	√*		√*			
10		√						√'
11		√*	√*					
12		√						
13				√				
14				√				
15		√						
16	√							
17		√*	√*	√'				√"
18	√							
19				√				
20				√				
21			√*	√*		√*		
22	√*		√*					
23			√*	√*				
24		√						
25			√*			√*		
26		√*	√*					
27	√							

续表

编号	主角	反角	赠与者	相助者	派遣者	被寻找者	假主角	其他
28	√			√'				
29		√						
30		√						
31				√				
32			√*			√*		
33		√						
34	√							√'
35		√						
36			√*			√*		
37				√				
38		√						
39		√'	√*	√*				
40	√*	√'		√*				
41			√*		√*			
42		√*		√*				
43	√*	√'*	√'*					
44			√'	√/√"				
45		√						
46				√				
47			√*	√*		√*		
48		√						
49				√*				
50				√				
51		√*		√*				
52			√*			√*		
53	√							
54	√			√'				

续表

编号	主角	反角	赠与者	相助者	派遣者	被寻找者	假主角	其他
55					√			
56			√*			√*		
57		√						
58		√						
59		√						
60				√				
61			√					
62		√						
63	√	√'						
64			√*	√*		√*		
65		√*	√*					
66	√			√'				
67			√					
68		√'	√					√"
69		√						
70		√' *		√*√'*				
71	√*			√*				
72		√						
73		√						
74			√*			√*		
75			√*	√*				
76				√				
77		√'	√					√"
78		√						
79								√
80			√*			√*		
81			√/√'					

续表

编号	主角	反角	赠与者	相助者	派遣者	被寻找者	假主角	其他
82				√				
83		√						
84	√			√'				
85		√						
86			√*			√*		
87	√*	√*						
88		√						
89			√*	√*		√*		
90				√*				
91		√						
92	√							
93		√						
94		√/√'						
95				√				
96	√	√'						
97		√						
98	√			√'				
99	√							
100	√							
101			√*	√*				
102			√*	√*		√*		
103				√				
104		√						
105			√*	√*				
106			√*			√*		
107				√				
108		√*		√*				

续表

编号	主角	反角	赠与者	相助者	派遣者	被寻找者	假主角	其他
109				√				
110	√							
111	√							
112		√/√'						
113	√							
114			√					
115		√						
116		√						
117	√							
118		√						
119	√							
120	√							
121				√				
122		√						
123	√	√' *					√' *	
124	√							
125				√ *			√ *	
126		√						
127	√/√'							
128		√						
129		√						
130		√						
131				√				
132		√						

注："＊"表示同一蛇同时兼任的角色，√、√'表示不同的蛇

从表1中，我们可以发现蛇在中国民间故事中的角色分布具有以下特点：

第一，角色分布全面。

通过对132则故事的具体分析，我们可以发现，故事中的蛇对于普氏理论所划分的七种角色均有涉及：作为主人公如故事6、故事16、故事55等；作为反角如故事1、故事2、故事7等；作为帮助者如故事17、故事19、故事31等；作为赠与者如故事11、故事26、故事47等；作为派遣者如故事8、故事9、故事41等；作为被寻找者如故事21、故事25、故事47等；作为假主角如故事123。

第二，角色频次不均。

由表1可知，尽管蛇在民间故事中所承担的角色十分全面，但是其分布存在明显的不均衡性。在中国民间故事中，蛇最常见的角色以反角、主人公、赠与者、相助者为主，其他角色出现频次较少。

首先，具体来说，在132篇总文本中，作为反角的蛇在所选录的蛇故事中所占篇数（共62例，约占总材料的47%）高居所有蛇角色之上；其次，作为相助者出现的频次居第二位，共41例，约占总材料的32%；再次是作为赠与者出现，共37例，约占总材料的28%，居于第三位；而作为主人公角色共出现30例，约占总材料的22%，排名第四位；其余角色出现的频次相对较少，如作为被寻找者出现15例；作为派遣者出现4例；作为其他情况出现6例；作为假主角出现最少仅1例。这些角色在总材料中所占的比例约为：7%、2%、3%和1%。其角色分布频次如图1所示：

第三，角色较为单一。

在所搜集的132则故事中，蛇大多数情况下只承担一种角色（多达92例，约占总数的70%），在这些文本中，其角色分别以主人公和反角为主，当然，也有角色兼任的现象，但蛇在民间故事中的角色兼任最多不超过三种，如故事8，蛇既担任主角，又担任派遣者、赠与者。这种情况实为少数。

（二）蛇的行动圈

通过前文对蛇在中国民间故事中的角色分布及其特点的剖析，我们不难发现蛇所承担的每一个角色都有其特定的行动圈。因此，本节内容主要分析蛇在民间故事中所承担的角色及其对应的行动圈，从而探讨蛇在民间故事中的功能与价值。

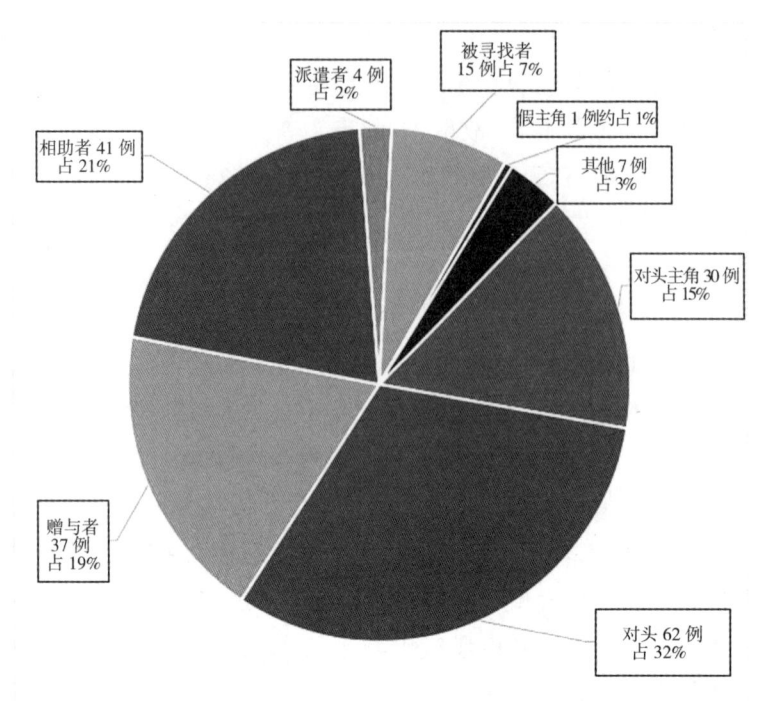

图 1 蛇角色分布频次

1. 反角的行动圈

表 2 　　　　　　　　　　反角的行动圈

编号	加害行为（A）	作战或与主人公争斗（Б）	追捕（Пр）	故事	加害行为（A）	作战或与主人公争斗（Б）	追捕（Пр）
1	√			63	√		
2	√			65	√		
3	√			68		√	
4	√			69		√	
5	√			70	√		
7	√	√		72		√	

续表

编号	加害行为（A）	作战或与主人公争斗（Б）	追捕（Пр）	故事	加害行为（A）	作战或与主人公争斗（Б）	追捕（Пр）
8	√	√		73		√	
9		√		77	√		
10	√			78			
11	√			83	√		
12	√	√		85	√	√	
15	√	√		87			
17			√	88	√		
24		√		91	√	√	
26		√		93		√	
29	√	√		94		√	
30		√		96	√		
33		√		97			√
35		√		108	√		
38		√		112		√	
39	√			115	√		
40		√		116			
42	√			118		√	
43	√	√		122		√	
45			√	123	√		
48	√			126			
51	√			128	√		
57		√		129	√		
58		√		130	√		
59	√			132	√	√	
62	√						

在本文研究的蛇作为加害者出现的 61 个中国古代民间故事中，蛇涉

及的功能项主要包括加害行为（A）和作战或与主人公争斗的其他形式（Б）两种，前者共 30 例，后者有 28 例；少量包含追捕（Пр）的情况，计 3 例。

结合故事内容具体而论，蛇的加害行为多种多样，可大致分为行淫、路障、威胁、伤命、其他五类，具体涉及情况详见表 3。

表 3　　　　　　　　　　蛇的加害行为分布

行为	故事编号
行淫	故事 2；故事 3；故事 4；故事 7；故事 11；故事 15；故事 87
路障	故事 10；故事 24；故事 26；故事 59
威胁	故事 42；故事 51；故事 70；故事 108；故事 132
伤命	故事 1；故事 5；故事 8；故事 12；故事 17；故事 29；故事 30；故事 33；故事 35；故事 38；故事 39；故事 43；故事 48；故事 57；故事 58；故事 60；故事 69；故事 72；故事 78；故事 83；故事 85；故事 88；故事 91；故事 93；故事 94；故事 96；故事 112；故事 115；故事 116；故事 118；故事 122；故事 126；故事 129；故事 130
其他	故事 40；故事 45；故事 65；故事 68；故事 73；故事 77；故事 97；故事 123；故事 129

行淫的加害行为如故事 15，蛇妖化作风流士人戏狎该女子，入其室，逼女子与之同寝，犯下恶行；路障的加害行为如故事 59，汉高祖刘邦路过白水岭，一条白蛇挡住其去路，高祖斩之；威胁的加害行为如故事 31，父亲李龙生串亲回家路上被一条花蛇逼迫将一个闺女嫁与它，否则将他吃掉；伤命的加害行为如故事 1，李黄在长安东市游玩时，遇见一白衣女子，入其家，居三日，归家后去世；其他加害行为，如故事 97，蛇泄露了猪的秘密，导致猪被追捕。作战或与主人公争斗的加害行为相对于加害行为来说简单得多，均是与主人公直接在野外发生战斗，此处不再展开叙述。追捕的加害行为出现次数较少，如故事 17，蛇人行至山中，遇一大蛇，甚怖而奔，大蛇追捕更甚。

2. 相助者的行动圈

表 4　　　　　　　　　　相助者的行动圈

编号	主角的空间移动（R）	消除灾难或缺乏（Л）	从追捕中救出（Д）	解答难题（P）	主角摇身一变（T）
17				√	
19		√			
20	√	√			
21		√			
23		√		√	
28			√		
31		√			
37		√			
39		√			
40			√		
42		√			
44		√			
46		√			
47		√			
49				√	
50		√			
51		√			
54		√			
60		√			
64		√			
66		√			
70				√	
71		√			
75		√			
76		√			

续表

编号	主角的空间移动（R）	消除灾难或缺乏（Л）	从追捕中救出（Д）	解答难题（P）	主角摇身一变（T）
81		√			
82		√			
84		√			
89		√			
90	√	√			
95		√			
98				√	
101		√			
102		√			
103					
105		√			
107		√			
108		√			
109		√			
121					
131	√	√			

相助者的行动圈主要包括主角的空间移动（R）、消除灾难或缺乏（Л）、从追捕中救出（Д）、解答难题（P）、主角摇身一变（T）。本文涉及相助者角色共41个文本，其行动圈主要涉及前四项。在涉及主角的空间移动（R）这一功能项时，蛇大都是作为主角的驱使物供主角脱离困境。如故事20，主角周如三被同伴丢在山谷中，遇到一条长四五尺的大蛇，此蛇为他消除饥饿，带他飞出山洞，送其还乡，并且帮他惩治恶人。作为相助者的蛇，其行动圈大都是消除灾难或缺乏（Л），41个文本中约有33个文本属于此类。如故事21，蛇为报养育之恩，主动告知并提供身体的某个部位给主角，使其以换取荣华。从追捕中救出（Д）这一功能项此处指出现2例。如故事40，在白蟒精和自己的夫婿逃跑的过程中，白

蟒精为救自己的夫婿，化作红云与化作黑云的青蟒精（白蟒精之父）战斗，并最终战胜青蟒精，与夫婿一起回到家中。解答难题这一功能项此处共有文本5则。如故事98，主角白蛇考验许仙，小青暗中帮助许仙解决了难题，从而促成二者姻缘。

3. 主人公的行动圈

表5　　　　　　　　　　　主人公的行动圈

功能项	故事编号
动身去寻找（↑）	故事22、故事28、故事96、故事98、故事110、故事120
对赠与者要求的反应（Г）	故事43、故事53、故事66、故事99、故事100、故事119、故事123、故事124
婚礼（C∗）	故事54、故事63、故事84

主角的行动圈主要包括动身去寻找（↑）、对赠与者要求的反应（Г）、婚礼（C∗）三部分。在总文本中共有30篇作为主角存在的蛇文本。这些蛇文本中故事6、故事16、故事18、故事27、故事34、故事40、故事71、故事87、故事92、故事111、故事113、故事117、故事127等，不具备上述行动圈中的功能项。

4. 赠与者的行动圈

表6　　　　　　　　　　　赠与者的行动圈

编号	将宝物提供给主角（Z）	准备转交宝物（Д）	故事	将宝物提供给主角（Z）	准备转交宝物（Д）
8	√	√	56	√	√
9	√	√	61	√	√
11	√	√	64	√	√
13	√	√	65	√	
14	√	√	67	√	√
17	√		68	√	
21	√	√	74	√	√
22	√		75	√	√

续表

编号	将宝物提供给主角（Z）	准备转交宝物（Д）	故事	将宝物提供给主角（Z）	准备转交宝物（Д）
23	√	√	77	√	
25	√	√	80	√	√
26	√		86	√	√
32	√	√	89	√	√
36	√	√	101	√	√
39	√		102	√	√
41	√	√	105	√	√
43	√		106		√
44	√		114	√	
47	√	√	125	√	√
52	√	√			

赠与者的行动圈包括将宝物提供给主角（Z）、准备转交宝物（Д）两个部分。在所选的总文本中，作为赠与者的蛇共出现 37 次。蛇所涉及的功能项全部包含将宝物提供给主角（Z），部分包含准备转交宝物（Д）这一功能项。准备转交宝物（Д）功能项，主要包括两种情况：其一，主动寻求帮助，如故事 8，黄白二蛇相斗，白蛇请求射人帮助，后射人助其杀掉黄蛇；其二，不直接提出请求，只是将施救的可能提供给主角，如故事 21，受伤的小白蛇在草丛中挣扎，主角英莲怜之，将其带回家喂养。

5. 被寻求者的行动圈

被寻找者的行动圈主要包括出难题（З）、打印迹（К）、揭露（О）、认出（У）、惩罚第二个加害者（Н）和婚礼（С*）六个部分。故事 21、故事 25、故事 32、故事 36、故事 47、故事 52、故事 56、故事 64、故事 74、故事 80、故事 86、故事 89、故事 102、故事 106、故事 125 中的蛇属于同一故事类型的不同异文，其作为被寻求者共同承担惩罚第二个加害者（Н）的功能项。其他功能项，在本文所研究的文本中并未涉及。

6. 派遣者的行动圈

蛇在本文所涉及的故事文本中担任派遣者的文本共 4 则，分别是故事

8、故事9、故事41和故事55。作为派遣者，其行动圈只包含派遣（B）这一功能项。如故事41，蛇仙作为派遣者上门托梦，让主角乡贤公买下农民手中的蛇，助其逃过一劫。

7. 假主角的行动圈

假主角的行动圈包括动身去寻找（↑）、对赠与者的反应——总是负面的（Γneg）和欺骗性的图谋（Φ）。在所选取的总文本中，蛇作为假主角的功能项只出现1次，即故事123，蟹蛇救助刘邦逃过项羽的追捕，项羽承诺若兴汉称帝，定当封赏。而油菜花蛇窃取了此消息，待刘邦称帝时，便假冒蟹蛇去领封赏且最后未受到惩罚。

二 典型蛇故事及其角色分布

蛇在中国民间故事中占有十分重要的地位，因而蛇故事在中国民间故事中异常丰富。前文对民间蛇故事的角色功能在宏观角度上作了较为全面的整理分析。由于许多蛇故事在故事内容和情节结构上具有类同性，因此下面将从一些具体的蛇故事类型入手，从微观角度探查蛇故事中蛇的角色分布。

（一）"人心不足蛇吞象（相）"型故事

"蛇吞相（象）"型故事在蛇故事类型中占据难以忽略的一席之地，此故事类型是由《山海经》中"巴蛇吞象"的典故演化而来，民间故事类型研究者都曾对其做过搜集整理，如丁乃通作"AT285D 蛇拒绝复交"；艾伯华作"19 蛇吞象"；金荣华作"AT285D 人心不足蛇吞象（相）"；顾希佳作"285D 人心不足蛇吞相"。本文研究的132个故事中，包含15则该故事类型。其情节概要大致包括以下部分：

①有人偶然碰到一条受伤的或处于危难中的蛇，出于怜悯收养了它。
②他的亲属由于病重需要吃蛇的某个部位（蛇眼，蛇胆，心肝……）。
③蛇在他危难之际帮助了他，允许他割它的某一部分。
④他出于求长生、得荣华的目的向蛇索取更多，危及蛇的生命，蛇把他吃了。

这一型式的故事流传地域甚广，主要包括吉林、辽宁、北京、河北、河南、山东、山西、安徽、上海、浙江、海南、福建、四川、甘肃、青海等地。故事中主角得到蛇的帮助，因为他曾经喂养过蛇，这在一定程度上与报恩型故事颇具相关性。故事的主角一般多是家贫的樵夫、秀才、学生等，有时也会出现姑娘（多是官宦之家），他们大都由于亲友病重或者生活困顿而陷入困境。无奈之下，寻求蛇的帮助，有时蛇也会主动出面帮助其解决难题。经过多次寻找，主角背信弃义，贪慕荣华，想要杀掉蛇来达到自己的目的，最后被蛇吃到肚子里。以故事106为例具体分析故事中所涉及的功能项：

人心不足蛇吞相[①]

听人讲，从前有个秀才，在路上看见了一条遍体是伤、要死不活的小蛇儿（d7 陷入困境者未提出请求，只将施援的可能提供给主角），秀才怜惜它，就把它捡回家去养伤（E7 他提供其他帮助）。伤养好后，秀才放蛇走，蛇眼泪吧啦地盘在地上不肯走，秀才就把它放在柜子里喂起来。这样一日三、三日九，秀才和蛇有了很深的感情，慢慢地把小蛇喂成了大蟒。

大比之年，秀才要上京去赶考（↑主角离家出走），他走的时候对蛇说："蛇啊，我要上京去赶考，我走了你就在家好好照看屋啊！"蛇点了点头。

秀才来到京城，见街头有一张告示（ζ4 无意中得到消息），上面写着：公主眼睛疼得快要瞎了，急需龙眼治病，如有人献龙眼治好了公主的眼睛，皇上招其为驸马（a3 缺乏奇异物件）。秀才看了告示非常高兴，考也不考了，立即找蛇商量（↓主角返回）。秀才对蛇说："蛇啊，皇上的公主要龙眼治病，我想把你的眼珠借一颗去，你愿意帮忙吗？"蛇点了点头，仰起头，让秀才挖了一颗眼珠（K4 所寻物的获得是先前行动的结果）。秀才急忙赶到京城（↑主角离家出走），上前揭了告示。卫士把秀才带去见了皇帝。秀才把龙眼献上，公主点了龙眼水，吃了龙眼药，病一下就好（K12 用魔物将重病者救活）。这样，秀才被招为驸马（K6 使用魔物摆脱贫穷）。

[①] 《中国民间故事集成》四川卷，中国ISBN中心1998年版，第527—528页。

过了一年，皇帝娘娘害了和公主一样的病，眼睛疼得快要瞎了。皇帝对驸马说："这回你再去弄只龙眼来，把娘娘的病治好了，朕封你为宰相。（a3 缺乏奇异物件）"驸马想当宰相，又急忙回家找蛇商量（↓主角返回）。蛇听了驸马的话，又让他把另一颗眼睛挖走了（K4 所寻物的获得是先前行动的结果）。娘娘的病治好了（K12 用魔物将重病者救活），驸马就当上了宰相（K6 使用魔物摆脱贫穷）。

又过了一年，皇帝得了烂心烂肝的病。皇帝对宰相说："以前你献龙眼有功，朕封你当了驸马、宰相，这一次要你弄点龙心龙肝来，若治好了朕的病，我封你为王，江山平半分。（a3 缺乏奇异物件）"真是天高不算高，人心比天高。秀才官为宰相，在一人之下，万人之上，还不知足，还想当王。他又急忙跑回家里和蛇商量（↓主角返回），蛇听了宰相的话，把嘴巴鼓起多大，意思是叫宰相自己钻到肚子里去取。宰相钻进蛇肚子里，刚开始割蛇的心肝，蛇疼得实在遭不住，嘴巴一闭，（K- 最初的缺乏未被消除）宰相就被捂死在蛇肚子里了（U 反角受到惩罚）。"人心不足蛇吞相"的话就是这么来的。

讲述者：李继新　男45岁　厂工会干部　初中
采录者：杜礼臣　男44岁　县文化馆干部　初中
采录时间、地点：1983年4月6日于奉节县氧肥厂

故事形态分析：
功能图示：

Ⅰ：d7 E7 ↑ ζ4 a3 ↓K4 ↑K12 K6

　　　　　　　　Ⅱ：a3 ↓ K4（↑）K12 K6

　　　　　　　　　　Ⅲ：a3 ↓ K - U

说明分析：

受伤的小蛇给主角提出考验（d7），主角将小蛇带回家中喂养，通过了考验（E7），但是并未立即得到魔物。主角去赶考（↑）无意获得公主染病的消息（ζ4），需要龙眼，缺乏出现（a3）。主角返回家与蛇商量（↓），获得龙眼（K4），后上京揭榜（↑），使用魔物治好了公主的病（K12），封为驸马，消除缺乏（K6）。娘娘患病，出现新的缺乏（a3），主角回家找蛇商量（↓），获得龙眼（K4），使用魔物治好了娘娘的病（K12），封为宰

相，消除缺乏（K6）。皇帝患病，新的缺乏再次出现（a3），主角回家找蛇商量（↓），却未如愿（K-），反而受到惩罚（U）。

故事由三个序列连续构成。第一、二序列的结局为正向，第三序列的结局为负向，形成对比。在这类故事里，负向结局皆是由于主角的恶行所致。本故事的主角在第三序列里所做的恶行，导致受到惩罚，实际上已演变为反角。

蛇的角色及功能：赠与者——将魔物提供给主角（F）

表7　　　　　　　　"蛇吞相"型故事角色分布

编号	喂养者	蟒蛇	其他人物
21	主角	赠与者/被寻求者	派遣者
25	主角	赠与者/被寻求者	反角、派遣者
32	主角	赠与者/被寻求者	反角、派遣者
36	主角	赠与者/被寻求者	派遣者
47	主角	相助者/赠与者/被寻求者	派遣者
52	主角	赠与者/被寻求者	派遣者
56	主角	赠与者/被寻求者	派遣者
64	主角	赠与者/被寻求者	派遣者
74	主角/反角	赠与者/被寻求者	派遣者
80	主角	赠与者/被寻求者	派遣者
86	主角	赠与者/被寻求者	派遣者
89	主角	赠与者/被寻求者	派遣者
102	主角	赠与者/被寻求者	派遣者、加害者
106	主角	赠与者/被寻求者	派遣者
125	主角	赠与者/被寻求者	派遣者

由此可见，"人心不足蛇吞相（象）"型故事中的蛇大都承担捐赠者和被寻找者角色，个别故事中蛇还承担帮助者角色，为主角排忧解难。

（二）"蛇郎娶妻"型故事

"蛇郎娶妻"型故事在蛇故事类型中亦是十分重要的一环，许多学者都曾对这一故事类型作了细致的研究,如钟敬文《蛇郎故事试探》、刘魁立《中国蛇郎故事类型研究》、刘守华《蛇郎故事比较研究》等都是十分重要的研究成果。丁乃通作"AT433D 蛇郎";艾伯华作"31 蛇郎";金荣华作"AT433D 蛇郎君";祁连休作"蛇郎娶妻型";顾希佳作"433D 蛇郎娶妻"。该故事类型在本文 132 则故事中共有 18 则,其情节概要大致如下:

①从前有个父亲,他有几个女儿。
②父亲外出,被蛇郎威胁,答应嫁一个女儿给他。
③父亲回去后询问女儿,只有最小的女儿愿意嫁给蛇郎。
④他们生活幸福美满且十分富裕。
⑤姐姐非常嫉妒妹妹,设法杀掉妹妹,假冒妹妹和蛇郎生活。
⑦妹妹死后化作各种魔物,蛇郎受其益,姐姐遭其罪。
⑧妹妹的各种化身最终揭露真相,姐姐受到惩罚。

该类型的故事主要流行于广东、贵州、海南、江西、上海、浙江、四川、青海、山西、甘肃、河北、辽宁等地。此类型故事的表现形式较为丰富完善的地区在中国南部地区。故事中女儿数目 1—7 个不等,以 3 个为主。主角死后幻化的变体涉及动物(绝大多数是各种鸟类),植物(以竹树、果树为主)和日常物件(门槛、洗衣棒、簪子等)。假主角的结局或自杀,或被妹妹的化身折磨而死,或是姐妹二人展开竞赛,以姐姐死亡结束。以故事 60 为例具体分析故事中所涉及的功能项:

三妹和蛇郎①

从前有个农夫,家有三个女儿,长得一个比一个漂亮。有一天,农夫在山上砍柴(↑主角离家出走),看见好大一蓬映山红,很想摘一把带回家送给女儿(a5 缺乏金钱或生活必需品)。正在这时,映山红里伸出一只蛇头,张着口,吐着红信(D1 捐助者考验主角)。农夫吓慌了,忙说:"我这花是送给女儿的,你不咬我,我就许一个女儿给你做妻(E1 主角通过某种考验)。"那条蛇果真没有咬他,一摇尾就不见了。

---

① 《中国民间故事集成》湖南卷,中国 ISBN 中心 2002 年版,第 543—544 页。

农夫回到家里（↓主角返回），想起替蛇许亲的事，好生不快。大女二女不晓得父亲心事，得了映山红都很高兴。只有三妹心细，问爹有什么心事？农夫把摘花碰到蛇的事情说了（B4 各种形式的灾难通告），三个女儿都淡稀稀地说："不要紧的，没事。"谁知过了几天，大姐正在房里梳头，一只蜜蜂飞到她耳边说："嗡嗡嗡，蛇郎请我当媒公，三盒胭脂两盒粉，问你大姐肯不肯？（D2 捐助者问讯主角）"大姐拿起梳子把蜜蜂打跑了（E2 主角回答问候）。二姐正在扫地，蜜蜂飞到她耳边说："嗡嗡嗡，蛇郎请我当媒公，三盒胭脂两盒粉，问你二姐肯不肯？（D2 捐助者问讯主角）"二姐拿起扫帚把蜜蜂赶跑了（E2 主角回答问候）。三妹正在洗菜，蜜蜂飞到她耳边说："嗡嗡嗡，蛇郎请我当媒公，三盒胭脂两盒粉，问你三妹肯不肯？（D2 捐助者问讯主角）"三妹笑着说："我肯（E2 主角回答问候）。"蜜蜂飞走了。

过了三天，一顶花轿吹吹打打来到门前，一个漂亮的男人披红挂彩进了屋。农夫忙问："你是谁？"那个男人跪下说道："小婿拜见岳父大人。""我不认识你。""是岳父在山上亲口许婚，三妹亲口答应嫁给我的，我就是蛇郎啊。"三妹看蛇郎品貌好，又懂礼性，很高兴地嫁给了蛇郎（W*成婚并未登上王座，因新娘并非公主）。花轿抬进一个山洞，屋里搞得热热闹闹。三朝过后，三妹回到娘屋（↑主角离家出走），把蛇郎的事告诉了爹和两个姐姐（ζ4 无意中获得消息）。

大姐很后悔，想占妹妹的位置，心生歹念，对妹妹说："三妹，借你的衣服穿一穿（η1 反角花言巧语）。"三妹把衣服脱下来给了大姐（θ1 主角听从反角劝诱）。大姐穿好走到井边说："三妹快来看，像不像你？"三妹低头一看，冷不防被大姐推进了井里（A14 反角下手杀人）。大姐冒充三妹去见蛇郎。蛇郎看着有点不像，便说："三妹脸上光荡荡的，你脸上怎么有许多麻坑儿？"大姐眼珠一转，说："我这几天回娘屋，得了天豆（η1 反角花言巧语）。"蛇郎不再问了（θ1 主角听从反角劝诱）。

三妹死后，变成一只小鸟，对着蛇郎和大姐叫："不怕丑，不怕羞，姐姐配妹夫。"蛇郎听了，心里打腾，说："你要是我的妻，就飞进我的衣袖里。"小鸟扑动翅膀，真的飞进了蛇郎的衣袖。蛇郎用一只笼子把它喂养起来。大姐拿起梳子梳头发，鸟又叫："不怕丑，不怕羞，拿着我的篦和梳。"大姐气得要命，抢过鸟笼把小鸟摔死了（A20 其他恶行）。蛇郎伤心地哭着，把小鸟埋在土里。不一会儿长出了一株竹树。蛇郎一摇，遍地是金，大姐也来摇，屎坨坨直砸她脑壳。大姐拿把刀子把竹木砍了（A20 其他恶行）。蛇郎捡回来变成一个笼子。第二天，笼子里有一筐蛋。大姐守在笼子边，一个蛋也没有。大姐堆起火把笼子烧了（A20 其他恶行）。蛇郎知道后，只剩了一堆灰在那里。蛇哭啊哭，一阵风把灰吹散，蛇郎拾到一个金菩萨，长得跟三妹一样。蛇郎拿进自己房里，金菩萨变成了三妹（K9 死而复生）。蛇郎明白了，于是把大姐赶跑了（U 反角受到惩罚）。

讲述者：易秀珍 女 75 岁 洪江市街道居民 不识字
采录者：刘奇珍 女 37 岁 洪江市一街文化站专干 高中
采录时间及地点：1981 年于洪江市

故事形态分析：

故事图式：

Ⅰ．↑ a5 D1 E1 ↓ B4（D2 E2）W＊

Ⅱ．↑ ζ4 η1 θ1 A14 η1 θ1 A20 K9 U

说明分析：

农夫出发上山砍柴（↑），想摘映山红，实际上是一种缺乏（a5），蛇郎作为捐献者对农夫提出考验（D1），农夫通过考验（E1），返回家（↓）。主角听说蛇郎许亲之事（B4），未放在心上。捐助者三次问讯三个女儿并得到回复（D2 + E2），蛇郎与三妹成婚（W＊）。主角回娘家（↑），大姐无意中获得消息（ζ4），反角花言巧语（η1）使主角陷入圈套（θ1），将三妹推入井中淹死，犯下杀人恶行（A14）。大姐冒充三妹（η1），蛇郎只好接受（θ1）。大姐杀小鸟、砍竹树、烧笼子，都是不同形式的杀人恶行的延续（A20）。三妹死而复生（K9），反角受到惩罚（U）。

此故事包含两个序列。第二个序列在第一个序列快要结束时插入。大姐在故事中担任两个角色，既是恶行的实施者即反角，因其冒充三妹，故亦是假主角。蛇郎在故事中承担相助者的角色。

蛇的角色及功能项：相助者——难题得到解决（N）

表8　　　　　　　　"蛇郎娶妻"型故事角色分布

编号	蛇郎	蛇郎亲友	妻子	其他主要人物
37	相助者	—	主角	反角/假主角
42	相助者	—	主角	反角/假主角、相助者
44	相助者	—	主角	反角/假主角、相助者
46	相助者	—	主角	反角/假主角
49	相助者	—	主角	反角/假主角
50	相助者	—	主角	反角/假主角、相助者
51	相助者	—	主角	反角/假主角
60	相助者	—	主角	反角/假主角
70	相助者	相助者	主角	反角/假主角
76	相助者	—	主角	反角/假主角
81	相助者	相助者	主角	反角/假主角、相助者
82	相助者	—	主角	反角
90	相助者	—	主角	反角/假主角
103	相助者	—	主角	反角/假主角
107	相助者	—	主角	反角/假主角、相助者
108	相助者	—	主角	反角/假主角
109	相助者	—	主角	反角/假主角
121	相助者	—	主角	反角/假主角

"蛇郎娶妻"型故事中蛇郎不是故事的主人公，而是作为一个相助者，有时甚至不承担任何功能，只是在故事需要时出现，解决问题，推动故事情节的发展。此外，有些故事除了蛇郎这一主要人物，有时会出现其亲友，他们一般作为相助者存在。如故事71，大蛇护花促成了白花蛇的亲事；故事82，蛇郎哥的爷爷为蛇郎哥许亲，则成为蛇郎哥婚事的相助者。在这类故事中，其所体现的社会意义更多的是由女主人公和假主角之间的对立所传达的。代表真善美的女主人公与代表假恶丑的假主角之间的

矛盾衍生出惩恶扬善的社会伦理规范。

(三)"云中落绣鞋"型故事

"云中落绣鞋"型故事在世界范围内广为流布，亦是一个非常重要的蛇故事类型。丁乃通先生所作《云中落绣鞋——中国及邻国的 AT301 型故事群在世界传统中的意义》，是对这一故事类型研究较为显著的成果。该故事类型在民间故事类型研究中的搜集整理情况：丁乃通作"122、云中落绣鞋"型；丁乃通作"AT301 三个公主遇难"型；金荣华作"AT301 云中落绣鞋"型；祁连休作"云中落绣鞋"型；顾希佳作"301 云中落绣鞋"型。本文共搜集 6 则，其情节概要如下：

①以英雄事迹开头：一个女子被妖怪卷走，一个英雄看到后向它抛武器，云中落下一只绣鞋。

②英雄和同伴一起去寻找该女子。英雄进入洞中与妖怪搏斗并杀死妖怪，救出该女子。

③同伴心生歹念，救出女子邀功请赏，反将英雄留在洞中自生自灭，甚至将洞口封死。

④英雄救助被困者，并在其帮助下回到地面，因而获得魔物。

⑤英雄与该女子见面，揭穿同伴阴谋，同伴受到惩罚，英雄与该女子成婚。

这一型式的故事其主要的形态结构和角色都非常相似。从目前搜集的资料来看，这一型式的故事主要流传在甘肃、浙江、广西等地区。在搜集到的 6 则文本中，反角毫无例外均是见利忘义，见色忘友之徒，他们为英雄走出山洞，获得魔物提供了契机。这 6 则故事中帮助英雄走出山洞的助手有老鹰、小白龙、白蛇等。以故事 128 为例具体分析故事中所涉及的功能项：

    云中落绣鞋①

    有一年八月十五，京都里闹花灯。大街上人山人海，热闹极了，连皇帝的女儿也夹在人群中看灯。正当大家看得兴浓时，突然，一块

---

① 《中国民间故事集成》浙江卷，中国 ISBN 中心 1997 年版，第 651—654 页。

乌云遮了过来，天空黑得伸手不见掌。大家惊慌一阵之后，乌云又飘走了，公主也就勿晓得哪里去了（A1 反角劫走某人）。皇帝十分焦急，就出榜招贤：谁把公主找着，有官升官，没官封官，并招为驸马（B1 求援，导致主角的派出）。

当时，有个叫陈车剑的人，射箭的本领天下闻名。正月十五那天，他看见一块乌云往头顶飘过，就拉起一箭射过去，射下一只绣鞋。陈车剑很奇怪，把这事同朋友王杜佬讲了。王杜佬消息灵，出皇榜的事他晓得了，现在听陈车剑讲乌云里射下来一只绣鞋，他想可能就是公主的。他问陈车剑："你看见乌云往哪个方向飘去？"陈车剑说："就是衢州方向。"两人一商量，就出发去寻访公主的下落（↑主角离家出走）。

两人东寻寻，西访访，一个多月没眉目。有一日，他们来到一座大山中，发现一个山洞，很深很深，还有一根老乌藤往洞里伸进去。陈车剑一看，有线索了（G3 他被引领）。他要王杜佬下去看看，王杜佬没胆，陈车剑就抓住老乌藤下去了。

那洞里，有两条箩皮那么粗的蟒蛇。陈车剑见了，眼明手快，一蛇一箭。（H1 他们在野外战斗）蟒蛇受了伤，滚在一边不能动弹（I1 反角被击败）。下面还有一个横洞，陈车剑再往前走，里面别有洞天，还有一个小女子坐在那里。陈车剑走过去问："你是何人？"小女子说："我是当今皇帝的公主，正月十五那天我到街上去看花灯，被这里的洞主背到这洞里。我想回去，又没法回去（d7 陷入困境者未提出请求，只将施援的可能提供给主角）。"陈车剑听了，便把皇帝张榜悬赏、寻找公主的事同公主讲了，劝她不要忧愁，他会搭救她出去的（E7 他提供其他帮助）。陈车剑又把那只绣鞋拿出来给公主看。公主一看，说："不错，这绣鞋是我的。"陈车剑看见洞里还有一把刀，便拿在手里叫公主带他到洞主那里去。其实，洞主就是蟒蛇精，刚才眼睛被箭射中了，疼痛难忍，正躺在床上。他的手下出去为他采药去了。陈车剑见了洞主，不管它是人是怪，用力一刀斩下去。洞主痛得现了原形。陈车剑又斩了几刀，蟒蛇精就死掉了（I5 反角未经战斗就被杀死）。公主看见洞主变成这样粗的一条蛇，吓都吓死了。陈车剑抱起公主，走出山洞（K10 被囚者得以释放），再从直洞往上托。等在洞口的王杜佬把公主接上去，一看，活像天仙一样的。这样漂亮的女子如果让陈车剑得去多可惜呀。王杜佬一下子就起了黑心，他把藤条一割，又抱了几块石头把洞口一封，把陈车剑冈在洞里（A14 反角下手杀人），自己带着公主上京都讨封去了（L 假主角提出无理要求）。

皇帝看见公主归来了，非常高兴。王杜佬免不了在皇帝面前吹嘘一番自己如何搭救公主。皇帝有言在先，就封王杜佬为驸马，答应在第二年的正月十五让他们成亲。公主心里明白，王杜佬不是搭救她的人。等到第二年成亲那天，公主想了一个主意，出了三个题目叫新郎答，答不出，不得进新房。公主要他回答：他是怎么从洞里把她搭救上来的；在洞里又碰到什么？王杜佬心里没数，乱说一遍。公主见他没讲对，当然不让他进新房（Ex 暴露假主角真面目）。

再说陈车剑被王杜佬冈在那洞里，一点儿办法都没有，他摸来摸去，摸到另外一个洞里，见有一个人手脚全都被钉在洞壁上。那人一见到陈车剑，说："朋友，救救我。（D4 被囚者请求获释）"陈车剑说："你是何人，为何被钉在这里？"那人说："我是东海龙王三太子，去年在这里跟蟒蛇比武，打不过它，被它钉在这里。"接着他又说："你搭救了我，我可以带你出去。"陈车剑问他怎么个救法。三太子说："你把水泼在我身上就行了。"陈车剑蹲下用手泼（E4 他提供其他帮助）。三太子到底是龙，水一泼到身上，他就有力了，一挣扎，那些钉就脱掉了。

龙王三太子伸了伸腰，舒舒骨骼，然后现了原形；接着又变小变小，变成泥鳅那么大。他叫陈车剑抓牢他的尾巴，闭上眼睛。陈车剑照他说的做了。那"泥鳅"溜呀溜，就从石头缝里钻了出来。陈车剑只听得耳边"呼"的一声，也就跟着出来了（G1 主角在空中飞行）。

龙王三太子邀陈车剑到龙宫里做客。海龙王听三太子讲陈车剑是他的救命恩人，十分客气，留住玩了一年。陈车剑要回家，海龙王说："我要送你几样宝贝，要什么你自己挑。"三太子偷偷跟陈车剑讲："别样东西你莫要，你就要三样：一个葫芦、一支冲箫、一顶破箬帽。这三样都是宝，各有各的用场。"陈车剑听了三太子的指点，就向海龙王要了这三件宝贝（F1 魔物直接转交）。

陈车剑回到凡间已经是黄昏时景了。他感到肚子饿，就对葫芦说："葫芦，葫芦，我想弄点酒肉饭吃吃。"说完，面前酒肉饭就摆起了。吃过饭，他又说："葫芦，葫芦，我想弄个戏班来做做戏，好热闹点。"讲完，他站的地方就变成一座戏院，一个戏班子正在台上演戏。

这时景，躲在旁边的一班强盗听见戏做得热闹，也赶来看了。他们问陈车剑："白天这里是一片平地，怎么黄昏变得有堂有屋，还有戏班子做戏？（ξ1 反角刺探有关主角消息）"陈车剑不知道这班人是强盗，把怎么搭救龙王三太子，海龙王又怎么送他宝贝这些事从头至尾说给他们听（ζ1 反角得到主角消息）。强盗们听说有这样好的宝贝，起了黑心，把陈车剑打死（A14 反角下手杀人），把葫芦、冲箫抢走（A2 反角抢走或拿走魔物），那顶破箬帽他们还不知是宝，拿起来罩在陈车剑头上，溜走了。

那顶破箬帽其实是顶还魂帽。人死了，就是还剩一点儿骨头灰都救得活的。陈车剑虽然被打死，还好那顶破箬帽罩在头上，所以到第二天天亮时他就还阳了（K9 死而复生）。他看看葫芦和冲箫被强盗抢走了，只得带着破箬帽回家（↓主角返回）。

那班强盗抢得两件宝贝，你要，我也要，分不匀，就用火烧掉。葫芦、冲箫化成一缕青烟，仍旧被东海龙王收了回去。三太子晓得陈车剑上当了，但他一看，还有一顶破箬帽没有回来，就放心了，陈车剑肯定会到家的。

再说陈车剑回家，刚跨进门槛去，便看见堂前上横头竖着一块牌位，上面写着他的名字，他的老娘正对着牌位烧香纸。他进去叫了一声"娘"。娘回过头呆呆地看了儿子好久，才问："听说你已死了，怎么会回来的？这一年多你到哪儿去了？"陈车剑"唉"了一声说："娘，说来话长哪！"接着，把这一年多的经历一五一十地对娘讲了。他又说："我还要到京都去，搭救公主的功劳被王杜佬得了去，我不服的。"娘劝他不要去，说："大水已经过了十八滩，你还在做这个梦，你又无把柄，谁来替你洗清白？何况王杜佬跟公主已经生米成熟饭了，去也无用。"

陈车剑不听娘劝,还是去了。陈车剑到了京都,向皇帝说了怎么搭救公主的事。皇帝不相信,传令两旁侍卫把他绑了,第二天午时三刻绑赴午朝门外问斩。消息一下子便在京都传开了。公主的丫鬟听到后跟公主讲了,公主说:"别慌,待我明天去看个明白。"第二天,陈车剑被绑到杀场上。公主带了丫鬟也早早地到了这里,她要侍卫让她考考这个"罪犯"。侍卫见是公主,哪敢不依?公主走过去出了原来的两个题目叫陈车剑答(M 给主角出难题),陈车剑很快就答了出来(N 难题得到解决)。公主接过来一看,一点儿不错,就连忙拿给父皇看,并说:"真正的恩人到了(Q 主角被认出)。"皇帝知道冤枉了陈车剑,随即传令:释放陈车剑,招为驸马(W3 与皇帝女儿成亲而未获皇位)。王杜佬无劳贪功,陷害功臣,有欺君之罪,拿下斩了(U 反角受到惩罚)。

　　讲述者:叶世福 男 56 岁 衢县白水乡桥玉村 农民 不识字
　　采录者:余墨和 男 30 岁 衢县白水乡 文化员　高中
　　采录时间及地点:1987 年于衢县白水乡

故事形态分析:
功能图示:
Ⅰ. A1 B1 ↑ G3 H1 I1 d7 E7 I5 K10—— M N Q W3
Ⅱ. A14 L Ex D4 E4 G1 F1 ——U
Ⅲ. ξ1 ζ1 A2 A14　K9 ↓

说明分析:
故事一开始,妖怪捉走公主,犯下恶行(A1)。皇帝发布皇榜求援(B1),陈车剑和王杜佬一商量,出发去寻找公主(↑)。陈车剑循藤蔓来到洞里(G3),与蟒蛇精搏斗(H1),反角战败(I1)。进入洞中,遇到公主,公主提供救助可能(d7),陈车剑提供帮助(E7)。来至妖怪洞中,未经战斗便杀死了蟒蛇精(I5),最初的灾难以消除(K10)。王杜佬起黑心杀人,犯下恶行(A14),并冒充主角去领赏(L),后被人识破(Ex)。三太子的求救是对主角的一种考验(D4),陈车剑拯救三太子(E4)并在三太子的帮助下出了洞(G1),陈车剑获得魔物(F1)。强盗试探并获悉(ξ1+ζ1),抢走了魔物(A2)并杀了主角(A14)。主角因其他魔物而还阳（K9），终于回到家（↓）。陈车剑顺利通过了公主的难题（M+N），因此被认出（Q），与公主成亲（W3），最后王杜佬受到了惩罚（U）。

这则故事是由三个序列交错的复杂故事组成的。在第一个序列没有结束时插入第二个序列，而在第二个序列中又插入第三个序列，在第三个序列中插入第一序列和第二序列的结尾部分。三个序列中反角不同，分别是蟒蛇精、王杜佬和强盗，其中王杜佬又是假主角。主角是陈车剑，皇帝、公主、龙王和三太子分别充当派遣者、被寻找者、捐助者。

蛇的角色及行动圈：反角——恶行（A）；与主角战斗（H）

相助者——转送主角（G）

表9　　　　　　　"云中落绣鞋"型故事角色分布

编号	寻求者	被劫者	蛇	其他主要人物
7	主角	被寻求者	反角	相助者、派遣者
128	主角	被寻求者	反角	反角/假主角、派遣者、相助者
129	主角	被寻求者	反角	相助者、反角/假主角、派遣者
130	主角	被寻求者	反角	赠与者、反角/假主角
131	主角	被寻求者	相助者	相助者、反角/假主角
132	主角	被寻求者	反角	相助者、反角/假主角

"云中落绣鞋"型故事里的蛇大都是反角，或是劫走某人的妖怪，或是主角消除缺乏或灾难的障碍。但也有例外，如故事132，白蛇作为相助者帮助主角离开山洞。

（四）"白蛇传"型故事

"白蛇传"型故事在民间故事中的地位不言而喻，作为我国"四大民间传说"之一，其研究更是深入，如刘守华《白蛇传论文集》、高艳芳《中国白蛇传经典的建构与阐释》《白蛇传研究的百年回顾与反思》等，均是在学界颇有影响的力作。丁乃通作"AT411国王和女妖"；金荣华作"AT411蛇女（白蛇传）"；祁连休作"白蛇传型"；顾希佳作"411白蛇传"。在总文本中该故事类型共收17则，其故事情节概要如下：

①白蛇幻化成人间女子的模样与一男子相遇，彼此爱慕，后结为夫妻。

②白蛇知恩图报，用法术帮主角致富，其法术有时亦给主角招致麻烦。

③因不慎或受人捉弄而现出蛇身，丈夫产生疑惧。

④一位禅师与白蛇斗法，导致夫妻分离，最终白蛇被压雷峰塔下。

这一型式的民间故事主要分布在浙江、上海、江苏、福建、河北、山东等地。该类故事形态结构变化较大，6则古代民间故事，主要出现在唐宋时期，因为此阶段是该故事类型的萌芽阶段，其故事情节尚不完整，大致写白蛇精化作一美丽女子与一男子交好或成婚，最后将男子吓死或害死。其余11则故事，以白蛇法海斗法为主要情节，兼论白蛇与许仙的前世情缘，或白蛇法海的前世恩怨。白蛇传故事产生时间较早，其由萌芽走向定型，经历了一代又一代民众的加工与创造。明代文学家冯梦龙根据在民间广为流传的白蛇传故事加工而成的《白娘子永镇雷峰塔》是"白蛇传"型故事正式形成的标志。以故事120为例具体分析故事中所涉及的功能项：

假法海作乱①

钱塘县里的蛤蟆精与白蛇争夺"月华"没有争到手，被白蛇抢去吃了，一直存恨在心，总想报复。

一日，蛤蟆精走过镇江金山寺，看见法海盘坐着，不过是一尊外壳，他的魂灵已从头顶透出，升天去了。这蛤蟆精脑筋一动，一下钻进法海的外壳里，变成一个假法海（A5 其他形式的掠夺）。

假法海拿了真法海的宝器"照妖镜"，走到许仙店堂，对许仙讲："我看你这人妖气满身，要倒灶了。"许仙勿相信，假法海又讲："你老女勿是人，是蛇精。你同她在一起，要被她迷死的。你要是勿信，端午日弄点雄黄烧酒给她喝，她就会现出原形的（η1 反角花言巧语）。"

许仙这个人有点混沌沌的，端午这日真给老女喝了雄黄酒（θ1 主角听从反角的劝诱）。白蛇一喝，现出蛇身，许仙吓倒在地。等白

---

① 《中国民间故事集成》浙江卷，中国ISBN中心1997年版，第288—289页。

蛇酒性过了，醒来一看，许仙吓得只剩一丝儿气了。白蛇急忙到昆仑山盗取仙草（F10 其他获得魔物的方式），救活了许仙（K12 用魔物将病重者救活），避过了这场灾难。

　　白蛇避过这一灾，蛤蟆精哪里肯歇。它又想办法把许仙哄骗到金山寺。许仙被关了两日（A20 其他恶行），白蛇急急赶来要人（↑主角离家出走）。蛤蟆精怎会把许仙还给白蛇？白蛇见蛤蟆精这样凶恶，便施法术，水漫金山（H1 他们在野外战斗）。水一漫金山，许仙被救了出来。假法海没死（I1 反角在战斗中被击败），老百姓倒淹死不少，鸡犬猪羊也淹死不少。这些淹死的人和畜生的魂灵到阎罗王跟前告状。阎罗大王向天上玉皇大帝奏了一本，玉皇大帝忖：这是人命关天的大事，立即派韦驮菩萨下凡去捉白蛇。

　　这下蛤蟆精得势了，便同韦陀一道去捉（Pr6 追赶者试图杀害主角）。韦陀菩萨有只神钵，一下将白蛇扣住，关在杭州雷峰塔下（I—主角未取得胜利）。

　　十八年后，白蛇的儿子考中新科状元。许状元常常去雷峰塔拜娘，一边哭，一边骂："法海和尚黑良心，用塔压住我娘亲。"这时，真法海正好驾云路过，听见有人骂自己，便问为啥要骂，许状元一长二短的讲了。真法海一听，晓得寺里出了毛病，就向金山寺奔去。真法海一进寺门，钻在法海壳子里的蛤蟆精觉得势头不对，慌忙逃了（Ex 反角被揭露）。真法海撩起一棍，把蛤蟆精敲死了（U 反角受到惩处）。然后连忙赶到雷峰塔来救人，真法海又撩起一棍，把塔打斜了。白素贞从塔缝里出了塔，许仙一家人又团圆了（w2 破镜重圆）。后来许仙到金山寺拜真法海为师去修行去了，白蛇儿子到朝廷做了官。白蛇呢？同许仙一场夫妻做满，大恩已报，回天宫成了仙。

　　　　讲述者：陈瑞剑 男 58 岁 象山县泗洲头镇 退休职工　不识字
　　　　采录者：顾圣亚 女 34 岁 象山县泗洲头镇文化站 干部 初中
　　　　采录时间及地点：1987 于象山县泗洲头镇

故事形态分析：

故事图式：

　　Ⅰ. A5 η1 θ1 F10 K12

Ⅱ. A20 ↑ H1 I1 Pr6 I— Ex U w2

说明分析：

假法海钻入法海外壳，做出恶行（A5），前去诱骗（η1），许仙受骗给白蛇喝雄黄酒（θ1）。白蛇偷盗仙草，获得魔物（F10），救活许仙，灾难消除（K12）。假法海将许仙关在金山寺，犯下恶行（A20），白蛇去要人（↑），与之战斗（H1），假法海战败（I1）。假法海与韦陀一起追捕白蛇（Pr6），白蛇被压在雷峰塔下（I—）。假法海被真法海识破且打死，受到惩罚（Ex＋U），白蛇一家终于团圆（w2）。

故事共包含两个序列，共出现三种角色：主角白蛇、反角假法海、相助者真法海。本故事的主角在第二个序列的战斗中所犯下的恶行实际上已演变成反角。

蛇的角色及行动圈：主角——开始外出寻找（C↑）

　　　　　　　　　反角——加害行为（A）

　　　　　　　　　相助者——消除灾难或缺乏（Л）

表 10　　　　　　　　"白蛇传"型故事角色分布

编号	蛇精	被困者	施救者	其他主要人物
1	反角	主角	—	相助者
2	反角	—	主角	派遣者
3	反角	—	主角	—
4	反角	—	主角	相助者
5	反角	主角	—	—
6	主角	—	—	反角

编号	白蛇	青蛇	许仙	法海	其他主要人物
27	主角	—	—	反角	—
28	主角	相助者	主角	反角	相助者
53	主角	—	主角	反角	—
54	主角	相助者	主角	—	—
66	主角	相助者	主角	反角	—
84	主角	相助者	主角	—	反角

续表

编号	白蛇	青蛇	许仙	法海	其他主要人物
98	主角	相助者	主角	—	—
99	主角	—	主角	—	赠与者
119	主角	—	赠与者	反角	赠与者
120	主角	—	主角	反角	相助者
127	主角	主角	主角	—	—

"白蛇传"型故事，在古代民间故事中，一般以蛇精的身份出现，或化作男子引诱女子，或化作美妇与人交好或结为夫妻，但最后都会将其害死，因而大都是作为反角存在。但也有例外，如故事6，化作美妇的蛇精以主角的身份成为故事的叙述中心。由于古代民众思想观念及社会需要的影响，蛇在故事中的角色并不固定，而是随着民众的需要设定，随着时间的推移，"白蛇传"故事经过长时间的加工与改造，逐渐定型。在《中国民间故事集成》中的白蛇传故事中，白蛇都是作为主角，而青蛇则多是作为相助者，有时青蛇也会成为主角，如故事127，白蛇、青蛇都是货佬（许仙）喂养的小蛇，后随白蛇一起报恩。

（五）"蛇斗"型故事

"蛇斗"型故事在蛇故事类型中占有十分重要的地位。据了解，学界对于该故事类型的研究似乎并不充分。因此，本文特对此故事类型进行细致考察，以便分析其角色内涵。丁乃通作"AT738 蛇斗"；金荣华作"AT738 蛇斗"；祁连休作"两蛇相斗"型；顾希佳作"两蛇相斗有人相助"。在总文本中该故事类型共搜二则，其故事情节概要如下：

①一个人目睹了两蛇相斗的全过程。

②白色的蛇（或浅色的蛇）通常受到人的帮助（通常是白蛇请求某人的帮助）并在战斗中取得胜利。

③这个人的身份通常是猎人、农民等。

④白蛇会以珍宝或财富相赠，并告之另一条蛇可能会报复他，并警告他以后不要再回这个地方。

⑤这个人过了一段时间忘记了白蛇的警告，又回到该地，最后被深色

的蛇夺去生命。

这类故事主要流传在云南、甘肃、广东等地，蛇在这类故事中分别是主角和反角，而猎人或农夫则担任助手角色，故事情节较为简单。以故事8为例具体分析故事中所涉及的功能项：

搜神后记·黄白二蛇①

吴末，临海人入山射猎（a5 缺乏生活必需品），为舍住。夜中，有一人，长一丈，著黄衣，白带，径来谓射人曰："我有仇，克明日当战。君可见助，当厚相报。（B1 求援，导致主角的派出）"射人曰："自可助君耳，何用谢为。"答曰："明日食时，君可出溪边。敌从北来，我南往应。白带者我，黄带者彼。（D7 其他请求）"射人许之（E7 他提供其他帮助）。

明出，果闻岸北有声，状如风雨，草木四靡。视南亦尔。唯见二大蛇，长十余丈，于溪中相遇，便相盘绕。白蛇势弱。射人因引弩射之（H1 他们在野外战斗），黄蛇即死（I1 反角在战斗中被击败）。

日将暮，复见昨人来，辞谢云："住此一年猎，明年以去，慎勿复来，来必为祸。（γ1 禁令）"射人曰："善。"遂停一年猎，所获甚多，骤至巨富（K11 完成任务而获得物件）。

数年后，忽忆先所获多，乃忘前言，复更往猎（δ1 破坏禁令）。见先白带人告曰："我语君勿复更来，不能见用。仇子已大，今必报君。非我所知。"射人闻之，甚怖，便欲走。乃见三乌衣人，皆长八尺，俱张口向之，射人即死（U 惩罚）。

——故事出处：晋·陶潜《搜神后记·黄白二蛇》

故事形态分析：
故事图式：
Ⅰ. a5 B1 D7 E7 H1 I1 γ1 K11 δ1 U
说明分析：

---

① 顾希佳编著：《中国古代民间故事长编》魏晋南北朝卷，浙江大学出版社2012年版，第171页。

猎人外出狩猎，实际上是由某种缺乏（a5）导致的行为。白蛇化成人形，请求猎人明日助其作战，是作为派遣者出现，导致主角被派出（B1）。白蛇又作为捐助者对主角提出考验（D7），主角答应帮助他，通过考验（E7）。第二天，主角目睹了两蛇在野外战斗的过程（H1），并在恰当时机助白蛇获胜（I1），白蛇报答猎人并警告他，实为设禁令（γ1），使猎人骤至巨富（K11）。数年后，猎人忘记先前所言，又回到此处狩猎，打破禁令（δ1），最终受到深色蛇后代的惩罚（U）。

故事包含一个序列，共出现四种角色：主角、反角、捐助者和派遣者。白蛇既是导致主角被派出的派遣者，亦是解决主角缺乏的捐助者。

蛇的角色及行动圈：捐助者——赠送主角魔物（F）

派遣者——派遣（B）

反角——与主角战斗（H）

表11　　　　　"蛇斗"型故事角色分布

编号	浅色蛇	深色蛇	猎人
8	派遣者/捐助者	反角	主角
9	派遣者/捐助者	反角	主角

"蛇斗"型故事在民间故事中是比较特别的一类故事，在本文所选录的故事中此故事类型只有两例，在故事中两蛇分别担任派遣者和捐助者及反角的角色。此类故事的其他例子如云南白族《小黄龙和大黑龙》、甘肃《晏公斩妖龙》、四川彝族《吉哈与蛇女》、湖北《白花蛇》等；中国古代民间故事中如清·袁枚《续子不语》卷一《白龙潭》、清·李调元《尾蔗丛谈·龙佣》等。因这些故事属于地方民间故事，并未曾收录《中国民间故事集成》中，且两则古代民间故事内容均是以龙为叙述对象，故未曾选入本文研究材料中。

三　蛇角色的文化内涵

民间故事在创作之初便被赋予了深刻的文化内涵，其文化内涵的承载离不开故事中形形色色的角色。因此，角色便成为研究民间故事的叙事形态结构与社会文化内涵之间的重要媒介。蛇在民间故事中所担任的角色及功能在前文已有具体分析、阐述,本节主要以前文的研究结果为依据,进一步挖掘蛇角色所蕴含的社会文化内涵。

作为口头散文叙事文学的民间故事,其社会意义在口头讲述的过程中与其所处的具体讲述语境密切相关。一旦脱离该故事的语境,其所呈现的文化意义便不可避免的流失,我们也无法从以文字形态固定下来的故事文本中探寻出其所蕴含的全部文化内涵。叙事作品的意义,很大程度上取决于故事和话语两个层面。所谓"故事"指的是由情节构成的按照一定的时间和因果关系排列的事件。"情节是行动的摹仿"[①],"行动是由某些人物来表达的"[②]。普罗普将这些由形形色色的人物表达的行动称之为"角色的功能",且认为情节的基本框架便是由这些相对稳定的角色功能构成的。因而,我们可以知晓,普罗普的情节概念便是"故事"层面上的定义。情节的叙事在一定程度上被赋予以观念的形式存在的民众认知,这种认知是经历了一定的社会历史的筛选且能够代表广大民众的集体智慧的民众观念。民众观念的传达主要包含两个叙事空间:其一,真实的现实生活;其二,民众在讲述民间故事时,为满足其情感需要和道德评价,基于现实生活条件而创设的虚拟空间。基于此,民众观念包含着两层含义:其一,与现实生活相联系的对生活的认知与思考;其二,在虚拟空间中,对于现实社会的不满情绪的释放所反映的民众的内心欲求。由此可知,对民间故事文本的深入剖析必然能够发掘出其在流传过程中被赋予的文化内涵。

民众观念与叙事结构之间存在着何种联系呢?"任何叙事作品相当于一段包含着一个具有人类趣味又有情节统一性的事件序列的话语。没有序列,就没有叙事。"[③] 故事的叙事结构遵循着一定的序列,这个序列的变更与民众观念的表达需要密切相关,因此故事结构的序列在民众观念的潜在影响下发生着改变。而角色在故事中承担的功能价值亦与故事的叙事结构的稳定序列有着十分重要的关系。不同人物所承担的功能与情节的基本

---

① [古希腊]亚里士多德:《诗学》,罗念生译,人民文学出版社2008年版,第20页。
② 同上。
③ [法]克洛德·布雷蒙:《叙述可能之逻辑》,张寅德译,载张寅德编选《叙述学研究》,中国社会科学出版社1989年版,第156页。

结构及民众的情感需要和道德评判密不可分。

就故事的结构而言，情节的安排构成了其最基本的要素。人物的行动功能则是情节的主干。也就是说，人物并不是研究者所关注的对象，人物的行动才是故事自然发展过程中的关键。需要指出的是，普罗普关注的是人物行为的自然逻辑关系，对于角色的具体心理特征并不关心。这里的人物并不仅仅指人类，还包括人格化的动物或其他物体。具体到民间故事中的蛇，我们可以发现：蛇在不同的故事中被赋予不同的行动，承担着不同的角色，发挥着不同的功能。下面将从蛇在民间故事中的角色及功能入手，概括民众投射在蛇角色上的情感需求和道德需要。

（一）人与自然的矛盾观

远古社会时期，原始初民的生存环境非常恶劣，"天下人民野居穴处，未有室屋，则与禽兽同域"①。由于人兽混居，先民在忍受饥饿的前提下，还要遭受猛兽、疾病、自然灾害的侵袭。在面对死亡的过程中，其内心渴求生命的延续与复归的意识逐步演化为一种求生观念，这就为图腾的发生创造了条件。

人类始祖伏羲女娲的诞生与蛇有着十分密切的联系："帝女游于华胥之渊，感蛇而孕，十三年成庖牺"②；"太昊帝庖牺氏，风姓也，母曰华胥，燧人之世，有巨人迹，出于雷泽，华胥以足履之，有娠，生伏羲，长于成纪，蛇身人首，有圣德"③……由此可知，在原始先民的观念里，人类的繁衍是由于女性接触到带有"蛇迹""大人迹"等力量的自然物所致。在确定了该物种能够让人受孕之后，便逐渐形成了对该"自然物"的图腾信仰。鲁迅先生在《中国小说史略》中云："昔者初民，见天地万物，变异不常，其诸现象，又出于人力所能以上，则自造众说以解释之。"④ 他们认为植物的生长、动物的繁衍与他们别无二致，其都来源于神的力量，即在"万物有灵"的思维指导下，世间万物都具有和人一样

---

① 陆贾：《新语》，庄大钧校，辽宁教育出版社1998年版，第1页。
② 《路史·后记一》注引的《宝椟记》，转引自廖明君《生殖崇拜的文化解读》，广西人民出版社2006年版，第377页。
③ 皇甫谧：《帝王世纪》，中华书局1985年版，第2页。
④ 鲁迅：《中国小说史略》，北京联合出版公司2014年版，第16页。

的性灵。原始先民由于认识上的缺陷，对于超越其自身认知力的现象无从解释，便不断地赋予蛇神的力量，便创造了这种半人半兽神来表达自己对于世界的认知。于是"人们就相信它们就是神的代表，就是神的化身，于是崇拜、向往，并且由于不同的心理状态而产生不同的想象内容，但总脱离不了神圣性、不可侵犯性"[①]。当然，这种半人半兽神的产生与原始人类由动物崇拜转为社会神灵崇拜的文化背景不无关系。

自然界创造了人与万物，人也在不断地发展中将自然万物纳入自己的创造。在世界民间故事中存在着大量的人兽结合的产物：人面虎身的肩吾；人身鱼尾的鲛人；人首鸟身的句芒；人首蛇身的女娲……这些都是初民在图腾崇拜观念的影响下形成的原始认知。随着人类文明的发展，图腾观念逐渐淡化，人兽型产物被赋予了极为深刻的社会内容，成为人类精神文明的重要表现。其中，人与蛇结合的产物流传甚广。蛇与人结合后，被赋予人类的意志，其自然属性转化为社会属性，成为人类文明中不朽的意志、品质的象征。

《蛇妻》（故事6）是典型的人蛇婚配型故事。其基本情节是：第一，女主人公劝夫弃旧业创新业，致家中大富；第二，长子识破女主人公身份；第三，女主人公知悉其事败露，遂离其家。尽管随着时代的发展，蛇已经抛却了其自然形态，可以以人身现世，但是其与人类本质上的差异决定了在特定的情况下，其必须变回蛇身（"惟每年端午辄病，而拒人入房"）。"这类故事皆表现了凡人不能窥见化为人并与人通婚的神怪之原形的禁忌主题。它们实际上是远古社会以蛇为图腾的氏族与其他氏族婚姻关系的曲折反映。这种现实中的婚姻关系，到后来便演变为蛇与人联姻的故事。随着人类生产力水平的提高，人们已不再认为动物和自身有血缘联系，可以交通。于是，在人兽通婚的传说中有了上面的禁忌主题。"[②] 从禁忌主题入手，故事的主角是蛇妻，她是禁忌的设立者，也是禁忌的对象。其禁忌的主题便是人与异类的不可共处的矛盾，无论其发展到何种程度，一旦被撞破机密便会悄声离去或不得善终。从宗教的角度解读此类故

[①] 李传江、叶如田：《唐前志怪小说中"拟兽化"蛇意象解读》，《重庆师范大学学报》（哲学社会科学版）2006年第1期。

[②] 万建中：《解读禁忌——中国神话、传说和故事中的禁忌主题》，商务印书馆2001年版，第102页。

事，不难发现其在一定程度上也表现了神在民众认知中的降格，这显然与母系社会让位于父系社会的背景相关。远古时期，人类身体素质较弱，对于疾病和猛兽的袭击更是难以抗衡，因此人类的生殖繁衍便成为最重要的事情。蛇作为一种外形可怖的动物，它无足用腹部爬行，动作敏捷；身体细长，有鳞，难以捕捉；其齿带有剧毒，杀人于无形；其水陆两栖，令先民望尘莫及；其周而复始的蜕皮总会获得生长，象征着死而复生；其还与人类的繁衍生息相联系，被视为生殖崇拜。因此，在母系氏族社会中蛇具有极高的社会地位。随着父权社会取代母权社会，女性的地位下降，女性神的地位也受到波及，因而蛇妻一出场便具有了禁忌的本质。人类不会从内心深处将蛇妻视为完完全全的社会人，也不会毫无顾虑地将其纳入人类社会，因而人与自然不可调和的矛盾便从故事中流露出来。民众在故事中赋予蛇善良、勤劳、持家的美德，想让其以常人的身份参与到人类社会中。然而，其本质属性一旦揭露，社会便难以容忍其存在。蛇在此处亦可视为自然的代表，人与蛇的难以调和象征着人与自然的不和谐关系。

由此可见，在原始社会图腾崇拜观念及民众对于人与自然和谐相处的美好愿望的共同影响下，所创造的蛇故事中，蛇主要承担主人公和相助者的角色。它可以凭借主人公的角色，实施动身去寻找（↑）的功能，如故事78，白蛇化作老婆婆的模样与小青外出寻找许仙，并对其进行考验。它也可以凭借相助者的角色，实施消除灾难或缺乏（Л）的功能，如故事109，妻子幺妹被害后化作魔物，蛇郎收到暗示，帮助妻子消除魔惑，最后得以团聚。

（二）"化形为蛇"中蕴含的贞节观和果报观

其一，"女子化蛇"折射的贞节观。

在民间故事中，许多故事在讲述的过程中都会涉及这样一个细节：女子不守贞节便会化形为蛇，遭受惩罚，无处遁形。那么，"化形为蛇"的现象有何深刻内涵呢？

原始社会初期，人类与草木虫蛇混居，作为个体难以存活，因此必须结群而居。蛇作为一种生物，在原始社会数量十分庞大，人类非常容易遇到，"上古草居患它，故相顾无它乎"。初民在万物有灵的思想支配下，认为一切自然物与人一样具有生命和意志，在与自然界的无力抵抗下，初民产生寻找保护神的心理期待。人类不仅将图腾视为自己的保护神，还认为人和神之间的力量可以相互转移。蛇作为先民思想认知中的强大存在，刚好满足了需求：它携带致人死亡的毒液，无足却可以奔走如飞，身上的鳞散发着幽幽寒光，为其隐藏于草木中提供了可能……正是蛇的神秘感使其成为人类早期的自然物图腾崇拜。随着时代的发展，初民思维得到发展，开始认识到自然物与人的区别，于是新的保护神或崇拜神的出现就显得尤为重要。这时，女性成为整个生产活动、人类繁衍的中坚力量。"出于对种族繁衍的崇敬感和生殖原因的神秘感，人类把自己对祖先的虔信感情投射到了她们（女性）身上，更进一步讲，投射到死去的女性祖先身上。"[①] 于是出现了半人半蛇的女娲等始祖神。时代的进一步发展，人类思维的进一步开阔，人类逐渐认识到两性之间的奥秘，且男性成为食物链顶端的主宰者，父权社会取代母权社会，女性地位下降，沦为男性社会的附庸。蛇在原始社会初期的神秘感也渐渐退去神秘的外衣，暴露出其凶残狠毒的本性。随着人类社会的发展，起初作为生殖崇拜、祖先崇拜的神化的蛇随着女性地位的变更而由神降为妖，地位也是一落千丈。因此，人蛇结合便成为万恶之源。

进入封建社会，禁欲主义盛行，"饿死事小，失节事大"的思想广为传播。女子未嫁前应谨守贞操，嫁人之后要绝对服从，丈夫去世后要守节致死——"从一而终"。这应该是最为严厉的女子贞节观。这一观念深入民众的思想，渗透在民间故事的方方面面。民间故事中，女子一旦做出伤风败俗之事便会为人不齿，甚至受到严厉惩罚。女子想要得到社会的尊重，必须恪守妇德。载于宋代李昉《太平广记》卷四五六《潇湘妃·王真妻》（故事3）便讲述了"女子夜会少年"的故事，其基本情节是：第一，妻子随丈夫赴任他乡；第二，蛇化少年夜与其妻幽会；第三，二人奸情被丈夫撞破；第四，妻子化蛇随蛇而去。在这则故事中，蛇是以反角存在的，其功能主要是加害行为（A）。故事中，少年是蛇

[①] 盛况：《中国蛇女母题的起源与演变》，《南阳师范学院学报》（社会科学版）2004年第2期。

所化，其与王真妻子私通，在被王真发现后，横冲直撞的逃走。文末对于不守妇德的妻子的惩罚是"赵氏不觉自仆气绝……俄而赵氏亦化一蛇，奔突俱去"。从惩罚来看，女子所遭受的惩罚十分严重：第一，妻子被丈夫发现之后，竟是不知不觉间跌倒气绝而亡；第二，在妻子气绝之后，竟化形为蛇仓皇奔赴前蛇。女子失节的惩罚是死路一条，死后还要化作蛇，其丢失人的本性转而退化为动物，这种惩罚可谓十分严厉了。从这则故事中，我们可以看到故事所折射出的民众的贞节伦理观：守节是衡量女性道德与否的重要标准。

其二，"男子化蛇"蕴含的果报观。

在民间故事中亦有这样一种现象，某人因受到他人的欺凌而丧命，死后其尸体化作蛇来复仇。这其中的人大都是男性（也有女性和动物，但例子极少，此处只讨论男性）。那么，为何会选择死后化蛇这种复仇方式呢？男子死后化蛇复仇所蕴含的文化意蕴为何呢？

孔子曾言"不语怪力乱神""敬鬼神而远之"，但是鬼神之说并未就此消失；战国时期的墨家便常常提及鬼神之说。随着汉代佛教的传入，鬼神之说更是成为一种潜在的观想深深地扎根在人类的头脑中。与鬼神说并行的是民间信仰中的果报观。在佛教传入之前，我国便有果报观念。如儒家"天道福善祸淫"（《尚书·汤诰》）、"积善之家必有余庆，积不善之家必有余殃"等；道家"力行善反得恶者，是承负先人之过，流灾前后积来害此人也"的承负说……吴光正先生曾说："中国宗教故事存在着一种代代相传的吸引力，这种吸引力是中国宗教故事得以作为'传统'延续几千年的原因所在。"[1] 佛教在东汉初期传入我国，经过一定时间的发展，至魏晋时期形成了儒教、释教、道教"三教合一"的文化形态，至明清时期"三教合流"已发展为备受推崇的具有社会性的主流思想。由此可见，佛教文化在漫长的历史发展中，与儒教、道教密切结合，并渗透到文化形态的方方面面，成为中华传统文化不可或缺的一部分。随着佛教"三世因果观念"的传入，民众将我国本土的果报观与之融合，从而促进了我国"果报观"结构的完善。自此，因果报应的思想成为民众的民间信仰，其渗透在民众生活的方方面面。

---

[1] 吴光正：《中国古代小说的原型与母题》，社会科学文献出版社2002年版，第15页。

民众对于"因果报应"观念最基本的认识主要表现为善有善报，恶有恶报。一切有因有果，个体所承受的痛苦与欢乐都来自自己的所作所为。人如果想求得善报，就必须心存善念，在日常生活中行善积德，善待他人；若是无恶不作，罪大恶极则会受到恶报，或永堕轮回，饱受地狱之苦或转世为人，受尽世间折磨。载于明代冯梦祯《快雪堂漫录》中的《叶耀化蛇》（故事16）中便记载了一则尸体化蛇的故事，其基本情节是：叶耀本是杭州诸生林颢的租户，林颢的父亲想要收取租金，遂把叶耀告到公堂之上。叶耀见官时，语出不逊，林颢又私自言说县令，遂致叶耀被鞭笞三十，叶耀到家就去世了。后来其化作大蛇惊吓林颢，致使其重病身亡。林颢私下与县令勾结，是造成叶耀死亡的主要原因，其恶行所带来的恶报是被叶耀所化之蛇报复，受惊吓而死；载于清代钱泳《履园丛话·蛇报》（故事18），亦是化蛇复仇的典型制作，其基本情节是：某甲看上邻居佣者的妻子，故召佣者入其家，每次等他吃饱饭后便让他干重活，如是经年佣者得疾而死，其妻亦旋嫁某甲。一两年后，某甲在田间行走，看见佣者的棺材快要腐烂了，就生了善念，拟冬季将其棺入土，以慰其幽魂。此时，忽然从棺材中钻出一条大蛇蟠其足数围，钩之不去。村中老少咸来问讯，某甲自述前谋，最后抱持其妾而死。某甲因觊觎他人妻，犯下恶行，后被化为蛇的佣者报复终得恶果。

从上述两则故事，我们可以看到：叶耀、某甲都是男性。他们一是因为出租者与县令的合谋而受到笞刑，重伤而死；二是因为地主看上他的妻子而暗中使计，害其身亡。二人去世后，对于生前所遭受的不公平待遇怀恨在心，积怨难以消解，心中愤恨难以舒张，遂化蛇复仇。在这类故事中，蛇主要承担主角角色。作为主角，动身去寻找（↑）、对赠与者要求的反应（Γ）、婚礼（C*）三种功能此处并未涉及，仅仅是作为主角凭借内心的嗔怒化身的魔物存在。

那么，为何化为蛇呢？在佛教故事中，蛇与"嗔怒"密切相关。南朝梁慧皎的《高僧传》中就曾记载高僧安世高在游化途中遇到一位因"性多嗔怒"而得苦报的山神巨蟒，高为其超度，使其"得离恶行"的故事。"嗔怒"是造成此人获得恶报的主要原因。据项裕荣先生考据，嗔怒与变蛇之间的直接佛典证据是："《法句譬喻经》卷三：'毒蛇言：嗔恚最苦。毒意一起，不避亲疏。亦能杀人，复能自杀'。"[①] 由此可见，嗔怒是化形为蛇的前提。

因果报应的观念在民间故事中广为流传，其与儒家之道相融合而生发成一种维护人间正道的民间信仰。民众将自身在现实生活中饱受不公平待遇的嗔怒投射到蛇角色上，通过这种方式来抒发心中所郁。果报观亦成为民众追求人间正道和现实功利的有效法宝。

四 结论

通过分析，我们可以发现蛇在中国民间故事中的七种角色分布情况并不均衡，其中反角、相助者、赠与者、主人公出现的频次较高，派遣者、被寻求者出现的频次次之，假主角出现的频次最少。且蛇在民间故事中所承担的角色多以单一角色为主，角色兼任的情况较少，且最多不超过3个角色。担任不同的角色便有与之对应的行动圈：作为反角的蛇，其涉及的功能项包含加害行为（A），作战或与主人公争斗的其他形式（Б）及追捕（Пр）；相助者的行动圈主要包括消除灾难或缺乏（Л），解答难题（Р），从追捕中救出（Д），主角的空间移动（R）；赠与者的行动圈主要涉及将宝物提供给主角（Z），部分包含准备转交宝物（Д）；主人公的行动圈则涉及动身去寻找（↑）、对赠与者要求的反应（Г）、婚礼（C*）三部分；作为被寻求者，其只涉及惩罚第二个加害者（н）这一功能项；作为派遣者，其行动圈只包含派遣（B）这一功能项；作为假主角，其主要涉及欺骗性的图谋（Ф）这一功能项。由此可见，普罗普所归纳的行动圈在中国民间故事中并不完全适用，对于中国民间故事中的角色功能尚需要进一步的探索与完善。

本文所选取的蛇故事大致可归为五大类。其一，"人心不足蛇吞相（象）"型故事。该故事类型中蛇主要承担赠与者与被寻求者角色，有时也会承担相助者角色，其功能主要涉及将魔物提供给主角（F），在承担

[①] 法炬、法立：《法句譬喻经》，新文丰出版公司《大正新修大藏经》本1983年版，第4册第595页，转引自项裕荣《中国古代小说中"化形为蛇"情节的佛教源流探考》，《浙江大学学报》（人文社会科学版）2005年第5期。

被寻找者角色时，其所对应的功能项并不清晰；其二，"蛇郎娶妻"型故事。该故事类型中蛇主要承担相助者的角色，承担难题得到解决（N）的功能；其三，"云中落绣鞋"型故事。该故事类型中蛇主要承担反角和相助者的角色，其主要涉及恶行（A），与主角战斗（H）和转送主角（G）等功能；其四，"白蛇传"型故事。蛇在该类故事中主要涉及主角、反角、相助者等角色，其涉及的功能项主要包括开始外出寻找（C↑），加害行为（A）和消除灾难或缺乏（Л）；其五，"蛇斗"型故事。该故事类型中蛇主要承担反角、捐助者和派遣者角色，其涉及的功能项主要包括与主角战斗（H）、赠送主角魔物（F）和派遣（B）。

角色的行为与社会意义有密切的联系。民间故事中的角色与功能研究对于进一步挖掘民间故事中所蕴含的文化内涵有十分重要的价值。本文通过对中国民间故事中的蛇角色的分布及其对故事结构的影响，探讨民间故事中所蕴含的民众情感需求和道德需要。主要涉及人与自然的矛盾观，蛇主要承担主人公和相助者的角色；以孝为美的传统道德观，蛇主要承担主人公、赠与者的角色；"化形为蛇"中蕴含的贞节观，蛇主要承担加害者角色；果报观，蛇主要承担主角角色；"蛇报恩"故事中的知恩图报观，蛇主要承担相助者、赠与者角色。由此可知，角色的分布，功能的承担，对于故事结构的完整性、故事情节的复杂程度及民众情感的承载有不可忽视的作用。

由于对普氏理论的了解并不十分深入，所做研究仅仅是以普氏理论的角色论为视角对民间故事中的蛇故事做了较为基础的分析。虽然力求在宏观上有一个较为清晰地界定，同时在一定程度上统筹微观的故事类型，但是由于资料搜集的缺陷及自身学力的欠缺，很容易陷于顾此失彼的窘境。本文仅就蛇在民间故事中的角色论进行了细致的研究，其在功能论和序列论方向上仍有较大的研究空间，希望后续有志于此的学者可以此为向，从民间故事的实际情况入手，丰富普氏理论，从而推动中国民间故事研究的进一步发展。

其他文类分析

动画电影的叙事结构

——《灰姑娘》的形态学分析

王杰文[*]

一 引言

在过去的数百年里,那些受过教育的人都将民间童话视为小孩、仆役们茶余饭后的消遣物。在他们还是幼儿的时候,他们也曾如痴如醉地喜欢它,可是,当他们开始步入成年时,他们就会迅速地改变他们对童话的态度,开始竭力去排斥它、鄙弃它。但是,另外有一些人却终其一生,一如既往地喜欢着民间童话;还有一些人虽然也曾轻视民间童话,但是当他们为人父母之后,承担起为孩子们讲述童话的义务时,他们又重新感觉到了民间童话的艺术魅力。然而,在现代社会当中,聆听长者讲述童话故事,或者自己阅读童话本文,或者观看动画电影都似乎已经不再会被简单地看作"儿童或仆役"的娱乐,许多成年人也非常喜爱童话故事与动画电影,童话故事与动画电影的艺术价值与社会价值已经引起学术界内外的高度重视。

关于民间童话的艺术价值,瑞士著名的民间文艺学家麦克斯·吕蒂早在五十年前就曾讲过,"童话在儿童的生活中所扮演的角色和在没有文字记载时数千年之久的成人生活中所产生过的作用,都使我们更加确信了这样一种假设,就是童话是一种涉及人的特殊形式的文学创作"[①]。作为"一种

---

[*] 作者:王杰文,中国传媒大学影视艺术学院教授。

[①] [瑞士] 麦克斯·吕蒂:《童话的魅力》,张田英译,社会科学文献出版社1995年版,第2页。

特殊形式的文学创作",其"特殊性"体现在叙述方式、象征意义、人物形象、表现形式、语言使用、讲述情境等许多方面,其中最为明显的一个特征是:民间童话的程式化的叙事结构。这种叙事结构早在一百年之前就受到世界民间文艺学家们的关注。正是这种特殊的"叙事结构"界定了"民间童话"这一叙事文类的文体特征,当儿童们在聆听它或者阅读它时,可以采用一种程式化的解码方式以获得预期的心理满足。但是,在根据民间童话而改编的动画电影当中,这种"叙事结构"又是如何呈现的?当现代的儿童们不再是由他们的父母或祖父母,不再是在温馨的家庭氛围中来聆听传统的"民间童话",也不再是在入睡前捧着民间童话故事读本进行阅读,而是对着 DVD 和电视机,独自一人观看全世界同一版本的动画电影时,他们获得的观感体验会有什么不同?换言之,会是什么因素使他们意识到他们仍然是在观看一部具有(或者不具有)"民间童话"特质的"动画电影"?

对于"动画电影"进行民间故事的形态学分析,可以很好地回答这一问题。这里,我们不得不求助于"民间故事形态学"的理论与方法。

二 来自弗拉基米尔·普罗普的启示

在《民间故事形态学》一书中,俄国著名的民间文艺学家弗拉基米尔·普罗普将自己的研究对象界定为"幻想故事",即"阿尔奈—汤普森故事类型体系"当中的第"AT300—749"[①]号故事。普罗普划分了这些故事的组成部分,然后按照这些组成部分进行比较,从而提出了"民间故事形态学"的相关理论,即"按照故事的组成部分、这些组成部分之间的相互间关系、部分与整体之间的相互关系来描述故事"[②]。

在普罗普的研究过程中,他发现,不同的幻想故事当中同时存在着"不变的因素"与"可变的因素"。虽然故事中人物的名字及其所属物变

---

① Antti Aarne & Stith Thompson, *The Type of the Folktale: A Classification and the Bibliography*, Indiana University Press, 1973, pp. 88 – 254。

② Propp, Vladimir, *Morphology of The Folklore*, 2nd ed., trans. L. Scott, Indiana: Indiana University Press, 1968, p. 19. 有的研究者把它翻译为"神话故事""民间童话"或"神奇故事"等,本文译为"幻想故事",但是,为了行文方便,本文综合使用了上述所有译法。

了，但是他们的行动与功能没有改变。由此可以得出结论：故事经常把同样的行动分配给不同的故事中的人物，这就使我们可以根据故事中的人物的功能来研究故事了。

普罗普发现，在幻想故事当中，"功能"的重复性是十分显著的。故事中的人物千变万化，却倾向于表现同样的行动。功能实现的方式是可变的，但是功能却是不变的。"对于研究故事而言，重要的是故事中的人物做了什么，至于谁做的，怎样做的却只是些附带性的问题。"[①] 故事中人物的功能可以从一个人物转移到另一个人物身上。人们可以发现，民间故事中功能很少而人物很多，这恰好体现了民间故事的二重性，即一方面形式生动，多姿多彩；另一方面又千篇一律，一再重复。

因此，普罗普把故事中人物的"功能"作为故事的基本成分。在给"功能"下定义之前，普罗普确定了两个基本前提：第一，在任何情况下，定义都绝不考虑作为功能的扮演者的人物，功能的定义最经常地表达是所实现的行动的名称（比如禁止、质问、潜逃等）；第二，行动不能在其叙述的过程之外被定义，需要考虑行动过程中的功能所处位置所具有的意义，因为同样的行动可能具有不同的意义，反之亦然。总之，"功能"被理解为一个人物的一个行动，是从行动过程中其意义的角度来加以界定的。

普罗普提出了幻想故事形态方面呈现出来的四个主要特征：

第一，人物角色的功能作为故事的不变的因素，它不依赖于由谁来完成以及怎样来完成。它们构成了故事的基本组成部分。

第二，幻想故事的已知的功能数量是有限的。

第三，功能的序列总是同一的。（序列的自由度非常狭窄）

第四，所有幻想故事按其构成都是同一类型。

普罗普用以分析民间幻想故事的形态学方法提供给我们的启示是：尽管民间故事的形式千变万化，但是，在所有这些幻想故事的背后却存在着一个稳定的"功能结构"。正如美国著名的民俗学家阿兰·邓迪斯在 1968

---

① Propp, Vladimir, *Morphology of The Folklore*, 2nd ed., trans. L. Scott, Indiana: Indiana University Press, 1968, p. 20. 事实上，普罗普用以分析的幻想故事材料是来自阿法那西耶夫编辑的故事集第 51—150 号，他认为这些故事已经穷尽了故事的角色功能。同时，普罗普也觉察到，"功能"在神话与信仰当中也经常反复出现。

年英文版的《民间故事形态学》一书的"前言"中所说的,"普罗普的体系可应用于幻想故事以外的其他样式和包含叙事的其他媒介——小说,戏剧、连环画、电影和电视节目"① "我们从普罗普那里了解到,很多现代叙事从童话那里借用的不是内容本身,而是结构。"② 然而,就动画电影而言,这种艺术类型从民间幻想故事当中借用(准确地说,是创造性地改编)的是内容与结构两个方面,普罗普的工作显然有助于我们更好地理解动画电影这一现代化叙事本文的"功能结构"。

三 《灰姑娘》故事人物的叙事功能

普罗普根据对 100 个民间幻想故事的分析,从中提炼出 31 个故事人物功能,这是普罗普"故事形态学"的核心。普罗普介绍说,任何一则幻想故事通常都开始于某种初始情境(initial situation),在初始情境中,一般会列举家庭成员,简单地介绍未来的主人公的名字与地位,虽然这一情境并不是一个功能,但仍然是一个重要的故事形态元素,它的代码是"α"。在动画电影《灰姑娘》当中,片头的画外音介绍了这样一个"初始情境":

> 从前,在一个很远的地方,有一个很小的王国,祥和、繁荣、传统,并且富有浪漫的气息。在这座庄严的城堡里,住着一位失去太太的男子和他的女儿仙杜丽娜,他是一位相当仁慈、负责的父亲,并且非常爱自己的孩子,也给了她丰富舒适的生活。但是他依然认为仙杜丽娜需要一位母亲的照顾,所以他再婚了,选择了一位出身良好的女人作第二任妻子,她有两位跟仙杜丽娜一样大的女儿,她们是安娜达莎和杜苏拉,而这个好父亲却在不适当的时候死了,于是继母就暴露出了她原来的脸孔,冷酷无情又残忍,对于仙杜丽娜的美丽与可爱深深地嫉妒,她坚决地为自己的两位笨拙的女儿着想。日子一天天过

---

① Propp Vladimir, *Morphology of The Folklore*, 2nd ed., trans. L. Scott, Indiana: Indiana University Press, 1968, p. 14.

② 徐珺:《叙事文本·娱乐节目·日常生活》,载张仲年、厉震林主编《影像艺术论》,中国戏剧出版社 2005 年版,第 178 页。

动画电影的叙事结构　　　　　247

去，城堡终年失修，因为家里的财富被继母的两个女儿的自私及虚荣心给耗费光了，而仙杜丽娜倍受虐待和侮辱，最后被迫成为自己家中的仆人。虽然她吃尽了苦头，但仙杜丽娜依然是温柔又仁慈的。因为每个黎明她都寄予了新希望，终有一天，她快乐的梦想将会成真。

下面将按照普罗普提供的幻想故事中的 31 项功能表，依次描述动画电影《灰姑娘》当中的结构性功能项，当然，毫不奇怪的是，其中某些功能项被省略掉了（用"○"表示）。[①]

表 1

功能项编号	动画电影《灰姑娘》当中功能描述	定义	代码
	介绍仙杜丽娜与仙杜丽娜的父亲、母亲；仙杜丽娜的继母与两个姐姐：安娜达莎和杜苏拉	初始场景	α
1	仙杜丽娜的父母去世了	缺席	β
2	仙杜丽娜（因为没有漂亮的衣饰和家务活繁重）被剥夺了出席宫廷舞会的机会	禁止	γ
3	仙杜丽娜的动物助手们帮助她获得晚礼服，具备了出席宫廷舞会的资格	违禁	δ
4	○	刺探	ε
5	○	获得	ζ
6	继母与她的两个女儿设置圈套，阻止仙杜丽娜出席舞会	圈套	η
7	○	同谋	θ
★8	继母教唆她的两个女儿撕烂了仙杜丽娜的礼服，仙杜丽娜无法出席宫廷舞会	恶行（缺乏）	A
9	○	调停	B
10	○	反抗	C

---

① 动画电影《灰姑娘》是由四个"回合"构成的，但是前三个"回合"都是次要的，只有第四个"回合"才是主要的。因此，这里仅仅罗列了第四个"回合的功能项"。关于"回合"这一概念的含义，参见后文。

续表

功能项编号	动画电影《灰姑娘》当中功能描述	定义	代码
☆11	仙杜丽娜悲伤地来到后花园的树下哭诉	出发	↑
※12	神仙教母激励仙杜丽娜不要丧失信心	赠与	D
13	仙杜丽娜为神仙教母的幽默和善良所感动	主人公的反应	E
※14	神仙教母为她准备了马车、马匹、仆从与礼服	接受	F
15	仙杜丽娜被马车从城堡带到皇宫去参加舞会	空间移动	G
16	○	交锋	H
17	仙杜丽娜丢失了水晶鞋	标记	J
18	○	战胜	I
★19	仙杜丽娜出席了宫庭舞会，赢得了王子的喜爱	消除	K
☆20	仙杜丽娜回到了家中	归来	↓
21	仙杜丽娜被关在了房间里	追捕	Pr
22	仙杜丽娜在动物助手们的帮助下走出了房间	获救	Rs
23	仙杜丽娜突然出现，要求试水晶鞋	不被觉察的抵达	O
24	安娜达莎和杜苏拉试穿水晶鞋	非分要求	L
25	继母打破了水晶鞋企图阻止仙杜丽娜	难题	M
26	仙杜丽娜拿出自己珍藏的另一只水晶鞋	解答	N
27	仙杜丽娜试穿合适，成为王子要寻找的人	认出	Q
28	○	揭露	Ex
29	○	变相	T
30	○	惩罚	U
31	仙杜丽娜与王子举行了婚礼并加冕为王后	婚礼	W

从这一功能项列表中可以获得的结论是：

第一，如果循着所有功能序列读下去，可以发现，凭着逻辑的需要或是艺术的需要，前一个功能项会引出后一个功能项，任何一个功能项都不会排斥另外一个功能项。动画电影的创作者似乎无法逾越上述功能项之间的固有序列,决不会颠倒功能项之间的前后顺序。

第二,许多功能项是成对出现的,如"禁止"与"违禁";"缺乏"与"消除";"出发"与"归来";"给予"与"接受";"追捕"与"获救";"难题"与"解答"等,另外有些功能项是分组出现的;比如,"出发""赠与""主人公的反应""接受""空间移动""做记号""消除""归来"("交锋"与"战胜"两个功能项并不是不存,而是没有被强调,因为仙杜丽娜出席舞会并获得王子的垂爱,实际上就是与安娜达莎和杜苏拉以及所有其他出席舞会的女子"交锋"并"战胜"了她们);还有一些功能是单独出现的。比如,"缺席""同谋"等。但它们都是在一个不变的功能系统里被组织起来的。

第三,许多功能项在逻辑上构成一些"行动圈",这些"圈"对应着不同的人物角色。似乎可以划分出如下七个"行动圈":

表2

行动圈	相关功能
加害者(继母、安娜达莎和杜苏拉)	A Pr
赠与者(神仙教母)	D F
助手(杰克与杰斯等)	G K Rs N
被寻找的人(仙杜丽娜)	M J Q W
派遣者	缺
主人公(仙杜丽娜)	↑↓ E W
假冒主人公(安娜达莎和杜苏拉)	L

如果说上文描述的 31 种故事人物功能属于"横向组合层面",那么这里便是从"纵向聚合的层面"来透视功能的序列。① 即使初始情境的功能(β,γ-δ,ε-ζ,η-θ)也可以分派到这七个行动圈当中来,但是分派并不平衡。上述行动圈与故事中个体人物之间的对应关系体现出以下三种关系情况:一是行动圈与人物恰好对应,是单纯的角色,比如神仙教

---

① [瑞士] 皮亚杰:《结构主义》,倪连生、王琳译,商务印书馆 1987 年版,第 23 页。

母;二是一个故事人物卷入几个行动圈,比如仙杜丽娜;三是一个行动圈分派在几个故事人物当中,比如安娜达莎和杜苏拉,杰克与杰斯等。

第四,故事人物进入叙述的方式具有某些程式化的规律,比如:作为加害者,继母与她的两个女儿在行动过程中重点出现两次,第一次从外部突然出现,然后消失;第二次则是作为被找出的人。作为赠与者,神仙教母的出现是一种偶然的事件。作为动物助手,杰克与杰斯是被作为受惠者与报恩者来介绍的。主人公(被寻找的人)都在最初的情境中呈现。

四 《灰姑娘》故事中的其他因素

上文介绍的童话故事的结构性"功能",属于童话故事中的"不变因素",事实上,这些"不变的因素"是必须结合进"可变因素"当中的。其中主要有以下几项"可变因素"最值得关注。

其一,"功能项"间起连接作用的辅助性因素。因为"功能项"之间并不总是一一连续出现的,因此,如果两项功能分别由不同的故事人物来完成的话,那么后一个人物需要获悉此前到底发生了什么。于是,为了连结不同的功能,完整的消息通报系统在故事中发展起来了。消息通报的方式多种多样,有的是直接的报告,有的是通过偷听,有的是人物自己耳闻目睹等,所有这些方式都是为了一个人物从另一个人物那里得知消息,以便把这前一功能合并到后一功能中来(普罗普把这些具有连接功能的因素,特别地用符号"§"来表示)。比如,当仙杜丽娜参加舞返回家中后(归来↓),杰克与杰斯觉察到了仙杜丽娜的继母要对她采取行动(追捕Pr),于是向仙杜丽娜发出警告,联结这两个功能项的辅助性因素即是所谓的"通报系统";再比如,仙杜丽娜当面听到继母向安娜达莎和杜苏拉说,国王陛下要邀请全国所有未婚少女参加宫廷舞会,才会向继母提出出席舞会的要求,继母才会发出邪恶的禁令。因此可以说,这些辅助性因素是童话故事的结构性功能项之间的"黏合剂"。

其二,"三迭式"当中的辅助性因素。"三迭式"可以是标志性的局部细节,比如,杰斯抱玉米粒的情节;也可以是同类重复,比如仙杜丽娜被继母与两个姐姐吩咐以不同的任务的情节;还可以是个别的、成对的或是更多功能的组合,比如杰斯与杰克多次配合,戏弄性地与"魔鬼"斗争的情节。"三迭式"可能是同类性重复,也可能是递增性的重复,比如,杰克、杰斯与"魔鬼"争食物、抢饰带、抢钥匙,既可以说是同类性重复,也可以说是递增性重复。重要的是,正如普罗普所指出的那样,有时某些行动仅仅是机械性的重复,是为"三迭式",而"三迭式"与功能项目没有关系(普罗普用符号"…"来表示),比如,仙杜丽娜被继母与两个姐姐命令去干不同的家务的情节。

其三,动机是人物实践行动的理由与目的,动机常常使故事充满鲜明的、特殊的色彩,但是,动机是故事当中最不稳定的因素。大部分的人物行动是故事当中行为过程自然促成的,只有加害者作为故事的第一基本功能时,需要某种辅助性的动机,但是不同故事中完全相同的行为可能出于完全不同的动机。而且,欠缺感有时并不需要外在的激发。任何故事元素都可能积聚行动,能够发展成为独立的故事,或者引发其他故事。新的故事完全可以从原有的机体中生出,从而带有相似的形式。比如,"继母"处罚仙杜丽娜的行动动机就不是十分明晰,而"神仙教母"的行为动机也没有得到清楚的交代。

其四,故事人物的特征及意义。这些特征包括故事人物所有的外部特征,比如年龄、性别、地位、外表的特征等。正是这些特征使得故事摇曳多姿,美丽动人。人们说到故事,首先想到的就是这些千变万化的人物。这些人物很容易被其他人物所替换,可能是现实生活本身创造出了取代故事人物的新形象,也可能是相邻民族、书面文学、宗教的影响等。比如"神仙教母"这一老年女性形象,她慈悲、幽默,携带着明显的美国文化气味。总之,故事总是处于不断地替换过程当中,这也就造成了故事的庞杂烦冗,但又遵循着潜在的规律。

总之,在动画电影当中,"不变因素"(功能性因素)与"可变因素"很好地结合在了一起。基于这些认识,我们可以建构出童话故事或动画电影的"元形式"(Archetype)。它将不仅仅是程式化的,而且是具体的。当我们去除了所有地方性的、时代性的次要特征之后,只留下那些基本的形式,我们就得到一个童话故事或动画电影的"元形式",其中积淀着人类有史以来的潜在意识,从而具有超凡的稳定性,相对于它而言,童话故事的所有其他因素都是改编者可以自由创造与发挥的。事实上,在"功能"的选择与舍弃上;在这些"功能"的呈现方式上;在故事人物的命名与特征的选择上，在语言方式的选择上。创造者都具有相当大的自由度，动画电影作为童话故事的新的变体，其新情节的创造正是基于此种选择。

五　作为一个整体的故事

如果说动画电影呈现了一个童话故事整体，那么，是否可以把这一复合故事的文本分解开来呢？"在简化到最抽象的公式后，幻想故事可以被定义为是一个展开的过程，它始于邪恶而终于婚礼、报答、缺乏或危害的消除，这种转变是由一系列中间功能造成的。"① 普罗普提出一个术语"回合（move）"，来描述这些"中间功能"。一则童话故事包括若干"回合"，"回合"之间的组合关系包括许多种，就动画电影《灰姑娘》而言：

首先，第一、二、三回合之间紧密相连。

Ⅰ. A1————————————————W1
仙杜丽娜解救了一只被捕的老鼠，并命名为杰斯。

Ⅱ. A2————————————————W2
仙杜丽娜试图调解布诺与"魔鬼"之间的关系。

Ⅲ. A3————————————————W3
仙杜丽娜从"魔鬼"脚下救走了杰斯。
仙杜丽娜受到惩罚。

紧接着是第四个"回合"，其中，两个小插曲打断了第四个回合。

　　A————B（插曲1）
Ⅳ. ………β————↓…………Pr————W
　　　　　　　　　B————…………W（插曲2）

国王安排宫廷舞会，邀请全城未婚女子参加（A——B）。仙杜丽娜"如果"做完所有家务，并且有合适的衣服，就可以参加舞会。在动物助手们的帮助下，仙杜丽娜获得了礼服。后母唆使她的两个女儿撕烂了仙杜丽娜的礼服。仙杜丽娜痛苦地来到后花园，伏在树底下痛哭。神仙教母满

---

① Propp Vladimir, *Morphology of The Folklore*, 2nd ed., L. Scott trans., Indiana: Indiana University Press, 1968, p. 71.

足了仙杜丽娜的愿望。仙杜丽娜赢得了王子的爱情。仙杜丽娜返回。落下了一只玻璃鞋（β——↓……）。国王吩咐全城堡的未婚女子都来试鞋，并最终找到合穿的人（B——……W）。仙杜丽娜暴露了自己的身份，后母把她锁了起来。杜苏拉和安娜达莎企图冒名顶替。杰克与杰斯及其他动物助手帮助仙杜丽娜逃脱。仙杜丽娜突然出现，试鞋合穿。举行婚礼并成为王后（Pr——W）。最终，在第四个回合中，小插曲与第四回合本身同时进展，同时结束。结合为同一个结局。

明白了"回合"是如何分配的，我们就可以更好地分解童话故事了。如前所述：故事人物的功能是基本的组成要素，然后是联接性的要素、动机、故事人物呈现的形式、故事人物的特征与住所，这五个要素类型不仅构成了童话故事的结构，也构成了一则完整的故事。总之，把动画电影《灰姑娘》分解为上述各个组成部分，对于更好地理解这部电影来说是十分重要的。

如果用形态学的符号代码来标示动画电影《灰姑娘》的故事结构，即是：

(β，$\gamma - \delta$，θ) A↑DEFGJK↓Pr – RsL – MNRW

结　　语

从上面的论证过程可以看出，本文所关注的主要是动画电影的文本形式。通过细致的描述与分析，我们不仅揭示了《灰姑娘》本文中所继承的"不变因素"，而且描述了改编者可以自由创造的"可变性因素"，进而又十分详细地分析了《灰姑娘》中"固定的、单一性的形式特征"。本文关注动画电影的"形式结构"，没有局限于个别的情节，没有忽视情节之间的关系，也没有把故事看作一系列互不相干的因素的机械拼凑。而是对故事的结构体系的系统描述。然而，这并不意味着故事结构的稳定性、单一性的原因就存在于童话故事的形式规则自身当中，相反，童话故事中呈现出来的形式特征需要在人类的早期历史、史前史中寻找。形态学与人类学的研究是一项工作的两部分。以结构形态描述为先导，以文化阐释为旨归，从对现象与事实的科学描述走向对其历史根源的解释才能构成一项完整的研究。

因此，故事形态学的理论与方法仅仅为我们描述了内在于动画电影《灰姑娘》当中的"稳定的结构体系"，至于创作者们为什么会继承这一"稳定的结构体系"？这一"稳定的结构体系"在观众的观看活动中起着何种作用？就只能依赖文化人类学与精神分析学的研究了。

原载《北京电影学院学报》2006 年第 5 期

《西游记》取经故事的故事形态学研究

葛静深[*]

俄国著名的民俗学家,俄国形式主义乃至之后风靡世界的结构主义当之无愧的先驱弗拉基米尔·雅可夫斯基·普罗普于 1928 年出版了他的重要作品《故事形态学》,由此提出了"神奇故事"的概念,所谓神奇故事就是阿尔奈和汤普森童话分类法中 300—749 号的故事。他划分了这些故事的组成部分并对其进行系统的比较研究,提出了"故事形态学"理论,即"按照故事的组成成分和各个成分之间、各个成分与整体之间的关系对故事进行描述"[①]。本文尝试用故事形态学的理论为框架,对《西游记》中的取经故事进行叙事模式的分析,从而发现具有浓烈民间故事色彩的中国古典名著《西游记》中取经故事的叙事结构。

一 故事形态学的基本理论

普罗普用俄国民间文学作家阿法纳耶夫故事集中的 100 个故事作为材料,经过了详细的比较研究,提炼出了 31 个故事角色功能,并列出了每个功能项性质的简要描述、定义以及代码,所谓功能是指根据人物在情节发展过程中的意义而规定的人物行为。[②] 这些功能是《故事形态学》的基础,也是其理论核心。这 31 种功能中包含了故事中所有的典型情节,如

---

[*] 作者:葛静深,中国海洋大学文学与新闻传播学院讲师、博士。
[①] [俄] 普罗普:《故事形态学》,中华书局 2006 年版,第 16 页。
[②] 金永兵等:《当代文学理论范畴导论》,北京大学出版社 2011 年版,第 10 页。

主人公出发探险、与妖魔搏斗、取得胜利、赢得幸福等。其研究结果得出四条原则：（1）人物的功能是故事恒定不变的因素，不管这些功能是怎样和由谁来完成的。它们构成故事的基本成分；（2）故事中已知功能的数量是有限的。功能的排列顺序总是一样的；（3）所有故事就结构而言都属于同一类型。①

普罗普从纷繁变化的故事海洋中抽象出了七种角色，同时指出许多功能项是从逻辑上按照一定的范围连接起来的，这些范围整体上与完成者相对应，即所谓行动范围。七种角色对应七种行动范围，包括：（1）对头：其作用是打破家庭安宁，带来灾难，造成危害和损失；（2）赠予者：通常与主人公在森林或路上偶遇，并使主人公得到某种宝物，化险为夷；（3）相助者：神奇的相助者是作为礼物引入的，能帮主人公渡过难关，消除灾难或缺失，从追捕中获救；（4）公主与父王：民间故事中要找的人往往是公主，而她又与其父王共同行动；（5）派遣者的功能只有派遣（承上启下的环节）；（6）主人公：主人公或者在开场直接受到敌对者行动的折磨（或者感到某种欠缺），或者答应化解另一个人物的灾难或解决缺失；（7）假冒主人公：经常模仿主人公，他的反应总是负面的，而提出非分的要求则是他的专门功能项。

在普罗普看来，人物的意志、意图并不是本质性的母题，他们想做什么，他们的情感都不重要，重要的是他们对于主人公以及情节发展的意义。普罗普正是以这种方式找到了民间故事背后的密码以及隐藏在纷繁复杂表象背后的本质。从这个角度上看，取材于民间故事的小说从民间故事中借用的就不仅仅是内容，同时借用的还有民间故事的叙事结构。

二 《西游记》取经故事的故事形态学宏观分析

《西游记》的故事情节深受民间故事影响，其情节与中国民间故事类型十分相近。取经故事是全书的主干，包含41个故事，每个故事都有相对独立性。可以说《西游记》是多个短篇故事的连缀和组合。② 《西游

---

① 张隆溪：《二十世纪西方文论评述》，生活·读书·新知三联书店1986年版，第133页。
② 张炯：《中华文学发展史》，长江文艺出版社2003年版，第83页。

记》这一鲜明特点为该研究提供了可行性，即把每个小故事看作独立成篇的故事，以便从故事形态学的角度发现其结构脉络及隐藏的规律。为了让研究更具说服力，笔者根据其叙事结构将取经故事分为两类：唐僧被妖怪抓走，孙悟空等人历尽艰辛将其救出；或者师徒遇到妖魔为祸一方，经过努力拼搏，最终帮助当地百姓降妖除魔。第一类故事中的主角是抓走唐僧的妖魔，妖魔也可大致分为两种，即通过修炼而自成妖魔和从天上下凡的妖魔。第一种妖魔数量众多，如陀罗庄的巨蟒怪（67回）、盘丝洞的蜘蛛精（72回）等。这类妖怪大多被孙悟空等打死，也有少数被神仙收服，比如黑风怪（16回）；第二种妖魔大多和天上的神佛有密切关系，或者本是天上神仙，下凡作恶，最终被神佛收回。这类妖魔也为数不少，如：平顶山莲花洞的金角大王、银角大王（32—34回），狮驼山狮驼洞的三魔王大鹏（74回）等。

《西游记》中第一类取经故事按普罗普的功能分类可以概括为以下几种基本要素：

（1）初始场景；代码I：取经故事的初始场景大多是唐僧师徒行至陌生地带，如荒山野岭、破庙，或一个小王国。唐僧会派孙悟空等人前去探路、化斋，或是亲自拜访主人或国王。

（2）禁止запрет；代码6几乎所有的取经故事，都始于孙悟空等唐僧徒弟，有时还包括观音等帮助唐僧西行的神佛，他们共同被下了一道禁令：不得让唐僧受到伤害。

（3）刺探выведывание；代码в：妖魔总会得到唐僧的消息，亲自出动或派遣手下小妖，刺探唐僧师徒的下落，以期抓住唐僧。

（4）获悉выдача；代码w：妖魔总能获悉唐僧的准确消息，拟定具体方案。

（5）设圈套подвох；代码г：妖魔都会费尽心机，设置圈套，用欺骗手段诱骗唐僧师徒。

（6）协同пособничество；代码g：唐僧肉眼凡胎，心软慈悲，不识妖怪，常掉入妖怪所设圈套，将自己置于险境。此种情节在《西游记》中屡见不鲜。

（7）加害вредительство；代码A：妖怪大多能成功抓走唐僧，师徒常常陷入困境。

（8）破禁 нарушение；代码 b：唐僧被抓，禁令随之被打破。

（9）赠与者的第一项功能 первая функция дарителя；代码 Д：为救唐僧，孙悟空等往往会经受考验，请求救兵，谋求制服妖怪的宝物或得到神佛相助。比如孙悟空大战红孩儿，孙悟空找到了四海龙王，企图降雨灭火，无奈火势太凶，吃了大亏。

（10）宝物的提供、获得 снабжение, получение волшебного средства；代码 Z：经过磨难，唐僧的徒弟都最终得到能够克制妖怪的宝物或者神佛的帮助。

（11）交锋 борьба；代码 Б：和妖魔鬼怪进行正面激烈交锋。

（12）战胜 победы；代码 П：最终妖怪都被打败，唐僧被安全救出。

（13）灾难或缺失消除 ликвидация беды или недостачи；代码 Л：危机化解，灾难消除。

由此总结出公式（1）来表示这类故事的叙事结构：

$I6вωгgAbДZБПЛ$　　（1）

第二类故事在取经故事中也为数不少，唐僧师徒遭遇落难之人，所遇灾难多由妖魔鬼怪引起，其基本故事要素为：

（1）初始场景；代码 I：唐僧师徒行至一处，发现百姓落难，灾难常由妖怪引起。比如在朱紫国，发现国王有疾，其原因是王后被妖怪抓走做了压寨夫人。（68 回）

（2）禁止 запрет；代码 6：这里的禁令是针对主人公唐僧师徒的，即不能够放任妖怪作恶，这是对其西行取经的考验。

（3）加害 вредительство；代码 A：妖魔鬼怪加害受害者，加害过程大多让唐僧师徒目睹。比如，在朱紫国，唐僧师徒亲眼看见了妖风四起，妖怪前来拿人。（70 回）

（4）破禁 нарушение；代码 b：妖怪为祸一方，加害百姓，为唐僧师徒所不能容忍。

（5）赠与者的第一项功能 первая функция дарителя；代码 Д：孙悟空等往往会经受重重考验，或者前去寻找神佛的帮助。

（6）宝物的提供、获得 снабжение, получение волшебного средства；代码 Z：唐僧师徒得到了制服妖怪的宝物。比如，为了取回失窃的舍利子，孙悟空和猪八戒大战九头虫，后得二郎神和哮天犬帮助。战

胜妖魔。(63回)

(7) 交锋 борьба；代码 Б：孙悟空等唐僧徒弟，借神佛帮助，和妖魔鬼怪激烈交锋。

(8) 战胜 победы；代码 П：最终妖怪都被打败，灾祸被平定。

(9) 灾难或缺失消除 ликвидация беды или недостачи；代码 Л：危机被化解，灾难消除。比如战胜九头虫之后，唐僧师徒帮忙取回舍利子，众僧摆脱苦难，平息灾难和缺失。(63回)

由此总结出这一类取经故事的叙事结构为公式 (2)：

$$I6AbDZБПЛ \qquad (2)$$

《西游记》中的人物角色能够与普罗普故事形态学理论中的故事角色相对应，其人物角色大体分为以下几种：(1) 对头：各路有意加害唐僧师徒的妖魔；(2) 赠予者和相助者，《西游记》中这两个角色往往是同一的，以观音菩萨为代表的各路神佛为唐僧师徒取经提供帮助，赠予宝物，有时亲自出马，保驾护航；(3) 主人公：唐僧师徒是取经故事中的主人公；(4) 派遣者：这类角色一般只出现在第二类的故事中，即有需要帮助之人请求为其降妖除魔；(5) 假冒主人公：这一角色最明显的是真假孙悟空，还有变作主人公模样的妖魔。通过故事的形态学分析可以看出这两类故事功能顺序相同，情节相似，出场人物虽各有不同但也有规律可循。由此笔者概括为下列公式 (3) 以总括《西游记》取经故事的结构：

$$IБ\ (вwzg)\ AbDZБПЛ \qquad (3)$$

三 具体故事个案的故事形态学分析

下面选第32—34回中比较具有代表性的金角大王和银角大王的故事作为实例。

(1) 初始情景，代码 I：师徒行至一座山前，路险难走，而后日值功曹化作樵夫前来报信，说山里有妖怪在打唐僧的主意。悟空遣八戒前去巡山，却因大意，被银角大王抓了去。

(2) 禁止 запрет；代码 б：孙悟空探得前方有鬼怪，怕引起师父恐慌，刻意隐瞒并加强戒备。在这里孙悟空被下禁令：不得让妖怪伤害唐僧。

（3）刺探 выведывание；代码 B：金角大王和银角大王得知唐僧已到，准备顺藤摸瓜、探知底细。

（4）获悉 выдача；代码 w：银角大王带领着众小妖寻找唐僧，并探知唐僧下落。

（5）设圈套 подвох；代码 г：银角大王见孙悟空如此了得，心生怯意，想利用唐僧的善良骗他，于是变作受伤老道。

（6）协同 пособничество；代码 g：唐僧果然上当，让孙悟空驮着老道，将自己置于险境。

（7）加害 вредительство；代码 A：银角大王用诡计困住孙悟空，师徒均被抓走。

（8）破禁 нарушение；代码 b：唐僧被妖怪抓走，禁令随之打破。

（9）赠与者的第一项功能 первая функция дарителя；代码 Д：孙悟空被暗算压在山下，心中又悔恨又焦虑。后等来搭救他的山神土地，做好反击准备。

（10）宝物的提供、获得 снабжение, получение волшебного средства；代码 Z：孙悟空请求了日游神等诸神帮助，成功从精细鬼和伶俐虫手上骗来葫芦和净瓶两件宝物。

（11）赠与者的第一项功能 первая функция дарителя；代码 Д：孙悟空为了取得妖怪信任救唐僧，甘心受辱，给妖怪下跪磕头，只为骗得妖怪的宝物。

（12）宝物的提供、获得 снабжение, получение волшебного средства；代码 Z：孙悟空忍辱负重，终于找到机会打死九尾妖狐，得到宝物幌金绳。

（13）赠与者的第一项功能 первая функция дарителя；代码 Д：孙悟空不知宝物用法，反被宝物所擒，被妖怪抓进洞去，再一次经受考验。

（14）宝物的提供、获得 снабжение, получение волшебного средства；代码 Z：孙悟空与妖魔斗智斗勇，变作小妖怪从金角大王和银角大王手中骗得真葫芦，又变出假葫芦戏弄妖怪。

（15）交锋 борьба；代码 Б：孙悟空与银角大王正面交锋，战胜银角大王，将其收入葫芦之中，之后遭遇金角大王，金角大王倚仗宝物，勉强和孙悟空抗衡。

（16）战胜 победы；代码 П：金角大王虽然宝物在手，却非真正对手，损兵折将，逃之夭夭。

（17）灾难或缺失消除 ликвидация беды или недостачи；代码 Л：孙悟空救出师父师弟。最后真相大白，金角大王和银角大王原是太上老君身边童子，宝物被收回。灾难彻底消除。上述故事的形态学分析，其叙事结构可概括为公式（4）：

IБвwгgAbДZДZДZБПЛ　　　（4）

对比公式（3）和公式（4），可以看出公式（4）的功能项多于公式（3），但出现的所有功能项均包含在公式（3）中且顺序保持一致，只是出现了一定的重复现象。结合《西游记》中取经故事的其他章节对其进行分析，笔者总结出以下几点作为补充说明：（1）有一些核心的功能项会出现重复，甚至不止一次地重复。比如金角大王和银角大王故事里的赠予者的第一项功能 Д 和宝物的提供与获得 Z 两个功能项，收服猪八戒故事中的交锋 Б 与战胜 П 两个功能项，都出现了重复；（2）功能项的重复造成具体公式与通用公式之间形式上的不一致，但不能忽略的是，尽管出现了重复，通用公式中出现的功能项都出现在故事中，并且顺序显示出非常高的一致性；（3）《西游记》中每一个故事都具有独特情节，不能排除一些故事中出现了公式中没有的功能项。但公式中的功能项所展示的情节确是每个故事中必不可少的部分，虽不能完全反映具体故事中所有情节，却展示出每个故事的基本构架；（4）有一些功能在应用到《西游记》的取经故事中时，功能项的意义和普罗普的原意相比发生了一定程度的变异，以适应取经故事的特点。

结　　语

总体来说，《西游记》取经故事的各功能项和普罗普的原作保持了很高程度的一致性，因此，笔者认为公式（3）可以基本概括《西游记》中取经故事的基本叙事结构，

IБ（вwгg）AbДZБПЛ　　　（3）

普罗普从民间故事这种文学体裁的具体作品中抽象出基本规则有助于把变化多端的文学现象简化为容易把握的基本结构。运用这套规则来分析

情节与功能、人物与角色之间的关系，这对于理解叙事文学的本质很有帮助。取经的故事形形色色，纷繁复杂，每个故事都有独到之处；故事里的人物千变万化，但其行动范围却万变不离其宗；功能的实现方法是变化的，但功能本身是不变的；角色的功能成为故事的基本组成部分。由此更加凸显了故事形态学研究的价值，透过纷繁复杂的故事表象，去发现一个行之有效的解读方法。这无疑印证了普罗普对于民间故事研究的价值，这种价值是超越时间和民族的。

原载《名作欣赏》2014 年第 3 期

以故事形态学谈幻想小说中双主人公的信任
——以《黑暗元素三部曲》为例

洪群翔[*]

一 《黑暗元素三部曲》中双主人公的信任

本文借助《故事形态学》的相关理论，从一个角度探讨菲力普·普曼幻想小说《黑暗元素三部曲》，试图分析幻想小说中双主人公间信任的《故事形态学》功能项。笔者将先分析卢曼之信任定义，再从《故事形态学》31+1个主功能项中，选取出与双主人公间信任有关之主功能项，并使用这些功能项分析《黑暗元素三部曲》双主人公从彼此不信任至建立信任的情节过程。

（一）为何要定义信任？

冒险型幻想小说双主人公是指：两者在同一故事中均符合幻想小说主人公之身份，一起经历故事中的冒险直至结局，旅途中有深刻的互动，彼此不可或缺。而两位主人公或者说任何自然人，在旅途中或任何状况下要有深刻的互动，首先必须要对彼此熟悉，亦即"从建立彼此的'信任'开始"。

经典名著《信任》的作者尼可拉斯·卢曼（Niklas Luhmann）是如此解释熟悉与信任间的关系的：

---

[*] 作者：洪群翔，台湾台东大学儿童文学研究所博士研究生。

熟悉是信任的前提，也是不信任的前提，即对未来特定态度作为任何承诺的先决条件。①

建立了熟悉与信任后，才能开始有各式各样的互动。双主人公在有了彼此的信任后，最终表现出来的互动，才能达到"合作"的形式，甚至到达愿意将性命托付予彼此的境界。

卢曼将信任定义为：

信任是为了简化人与人之间的合作关系。

笔者将以上的叙述简单画成一个示意图：

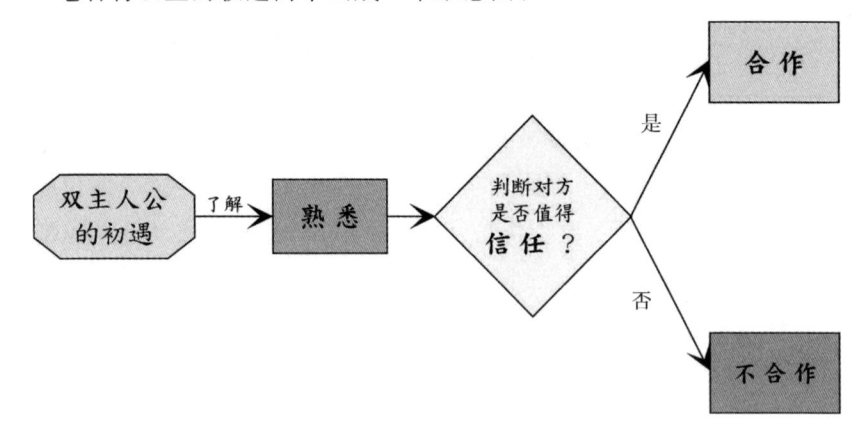

图 1　熟悉、信任与合作的互动过程

图 1 其实就是一个幻想小说双主人公初遇、熟悉到决定信任彼此的其中一段情节简化流程，甚至可以说是简化公式。若用《故事形态学》的概念来分析，这就是以其中一位主人公的行动圈为主视点来观看这个故事时，他是否要信任甚至与一个赠与者（或相助者，其实就是另一位主人公）合作的过程，也就是功能项 12、13 与 14 的大体流程。

---

① ［德］尼克拉斯·卢曼：《信任》，瞿铁鹏、李强译，上海人民出版社 2005 年版，第 25 页。编者注：下文凡引此书，仅标明该书页码。

表 1　　　　　　　熟悉、信任与合作的部分功能项简表

编号	功能项定义	俄文代码	Dark代码	功能简述（参考原文改写）
12	赠与者的第一项功能	Д	Dr	主人公经受考验，遭到盘问，遭受攻击等等，以此为他获得魔法或相助者做铺垫
13	主人公的反应	Г	Gr	主人公对未来赠与者的行动做出反应
14	宝物的提供获得	Z	Z	宝物落入主人公的掌握之中

而这一段情节，也就是在《黑暗元素三部曲》中一再发生的事情，莱拉如何让其他人信任她，甚至与她合作；第二部《奥秘匕首》中，莱拉与威尔的初遇、两人为了夺回真理探测仪而去取得奥秘匕首的过程，更是这三个功能项组合起来的经典情节。因此，清楚地定义出信任，并将之与《故事形态学》做明确地连结，是绝对必要的。

（二）从熟悉到信任

1. 信任是为了减少未来的复杂性

人类所生活的世界是极为复杂的，到了 21 世纪的今天更是如此，不论是科技或社会状态都是瞬息万变，随时随地都有千万种截然不同的可能性会发生。

而幻想小说所使用的超自然环境的复杂性则更胜数筹，除了作者与故事内的少数角色外，根本没有多少人能知道在幻想小说的超自然故事环境中，下一秒到底会发生怎样的事情？会有多少让人叹为观止、哑口无言的变化与可能性。

卢曼在他的《信任》中，如此阐述这样的复杂性：

> 显示信任就是为了预期未来。（页 12）
> ……
> 所以，信任问题就在于这样一个事实：未来包含的可能性，远远

多于现在可能实现的,因而可能转变为过去的可能性。必定会存在的不确定性,只是由于一个最基本的事实:并非所有的未来都能够成为现在并从而成为过去。未来给人类的想象力加上了过重的负担。人类不得不生活在与这种永远过度复杂的未来相伴的现在。因此,他必须削减未来以适应现在,也就是说,减少复杂性。

……

所以,随着复杂性的增长,对"保障"的需要也相应增长,例如,对信任的需要。(页18)

针对卢曼的这段话,有个问题来了:"为何未来的可能性非常复杂,必须削减未来的可能性以适应现在,会变成一个信任问题呢?"可这样去解释此状况:人活着必须得到一定程度的安全保障;但未来的可能性多到如果一个人必须把每一种可能性都计算到自己认为安全的程度时,会将自己活活累死;所以,我们必须试着用一些方法来削减掉一些不一定或不可能会发生的未来可能性,亦即减少未来的复杂性。而用以减少复杂性的方法之一就是:"判断哪些人事物值得信任。"值得信任的人和事物,就不需要花太多的心力去计算其未来的可能性或危险性。专心致力于思考我们不信任的人和事物,借此就能大幅度地减少未来的复杂性。

2. 如何判断何者能信任?

那么,又要怎么判断什么人和事物值得信任呢?卢曼给出的答案是"熟悉",他的说法是这样的:

这意味着,熟悉的世界是相对简单的,而且这种简单性在相当狭窄的界限内得到保证。(页25)

……

在熟悉的世界中,过去胜过现在和未来。过去并不包含任何"其他可能性";复杂性一开始就得到简化。所以,以过去的事物为指向,可以使世界简单化,使它安然无恙,你可以假定,熟悉将一往如故,值得信任者将再次经受考验,熟悉的世界将延续到未来。(页26)

因为熟悉，所以可能性就被了解了；可能性被了解，复杂性减少，因此比较容易地去判断要选择"信任"或"不信任"。但熟悉与信任听起来好像是一体两面，又仿佛不是，这二者究竟要如何区分呢？卢曼给了以下的答案：

> 所以，熟悉与信任是吸收复杂性的互补方式，它们相互联系，一如过去和未来互相联系。时间的统一性，在现在分离开过去和未来，却又使它们互为指向，他使这种互补的性能之间的关系成为可能，关系一方：信任，预设另一方：熟悉。（页26）

所以，熟悉是针对过去所得到的经验累积，而信任是我们基于熟悉用以减少未来复杂性，进一步面对未来的判断方式。了解熟悉与信任的关系之后，终于可以开始细腻地定义"信任"了。

（三）信任的定义

除了本节第一段提及的"信任是为了简化人与人之间的合作关系"外，卢曼在他的《信任》一书中，针对信任有以下这些更细腻的简要说法：

> 在其最广泛的涵意上，信任指的是对某人期望的信心，它是社会生活的基本事实。（页1）

这句话是在此书第一章的第一句话，开宗明义地出现，可见信任其实是"人对人一种重要的社会关系"，而且是一切社会生活中最基本且最重要的存在。没有信任，就无法在这个社会里安然生存。若没有信任，我们的社会将会变成怎样的一个恐怖情景？卢曼在《信任》里也清晰地用一句话作了极为深刻的描绘：

> 现如今，与人一起外出时，人们总是对别人赋予信任，才不会认真权衡是要带刀还是带枪。（页31）

因此诚如上述论述，可理解到其实要讨论"信任"这个议题时，并不是单纯地只论述"被信任的可能性",它还包含了"不被信任的可能性"也得要一次讨论进来。这就像是在检讨考卷出一道四选一的单选题时,不能只问"正确答案那个选项为何正确?我们为何信任它是对的?"更必须去理解"剩下三个错误的选项为何错了?我们为何不信任它?"

是故,将信任的重要性,加上在上一段讨论的从熟悉到信任,可以得到一个清晰而明确的小结,而这句小结的话,卢曼也在《信任》中写了出来:

显示信任就是为了预期未来。(页12)

行文至此,我们已经作了足够的分析,可以简单地替本研究所需要用到的"信任",下一个扼要的定义了:"信任是一种预期未来的机制,是为了简化人与人之间的合作关系。人借由自己熟悉的经验替未来的可能性下判断,不信任风险高到无法承受的可能性,而去信任熟悉的、风险低到可以接受的人事物。"有了这份文字定义,笔者就可制作一张"双方判断是否值得互相信任前提表",用以检验接下来要分析的《黑暗元素三部曲》中角色们的信任关系:

表2　　　　　　　　双方判断是否值得互相信任的前提

信任要素	甲方	乙方	要素达成否?
是否为过去熟悉的经验?			○ or △ or ×
能否承受此可能性的风险?			
是否信任此可能性?			

完成本研究所需的信任定义后,接着我们可以利用这个定义去分析普罗普《故事形态学》的 31+1 个主功能项中,有哪些是关系到双主人公彼此间信任与否的功能项,并找出各功能项间的关系。

二　双主人公常见的信任功能项简析

(一)为何只讨论与双主人公信任有关的功能项?

承前段分析:"信任无处不在。"因为信任是我们在这个社会生活上判断每一件事的基础，已经深植我们的心中，我们无时无刻都在使用着信任来思考事情。所以若直接提出个问题说："普罗普《故事形态学》31+1个主功能项里，哪些是信任的表现？"那答案将会是："全部都是啊！"

例如，从第一功能项"1. 外出（e；E）"开始，家人要离家时，想必就是因为信任主人公及家人能把家里照顾好，或者是因为有着不得不信任离家才有办法解决困境的理由，里面就包含着信任。一路到最后"31. 婚礼（C＊＊；C）"，如果主人公不信任他的新娘，主人公会跟她结婚吗？主人公难道不怕枕边人晚上给自己一刀？这中间必然也包含着信任。

信任无处不在。因此，单纯讨论信任与功能项是没有太大帮助的。或者说，一篇论文也谈不完。必须将分析的范围与限制做出局限，让整个问题明确且清晰。所以，我们只专注于讨论："与双主人公信任有关的功能项。"

（二）与双主人公信任有关的功能项

1. 如何找寻这些功能项？

"与双主人公信任有关的功能项"这句话里，清楚地表示着我们要找寻的是"双主人公之功能项"与"信任之功能项"的交集功能项。可示意如图2：

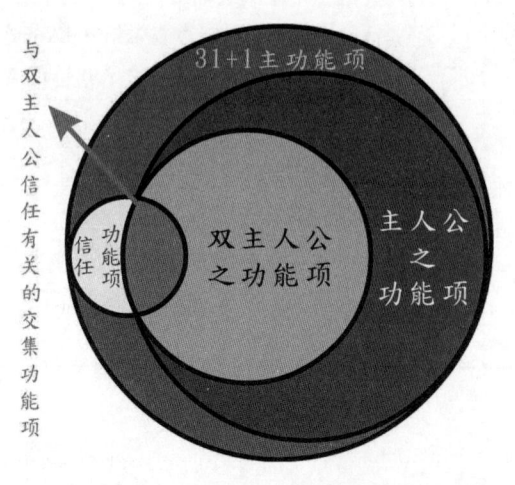

图2　与双主人公信任有关的功能项之关系图

根据这个概念，再整合一路讨论双主人公定义、双主人公功能项、信任定义与信任之功能项可将普罗普 31 + 1 个主功能项筛选出以下几个与"与双主人公信任有关的主功能项"。

2. 信任目录

表3　　　　　　　　　与双主人公信任有关的主功能项

编号	功能项定义	俄文代码	Dark代码	与双主人公信任关系的简介	黑暗元素三部曲中的情节举例	举例情节之故事页码
2	禁止	б	Brw	一主人公向另一主人公下禁令	威尔要求莱拉不要在他的世界跟其他人说话引起注意	《奥秘匕首》上页139
3	破禁	b	Bh	打破禁令	莱拉多次打破威尔不准她跟其他人说话的禁令	多次出现
4	刺探	в	Vh	双主人公误认对方是敌人而相互试图刺探消息	莱拉与威尔初遇彼此攻击后，互相试探	《奥秘匕首》上页36
5	获悉	w	W	对头获知其受害者的信息	爵士骗取莱拉对尘的了解情报	《奥秘匕首》上页199
8	加害	A	A	对头给一个主人公带来危害或损失	查尔斯·拉充爵士偷走了莱拉的真理探测仪①	《奥秘匕首》上页199
8a	缺失	a	Ah	主人公之一缺少某种东西，他想得到某种东西		
9	调停；承上启下的环节	B	V	灾难或缺失被告知，向主人公之一提出请求或发出命令，派遣他或允许他出发	莱拉请求威尔帮忙抢回探测仪	《奥秘匕首》上页202

---

① 在《奥秘匕首》中功能项的连结是与 Vh、W、Grw、G 一路连贯到 A、Ah 与 V，可用来叙述莱拉被骗走真理探测仪后，威尔为了协助莱拉拿回探测仪，被迫去取得奥秘匕首的前半段过程。但由于其中只有几个功能项与"双主人公间的信任与合作"有关，故在此列表中仅选择有关的保留。

续表

编号	功能项定义	俄文代码	Dark代码	与双主人公信任关系的简介	黑暗元素三部曲中的情节举例	举例情节之故事页码
10	最初的反抗	C	S	寻找者应允或决定反抗	威尔应允帮助莱拉抢回探测仪	《奥秘匕首》上页203
11	出发	↑	↑	主人公离家	双主人公出发去抢回探测仪	《奥秘匕首》上页207
12	赠与者的第一项功能	Д	Dr	主人公经受考验，遭到盘问，遭受攻击等，以此为他获得魔法或相助者做铺垫	前任匕首人要求威尔在手指受伤的情况下立刻学会使用奥秘匕首，而潘安慰威尔的痛楚	《奥秘匕首》下页244
13	主人公的反应	Г	Gr	主人公对未来赠与者的行动做出反应	威尔答应取得匕首来换探测仪	《奥秘匕首》下页225
14	宝物的提供、获得	Z	Z	宝物落入主人公的掌握之中	威尔在莱拉的帮助下继承奥秘匕首，成为匕首人	《奥秘匕首》下页241
15	在两国之间的空间移动、引路	R	R	主人公转移，他被送到或引领到所寻之物的所在之处	威尔带莱拉到自己的牛津	《奥秘匕首》上页90
16	交锋	Б	Br	主人公与对头正面交锋	威尔跟莱拉与偷取奥秘匕首的突里欧作战	《奥秘匕首》下页234
17	打印记、做记号	K	K	给主人公作标记	威尔的断指	《奥秘匕首》下页238
18	战胜	П	Pr	对头被打败	威尔跟莱拉击败偷取匕首的对头	《奥秘匕首》下页236

续表

编号	功能项定义	俄文代码	Dark代码	与双主人公信任关系的简介	黑暗元素三部曲中的情节举例	举例情节之故事页码
19	灾难或缺失的消除	Л	Lr	最初的灾难或缺失被消除	威尔使用匕首穿越世界，替莱拉取回探测仪	《奥秘匕首》下页 270
20	归来	↓	↓	主人公归来	结局：双主人公各自回到自己的世界	《琥珀望远镜》下页 587
21	追捕、追缉	Пр	Prp	主人公遭到追捕	因为威尔之故，莱拉亦被卷入了追捕	《奥秘匕首》上页 197
22	获救	Сп	Srp	主人公从追捕中获救	威尔从全世界的追捕中，把莱拉救了出来	《琥珀望远镜》上页 186
23	不被察觉的抵达	X	X	主人公以让人认不出的面貌回到家中或另一个国度	莱拉与威尔多次秘密到达另一个世界	多次出现
25	难题	З	Zr	给主人公出难题	查尔斯爵士刁难双主人公，要求拿奥秘匕首来换探测仪	《奥秘匕首》上页 209
26	解答	Р	P	难题被解答	莱拉被迫留下潘	《琥珀望远镜》下页 330
27	认出	У	Y	主人公被认出	因为威尔说漏了嘴，害莱拉的假名莉琪被拆穿	《奥秘匕首》下页 209
29	摇身一变	Т	T	主人公改头换面，爱人替彼此的精灵定型	莱拉与威尔借由爱人之手替彼此的精灵定型	《琥珀望远镜》下页 577

续表

编号	功能项定义	俄文代码	Dark代码	与双主人公信任关系的简介	黑暗元素三部曲中的情节举例	举例情节之故事页码
31	举行婚礼	C**	C	双主人公在感情上的相互承认与精灵的定型	莱拉与威尔的相互承认，象征夏娃与亚当的结合，相当于婚礼的情节	《琥珀望远镜》下页577

3. 其余6个功能项没有被选上的原因

被剔除掉的6个功能项，并非这6个均与主人公或信任无关而被剔除，而是这6项与"双主人公间的信任"无关。笔者将其列表如表4：

表4　　　　　　　　与双主人公信任无关的6个功能项

编号	功能项定义	俄文代码	Dark代码	功能简述（参考原文改写）
1	外出	e	E	一位家庭成员离家外出
6	设圈套	r	Grw	对头企图欺骗受害者，以掌握他或他的财物
7	协同	g	G	受害者上当并无意中帮助了敌人
24	非分要求	Φ	Fr	假冒主人公提出非分要求
28	揭露	O	O	假冒主人公或对头被揭露
30	惩罚	H	H	敌人受到惩罚

其中，最有可能会有争议的应该是"7、协同（G）"，因为莱拉无意间被查尔斯爵士骗走了探测仪，这个情节段落完全符合G的定义，若完整地写出整个《黑暗元素三部曲》全部的功能项解析的话，想必不会漏掉这段；但因为本研究核心在"双主人公间的信任"，莱拉是自己被骗，威尔当时不在现场，而真正与威尔有关的是后来的"8、加害（A）"与其变项"8a、缺失（Ah）"。

更重要的是，在《故事形态学》第三章，谈到成对排列的功能项时，《故事形态学》原作中明载成对排列的有：禁止—破禁、刺探—获悉、交锋—战胜、追捕—获救①，而这四组都有在本研究信任所列的功能项里，详情请见上编 Dark 版代码认定的成套之功能项。

因此，G 判断上应该是与"6、设圈套（Grw）"成对排列，但 Grw 很明显不是与双主人公间信任有关的功能项。所以，本研究在此舍弃 G，直接用 A 带过。

总的来说，在列出了这 26 个与双主人公间信任有关的功能项后，为求最终将整个双主人公间彼此建立信任的过程用《故事形态学》功能项表现出来，笔者将"莱拉与威尔间的信任与合作"，拆成三个时期："不信任期""信任建立期"与"合作期"，分别放在笔者硕士论文的第三章第三节、第四节与第四章来进行案例的分析与讨论，但此次缩写为本编论文，由于篇幅与字数限制，笔者不得不忍痛删减谈"合作期"的部分，仅保留前两期有关双主人公信任的论述，万请见谅。

三　莱拉与威尔互不信任的原因与互动

（一）从不信任谈起

前文给信任下一个扼要的定义："信任是一种预期未来的机制，是为了简化人与人之间的合作关系。人借由自己熟悉的经验替未来的可能性下判断，不信任风险高到无法承受的可能性，而去信任熟悉的、风险低到可以接受的人事物。"

在《奥秘匕首》莱拉与威尔第一次穿越世界后的初遇，是在喜喀则，一个均非双主人公故乡的世界。因此，喜喀则对双主人公来说都是绝对的不熟悉，是很危险的。双主人公必然会对这个异世界的一切非常不信任，随时提心吊胆。所以，当双主人公各自在这个空无一人的异世界里，突然碰到一个小孩时，肯定是吓得半死，开启所有的自我防卫机制，完全地不信任对方。是故，在讨论莱拉与威尔这对双主人公的信任时，按照故事情节的发展顺序，得从他们彼此的"不信任"开始谈起。

---

① ［俄］普罗普：《故事形态学》，贾放译，中华书局 2006 年版，第 59 页。

（二）莱拉与威尔的初遇与不信任期之情节范围

大体而言，莱拉与威尔这对双主人公间的不信任期相对很短，大约持续不到整个《黑暗元素三部曲》的十二分之一；准确地说是 2002 年版《奥秘匕首》上集的第 35—141 页①，双主人公的初遇到威尔说我们得互相信任为止。

笔者将这段不信任期在《奥秘匕首》里所占大体篇幅示意如图 3：

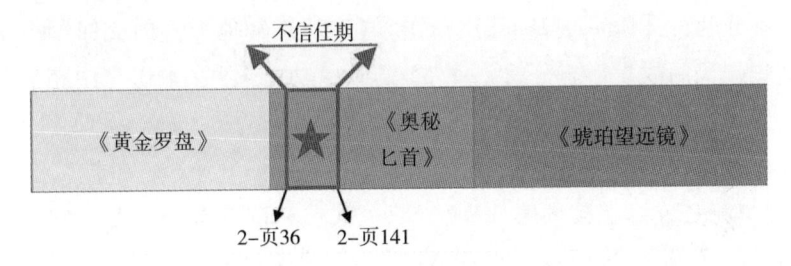

图 3　不信任期在《奥秘匕首》的篇幅比例图

在《奥秘匕首》上集的第 36—38 页故事中，两人的认识是先从打了一架后，开始互相刺探的对谈。经过一番折腾，双方一个下禁令，一个爱破禁，一下彼此试探，一下又互相争执，直到第 141 页，莱拉失口说出自己知道威尔是要找寻父亲的事情时，双方才开始正式准备试着信任对方。在约 105 页的篇幅中，莱拉与威尔都还尚未建立对彼此的信任，也就是还「互相不信任」；接着我们就针对这段"不信任期"以《故事形态学与幻想小说》上编、《故事形态学》第五章各版本与 Dark 版代码定义与简述对照全表里的方法来简略将其功能项拆解出来。

（三）莱拉与威尔互不信任的情节段落之功能项文字拆解

正式开始作文字拆解，第一回合开始（I），故事来到《奥秘匕首》上集的第一章，35 页之前的情节都视为铺垫部分初始情境【I；I】（i）。

莱拉与威尔各自穿越了窗口来到喜喀则【R7d + X + ↑；R7d + X + ↑】。"G7（R7d）其他形式的转送"，此为李扬《中国民间故事形态分

---

①　[英] 菲力普·普曼：《奥秘匕首》（上、下），王晶译，（台湾）缪思出版有限公司 2002 年版。

析》第 35 页的补遗功能项。本研究中拓展为使用所有能穿越不同世界之窗口的移动。加号这种结合功能项的用法，在李扬《中国民间故事形态研究》第 49—50 页等地方随处可见。由于双主人公都是因为某些理由不想被他人发现，才会来到这个异世界，故使用 R7d 作为主功能项，搭配附属功能项"23、不被察觉的抵达（X）"合并使用；本研究中 X 拓展为包含进偷偷摸摸地移动或跟踪等情节。

双主人公因不信任而初次见面旋即扭打起来【Br5d；Br5d】，打了一阵，不分胜负【Prneg；Prneg】。"H5（Br5d）其他形式的交锋"此为李扬《中国民间故事形态分析》页 35 的补遗功能项①；本研究中拓展包含进主人公误认另一要角为敌而与其交锋等状况。"I-（Prneg）主人公未取胜"亦为同页的补遗功能项。

《奥秘匕首》上集的第 38 页，双主人公一阵互殴停止后，双方开始互相试探【Vh2；W2】#【W2；Vh2】#。试探到了一个程度，双主人公均似乎发现对方不是有恶意的敌人，到了《奥秘匕首》上集的第 41 页，至少威尔这边放下了一部分敌意，开始寻找并烹煮食物与莱拉一起饮食。到威尔替莱拉煮晚餐时，威尔要求莱拉去拿餐具，莱拉二话不说就答应了【Gr2pos；Dr2】#。双方的敌意稍减，但仍对彼此不甚信任。

吃完饭后，因双方尚未完全建立信任，又开始互相试探彼此的名字、来处与意图【Vh2；W2】#【W2；Vh2】#；最后，莱拉命令威尔带她去看威尔来的窗口，但威尔以时间太晚拒绝【Dr2；Gr2neg】#；接着立场对调，威尔要求莱拉去洗碗，莱拉一开始拒绝，最后还是乖乖照办【Gr2pos；Dr2】#。

《奥秘匕首》上集的第 46 页威尔睡后，莱拉还是不信任威尔，所以决定问探测仪的意见，得到的答案让莱拉决定暂时先与威尔同行【Vh3；W3】#。

情节到这里，双主人公算是初识，彼此都还不信任，防备心都还在。第二章都与双主人公信任无关，故当过场不分析。

第三章，初遇后的翌日，莱拉从恶梦中醒来，问探测仪问不出所以然，有些赌气似的自己去弄了一份煎焦了的、连潘都宁可吃蛋壳的蛋卷。

---

① 李扬：《中国民间故事形态研究》，汕头大学出版社 1996 年版。

威尔起床后看到了，莱拉还很得意地问要不要也帮威尔弄一份蛋卷，威尔看了一眼焦黑的食物后，旋即婉拒，宁可吃麦片【Dr2；Gr2neg】#。

显示了莱拉至今仍还没有打算与威尔分工合作，而威尔也并不认为莱拉可靠；在双方都还不够信任对方的情况下，双方都打算还是靠自己比较安全。

双方继续前一晚的试探【Vh2；W2】#【W2；Vh2】#。

那么，经过一个晚上，我们简单使用之前制作的双方判断是否值得互相信任前提表来检验双主人公目前对彼此的信任到怎样程度？

表5　　　　双主人公初识次日早晨的信任状况与功能项表

信任要素	莱拉	威尔	否达成要素？	相关功能项				
				编号	定义	俄文码	Dark码
				4	试探	в	Vh
是否为过去熟悉的经验？	这人、状况、世界，莱拉完全不熟	这人、状况、世界，威尔完全不熟	×	5	获悉	w	W
				12	赠与者的第一项功能	Д	Dr
				13	主人公的反应	Г	Gr
能否承受此可能性的风险？	若出状况，莱拉还能独自逃走；探测仪表示对方是个杀人犯，有武力也能觅食	若出状况，威尔还能逃回自己的世界	△	11	出发	↑	↑
				15	引路	R	R
				16	交锋	Б	Br
				18	战胜	П	Pr
				23	不被察觉的抵达	X	X
是否信任此可能性？	见机行事	见机行事	×	13	主人公的反应	Г	Gr

从表5看来，在熟悉方面，就小说三要素：角色、情节跟环境来说，莱拉跟威尔都完全不熟悉，所以只能不赞同——×。在风险承受上，双方打过一架、相处过一夜，吃了两餐，还没有闹出人命，表示彼此都还有自保的能力，勉强算是能承受一部分的风险，所以表示部分赞同，部分不赞

同——△。因此，双方在信任这件事上，仍然处于不信任的状态——×。

随后双主人公从喜喀则的孩子口中得知了未来的对头之一"幽灵"的情报【Vh2；Vh2】【W2；W2】。在此，除了双主人公仍彼此把对方当为对头外，因喜喀则这些孩子之后会追杀双主人公，故本研究也将这些孩子视为对头判断。

《奥秘匕首》上集的第 87—89 页，两人为了前往威尔的牛津，威尔要求莱拉听从自己的指示，否则杀掉他。他要莱拉自己洗澡、换衣服、穿裤子。莱拉以从未自己洗过头及自己是女生为由严词拒绝，甚至不屑威尔在没店员的情况下仍坚持付钱的行为。这是两人第一次为了彼此的行事规则起冲突【Bh1＋T3；Brw1】#，接下来双方还会有非常多次类似的状况。

双主人公间的不信任到达了其中一方甚至会威胁杀害另外一方的情况，仿佛之前的好转都只是无伤大雅时才允许的一种宽容。

威尔开始带莱拉前往自己的牛津【X＋R7d；X＋R7d】。莱拉第一次看见车水马龙的汽车大道，过马路时不小心被撞倒，威尔立刻冲上去把莱拉救起，并帮莱拉在大批民众中解围【Prp6＋Drw7＋Z9＝Srp5；Gr7】#。"Пp6（Prp6）追捕者试图杀死主人公"本研究中拓展为所有从本功能项Пp 已有条列之状况以外，主人公可能丧命的危机。

此处使用"δ7（Drw7）威胁在先或是将求告者置于无助的境地"，是因为《故事形态学》的解释是这样的：

> 另一种性质的情形，也是威胁在先或是将求告者置于无助的境地：主人公偷走了洗澡姑娘的衣服，她请求还给她。有时只是出现无助的境地，并未提出请求（小鸟遭雨淋，孩子们虐猫）。在这些情形下主人公有效劳机会。这里客观上出现了一个考验，尽管主观上主人公并未意识到这是怎么回事（代码δ7）。（页38）

而李扬《中国民间故事形态分析》第 27 页的功能简述为"陷入困境者未提出请求，只将施援的可能提供给主角"。故此笔者在这里使用 Drw7。

另，将"Cn5（Srp5）他藏在铁匠那儿"拓展为有相助者帮助主人公逃离危机的状态。

至《奥秘匕首》上集的第 95 页，这是威尔第一次拯救莱拉。威尔温言询问莱拉的伤势，莱拉心不在焉地回答，但态度已经开始有所软化，莱拉不自觉地告诉威尔探测仪的用途，但威尔并没有留心【Dr5；Gr5】#。因为威尔是由于莱拉才能取得奥秘匕首的，故在此将莱拉视为威尔主人公的赠与者与相助者。

经过这次事件，双方的态度都缓和不少，接下来的对话也少了很多针锋相对。莱拉甚至轻易地就让威尔知道自己有非常贵重的真理探测仪与一堆金币，而威尔也主动给了莱拉一些可以使用的英镑。莱拉来到一个跟自己世界很像，却又有诸多不同的陌生世界，加上被车撞后，感到十分无助，一直大声说话，威尔婉言地要她小声一点，这时莱拉才不情愿地配合【Bh2；Brw1】#，这是两人终于开始有一些信任与合作的迹象。

第四章，双主人公分开行动，根据本研究的主题，是可跳过的，而直接引用第五章的结果的，但因为第四章牵扯第五章的事情实在太深，所以在此笔者还是略微记录一下。

威尔与莱拉分开行动【〈；〈】（<），各自探询自己的线索。在本研究中，"<（〈）在岔路上分离（开）"延伸为"双主人公暂时分开行动"。

《奥秘匕首》上集的第 110 页，莱拉私下再度使用探测仪询问关于威尔的事情，要求莱拉与威尔信任并合作，探测仪警告莱拉不要对学者（玛隆博士）说谎【Vh3 + Brw1 + Bh1；W3】#（61、b1）。

莱拉在此时还根本不认为自己会信任，甚至与威尔合作，但违背了探测仪的这个禁令，将会给莱拉带来无穷的后患；旋即，莱拉独自一人乱跑，遇到了对头老人查尔斯爵士，爵士刺探莱拉的情报；接着，莱拉与威尔各自和玛隆博士与学者见面谈话；威尔在探询自己的情报，结果被自己对头获知情报，开始追捕他【Vh1 + W1；Vh2 + W2 + Prp2】（B1、w1）。

第五章，莱拉兴奋地与失魂落魄的威尔会合【〉d；〉d】。"（〉d）双主人公会合"，此为本研究 Dark 版代码唯一新增的特有功能项，用以在"<（〈）双主人公暂时分开行动"后又会合时使用。

在《奥秘匕首》上集的第 138—139 页，莱拉为了替威尔引开敌人而跑去说谎，莱拉主动去说谎会引起他人注意，这又违背了威尔的禁令【Drw7 + Bh1；Brw1 + Gr2neg + Z9 = Srp5】#。这段状况用功能项来解释其实有相当的困难，所以笔者选择了加号来解释：首先威尔已先下"61（Brw1）禁令"，要求莱拉不要引人注意，但莱拉想要替威尔摆脱追捕"δ7（Drw7）陷入困境者未提出请求，只将施援的可能提供给主角"，所以 Drw7 得到一个附属功能项"b1（Bh1）打破禁令"，威尔因此得到了一个附属功能项暂时摆脱了追捕"Сп5（Srp5）有相助者帮助主人公逃离危机"。

两人开始低声争执论战【Br2；Br2】。"Б2（Br2）他们进行比赛"本意指的是幽默故事中骂战后，主人公施计的状况，《故事形态学》原文为：

> 2. 他们进行比赛（Б2）。在一些幽默故事里交战有时不会发生。吵架（有时战前对骂完全类似）后主人公和加害者进行比赛。主人公靠计谋得胜。（页46）

结果在《奥秘匕首》上集的第 140 页，莱拉意外地暴露了自己知道威尔找父亲之事，威尔血色全失【Pr2；Prneg】#。"П2（Pr2）他输了比赛"同（Б2；Br2），在本研究中将主人公的口舌之争胜利也归入此类。此段以莱拉言战胜，威尔败作两人的功能项。

莱拉为了补救自己造成的信任窘境，被迫操作探测仪给威尔看【P；Zr】#。

在此要特别解释，因为这还是不信任期，双主人公尚未把彼此当作同伴，甚至将彼此视为敌人，故在《故事形态学》功能项选用上，会一直出现赠与者、相助者，甚至是对头的专用功能项；这次最后一波大吵，竟然会用上对头专用的"Б2（Br2）他们进行比赛"，这种交锋很激烈且负面的功能项就是如此。

若以行动圈之概念，将不信任期双主人公对彼此可能的行动圈定位分析出来，就会如同表6：

表6　　　　　　不信任期双主人公对彼此可能的行动圈定位

时期	从莱拉看威尔	从威尔看莱拉
不信任期	1. 对头 2. 赠与者（可能是敌对的赠与者） 3. 相助者	1. 对头 2. 赠与者（可能是敌对的赠与者） 3. 相助者

这时的争吵掀出了威尔最大的秘密，莱拉被迫也讲出自己的秘密来填

补这个信任的危机缺口，双方终于从不信任的试探期脱离，开始准备建立彼此的信任。

（四） 莱拉与威尔互不信任的情节段落之功能项图式

第一回合开始（Ⅰ）：

$$\text{I}.B2.Ch1\_1. \begin{cases} \text{I} \quad R7d+X+\uparrow \quad Br5d \quad Prneg \quad Vh2 \quad\quad W2 \quad Gr2pos \\ \text{I} \quad R7d+X+\uparrow \quad Br5d \quad Prneg \quad\quad W2 \quad Vh2 \quad Dr2 \end{cases}$$

$$\text{I}.B2.Ch1\_2. \blacktriangleright \dfrac{Vh2 \quad\quad W2 \quad Dr2 \quad\quad\quad Gr2pos \quad Vh3}{W2 \quad Vh2 \quad\quad Gr2neg \quad Dr2 \quad\quad\quad W3}$$

$$\text{I}.B2.Ch3\_1. \blacktriangleright \dfrac{Dr2 \quad\quad Vh2 \quad\quad W2 \quad Vh2 \quad W2 \quad\quad Bh1+T3}{Gr2neg \quad W2 \quad Vh2 \quad\quad Vh2 \quad W2 \quad Brw1}$$

$$\text{I}.B2.Ch3\_2. \blacktriangleright \dfrac{X+R7d \quad Prp6+Drw7 \quad\quad Z9=Srp5 \quad Dr5 \quad\quad\quad Bh2}{X+R7d \quad\quad\quad Gr7 \quad\quad\quad\quad\quad\quad Gr5 \quad Brw1}$$

$$\text{I}.B2.Ch4. \blacktriangleright \dfrac{< \quad Vh3+Brw1+Bh1 \quad\quad Vh1+W1}{< \quad\quad\quad\quad\quad\quad W3 \quad Vh2+W2+Prp2}$$

$$\text{I}.B2.Ch5\_1. \blacktriangleright \dfrac{>d \quad\quad Drw7+Bh1 \quad\quad\quad\quad\quad Br2 \quad Pr2 \quad\quad P}{>d \quad Brw1 \quad\quad +Gr2neg+Z9=Srp5 \quad Br2 \quad Prneg \quad Zr}$$

第一回合待续（Ⅰ）。

四 莱拉与威尔信任的建立与发展

（一） 为何只讨论双主人公信任的建立过程

前一节讨论过了莱拉与威尔的"不信任期"，这节将继续延续故事在《奥秘匕首》上集中的发展，开始讨论双主人公之间信任的建立与发展过程："信任建立期。"

在此必须解释："为何不讨论全部的信任桥段？而只讨论建立与发展？"因为那样就得把超过十二分之七的故事情节，全在本文这一节中写完。

双主人公之一的莱拉，是天生的大说谎家，甚至还拥有熊王欧瑞克亲自颁发"莲花舌"的称号，如假包换的超级大骗子。几乎《黑暗元素三部曲》中文版 6 本书中到处都有她说谎骗取他人信任的情节，要是全部的信任都在这一节谈，那就太不切实际了。

再者，即便只限缩回双主人公间的信任，那也等于要在这节里讲完《奥秘匕首》上集后半本、下集全本加上《琥珀望远镜》两本，堪称整个故事的 7/12 以上，这对整篇研究的重心分配也有很大的伤害。

要用量化的方式表现出整个作品的信任全谈，笔者可图示如图 4：

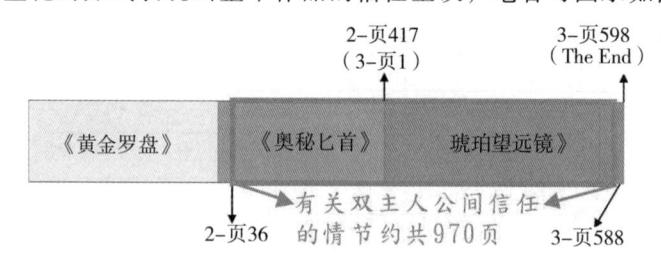

图 4 《黑暗元素三部曲》所有双主人公信任情节篇幅比例图

如图 4 所示，确实会影响整个论文的行文节奏。

因此，承上节谈到双主人公终于放下成见与不信任，试图开始信任的建立与发展，正是本节要讨论的情节重点。

（二）莱拉与威尔的信任建立期之情节范围

相对于莱拉与威尔的"不信任期"，双主人公间的"信任建立期"显得更短，占整个《黑暗元素三部曲》的二十分之一左右；精准地说，是从《奥秘匕首》上集的第 141—207 页，共 67 页，从威尔提出双方得相互信任，到莱拉哭求威尔说彼此得互相帮忙，双方都只剩下彼此而已。

笔者将这次的"信任建立期"在《奥秘匕首》里所占的篇幅示意如图 5。

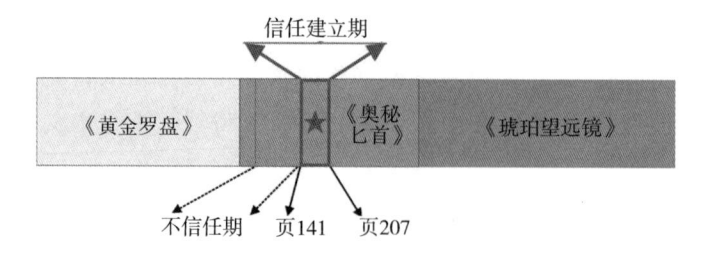

图 5 信任建立期在《奥秘匕首》的篇幅比例

到《奥秘匕首》上集的第 141 页，从莱拉告诉威尔探测仪的真相后,双方开始试图建立彼此的信任。故事直到莱拉被半骗半偷地失去了探测仪,跑回来找威尔求助。在《奥秘匕首》上集的第 207 页,威尔经过一番挣扎后,决定完全信任莱拉,并且与莱拉合作。在第 67 页的情节中,双主人公的信任迅速建立;接着我们就针对这段"信任建立期"继续上节的《故事形态学》方法简略地将其功能项拆解出来。

(三) 莱拉与威尔信任的建立情节段落之功能项文字拆解

故事发展到《奥秘匕首》上集的第 142 页,莱拉向威尔坦承了自己无意中背叛了罗杰的追悔,但威尔似乎没有太大的反应【Dr2;Gr2neg】#。

莱拉的这段话对不管是朋友还是情人或合作伙伴都相当重要,因为这是一种坦承,将自己心中最难以忘怀的痛苦与悔恨,以忏悔的形式向对方表达,这种形同把自己人格的缺憾把柄交到对方手上的行为,表现的就是一种信任,亦是希望能赢得对方信任的言行。

此时,可再度拿出来双主人公初识次日早晨的信任状况与功能项表做检验与修改,看看目前双主人公的信任关系进展到大概怎样的程度?

表 7　　　莱拉告诉威尔探测仪之事后,双主人公的信任状况

信任要素	莱拉	威尔	是否达成要素?	相关功能项			
				编号	定义	俄文码	Dark 码
是否为过去熟悉的经验	已把实话与心中最大的秘密告诉威尔,希望赢得威尔的信任	莱拉至少肯讲一部分真话了,回到威尔的世界,很熟悉	△	2	禁止	б	Brw
				3	破禁	b	Bh
				4	刺探	в	Vh
				5	获悉	w	W
				12	赠与者的第一项功能	Д	Dr
				13	主人公的反应	Г	Gr

续表

信任要素	莱拉	威尔	是否达成要素	相关功能项			
				编号	定义	俄文码	Dark 码
能否承受此可能性的风险	若出状况,莱拉还能逃回喜喀则避难	若出状况,威尔在自己的世界里很熟悉知道如何应付,最惨还能逃回喜喀则避难	○	11	出发	↑	↑
				15	引路	R	R
				16	交锋	Б	Br
				18	战胜	П	Pr
				21	追捕	Пр	Prp
				22	获救	Сп	Srp
				23	不被察觉的抵达	X	X
是否信任此可能性	状况大体在掌握内	状况大体在掌握内	△	13	主人公的反应	Г	Gr

从表7看来,双方的信任已经建立到至少"异国朋友"的程度,偶尔斗斗嘴,还会互相支持解除一些困难,但还不算是真正的非常信任对方。至《奥秘匕首》上集的第142—143页,威尔认为白天回到喜喀则太早,莱拉又表示自己饿了,威尔决定带莱拉去看电影顺便买食物吃【Ah5;Lr1】#。莱拉吃饱喝足,对从没看过的电影兴致盎然,莱拉连看两场电影,威尔则连睡了两场。莱拉的缺乏为饮食与兴趣的需求,而威尔的缺乏则是休息,双方都在这一段看电影与饮食中得到了缺乏的解除【Ah5;Ah5】【Lr1;Lr1】。此时,莱拉已完全赖在威尔身上,把威尔当作活动钱包和保姆了;姑且不论威尔对莱拉的信任到怎样的程度,至少莱拉已到了把威尔当朋友信任的状态。

《奥秘匕首》上集的第145—146页,深夜时分,两人再度进入喜喀则【R7d;R7d】,发现喜喀则的孩子正在追打一只猫【Drw7;Drw7】,双主人公便出手解救了猫【Gr4;Gr4】。由于最早是这只猫带威尔来到喜喀则脱离他世界中的追捕,故将之视为相助者。

第六章无双主人公的情节,故视为过场不拆解。

第七章，莱拉趁威尔在看信时，擅自行动【〈；〈】，一阵慌乱中（r1；Grw1），被设陷阱的查尔斯爵士假意解救（g1；G1），也被偷走了探测仪【A2；W2】（A2）。这一段基本上相当长且复杂，本该完整解析叙述，但因当时威尔并不在现场，只有莱拉单独行动，不符合双主人公信任或合作的情节要求，故简单带过。

《奥秘匕首》上集的第204—207页，莱拉脱身后，发现探测仪被偷走了，十分惊慌地跑回来找威尔【〉d；〉d】。莱拉告诉威尔她是怎么被偷走探测仪的过程，这下两人都失去了探测仪的引导，失去了线索【Ah2；Ah2】（a2）。

莱拉请求威尔帮忙取回探测仪，威尔苦思后还是答应了【V1；S】#（B1、C）。

此刻，威尔终于答应了莱拉的请托，而双方的信任总算从不信任到建立信任，接着开始准备合作了，笔者参考表7不信任期双主人公对彼此可能的行动圈定位，重新进一步制成表8，来观察双主人公对彼此行动圈定位的变化：

表8　　　　信任建立期双主人公对彼此可能的行动圈定位

时期	从莱拉看威尔	从威尔看莱拉
不信任期	1. 对头 2. 赠与者（可能是敌对的赠与者） 3. 相助者	1. 对头 2. 赠与者（可能是敌对的赠与者） 3. 相助者
信任建立期	2. 赠与者（善意的赠与者） 3. 相助者	2. 赠与者（善意的赠与者） 3. 相助者 5. 派遣者（拿回探测仪这件事）

同时有必要再做一次信任检验，修改前表莱拉告诉威尔探测仪之事后，双主人公的信任状况表，再制一张新表如表9。

表9　　　威尔答应帮莱拉拿回探测仪后，双主人公的信任状况

信任要素	莱拉	威尔	是否达成要素	相关功能项			
				编号	定义	俄文码	Dark 码
是否为过去熟悉的经验	就像罗杰之死般，莱拉又搞砸一件事了，之前是欧瑞克跟克朗爷爷可靠，这次只剩下威尔可以依靠	就像母亲需要威尔照顾一样，现在莱拉也需要威尔帮忙	○	2	禁止	б	Brw
				3	破禁	b	Bh
				8	加害	A	A
				8a	缺失	a	Ah
				12	赠与者的第一项功能	Д	Dr
				13	主人公的反应	Г	Gr
				25	难题	З	Zr
				26	解答	Р	P
能否承受此可能性的风险	若拿不回探测仪，风险将无法承受，一定要拿回探测仪	若拿不回探测仪，风险将无法承受，一定要拿回探测仪	○	9	调停	В	V
				10	最初的反抗	С	S
				11	出发	↑	↑
				15	引路	R	R
				16	交锋	Б	Br
				18	战胜	П	Pr
				21	追捕	Пр	Prp
				22	获救	Сп	Srp
				23	不被察觉的抵达	Х	X
是否信任此可能性	无论如何都必须信任威尔	无论如何都必须信任莱拉拿回探测仪后的能力	○	13	主人公的反应	Г	Gr
				14	宝物的提供	Z	Z
				19	灾难或缺失的消除	Л	Lr
				22	获救	Сп	Srp

从表 9 中可得知，莱拉说得没错，双主人公现在真的只剩下彼此能够依靠了，这是一份被迫建立出来的信任，这份信任是否能持续到达合作的程度，还有待接下来的考验与分析。

（四）莱拉与威尔信任的建立情节段落之功能项图式

第一回合继续（Ⅰ）：

$$\text{Ⅰ}.B2.Ch5\_2. \blacktriangleright \frac{Dr2 \quad Ah5 \quad Ah5 \quad Lr1 \quad R7d \quad Drw7 \quad Gr4}{Gr2neg \quad Lr1 \quad Ah5 \quad Lr1 \quad R7d \quad Drw7 \quad Gr4}$$

$$\text{Ⅰ}.B2.Ch7\_1. \blacktriangleright \frac{<A2>d \quad Ah2 \quad V1}{<W2>d \quad Ah2 \quad S}$$

第一回合待续（Ⅰ）。

五 结论

在本文中，借由卢曼的《信任》简单地定义出了本文所要使用的"信任"定义，且依照此定义制作了双方判断是否值得互相信任前提表，用以接下来判断《黑暗元素三部曲》中双主人公彼此间信任的情形。

再以此信任定义自《故事形态学》31 + 1 个主功能项中，挑选出了 26 个功能项，且将之制成了与双主人公信任有关的主功能项一表。

选出上述功能项表后，便准备进入情节的文字拆解，笔者先划分出在《奥秘匕首》中的第 36—141 页为双主人公初识的"不信任期"。并依《故事形态学》Dark 版代码对不信任期的情节进行了文字拆解。

笔者将不信任期双主人公对彼此所使用的功能项次数统计如表 10。

表 10　　　　　　不信任期主功能项使用次数统计

编号	功能项定义	俄文代码	Dark代码	适合行动圈	双主人公对彼此使用次数
2	禁止	б	Brw	6. 主人公	4
3	破禁	b	Bh	6. 主人公	4
4	刺探	в	Vh	1. 对头	8

续表

编号	功能项定义	俄文代码	Dark代码	适合行动圈	双主人公对彼此使用次数
5	获悉	w	W	1. 对头	8
12	赠与者的第一项功能	Д	Dr	2. 赠与者	7
13	主人公的反应	Г	Gr	6. 主人公	7
14	宝物的提供、获得	Z	Z	2. 赠与者	2
15	引路	R	R	3. 相助者	1
16	交锋	Б	Br	1. 对头	4
18	战胜	П	Pr	1. 对头	4
22	获救	Сп	Srp	3. 相助者	2
25	难题	З	Zr	4. 公主	1
26	解答	Р	P	3. 相助者	1
29	摇身一变	Т	T	3. 相助者	1

将表 10 简单作个统计，分类表中所有功能项隶属于哪个行动圈，并计算各行动圈出现次数总和：

对头：24 次

主人公：15 次

赠与者：9 次

相助者：5 次

公主：1 次

而其中最多的一组竟然是"4、刺探（в；Vh）"与"5、获悉（w；W）"的各 8 次，所属的行动圈都是"1. 对头"。由此可知，双主人公莱拉与威尔在这段"不信任期"间，基本上把对方当作"可疑的敌人"在互动。

完成文字拆解后，便是将拆解出来不信任期情节功能项依序进行图式化。在不信任期图式的最后，可发现双主人公之所以从"不信任"进入

"建立信任"的转折图式如下:

$$《奥秘匕首》不信任期对头 \xrightarrow[Zr]{P} 《奥秘匕首》信任建立期$$

也就是直到莱拉决定说实话告诉威尔自己怎么知道这么多事情的,亦即"25、难题(3;Zr)"与"26、解答(P)",而这也正好完全符合笔者硕士论文里选择引用来作为合作定义之参考书目——巴纳德《组织与管理》(Organization and Management)所说的一段话:

> 我们在促进个体合作方面的成绩有限,这其中的原因可能有几个,不过其中很重要的一个就是,个体对于管理人员的诚意和诚信缺乏信心。正是这种信心的缺乏,而不是什么技术上或者能力上的限制,严重地阻碍了个体发挥自己最大的能量。缺乏信心也使得一些很有前景的事情难以实现。所以,结果就是所有人的利益都受到了损失。从长远来看,我知道,能获取员工信心的办法只有一个,也只有这个办法是值得员工信任的那就是要做到完全诚实。[①]

不诚实,就没有信任,更不可能合作。诚实,两人的信任关系才终有转机。

再来,笔者划分出了《奥秘匕首》第141—207页为双主人公的"信任建立期"。并使用《故事形态学》Dark版代码做完信任建立期的情节功能项文字拆解后,笔者将信任建立期双主人公对彼此所使用的功能项次数统计成以表11:

表11　　　　　　信任建立期主功能项使用次数统计

编号	功能项定义	俄文代码	Dark代码	适合行动圈	双主人公对彼此使用次数
9	调停	B	V	5. 派遣者	1

[①] [美] 切斯特·巴纳德:《组织与管理》,曾琳、赵菁译,中国人民大学出版社2009年版,第29页。

续表

编号	功能项定义	俄文代码	Dark代码	适合行动圈	双主人公对彼此使用次数
10	最初的反抗	C	S	6. 主人公	1
12	赠与者第一项功能	Д	Dr	2. 赠与者	1
13	主人公的反应	Г	Gr	6. 主人公	1
15	引路	R	R	3. 相助者	2
19	灾难或缺失的消除	Л	Lr	3. 相助者	3

信任建立期的统计则显得更简单：

相助者：5 次

主人公：2 次

派遣者与赠与者：各 1 次

"1. 对头"此行动圈的功能项完全从双主人公对彼此所做的事情当中消失了，可知在经过莱拉对威尔说实话后，双主人公间起码不再充满猜忌，最少将对方视为"3. 相助者"来看待，所有的行动圈都是善意的。但此时双主人公间还是没有真正的完全信任对方。

接着在图式化时，信任建立期图式的最后，会发现双主人公的信任关系之所以再度强化到合作的图式如下：

《奥秘匕首》信任建立期 信任建立中的相助者 ▶ $\dfrac{<}{<}$ $\dfrac{A2}{Ah2}$ § $\dfrac{Ah2}{}$ $\dfrac{V1}{S}$ ▶ 《奥秘匕首》合作期

亦即，一直到了莱拉与威尔分开独自行动（＜；〈），弄丢了探测仪（A；A），发生了同时会影响双方的缺失（a2；Ah2），莱拉求威尔帮忙（B；V）（C；S）之后，双方才从信任开始更进一步地合作。

总结上述分析可发现，双主人公在不信任期时，主要将彼此视为「1. 对头」，所对彼此使用的主功能项也以"4、刺探（в；Vh)""5、获悉（w；W)""16、交锋（Б；Br)"与"18、战胜（П；Pr)"为主。而要脱离不信任期的关键则是必须说真话"25、难题（3；Zr)"与"26、解答（P)"。

而在信任建立时期，双主人公主要将彼此视为「3. 相助者」，对彼此使用的主功能项也以"15、引路（R）"与"19、缺失的消除（Л；Lr）"为主。而要让双主人公从信任到愿意合作，关键点则是要在"（<；〈）在岔路上分离"双主人公分开各自独立行动的期间，发生一件同时会影响双方的"8、加害（A）"或"8a、缺失（a；Ah）"，令双方进入"9、调停（B；V）"与"10、最初的反抗（C；S）"。

笔者将这段结论示意如图6：

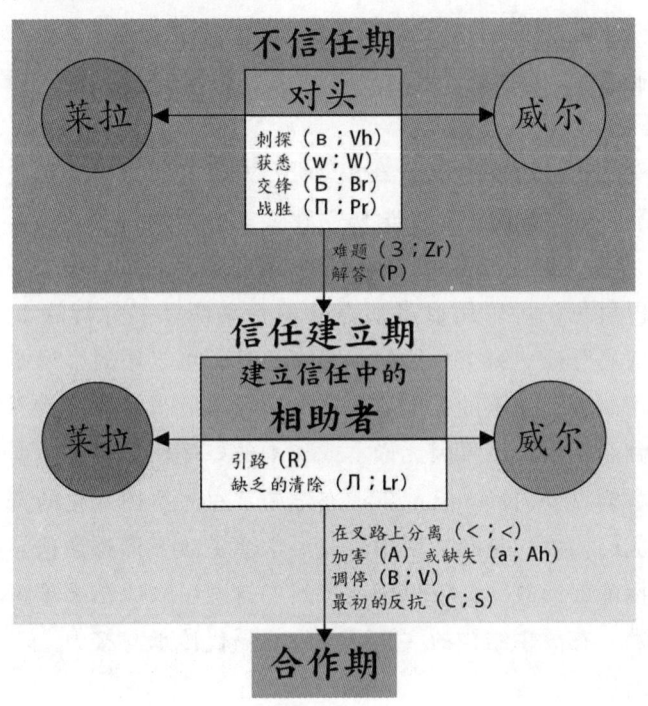

图6　从不信任期到信任建立期之过程

从图6已可了解从《故事形态学》主功能项与行动圈的观点来看，《黑暗元素三部曲》中的双主人公莱拉和威尔之间，是怎么从"不信任期"过渡到"信任建立期"的。

行文至此，与其说这是论文的小结或结论，还不如说是笔者完成硕士论文后至今，这几年来研究故事形态学与应用在大学部教学后的心情抒发。每每跟其他文人谈到笔者研究的研究方法是故事形态学，且解释"何为故事形态学"时，总有不少人会面露一种颇为奇妙的神情，仿佛直接在脸上写着:"这种形式主义的东西拿来解析文学作品?哪里有用?"

笔者高中与大学是念物理专业的,在台湾的大学编制为理学院下的物理系,所学的所有方法都是科学化的、实验室标准的,任何一个值得被定义为"科学化"的研究,就是只要遵守同样的实验方法、实验仪器、实验步骤与实验环境等,任何人做出来的结果都会是相同的。

笔者深信,民间故事也好,小说亦可,大多数故事型的文学作品应皆能有一套科学化方法去论述之,且不至于每次都沦为各说各话,甚至过度解读原作者本意,以致原作者接受采访时都得澄清:"我写这段故事时,根本没那样想过。"

本文就是在呈现故事形态学这套研究方法之所以科学化之处,它能"明确且精准"地解释很多文学作品在文本分析时的争论点:"到底谁是主人公?""为何这故事给读者一种前言不搭后语的感觉?"等问题。

要解析角色,可以用故事形态学的行动圈。要分析故事情节的好坏,有无前后呼应,哪个桥段应该放在何处,可以用故事形态学的功能项。只要用故事形态学的标准解构完一个故事后,其故事就不再会被书写语言与翻译所限,不再因无译本或译本的好坏而影响了读者与研究者理解其故事的重要内涵。且故事形态学中,每一组图式化的符号间,都是彼此呼应的,可一整套地使用。只要学会了故事形态学这套方法,采用同一套标准解读故事,数位研究者间各自做出来的结果差距不会再风马牛不相及。在故事结构的文学研究将能隔代传承与接力,不会再轻易出现学术断层。

多元文化下众生喧哗地解释文学作品固然丰美,可是,故事形态学这种形式主义与结构主义式的科学化研究方法也不该被弃如敝屣。在这个大众文化盛行的时代,电影编剧与电子游戏编剧们早已将故事形态学这套方法应用于业界的工作中,这便是一种对故事形态学的肯定。或许,故事形态学的研究一代代传承下去,终有一日,这能是叙事学与文学上堪比秦始皇那书同文、车同轨与统一度量衡般瑰宝级的一套研究方法。

附录：《故事形态学》各版本与 Dark 版代码与新增之功能项全列表

编号	功能项定义	俄文代码	Dark代码	功能简述（参考原文改写）	德译代码	英译与其他版本代码	备注（俄文原文、所属行动圈编号与功能项进一步的解释等）
	Einlei-tungsteil		Pre	铺垫部分			Preparatory section
	初始情境	i	I	初期状况：介绍家人或英雄	i	α	initial situation
1	外出	e	E	一位家庭成员离家外出	a	β	отлучка
		e^1	E1	长辈外出	a^1	$β^1$	
		e^2	E2	双亲亡故	a^2	$β^2$	
		e^3	E3	晚辈外出	a^3	$β^3$	
2	禁止	б	Brw	对主人公下一道禁令	b	γ	запрет
		$б^1$	Brw1	禁令	b^1	$γ^1$	
		$б^2$	Brw2	变相的禁令：命令或建议	b^2	$γ^2$	
3	破禁	b	Bh	打破禁令	c	δ	нарушение
		b^1	Bh1	破坏禁令	c^1	$δ^1$	
		b^2	Bh2	执行命令	c^2	$δ^2$	
4	刺探	в	Vh	对头试图刺探消息	d	ε	выведывание
		$в^1$	Vh1	刺探的目的在于获知孩子、有时是宝物及其他东西的所在之处	d^1	$ε^1$	

续表

编号	功能项定义	俄文代码	Dark代码	功能简述（参考原文改写）	德译代码	英译与其他版本代码	备注（俄文原文、所属行动圈编号与功能项进一步的解释等）
		в²	Vh2	受害者反过来探问加害者	d²	ε²	刺探的变相形式。李扬《中国民间故事形态研究》页23定义："主角刺探反角的消息。"本研究中，将双主人公误认对方是敌人而相互试图刺探消息等状况归入此类。
		в³	Vh3	个别情况下是通过其他人来刺探	d³	ε³	
5	获悉	w	W	对头获知其受害者的信息	e	ζ	выдача；郑任瑛《以普罗普的观点探讨格林童话中童话象征与"拯救"情节主题的意义》页110定义："背叛（泄密）。"
		w¹	W1	对头直接得到对其问题的回答	e¹	ζ¹	
		w²	W2	主人公得知有关加害者的信息（页145）	e²	ζ²	夏湘华《〈意大利童话〉中洗冤类型童话之相关研究》页110简述："主人公得到对头的消息。"

以故事形态学谈幻想小说中双主人公的信任　　295

续表

编号	功能项定义	俄文代码	Dark代码	功能简述（参考原文改写）	德译代码	英译与其他版本代码	备注（俄文原文、所属行动圈编号与功能项进一步的解释等）
		w^3	W3	其他情况（页145）	e^3	ζ^3	夏湘华《〈意大利童话〉中洗冤类型童话之相关研究》页110简述："其他方式获得消息。"
			W4d	无意间得到消息		ζ^4	李扬《中国民间故事形态分析》页33的补遗功能项
6	设圈套	r	Grw	对头企图欺骗受害者，以掌握他或他的财物	f	η	подвох；赵晓彬《普罗普民俗学思想研究》页51定义："圈套"，简述："对手试图欺骗他的受害者，以图占他的或她的财产。"
		r^1	Grw1	加害者以劝诱的方式行事	f^1	η^1	
		r^2	Grw2	直接施展魔法	f^2	η^2	
		r^3	Grw3	其他形式的欺骗或强迫手段	f3	η^3	
7	协同	g	G	受害者上当并无意中帮助了敌人	g	θ	пособничество
		g^1	G1	主人公接受了对头所有的劝诱	g^1	θ^1	
		g^2	G2	主人公机械地受魔法和其他手段摆布	g^2	θ^2	

续表

编号	功能项定义	俄文代码	Dark代码	功能简述（参考原文改写）	德译代码	英译与其他版本代码	备注（俄文原文、所属行动圈编号与功能项进一步的解释等）
		g^3	G3	主人公自己落入圈套	g^3	θ^3	
			Gneg	未落入圈套		$\theta-$	李扬《中国民间故事形态分析》页34的补遗功能项
8	加害	A	A	对头给一个家庭成员带来危害或损失	A	A	вредительство；行动圈：1. 对头（加害者）
		A^1	A1	对头掠走一个人	A^1	A^1	
			A1#d	反角意欲劫走某人		A1*	李扬《中国民间故事形态分析》页34的补遗功能项
		A^2	A2	他偷走或强占宝物	A^2	A^2	
		A^{II}	A2#	强行剥夺神奇的相助者	A^{II}	A^{II}	一个特殊的亚类
		A^3	A3	偷光或者毁坏庄稼	A^3	A^3	
		A^4	A4	对头偷走了白昼的光亮	A^4	A^4	李扬《中国民间故事形态分析》页24简述："反角抢走日光" 赵晓彬《普罗普民俗学思想研究》页53简述："对手攫走光阴，但这种状况仅有过一次。"
		A^5	A5	对头以其他形式实施窃取	A^5	A^5	

续表

编号	功能项定义	俄文代码	Dark代码	功能简述（参考原文改写）	德译代码	英译与其他版本代码	备注（俄文原文、所属行动圈编号与功能项进一步的解释等）
		A^6	A6	对头造成肉体伤害	A^6	A^6	
		A^7	A7	对头导致某物突然失踪	A^7	A^7	通常这种失踪都是施魔法或采取欺骗手段的结果。（此功能简述为众版本内容的合并改写）
		A^{VII}	A7#	失踪是主人公自己造成的	A^{VII}	A^{VII}	《故事形态学》页29："他烧掉了他那中了魔法的妻子的外套——她就再也不见了。" 郑任瑛《以普罗普的观点探讨格林童话中童话象征与"拯救"情节主题的意义》页114简述："忘记新娘。" 李扬《中国民间故事形态分析》页25简述："忘却新娘。"
		A^8	A8	对头胁迫或诱骗他的受害者	A^8	A^8	
		A^9	A9	对头驱逐某人	A^9	A^9	
		A^{10}	A10	对头下令将某人扔进海里	A^{10}	A^{10}	

续表

编号	功能项定义	俄文代码	Dark代码	功能简述（参考原文改写）	德译代码	英译与其他版本代码	备注（俄文原文、所属行动圈编号与功能项进一步的解释等）
		A^{11}	A11	对头对某人或某物施魔法	A^{11}	A^{11}	加害者常是一次造成两三重危害。有些形式很少单独碰到，总是倾向于同其他形式结合在一起。（称为伴生）
		A^{12}	A12	对头偷梁换柱	A^{12}	A^{12}	也是伴生性的
		A^{13}	A13	对头下令杀人	A^{13}	A^{13}	变相的（强化的）驱逐
		A^{14}	A14	对头动手杀人	A^{14}	A^{14}	通常这也只是其他类开场的加害行为的伴生形式，起着强化作用
		A^{15}	A15	对头将人囚禁、扣留	A^{15}	A^{15}	
		A^{16}	A16	对头威逼成婚	A^{16}	A^{16}	
		A^{XVI}	A16#	亲人之间威逼成婚	A^{XVI}	A^{XVI}	
		A^{17}	A17	对头以吃人相威胁	A^{17}	A^{17}	
		A^{XVII}	A17#	同样的事情发生在亲人之间	A^{XVII}	A^{XVII}	姐姐企图吃掉弟弟（92）李扬《中国民间故事形态分析》页25简述："亲戚企图吃人。"

续表

编号	功能项定义	俄文代码	Dark代码	功能简述（参考原文改写）	德译代码	英译与其他版本代码	备注（俄文原文、所属行动圈编号与功能项进一步的解释等）
		A^{18}	A18	对头每天夜里来折磨人	A^{18}	A^{18}	郑任瑛《以普罗普的观点探讨格林童话中童话象征与"拯救"情节主题的意义》页114简述："吸血鬼。"
		A^{19}	A19	对头宣战	A^{19}	A^{19}	
			A20d	其他恶行		A^{20}	李扬《中国民间故事形态分析》页34的补遗功能项。如是欲做某坏事，以相应*标之
			A*d	包含着将英雄丢入深谷的形式（此通常为第二个"回合"中的恶行），亦即，不仅将英雄丢到深谷并抢走（他的）新娘、神物或助手	*A	*A	郑任瑛《以普罗普的观点探讨格林童话中童话象征与"拯救"情节主题的意义》页115新增之亚类
8a	缺失	a	Ah	家庭成员之一缺少某种东西，他想得到某种东西	α	a	недостача；行动圈：1.对头（加害者）
		a^1	Ah1	缺失未婚妻（或朋友，总之是人）	$α^1$	a^1	
			Ah1*d	缺乏新郎		a1*	李扬《中国民间故事形态分析》页34的补遗功能项

续表

编号	功能项定义	俄文代码	Dark代码	功能简述（参考原文改写）	德译代码	英译与其他版本代码	备注（俄文原文、所属行动圈编号与功能项进一步的解释等）
		a^2	Ah2	需要宝物	$α^2$	a^2	如苹果、水、马、马刀等
		a^3	Ah3	缺少神奇之物（没有魔力）	$α^3$	a^3	如：火鸟、长着金羽毛的鸭子、歌声美妙的女歌手等
		a^4	Ah4	特殊形式：弄不到装着科谢伊命根子的神蛋（装着公主的爱情）	$α^4$	a^4	郑任瑛《以普罗普的观点探讨格林童话中童话象征与"拯救"情节主题的意义》页116简述："缺少死亡（或爱）的蛋"。李扬《中国民间故事形态分析》页26简述："缺乏死亡或爱情之魔蛋。"
		a^5	Ah5	合乎常情的形式：缺钱、缺生存手段	$α^5$	a^5	
		a^6	Ah6	其他各种形式	$α^6$	a^6	
9	调停；承上启下的环节	B	V	灾难或缺失被告知，向主人公提出请求或发出命令，派遣他或允许他出发	B	B	посредничество；соединительный момент；行动圈：5. 派遣者 赵晓彬《普罗普民俗学思想研究》页54定义："中介"，简述："通报灾难或短缺，向主人公请求和命令；主人公得到前往的许可或派遣。"

续表

编号	功能项定义	俄文代码	Dark代码	功能简述（参考原文改写）	德译代码	英译与其他版本代码	备注（俄文原文、所属行动圈编号与功能项进一步的解释等）
		B^1	V1	发出求助呼吁，接踵而来的是主人公被派遣	B^1	B^1	呼吁通常由国王发出并伴之以许诺
		B^2	V2	主人公直接被派遣	B^2	B^2	
		B^3	V3	主人公被允许离家	B^3	B^3	
		B^4	V4	灾难被告知	B^4	B^4	
		B^5	V5	被逐的主人公被赶出家门	B^5	B^5	《故事形态学》页34："父亲把被后母赶出门的女儿送到树林里。逻辑上说父亲的行动是不必要的。女儿自己去树林里也可以。但是故事要求在承上启下的环节上有作为派遣者的父母。"赵晓彬《普罗普民俗学思想研究》页55简述："被驱逐的主人公被带出家门。"郑任瑛《以普罗普的观点探讨格林童话中童话象征与"拯救"情节主题的意义》页116简述："蒙难者被带走。"

续表

编号	功能项定义	俄文代码	Dark代码	功能简述（参考原文改写）	德译代码	英译与其他版本代码	备注（俄文原文、所属行动圈编号与功能项进一步的解释等）
		B^6	V6	该当送命的主人公被秘密放走	B^6	B^6	
		B^7	V7	唱哀歌	B^7	B^7	这一形式是杀害（唱歌的是活下来的弟弟等人）、施魔术驱赶、偷换所特有的。灾难因此而为人所知并激起反抗
			V8d	其他形式的宣告		B8	李扬《中国民间故事形态分析》页33的补遗功能项
10	最初的反抗	С	S	寻找者应允或决定反抗	C	C	начинающееся противодействие①；行动圈：6. 主人公
11	出发	↑	↑	主人公离家	↑	↑	отправка；行动圈：6. 主人公
12	赠与者的第一项功能	Д	Dr	主人公经受考验，遭到盘问，遭受攻击等等，以此为他获得魔法或相助者做铺垫	Sch	D	первая функция дарителя；行动圈：2. 赠与者
		$Д^1$	Dr1	赠与者考验主人公	Sch^1	D^1	
		$Д^2$	Dr2	赠与者问候主人公并盘问他	Sch^2	D^2	可以被认为是考验的弱化形式
		$Д^3$	Dr3	垂死者或死者求助	Sch^3	D^3	

---

① 简中版《故事形态学》打错字，打成 начинающееся，漏了一个 и；此正确版本为贾放老师博士论文中查出，且由 Google 翻译证实。

续表

编号	功能项定义	俄文代码	Dark代码	功能简述（参考原文改写）	德译代码	英译与其他版本代码	备注（俄文原文、所属行动圈编号与功能项进一步的解释等）
		Д^4	Dr4	被囚者请求释放	Sch^4	D^4	
		*Д^4	*Dr4	同样是请求释放，是赠与者先被囚禁	*Sch^4	*D^4	此行为不被认为是一个独立的功能项，它只是为被囚者接下来的请求作铺垫
		Д^5	Dr5	向主人公求情	Sch^5	D^5	为前一项Д4的亚类
		Д^6	Dr6	纷争双方请求为他们仲裁	Sch^6	D^6	李扬《中国民间故事形态分析》页27简述："争论者要求代分财物。"
		δ^6	Drw6	主人公主动提出分财建议	sch^6	d^6	夏湘华《〈意大利童话〉中洗冤类型童话之相关研究》页111所下之功能简述标题
		Д^7	Dr7	其他请求	Sch^7	D^7	
			Dr7neg	赠与者向假主人公请求帮助		D^7-	陈巧宜《〈兰格童话〉中愿望类型童话的相关研究》页65新增亚类，出自《魔戒》编码：L-01-003-01，定义："资助者向伪主角请求帮助。"

续表

编号	功能项定义	俄文代码	Dark代码	功能简述（参考原文改写）	德译代码	英译与其他版本代码	备注（俄文原文、所属行动圈编号与功能项进一步的解释等）
		*Дn^7	*Drn-7	赠与者提出一种列表内已有的请求后，又提出其他请求	*Sch^{n7}	*Dn^7	《故事形态学》页37："为避免代码系统过分庞大，可以有条件地将亚类全部看作变体。"
		δ^7	Drw7	威胁在先或是将求告者置于无助的境地	sch^7	d^7	《故事形态学》页38："在这些情形下主人公有效劳机会。这里客观上出现了一个考验，尽管主观上主人公并未意识到这是怎么回事。"李扬《中国民间故事形态分析》页27简述："陷入困境者未提出请求，只将施援的可能提供给主角。"
		Д^8	Dr8	敌对方企图消灭主人公	Sch^8	D^8	
		Д^9	Dr9	敌对方与主人公交战	Sch^9	D^9	
		Д^{10}	Dr10	向主人公展示有魔力之物，并提议跟他交换	Sch^{10}	D^{10}	

续表

编号	功能项定义	俄文代码	Dark代码	功能简述（参考原文改写）	德译代码	英译与其他版本代码	备注（俄文原文、所属行动圈编号与功能项进一步的解释等）
			Dr11d	其他形式的考验		D11	李扬《中国民间故事形态分析》页34的补遗功能项
13	主人公的反应	Г	Gr	主人公对未来赠与者的行动做出反应	H	E	реакция героя[1]；行动圈：6. 主人公；在大多数情况下，反应可能是正面的，也可能是负面的
		Г¹	Gr1	主人公经受住（或未经受住）考验	H¹	E¹	
		Г²	Gr2	主人公回答（未回答）问候	H²	E²	
		Г³	Gr3	他为死者效劳（未效劳）	H³	E³	
		Г⁴	Gr4	他放走被囚者	H⁴	E⁴	
		Г⁵	Gr5	他怜悯求情者	H⁵	E⁵	
		Г⁶	Gr6	他为纷争双方分东西并使他们和解	H⁶	E⁶	
		Г^Ⅵ	Gr6#	主人公欺骗纷争双方，而他自己趁机偷走了被争夺的东西	H^Ⅵ	E^Ⅵ	
		Г⁷	Gr7	主人公提供某种效劳	H⁷	E⁷	

---

[1] 简中版《故事形态学》打错字，打成 реакциягероя 一个字；此两个字的正确版本为贾放老师博士论文中查出，且由 Google 翻译证实。

续表

编号	功能项定义	俄文代码	Dark代码	功能简述（参考原文改写）	德译代码	英译与其他版本代码	备注（俄文原文、所属行动圈编号与功能项进一步的解释等）
		Γ^8	Gr8	主人公使自己免遭谋害，并对敌手以牙还牙	H^8	E^8	
		Γ^9	Gr9	主人公战胜敌手（或未战胜）	H^9	E^9	
		Γ^{10}	Gr10	主人公同意交换，但立即运用该物的魔力对付原主	H^{10}	E^{10}	郑任瑛《以普罗普的观点探讨格林童话中童话象征与"拯救"情节主题的意义》页120简述："在交换（物品）时，施计谋取胜。"
			Gr11d	其他形式的反应		E^{11}	李扬《中国民间故事形态分析》页34的补遗功能项
			Gr12d	主人公对赠与者的恩惠导致被他人诅咒		E^{11-2}	陈巧宜《〈兰格童话〉中愿望类型童话的相关研究》页65新增亚类，出自《魔镜》编码：L-11-014-01，定义："主角对资助者的恩惠导致被他人诅咒。"陈巧宜的此项代码亦为E11，但与李扬的E11冲突，故以先著者优先，后著者加注处理

续表

编号	功能项定义	俄文代码	Dark代码	功能简述（参考原文改写）	德译代码	英译与其他版本代码	备注（俄文原文、所属行动圈编号与功能项进一步的解释等）
14	宝物的提供；获得	Z	Z	宝物落入主人公的掌握之中	Z	F	снабжение；получение волшебного средства；行动圈：2. 赠与者（提供者）
		宝物类型（1）		动物（马、鹰等）			
		宝物类型（2）		能够变成神奇的相助者的东西（内藏马匹的火镰、内藏好汉的指环）			
		宝物类型（3）		具有神力的东西，如大木棒、宝剑、古斯理琴、球及其他许多东西			
		宝物类型（4）		直接赋予主人公神性，如利器、化身为动物的本领等。			
		Z^1	Z1	直接转交宝物	Z^1	F^1	
		z^1	Zh1	转交贵重物质，而非宝物，故事结束于此	z^1	f^1	原功能项z小写。
		Zneg	Zneg	主人公反应是负面的，宝物未转交		Fneg	郑任瑛《以普罗普的观点探讨格林童话中童话象征与"拯救"情节主题的意义》页121的英译版符号亦写成"F-"。

续表

编号	功能项定义	俄文代码	Dark代码	功能简述（参考原文改写）	德译代码	英译与其他版本代码	备注（俄文原文、所属行动圈编号与功能项进一步的解释等）
		Zcontr	Zcontr	以残酷的报复取代宝物		Fcontr	郑任瑛《以普罗普的观点探讨格林童话中童话象征与"拯救"情节主题的意义》页121的英译版符号亦写成"F＝"。
		Z^2	Z2	指点宝物在何处	Z^2	F^2	
			Zh2d	没有魔力的奖品被指明		f^2	李扬《中国民间故事形态分析》页34的补遗功能项
		Z^3	Z^3	现造出宝物	Z^3	F^3	赵晓彬《普罗普民俗学思想研究》页59简述："器物被准备妥当。"
		Z^4	Z^4	宝物被买卖	Z^4	F^4	
		Z^{43}	Z4-3	宝物被订制	Z^{43}	F^{43}	
		Z^5	Z5	宝物偶然落入主人公手中（被他发现）	Z^5	F^5	
		Z^6	Z6	宝物突然自行显现	Z^6	F^6	
		Z^{VI}	Z6#	宝物从地下生长出来	Z^{VI}	F^{VI}	
		Z^7	Z7	宝物被喝下去或被吃下去	Z^7	F^7	
		Z^8	Z8	宝物被盗	Z^8	F^8	赵晓彬《普罗普民俗学思想研究》页59简述："主人公夺取器物。"

续表

编号	功能项定义	俄文代码	Dark代码	功能简述（参考原文改写）	德译代码	英译与其他版本代码	备注（俄文原文、所属行动圈编号与功能项进一步的解释等）
		Z^9	Z9	各色故事人物自己供主人公驱使	Z^9	F^9	
		z^9	Zh9	省略口诀，动物干脆就答应"到时候你会用得着我的"，主人公掌握了化身为动物的宝物。它们后来成为了相助者	z^9	f^9	原功能项 z 小写。李扬《中国民间故事形态分析》页29简述："魔物允诺在需要时出现。"
			Zh9d*	魔物暗示在需要时出现		f^{9*}	李扬《中国民间故事形态分析》页34的补遗功能项
			Z10d	其他获得魔物的形式		F^{10}	李扬《中国民间故事形态分析》页34的补遗功能项
			Z12d	赠与者收回给主人公的宝物		F^{10-2}	陈巧宜《〈兰格童话〉中愿望类型童话的相关研究》页65新增亚类，出自《渔夫和他的妻子》编码：L-02-404-01，定义："资助者收回给主角的神物。"陈巧宜的此项代码亦为F10，但与李杨的F10冲突，故以先著者优先，后著者加注处理

续表

编号	功能项定义	俄文代码	Dark代码	功能简述（参考原文改写）	德译代码	英译与其他版本代码	备注（俄文原文、所属行动圈编号与功能项进一步的解释等）
			Z11d	主人公自愿放弃宝物带来的好处		F^{11}	陈巧宜《〈兰格童话〉中愿望类型童话的相关研究》页 65 新增亚类，出自《四件礼物》编码：L-12-295-01，定义："主角自愿放弃神物带来的好处。"
		Z^{69}	Z6-9	主人公带着不寻常的标志物或拥有神技的人物，宝物就突然出现，愿意充当相助者	Z^{69}	F^{69}	
15	在两国之间的空间移动；引路	R	R	主人公转移，他被送到或引领到所寻之物的所在之处	W	G	пространственное перемещение между двумя царствами; путеводительство①；行动圈：3. 相助者；《故事形态学》页 46："这穷尽了主人公转移的众多方式。必须看到的是，送交作为一项特殊功能有时会脱落。主人公就是到达目的地而已，即功能项 R 是功能项↑的自然延续。在这种情况下功能项 R 不会被注意到。"

---

① 此字笔者查了几本俄华或华俄字典都查不到完整的字，只能勉强查到"путеводитель：（阳）旅行指南"。见李玮主编《俄华辞典》（页 534）。

续表

编号	功能项定义	俄文代码	Dark代码	功能简述（参考原文改写）	德译代码	英译与其他版本代码	备注（俄文原文、所属行动圈编号与功能项进一步的解释等）
		R^1	R1	他在空中飞翔	W^1	G^1	
		R^2	R2	他在陆地或水中行驶	W^2	G^2	
		R^3	R3	他被引领而行	W^3	G^3	
		R^4	R4	给他指路	W^4	G^4	
		R^5	R5	他使用固定不动的通行工具	W^5	G^5	例如：梯子、桥梁、通道等。李扬《中国民间故事形态分析》页29简述："他利用原有的通道"。
		R^6	R6	循着血迹前行	W^6	G^6	
			R7d	其他形式的转送		G^7	李扬《中国民间故事形态分析》页35的补遗功能项。本研究中拓展为使用所有能穿越不同世界之窗口的移动
16	交锋	Б	Br	主人公与对头正面交锋	K	H	борьба；行动圈：1. 对头（加害者）；交锋Б与赠与者的第一项功能Д的差别，应以结果来区分，Д是狭路相逢意外冲突，而Б则是主人公一开始的目的就是被派遣来进行这次行动

续表

编号	功能项定义	俄文代码	Dark代码	功能简述（参考原文改写）	德译代码	英译与其他版本代码	备注（俄文原文、所属行动圈编号与功能项进一步的解释等）
		Б¹	Br1	他们在野外作战	K¹	H¹	
		Б²	Br2	他们进行比赛	K²	H²	《故事形态学》页46："在一些幽默故事里交战有时不会发生。吵架（有时战前对骂完全类似）后主人公和加害者进行比赛。主人公靠计谋得胜。"本研究中拓展包含并非为了取得信息，而是为争夺主导权或无意义的口舌之争等状况
		Б³	Br3	他们玩纸牌	K³	H³	
		Б⁴	Br4	特殊形式的交锋	K⁴	H⁴	如比体重
			Br5d	其他形式的交锋		H⁵	李扬《中国民间故事形态分析》页35的补遗功能项，本研究中拓展包含进主人公误认另一要角为敌而与其交锋等状况
17	打印记；做记号	K	K	给主人公作标记	M	J	клеймение；отметка；行动圈：4. 公主（要找的人物）及其父王
		K¹	K¹	身体上留下记号	M¹	J¹	

续表

编号	功能项定义	俄文代码	Dark代码	功能简述（参考原文改写）	德译代码	英译与其他版本代码	备注（俄文原文、所属行动圈编号与功能项进一步的解释等）
		K^2	K2	主人公得到一个指环或一条手巾	M^2	J^2	
		K^3	K3	其他打印记的方式	M^3	J^3	
18	战胜	П	Pr	对头被打败	S	I	победа
		$П^1$	Pr1	他在公开的战斗中被打败	S^1	I^1	
		$*П^1$	*Pr1	以消极形式出现的胜利	$*S^1$	*I1	例如参战的有两个或三个主人公，其中的一个（将军）躲藏，而另一个获胜。郑任瑛《以普罗普的观点探讨格林童话中童话象征与"拯救"情节主题的意义》页124简述："以不正当的方式获胜（例如假英雄没有出现，将自己隐藏起来，所以英雄不战而胜）。"李扬《中国民间故事形态分析》页30简述："在战斗中一个主角躲逃，而其他主角取胜。"

续表

编号	功能项定义	俄文代码	Dark代码	功能简述（参考原文改写）	德译代码	英译与其他版本代码	备注（俄文原文、所属行动圈编号与功能项进一步的解释等）
		Π^2	Pr2	他输了比赛	S^2	I^2	同（Б2；Br2），在本研究中将主人公的口舌之争胜利也归入此类
			Pr2#d	比赛失败并死去		I2*	李扬《中国民间故事形态分析》页36的补遗功能项
		Π^3	Pr3	他输了牌	S^3	I^3	
		Π^4	Pr4	他过秤时输了	S^4	I^4	
		Π^5	Pr5	他还没作战就被杀死了	S^5	I^5	
		Π^6	Pr6	他直接被赶走	S^6	I^6	
			Pr7d	其他形式的胜利		I^7	李扬《中国民间故事形态分析》页35的补遗功能项
			Prneg	主人公未取胜		I^-	李扬《中国民间故事形态分析》页35的补遗功能项
19	灾难或缺失的消除	Л	Lr	最初的灾难或缺失被消除	L	K	ликвидация беды или недостачи；此功能项 Л 与功能项加害 A 构成一对，在这一功能上，叙述到达顶点。① 行动圈：3. 相助者

---

① 此段解说叙述改写自赵晓彬《普罗普民俗学思想研究》（页61），原文如下：它与功能破坏行为（A）构成一对，在这一功能上，叙述到达顶点。

续表

编号	功能项定义	俄文代码	Dark代码	功能简述（参考原文改写）	德译代码	英译与其他版本代码	备注（俄文原文、所属行动圈编号与功能项进一步的解释等）
		Л^1	Lr1	运用力气或计谋盗取所寻找的对象	L^1	K^1	
		Л^1	Lr1#	由两个故事人物完成的，其中一个强迫另一个下手	L^1	K^1	本研究中拓展为"不一定是其中一个强迫另一个人下手，其中一个请求另一个角色出手相助亦可。"
		Л^2	Lr2	数个故事人物迅速交替行动，一下子获取所寻找的对象	L^2	K^2	
		Л^3	Lr3	借助诱饵获取所寻找的对象	L^3	K^3	
		Л^4	Lr4	所寻之物的获取是先前行动的直接结果	L^4	K^4	
		Л^5	Lr5	通过运用宝物的方法瞬间获取所寻找的对象	L^5	K^5	
		Л^6	Lr6	运用宝物摆脱贫穷	L^6	K^6	本研究中拓展为"威尔使用匕首开开口取得而来的补给品"。主人公们的食物、饮水与休息时间全靠威尔当初用匕首开窗口带来的或威胁谈判出来的，故使用"(Л6；Lr6) 运用宝物摆脱贫穷"合情合理。

续表

编号	功能项定义	俄文代码	Dark代码	功能简述（参考原文改写）	德译代码	英译与其他版本代码	备注（俄文原文、所属行动圈编号与功能项进一步的解释等）
		Л^7	Lr7	所寻找的对象被捕捉到	L^7	K^7	
		Л^8	Lr8	中魔法者被解除魔法	L^8	K^8	
		Л^9	Lr9	被杀者复生	L^9	K^9	
		Л^{IX}#	Lr9#	把东西窃取回来时，一只动物强使另一只行动	L^{IX}	K^{IX}	例如：狼捉到一只乌鸦，它迫使乌鸦之母送来起死回生水
		Л^{10}	Lr10	被囚者获释	L^{10}	K^{10}	《故事形态学》页49："马撞开牢门，放出伊万（185）Л10 与放走林妖的 Г4 是不同的，前者是化解开场危机用，后者则是报恩与转交宝物用。"
			Lr11d	完成任务而获得对象		K^{11}	李扬《中国民间故事形态分析》页35的补遗功能项
			Lr12d	用魔物将病重者救活		K^{12}	李扬《中国民间故事形态分析》页35的补遗功能项
			Lr13d	其他形式的消除		K^{13}	李扬《中国民间故事形态分析》页35的补遗功能项

续表

编号	功能项定义	俄文代码	Dark代码	功能简述（参考原文改写）	德译代码	英译与其他版本代码	备注（俄文原文、所属行动圈编号与功能项进一步的解释等）
		Л^{Z1}	Lrz1	获取所寻找的对象是以「直接」获得宝物的形式完成的	L^{Z1}	K^{F1}	即它为人所赠等，直接转交
		Л^{Z2}	Lrz2	获取所寻找的对象是以「指点」宝物所在地的形式完成的	L^{Z2}	K^{F2}	即被指点出所在之处、被买来等，间接获得
			Lrneg	最初的灾难或缺乏未被消除		K -	李扬《中国民间故事形态分析》页35的补遗功能项
			Lrneg2	主人公提供其他形式以求满足匮乏		K^{-2}	陈巧宜《〈兰格童话〉中愿望类型童话的相关研究》页65新增亚类，出自《偷窥天堂的国王》编码：L - 11 - 020 - 02，定义："主角提供其他形式以求满足匮乏。"陈巧宜的此项代码亦为 K -，但与李杨的 K—冲突，故以先著者优先，后著者加注处理
20	归来	↓	↓	主人公归来	↓	↓	возвращение
21	追捕追缉	Пр	Prp	主人公遭到追捕	V	Pr	преследование; погоня

续表

编号	功能项定义	俄文代码	Dark代码	功能简述（参考原文改写）	德译代码	英译与其他版本代码	备注（俄文原文、所属行动圈编号与功能项进一步的解释等）
		Πp^1	Prp1	追捕者尾随主人公飞着追他	V^1	Pr^1	
		Πp^2	Prp2	追捕者要求抓住罪犯	V^2	Pr^2	
		Πp^3	Prp3	他追捕主人公，迅速变成了各种动物及其他东西	V^3	Pr^3	
		Πp^4	Prp4	追捕者（蛇妖之妻之类）变成了诱人之物置于主人公的必经之路上	V^4	Pr^4	
		Πp^5	Prp5	追捕者试图将主人公吞下去	V^5	Pr^5	
		Πp^6	Prp6	追捕者试图杀死主人公	V^6	Pr^6	本研究中拓展为所有从本功能项Πp已有条列之状况以外，主人公可能丧命的危机
		Πp^7	Prp7	他使劲咬断主人公藏身上的树木	V^7	Pr^7	
			Prp8d	主人公等待被寻获		Pr^8	陈巧宜《〈兰格童话〉中愿望类型童话的相关研究》页65新增亚类，出自《灰姑娘》编码：L－01－076－01，定义："主角等待被寻获。"

续表

编号	功能项定义	俄文代码	Dark代码	功能简述（参考原文改写）	德译代码	英译与其他版本代码	备注（俄文原文、所属行动圈编号与功能项进一步的解释等）
22	获救	Сп	Srp	主人公从追捕中获救	R	R^s	спасение；行动圈：3. 相助者
		$Сп^1$	Srp1	他在空中逃脱	R^1	Rs^1	《故事形态学》页148定义为"迅速逃跑"。
		$Сп^2$	Srp2	主人公逃跑，逃跑时给追捕者设障碍	R^2	Rs^2	
		$Сп^3$	Srp3	主人公在逃跑时化身为令人认不出来的东西	R^3	Rs^3	
		$Сп^4$	Srp4	主人公在逃跑时隐藏起来	R^4	Rs^4	
		$Сп^5$	Srp5	他藏在铁匠那儿	R^5	Rs^5	本研究中拓展为有相助者帮主人公逃离危机
		$Сп^6$	Srp6	他以迅速变成动物、石头等东西的方式跳跑获救	R^6	Rs^6	
		$Сп^7$	Srp7	他躲避变身后的母蛇妖的诱惑	R^7	Rs^7	
		$Сп^8$	Srp8	他不让自己被吞吃掉	R^8	Rs^8	
		$Сп^9$	Srp9	他从对他性命的谋害中脱险	R^9	Rs^9	本研究中拓展为所有从本功能项Сп已有条列之状况以外，主人公从危机中保住性命的情形

续表

编号	功能项定义	俄文代码	Dark代码	功能简述（参考原文改写）	德译代码	英译与其他版本代码	备注（俄文原文、所属行动圈编号与功能项进一步的解释等）
		Сп^{10}	Srp10	他跳到了另一棵树上	R^{10}	Rs^{10}	
			Srp11d	其他方式逃脱追捕		Rs^{11}	李扬《中国民间故事形态分析》页36的补遗功能项。
23	不被察觉的抵达	X	X	主人公以让人认不出的面貌回到家中或另一个国度	X	o	неузнанное① прибытие；本研究中拓展为包含进偷偷摸摸地移动或跟踪等情节。
24	非分要求	Ф	Fr	假冒主人公提出非分要求	U	L	необоснованные притязания②；行动圈：7. 假冒主人公
25	难题	З	Zr	给主人公出难题	P	M	трудная задача；行动圈：4. 公主（要找的人物）及其父王
26	解答	P	P	难题被解答	Lö	N	решение；行动圈：3. 相助者

---

① 此字笔者在字典也查不到，最接近的字为："неузнаваемый：［形］（变得）认不出，难以认出的，无法认识的。"见陈秋生主编《简明俄汉双解词典》（第526页）。

② 此字在简中版《故事形态学》中打错字，重复了一次тязания；此正确版本为贾放老师博士论文中查出，且由 Google 翻译证实。

续表

编号	功能项定义	俄文代码	Dark代码	功能简述（参考原文改写）	德译代码	英译与其他版本代码	备注（俄文原文、所属行动圈编号与功能项进一步的解释等）
		*P	*P	在难题被提出前，难题就先被解决了	*Lö	*N	例如：主人公先知道了公主的特征，难题随后才出。郑任瑛《以普罗普的观点探讨格林童话中童话象征与"拯救"情节主题的意义》页131简述："在期限之前解决难题。"
27	认出	y	Y	主人公被认出	E	Q	узнавание；行动圈：4. 公主（要找的人物）及其父王
28	揭露	O	O	假冒主人公或对头被揭露		Ex	обличение；行动圈：4. 公主（要找的人物）及其父王
29	摇身一变	T	T	主人公改头换面	T	T	трансфигурация①；行动圈：3. 相助者

---

① 此字笔者在字典也查不到，最接近的字为："трансф：变压器。"见李玮主编《俄华辞典》（页676）。

续表

编号	功能项定义	俄文代码	Dark代码	功能简述（参考原文改写）	德译代码	英译与其他版本代码	备注（俄文原文、所属行动圈编号与功能项进一步的解释等）
		T^1	T1	直接靠相助者的神技改头换面	T^1	T^1	《故事形态学》页149的定义为"新的肉体外表"。本研究中，延伸至孩子经过恋爱后，经爱人（相助者）之手抚摸过自己精灵，而精灵定型的过程也视为一种改头换面
		T^2	T2	主人公造出一座奇妙的宫殿	T^2	T^2	
		T^3	T3	主人公穿上新衣	T^3	T^3	
		T^4	T4	合理化的与幽默的形式	T^4	T^4	
30	惩罚	H	H	敌人受到惩罚	St	U	наказание；行动圈：4. 公主（要找的人物）及其父王
		Hneg	Hneg	宽大为怀的赦免		Uneg	
			H1	主人公回复到故事一开始的生活状况		U1	陈巧宜《〈兰格童话〉中愿望类型童话的相关研究》页65新增亚类，出自《石匠》编码：L-03-160-06，定义："主角恢复到故事一开始的生活状况。"

续表

编号	功能项定义	俄文代码	Dark代码	功能简述（参考原文改写）	德译代码	英译与其他版本代码	备注（俄文原文、所属行动圈编号与功能项进一步的解释等）
			H2	对主人公的诅咒成真		U^2	陈巧宜《〈兰格童话〉中愿望类型童话的相关研究》页65新增亚类，出自《魔镜》编码：L-11-020-01，定义："对主角的诅咒成真。"
			H3	主人公死亡		U^3	陈巧宜《〈兰格童话〉中愿望类型童话的相关研究》页65新增亚类，出自《魔镜》编码：L-11-020-02，定义："主角的死亡。"
			H4	主人公得到宗教式的救赎		U^4	陈巧宜《〈兰格童话〉中愿望类型童话的相关研究》页65新增亚类，出自《偷窥天堂的国王》编码：L-11-025-02，定义："主角得到宗教式的救赎。"
31	举行婚礼	C**	C	主人公成婚并加冕为王	H	W	свадьба；行动圈：4. 公主（要找的人物）及其父王

续表

编号	功能项定义	俄文代码	Dark代码	功能简述（参考原文改写）	德译代码	英译与其他版本代码	备注（俄文原文、所属行动圈编号与功能项进一步的解释等）
		C∗∗	C∗−∗	获得未婚妻和王国，或主人公先获得半个王国，待双亲亡故后再获得整个国家	H∗∗	W∗∗	
		C∗	C∗	主人公只是结婚而已，新娘非公主，加冕为王也没有发生	H∗	W∗	
		C∗	C−∗	只有获得王位	H∗	W∗	此俄文代码在《故事形态学》简中版页58与各引用论文中可能标错，将星号错误地上标，此错误会造成与上一项子项混淆；参考简中版页149（C∗举行加冕礼）、英与德译版后合理推测原意应是下标，在此特别修正
			Ch∗d	初步的结婚形式/徒具形式的婚姻		w∗	此亚类出自郑任瑛《以普罗普的观点探讨格林童话中童话象征与"拯救"情节主题的意义》页132的英译："rudimentary from of marriage."

续表

编号	功能项定义	俄文代码	Dark代码	功能简述（参考原文改写）	德译代码	英译与其他版本代码	备注（俄文原文、所属行动圈编号与功能项进一步的解释等）
			C3d	与皇帝的女儿成亲而未获得王位		W^3	李扬《中国民间故事形态分析》页36的补遗功能项
		c1	Ch1	订婚和许婚后，尚未加冕就被新的加害行为所打断	h^1	w^1	
		c2	Ch2	已婚的主人公失去妻子；又因寻找而破镜重圆	h^2	w^2	
		c3	Ch3	主人公获得金钱奖赏或其他形式的补偿，以取代公主许婚	h^3	w^3	
	来路不明或外来的形式	N	N	不清楚或多余的形式	N	X	德译为："Unklare oder übernommene Formen." 英译为："Unclear or alien forms."
	在路边柱子旁分手	<	〈	在岔路上分离（开）	<	<	德译为："Trennung am Kreuzweg." 英译为："Leave-taking at a road marker." 本研究中拓展为"双主人公暂时分开行动"。

续表

编号	功能项定义	俄文代码	Dark代码	功能简述（参考原文改写）	德译代码	英译与其他版本代码	备注（俄文原文、所属行动圈编号与功能项进一步的解释等）
			⟩d	双主人公会合			此为本研究 Dark 版代码新增之功能项，用以补足，双主人公分开行动后又会合的状况
	互交发信号的东西	S	Tra	交付信号	s	Y	德译为："Aushändigung eines Signalisators." 英译为："Transmission of signaling device."
	缘由	Мот.	Mot	动机、意图：说明人物行为的理由和目的	Mot	mot.	德译为："Motivierungen." 英译为："Motivations."
	衔接	§	§	关联：补充说明前后的功能项。	§	§	德译为："Kopulas." 英译为："Connectives."
	功能项的肯定结果	pos	pos	产生正面结果的功能	pos	pos.	德译为："positives Ergebnis der Funktion." 英译为："Positive result for a function." 英译版符号亦写成「+」。 此为功能亚类的附加说明标号，故 Dark 代码直接小写。

续表

编号	功能项定义	俄文代码	Dark代码	功能简述（参考原文改写）	德译代码	英译与其他版本代码	备注（俄文原文、所属行动圈编号与功能项进一步的解释等）
	功能项的否定结果	neg	neg	产生负面结果的功能	neg	neg.	德译为："negatives Ergebnis der Funktion." 英译为："negative result for a function." 英译版符号亦写成「-」。 此为功能亚类的附加说明标号，故Dark代码直接小写。
	获得与功能项意义相对立的结果	contr	contr	事实的事件与它的功能项定义相反	contr		德译为："Erreichung eines Ergebnisses, des der Bedeutung der Funktion entgegengesetzt ist."
		…		重复三次		…	此功能项原俄文版并没有，为郑任瑛《以普罗普的观点探讨格林童话中童话象征与"拯救"情节主题的意义》页134的英译版新增之功能项。英译为："Connectives trebled."

电子游戏文本的故事形态分析

——以国产 RPG《仙剑奇侠传五前传》为例

张倩怡[*]

近年来,"仙侠"题材电子游戏开始在国内风靡。其中出现最早、影响最大者莫过于《仙剑奇侠传》系列。该系列均为 RPG 游戏[①],由中国台湾大宇资讯有限公司及其子公司制作发行,其剧情以中国古代神话传说为背景,以江湖"仙侠"为主要人物。作为该游戏玩家,笔者在体验游戏过程中对故事情节及"仙侠"题材产生兴趣,揣测情节具有魅力的原因可能在于其类似民间"神奇故事"的结构。受杨利慧《当代中国电子媒介中的神话主义》[②]启发,本文试图探讨民间故事形态在电子游戏中的表现。

首先对"仙侠故事"做一界定:从题材上看,"仙侠故事"中"仙"指神仙幻想类故事,"侠"指武侠人物故事与传说;从性质上看,它是文人创作结合民间故事的产物。"仙""侠"元素的融合基于二者内部存在的相通性;从体裁上看,"仙侠故事"叙事结构相较一般民间故事和"新故事"更加复杂,其中的"仙"与"侠"分别来自民间故事和通俗小说两种体裁。神仙幻想故事以魏晋南北朝到唐

---

[*] 作者:张倩怡,北京师范大学文学院民间文学研究所硕士研究生。

[①] RPG:角色扮演游戏(Role-Playing Game)的英文缩写。为行文方便,下文简称为 RPG 游戏。

[②] 杨利慧:《当代中国电子媒介中的神话主义》,《云南师范大学学报》(哲学社会科学版)2014 年第 4 期。

代以来传奇作品和仙话的发展为基础，通俗小说则主要是晚清时期神怪题材与侠义小说融合的作品。作为二者的结合体，仙侠故事在经由电子媒介重现时，其原有的题材、叙事和价值观传统也被重新"发明"。

基于普罗普故事形态学的理论探讨和个案研究不计其数，在此仅举几例。国外学者中理论探讨的典型代表是列维—斯特劳斯。他认为普罗普的形态学研究"在形式主义观点和历史解释的困扰之间进退维谷"，并且"只要他一选定民间故事，这种自相矛盾变得不可克服"[①]，从结构主义角度与其展开了论争。个案研究以阿兰·邓迪斯为代表，他在印第安人民间故事的研究中用"母题素"代替普罗普的"功能"[②]，解决了这一概念的歧义问题，拓展了故事形态学。国内的理论研究以贾放的《普罗普故事学思想研究——以〈故事形态学〉、〈神奇故事的历史根源〉、〈俄罗斯故事论〉为重点》[③]和李扬的《中国民间故事形态研究》[④]为代表。前者从普罗普著作中译者的角度介绍故事形态学内容、思想，梳理了这一方法的学术史价值及争议。后者根据中国民间故事的特点，在功能序列等方面对故事形态学方法在具体情境的运用进行调整。最早将故事形态学运用于中国民间文学分析的个案是张汉良的杨林故事系列[⑤]和赵晓寰对戏曲《牡丹亭》的分析。[⑥] 后续研究有康丽关于

[①] [法] 克劳德·列维—斯特劳斯：《结构人类学——巫术·宗教·艺术·神话》，陆晓禾、黄锡光等译，文化艺术出版社1989年版，第129—130页。

[②] [美] 阿兰·邓迪斯编：《世界民俗学》，陈建宪等译，上海文艺出版社1990年版。转引自贾放《普罗普故事学思想研究——以〈故事形态学〉、〈神奇故事的历史根源〉、〈俄罗斯故事论〉为重点》，博士学位论文，北京师范大学，2002年。

[③] 贾放：《普罗普故事学思想研究——以〈故事形态学〉、〈神奇故事的历史根源〉、〈俄罗斯故事论〉为重点》，博士学位论文，北京师范大学，2002年。

[④] 李扬：《中国民间故事形态研究》，中国社会科学出版社2015年版。

[⑤] Han-liang Chang, "The Yang Lin Story Series: A Structrual Analysis", in William Tayetal, ed., *China and the West: Comparative Literature Studies*, Hong Kong: Chinese University of Hong Kong Press, 1980, pp. 195-256.

[⑥] Xiaohuan Zhao, *Classical Chinese Supernatural Fiction: A Morphological History*, Lampeter, Wales and Lewiston, New York: The Edwin Mellen Press, 2005.

中国巧女故事研究的一系列文章[①]、漆凌云的《中国天鹅处女型故事的形态学研究——以基本功能、序列及其变化为中心》[②] 等。近年来随着文化研究在国内的兴起，大量将故事形态学方法应用于影视媒介语境的个案出现，如王杰文《动画电影的叙事结构——〈灰姑娘〉的形态学分析》[③]。

本文拟将上述理论成果作为参考，选择以往个案中少见的视角——电子游戏中的仙侠故事形态展开探讨。研究的目的在于借故事形态学理论勾勒出游戏情节的叙事结构，辨析其中的民间叙事传统及融入的文人叙事，为进一步探讨二者在电子游戏叙事中体现的价值观及表现方式打下基础。

需要说明的是，将中国仙侠故事与俄国神奇故事功能项对应，本意并非通过比较二者结构上的相似而推证其同源性。如李扬所论，即使同是民间故事，普罗普所举情况在中国也会有所不同。[④] 更何况本文研究对象是包含文人叙事的仙侠故事，与普罗普所涉及的"神奇故事"存在于不同的文化语境中。考虑到以往对《仙剑奇侠传五前传》（下文简称《五前》）研究较少，本文选择其作为研究对象，使研究得以在有限材料范围内开展。文中所引的游戏文本分两部分：一为《五前》中出现的人物对话；二为笔者梳理游戏情节得到的"仙侠故事"。

[①] 康丽的相关论文包括：《角色置换与利益代言——从社会性别角色解读中国巧女故事》（《民族艺术》2003年第1期）、《利益务实与规范折衷——中国巧女故事中的民间女性德才观探赜》（《民俗研究》2003年第1期）、《中国巧女故事中的角色类型》（《民族文学研究》2005年第2期）、《故事类型丛与情节类型：中国巧女故事研究（上）》（《民族艺术》2005年第3期）、《故事类型丛与情节类型：中国巧女故事研究（下）》（《民族艺术》2005年第4期）、《隐匿的秩序：论中国巧女故事叙事结构中的故事范型序列》（《民族文学研究》2006年第1期）、《民间故事类型丛中的故事范型及其序列组合方式——以中国巧女故事为例》（《民族文学研究》2008年第1期）、《民间故事类型丛及其丛构规则——以中国巧女故事的类型组编形式为例》（《民族文学研究》2009年第4期）、《民间故事类型丛的丛构机制》（《民族文学研究》2012年第5期）。

[②] 漆凌云：《中国天鹅处女型故事的形态学研究——以基本功能、序列及其变化为中心》，《民间文化论坛》2006年第5期。

[③] 王杰文：《动画电影的叙事结构〈灰姑娘〉的形态学分析》，《北京电影学院学报》2006年第5期。

[④] 李扬：《中国民间故事形态研究》，中国社会科学出版社2015年版，第148页。

一　仙侠故事的情节功能

《五前》的故事以魔界①夜叉国的旱情为开端。在简单交代夜叉国王龙溟和长老魔翳的运筹帷幄后，时间地点迅速转到"十六年后的人界"。据《仙剑奇侠传》系列游戏的先后顺序推断，故事发生时间可能对应历史上的北宋时期，但并不确切。因此就时间架空而言，《五前》具有典型的民间故事体裁特征，可将游戏文本看作类型宽泛的"故事"（story）或"叙事"（narration）。

故事情节沿三条线索进行：第一条是夏侯瑾轩与瑕、暮菖兰等人的江湖经历；第二条是折剑山庄弟子姜承在魔翳（又名枯木）的明暗操控下一步步走上"魔君"之位；第三条是魔界夜叉国王龙溟、长老魔翳为其子民寻找水源的谋算。三条线索共同反映剧情主题"牵绊"，其中穿插了主角的爱情故事，以及修仙门派蜀山与人魔两界的利益斗争，形成复杂的叙事结构。倘将每条线索的具体情节拆分重组，可看到整个故事的结构形态。

普罗普将"功能"定义为"从其对于行动过程意义角度定义的角色行为"②。笔者选择"功能"而非"母题"或"类型"作为分析的工具，是出于游戏情节特点与这一理论模型最为相像的考虑。从故事情节中人物所承担的行为来看，《五前》涵盖了普罗普在《故事形态学》中归纳的31种角色功能。由于仙侠故事具有较强的文人叙事特性，民间故事的母题分析法并不完全适用。因此，尽管笔者不以功能项对应故事母题，但将情节进行母题式的拆分，以便呈现完整的故事结构。③

---

①《五前》继承了以往"仙剑"系列历代游戏的世界观设定：将世界分为"六界"，即人、仙、神、魔、妖、鬼。上古神话中的伏羲、女娲、神农"三皇"分别创造了神、人、兽三种不同的生灵，其中人和兽居住在人界，死后进入鬼界轮回；修炼后，人成为仙进而为神，兽一部分成为妖，另一部分跟随统治者蚩尤进入异界逐渐修炼成魔。神界与魔界、仙界与妖界、人界与鬼界两两相互对立，六界之间也时有联系转换。

②［俄］普罗普：《故事形态学》，贾放译，中华书局2006年版，第18页。

③ 情节的具体母题拆分及相关说明，详见拙文《〈仙剑奇侠传五前传〉的故事形态研究》中"表1"所示（见拙文《〈仙剑奇侠传五前传〉的故事形态研究》，学士学位论文，北京师范大学，2015年）。

下面对部分情节进行功能项划分的依据及其问题分两类讨论。

（一）与《故事形态学》相符情形

首先是一般情形。

"主人公的奇异诞生是颇为重要的故事成分，诞生通常伴之以对他命运的预言。"[①] 故事中，对弃婴姜承的描述大致是"身上挂着一块奇异花纹的牌子，并被一群野兽包围"，这一细节暗示了其血统异于常人。按普罗普的归纳，初始情境后才开始"家庭成员外出"功能项，而在故事中，后者以其强化形式"双亲亡故"包含在前者当中。

"下禁令"在此表现为其变相形式"命令或建议"。具体方式是折剑山庄庄主欧阳英派姜承参加品剑大会并期待其表现。姜承的"违禁"行为是体内魔气爆发，打伤师兄，令所有人大吃一惊。二者构成了情节上的对应。与普罗普补充说明的情况相吻合的是，这一命令下达同时，"新角色"魔翳事实上已经以暗中操控整个棋局的方式进入了故事。[②]

"对头企图欺骗其受害者，以掌握他或他的财物"这一功能项中，对头或加害者先得改头换面。[③] 这在故事中体现为魔翳一方面以其在人界分身枯木的形象出现，多次对姜承实行劝诱；另一方面利用其人界宿体夏侯韬与瑾轩的叔侄关系，暗示瑾轩离开中原前往楼兰等地。龙溟则隐瞒夜叉王的身份，谎称是西域商人接近众人。

在功能项和故事情节的匹配中也出现了普罗普谈到的"困难情况"，如一个功能项具有双重甚至多重形态意义。"主人公离家与加害者的引诱"也表现得较为明显。如情节 6.2 与 7.1.1 之间实际上具有内在因果联系，即姜承远赴楼兰的决定是在魔翳分身夏侯韬的暗示下做出的。因而这一行为事实上带有"加害者引诱"和"主人公离家"的双重形态意义。

其次是由游戏体裁与故事形态的契合导致的情形。

---

　① ［俄］普罗普：《故事形态学》，贾放译，中华书局 2006 年版，第 79 页。
　② 此细节通过后面情节中人物铁笔的回忆得以交代，当日除感到姜承身体异常外"还有另一股魔气"，即为宿身于夏侯韬的魔翳。
　③ ［俄］普罗普：《故事形态学》，贾放译，中华书局 2006 年版，第 27 页。

《五前》的 Boss[①] 战对应了故事形态学中三个基本功能项：主人公与对头交锋、难题和假冒主人公。它们在游戏中表现为相似的战斗形式，因此不易区分，对"难题"和"考验"型母题的区别，普罗普在《故事形态学》第四章中已有论述。但楼兰王相关情节[②]应划为"难题""考验"还是"交锋"依旧很难确定。这一情节中主人公与楼兰王正面交锋，但楼兰王并非欺骗主人公的"对头"，故不能归为"交锋"和"考验"。同时，战后没有得到关键性宝物（游戏战斗获胜例行的经验值、物品和称号除外），也无和成婚相关的情节。因此将其归为"其余的难题"[③]。

　　关键性赠物通常与接下来的人物或情节相关。故事中多次出现"考验—获得魔物"这对功能项，与游戏战斗系统设计较为吻合。主人公通过和不同 Boss 战斗获得宝物作为特定情节道具，如打败仙灵岚翼后获得的霖风草；或获得相助者，因为"宝物落入主人公的掌握之中"功能项之中的一种情况是"各色故事人物自己供主人公驱使"[④]。如 14.1.2 中的"魔物"其实就是厉岩等人成为姜承创立净天教之后的助手，这里也将其归为"未来赠与者"的一种形式。

（二）《故事形态学》未涉及情形

　　分为两类，均受到文人创作主观性和游戏体裁两方面因素的不同程度影响，使故事呈现出复杂的整体结构。

　　第一，情节碎片随机拼贴、组合。

　　故事的初始情境一般是列举家庭成员，引入主人公。这里"家庭"的含义发生了泛化。对故事主人公[⑤]姜承、夏侯瑾轩和龙溟而言，不管是血缘上的家庭，还是一起闯荡江湖的伙伴、恋人、兄弟，凡与其关系亲密的团体或个人都可看作"家庭成员"。值得注意的是，在姜承主线中，欧

---

　　① Boss：指电脑游戏中出现的巨大有力且难缠、被打败后能获得推动剧情发展的道具或者进入下一环节的压轴怪物。

　　② 这一情节在整个故事结构中包含两方面的意义，一方面考验了众人尚不稳固的团队关系（此处并非功能项意义上的"考验"）；另一方面，借此事件表达了龙溟的国家观念，可以算作龙溟主线的重要情节。

　　③ ［俄］普罗普：《故事形态学》，贾放译，中华书局 2006 年版，第 61 页。

　　④ 同上书，第 41 页。

　　⑤ 这里使用的"主人公"是故事形态学意义上的"落难主人公"和"行动主人公"。

阳倩以"公主"的身份进入初始情境,但该情境并未在故事开头出场,而是经过了一些情节铺垫。

第二,主人公对命运的主观感知与反应。

在"对头刺探—获知消息"这对功能项中,暮菖兰为魔翳传递消息的行动并非一次性完成,而是延续到 15.1.3 之前;主人公隐约感知到"对头刺探消息",通过理性对其做出反应,并试图阻止对头的行动。4.1.1.2 和 4.1.1.3 突出表现了主人公及其他人物做出的反应,同时,这一反应也导致了 16.2.2、18.2.2 及 31.2 的发生。主人公在情感主导下改变了故事的宿命式结局,这也是仙侠故事与民间故事不同之处。

以"八"或"八 a"开始的加害行为中,"主人公被派遣出发"和"主人公离家"这两个功能项相互承接,前者包含被逐的意义,后者与其区别则在于"出发被强化,且具有了逃跑的性质"[1]。例如 9.1.1 中姜承被欧阳英逐出折剑山庄,事实上具有与师门划清界限的意义。而在 11.1 时,他加入了瑾轩等人的队伍,则"离家"这一去向更为确定。另外,将瑾轩等人在公审现场的营救计划归为"寻找者应允或决定反抗"中的"反抗",是由于尽管难逃失败结局,但瑾轩作为"寻找者",对"落难者"姜承洗清罪名表现出不放弃最后一线希望的执着。

在"主人公转移"这一功能项中,转移地点并不单一指向所寻之物,有时是所寻找的物品或人,有时是临时发生的灾难或缺失,如皇甫卓之父皇甫一鸣在千峰岭制造的血案。因而,这里的"转移"并非都是直接到达所寻之物的所在地,而是通过解决当下的其他困难或缺失,间接通往目标。为凸显功能项在具体仙侠故事情节中的含义泛化,这里统一把它们归为"转移"。正如普罗普所说:"功能项 R[②] 是功能项 ↑(出发)的自然延续,在这种情况下功能项 R 不会被注意到。"[3]

类似地,随着情节发展和地点变化,以到达形式完成的"对空间的克服"[4]也发生过多次。而本文所言"主人公归来"只限于与"主人公离家"情节对应的功能项,并不包括所有回到最初地点折剑山庄和明州

---

[1] [俄] 普罗普:《故事形态学》,贾放译,中华书局 2006 年版,第 36 页。
[2] 为保持引文原貌,此处沿用普罗普使用的"转移"符号,下同。
[3] [俄] 普罗普:《故事形态学》,贾放译,中华书局 2006 年版,第 46 页。
[4] 同上书,第 50 页。

的行动；同时，两条线索的主人公在完成各自任务后回到某一地点集合的情节也不包含在内；"主人公以让人认不出的面目回到家中或到达另一个国度"虽在故事情节上也默认具有"归来"的含义，但表格中也没有将其归入。与上文考虑到只有通过将一些重要的故事情节归入功能项的形式，才能更清晰地对故事形态轮廓进行不同描述，这里的考虑则是出于用来表示同一情节的功能项不能相互重复，二者并不矛盾。

"主人公被认出"有时和"给主人公做标记"相互对应，如魔纹和魔君身份确认的关系；有时发生于久别之后，如姜世离在五年间成为魔君改头换面却依然能被欧阳倩认出。此时的标记本来应该是凭信物相认，但故事中并没有表现这一细节。因此"主人公被认出"仅作为单独的功能项出现。

在"主人公成婚并加冕为王"中，作为寻找者的瑾轩得到了与之相反的结局，与瑕跳下悬崖生死未卜。然而两人达到了类似甚至超越"成婚"的境地。"落难者"姜世离则走向英雄的反面"成魔"，故其成婚形式也表现为与世俗伦理道德相悖的私奔。但就形态学意义而言，这一功能在他们的行动中均已完成。

二　仙侠故事的整体结构

（一）功能之间的关系——故事中的功能对

李扬认为中国民间故事功能顺序与普罗普的定律不符的一个重要原因是："部分功能之间原本并无一定的时序，以及讲述者或记录者可能的'情节化'。"[1] 这一结论在仙侠故事中同样适用。但"功能对"的顺序却大体不变。由于故事情节的连贯性，电子游戏中的故事元素往往不像神话元素那样完全以拼贴、粘连的形式呈现[2]，而是有相对完整的"序列"。故在将故事情节划入相应功能项后，需要将表1中的情节按剧情叙事的展

---

[1] 李扬：《中国民间故事形态研究》，中国社会科学出版社2015年版，第148页。
[2] 参见包媛媛《中国神话在电子游戏中的运用与表现——以国产单机游戏〈古剑奇谭：琴心剑魄今何在〉为例》，《云南师范大学学报》（哲学社会科学版）2014年第4期。

开排列，以发现功能项的相互关系即"功能对"及其组成的"序列"[①]。李扬用"序列"取代普罗普提出的"回合"。但由于仙侠故事由多个序列组成，"回合"有时被序列所包含，故笔者依然用"序列"或"片段"代替，并依据它们在剧情中的出现顺序用汉文数字编号。

如下文"①"所示，A 为姜承主线情节，B 为瑾轩主线，C 为龙溟作为"主人公"时的主线[②]；带"（）"的编号为该功能对或序列出现的次数。为呈现故事情节的真实顺序，同时方便归纳形态结构，此处将情节编号代表的内容及其对应功能项一并列出。

①功能（对）、序列与游戏情节顺序的对照

初始情境：

I1A 魔界夜叉国干旱，国王龙溟与长老魔翳利用大地震打开人魔两界通道。魔翳将缚魂玉洒向人界，其中一块落在明州海港的夏侯世家。

I2B 十六年后，夏侯世家少主瑾轩遇到街头卖艺少女瑕和碎大石的谢沧行，在瑕、谢两人争夺地盘的过程中，瑕失手打碎皇甫卓送给瑾轩的玉佩。

一 A、"禁令—违禁"：

（1）对主人公下一道禁令—主人公离家。

2.1 姜承接受欧阳英之命，去明州邀请夏侯世家参加品剑大会。

2.2 在瑾轩二叔建议下，姜承与上门赔罪的谢沧行、瑕一起护卫瑾轩。

11.2.1 瑾轩等离开明州前往折剑山庄参加品剑大会。

2.1 与后文的 1.1、3.1 共同构成的"禁令—违禁"功能对在这里被拆分。"主人公离家"是故事开场。这一功能有时与"打破禁令"承接，

[①] 李扬对"序列"的定义是：由核心功能（对）将一系列功能以某种关系连结而成的情节段落，它本身是自足的，起始项与终结项分别不与前后的功能发生联系。参见李扬《中国民间故事形态研究》，中国社会科学出版社 2015 年版，第 159 页。

[②] 关于龙溟这一角色在"对头"和"主人公"行动圈之间的转换，本文为保持故事主线的完整，暂且采用瑾轩视角，将其按照"对头"的功能项进行归纳。

而有时与"灾难的告知"承接，此处是前者。
二A、"试探—获悉"：
（1）对头试图刺探消息—对头获知其受害者的消息。

  4.1.1 被魔翳分身枯木收买为眼线的江湖女子暮菖兰在碧溪村和众人"偶遇"，加入队伍。
  5.1 暮菖兰通过鸟为枯木传递姜承等人消息。

该组情节与后文6.1.1、7.1.1构成了"欺骗—共谋"功能对，并下接"恶行/缺乏—消除"功能对，构成序列。
三A、"考验—反应—接受魔物"：
（1）主人公经受考验，遭到盘问，遭受攻击等，以此为他获得魔法或相助者做铺垫—主人公对未来赠与者的行动做出反应。

  12.1.1 众人在千峰岭遇到半魔厉岩率领的山贼，姜承遭到攻击。
  13.1.1 姜承在与厉岩交战中被其看出魔族血统。

这里插入了另一个初始情境I3A，随后功能对继续展开：

  I3A 众人在折剑山庄遇到姜承恋人欧阳倩，姜承送给欧阳倩礼物。
  13.1.2 姜承在折剑山庄遇到旧友唐风，约定日后再见。
  13.1.3 姜承在山寨遇到结萝。

在姜承主线中，"未来赠与者"功能项以厉岩、结萝、唐风的形式重复三遍，形成"三段式"结构，并与后文14.1.2构成"反应—接受魔物"功能对。瑾轩主线中，赠与者以人物凌波的形式出现，与8a2.4、9.2.3、12.2.3、13.2.1、14.2.2共同构成"考验—反应—接受魔物"功能对。
四B、"无理要求—揭露"—"缺乏—消除"—"考验—反应—接受魔物"：

9.2.1 众人被告知折剑山庄外的雪石路上有雪女抓走附近村民，前往营救。

24.2 雪女假冒瑕，施法出现在瑾轩的梦境中。

28.2 雪女阴谋败露。

19.2.2 被雪女掳走的村民获救。

12.2.1 瑕捡到雪女修行的灵石，送给瑾轩。

"雪女故事"序列充当故事开场后的插曲，是瑾轩和瑕恋情萌生的导火索。由于"假冒主人公"在处理灾难的过程中作为意外的"考验"出场，并在客观上充当"未来赠与者"，因而故事情节对应的功能项之间并不连续。尽管主人公并没有直接打败雪女，而是在谢沧行的暗中帮助下才得以脱困，但瑕捡到的灵石在后来瑾轩修为的提升和二人感情的进展上都起到重要作用，也可算作一件对主人公有利的"魔物"。

二 A、（2）对头企图欺骗受害者，以掌握他或他的财物。

6.2 二叔夏侯韬建议瑾轩赴楼兰等地游历。

一 A、（2）打破禁令。

3.1 品剑大会上姜承在魔翳暗中法术作用下魔气爆发，力量失控，打伤师兄兼情敌萧长风。

二 A、（3）对头企图欺骗受害者，以掌握他或他的财物。

6.1.1 枯木出现，暗示姜承其身世。

五 AB、"调停—（开始反抗）—离家"：
（1）灾难或缺失被告知，向主人公提出请求或发出命令，派遣他或允许他出发—寻找者应允或决定反抗—主人公离家。

9.1.1 姜承被欧阳英逐出折剑山庄。

11.1.1 姜承离开折剑山庄加入瑾轩的队伍。

11.2.2 瑾轩等人阴差阳错坐云来石前往楼兰。

这一功能对后增加了"主人公离家"的功能项。此处 A、B 两条主线合并为一。根据普罗普的定义，姜承是"落难者"，而瑾轩是其"寻找者"。对故事而言，"寻找者应允或决定反抗"这一功能"只对那些主人公是寻找者的故事来说比较典型"①，因而编号 10 开头的功能在这里并不明显，或言脱落。同时，这个情节中还隐藏着另一功能项：

二 A、(4) 受害者上当并无意中帮助了敌人。

7.1.1 被逐出折剑山庄的姜承心情低落，在瑾轩建议下远赴塞外。

7.2 瑾轩一行人在二叔的建议下前往楼兰。

瑾轩等的行为客观上造成主人公姜承的离家，因而无意中帮助了魔翳在"家中"亦即中原武林布局的计划，即"欺骗—共谋"功能对中的"共谋"。由此引出了后文的"恶行/缺乏—消除"功能对。

三 B、"反应—接受魔物"：

(1) 宝物落入主人公的掌握之中。

14.2.1 得到云来石。

这里的云来石作为"宝物"，严格意义上说并不是通过"考验—反应"得到的，而是无意中发现的。此后接续"主人公转移，他被送到或被引领到所寻之物的所在之处"功能项，如普罗普言，它作为衔接性的功能项，不容易被注意到。

15.2.1 瑾轩等人被云来石带到楼兰。

---

① [俄]普罗普：《故事形态学》，贾放译，中华书局 2006 年版，第 35 页。

此后又是一个初始情境，故事中的"对头"龙溟和"未来赠与者"凌波初次登场：

I5B 瑾轩在楼兰中暑晕倒，被龙溟和凌波所救。

六 AB、"难题—解题"：

25.1 楼兰王鬼魂使整座城受到诅咒。
26.1 楼兰王被战胜，咒语消除。

七 A、"恶行/缺乏—消除"：
（1）对头给一个家庭成员带来危害或损失。

8.1.1 枯木借机杀死萧长风，给姜承带来"杀人妖魔"的污名。

到 19.1 时，该序列中的"消除"才真正完成。
二 A、（4）受害者上当并无意中帮助了敌人。

7.1.2 姜承在厉岩、龙溟的暗示下开始对自己的身世有所怀疑。

三 AB、（3）主人公经受考验，遭到盘问，遭受攻击等，以此为他获得魔法或相助者做铺垫。

12.2.2 瑾轩等人在归途中遭到沙虫的袭击，但因此找回云来石。

八 A、"追捕—得救"：
（1）主人公遭受追捕—主人公从追捕中获救—主人公转移，他被送到或被引领到所寻之物的所在之处。

21.1.1 姜承回到中原，却发现皇甫一鸣早已布下陷阱捉拿他。
22.1.1 姜承逃跑途中遇到谢沧行，被其放走。

15.1.1 姜承去千峰岭投靠厉岩。

该序列中依然加入了"主人公转移",作为事件的阶段性结果。
二A、(5) 对头企图欺骗受害者,以掌握他或他的财物。

6.1.2 暮菖兰夜里收到枯木的消息,要她帮助姜承逃离四大世家的罗网。

初始情境 & 一A、(3) 一位家庭成员离家外出。

1.1 & I4A 欧阳英讲述捡到姜承的往事。

七B、(2) 家庭成员之一缺少一种东西,他想得到某种东西。

8a2.1 在结萝的蛊术作用下瑕的病情发作,需要去青木居找结萝的师父治病。

二C、(1) 对头企图欺骗受害者,以掌握他或他的财物。

6.3.1 众人在通往青木居的幻木小径途中遇到谎称采草药来打探水灵珠消息的龙溟,并与其同路通过幻境。

七B、(1) "缺乏—消除"—"考验—反应—接受魔物":

8a2.2 瑕被蜀山草谷道长告知需要一种名为"霖风草"的仙草。
9.2.3 瑾轩等人在凌波的带领下去蜀山仙竹林寻找仙草。
12.2.3 众人在仙竹林遭到守护仙草的仙灵岚翼攻击。
13.2.1 众人打败岚翼,获得仙草。
14.2.2 瑾轩等人得到霖风草。

这两个序列常以组合的形式出现。岚翼即为上文所述的"考验"型的战斗 Boss。由于霖风草未能治好瑕的病,"消除"功能在此脱落,或者说延迟到后文的 19.2.1 处。

二 A、(6) 对头企图欺骗受害者,以掌握他或他的财物。

6.1.3 被众人留在碧溪村的姜承又遇到枯木,被告知北方蚩尤冢有一群魔族后裔。

二 C、(2) 对头试图刺探消息—对头获知其受害者的消息—对头企图欺骗受害者,以掌握他或他的财物—受害者上当并无意中帮助了敌人—对头给一个家庭成员带来危害或损失。

4.3 龙溟接近凌波。
5.3 龙溟通过和凌波的交谈,判断出神农鼎藏在蜀山。
6.3.2 龙溟通过交心得到凌波的信任,并利用其蜀山弟子身份盗鼎。
7.3 龙溟在凌波、瑾轩等人帮助下盗得神农鼎。
8.3 龙溟带走凌波,途中凌波因疗伤无效死去;龙溟也在神降秘境中打败有四条命的骨蛇后丧命。

二 A、(7) 对头试图刺探消息。

4.1.1.2 暮菖兰与枯木见面,开始质疑他的身份。

九 A、"缺乏—(消除)"—"调停—开始反抗—转移"—"追捕—获救—转移":

8.1.2 皇甫一鸣血洗千峰岭,并抓走一部分姜承的魔族弟兄。
9.1.2 姜承明知是圈套但不得不前往营救。
20.1 姜承为救千峰岭兄弟回到折剑山庄。
10.1 瑾轩等人在公审现场的营救计划。
15.1.2 姜承被引入皇甫一鸣的圈套,回到折剑山庄。

21.1.2 姜承在折剑山庄遭受武林公审，改名姜世离。

11.1.2 姜世离再度离开折剑山庄。

22.1.2 姜世离逃跑途中谢沧行再次出手相救。

15.1.3 在瑾轩等人和欧阳倩的暗中帮助下，姜世离等人狼狈逃回青木居。

17.1.1 欧阳倩托瑾轩把信物带给姜世离，承诺等他回来亲手交给自己。

这一序列中"消除"依然延迟到后文的 19.1.1 处。"调停—开始反抗""追捕—获救"两个序列结尾都增加了"转移"功能作为事件的结果。在此基础上后者又增加了"给主人公做标记"的功能项。

三 A、(3) 主人公对未来赠与者的行动做出反应。

13.1.4 众人再次遇见为姜世离而来折剑山庄的唐风。

二 A、(8) 对头试图刺探消息

4.1.1.3 暮菖兰坦白了自己做的一切，众人开始揣测神秘雇主的意图。

十 A、"转移"—"标记—认出"—"消除"：

15.1.4 姜世离从枯木处得到蚩尤冢地图并前往。

12.1.2 姜世离遇到守护蚩尤冢的火灵炎舞。

17.1.2 姜世离触摸到石碑之后，身上的蚩尤血脉觉醒，额头出现魔纹。

14.1.1 姜世离身上的蚩尤血脉开始觉醒。

13.1.5 姜世离打败炎舞。

27.1.2 覆天顶魔族后裔通过额头的魔纹认定姜世离为魔君。

19.1.1 姜世离身份之谜得到解答，承诺成为魔族领袖魔君。

"标记—认出"序列前增加了"转移"。至此,上文一A、七A和九A序列中的"惩处""消除"功能才算真正完成。

三A、(4)宝物落入主人公的掌握之中。

14.1.2 厉岩、结萝、唐风加入姜世离创立的净天教成为护法。

A主线的主人公姜世离在"对头"魔翳的控制下,性格开始逐步走向对立面。从"行动场"的角度来说,其角色性质也发生变化,开始具有"反角"的成分,成为B主线中人物谢沧行的"对头"。在游戏中也由可控人物成为战斗Boss之一。①

七B、(2)"缺乏—消除"—"调停—开始反抗—转移"—"考验—反应—接受魔物":

9.2.2 幼年暮菖兰被哥哥送往村外,开始行走江湖,为村人寻找治病方法。
9.2.2.2 山神指出了瑕与暮蔼村村民的病因是鬼气或魔气侵染。
8a2.3 瑕和暮菖兰的村人治病需要仙草"誓缘枝"。
9.2.4 瑾轩向父亲请求出海寻找仙药。
10.2 经过说服后瑾轩的父亲同意出海。
15.2.2 瑾轩等人遭遇海难却因祸得福来到仙岛。
12.2.4 瑾轩等人在仙岛上遇到冰麟长老,并接受帮其消灭怪兽的任务。
13.2.2 瑾轩等人前去消灭了怪兽。
14.2.3 瑾轩等人得到誓缘枝。
20.2 瑾轩一行人从海外仙岛归来,人间已经过了五年。

经过这组较长的序列,灾难终于消除,故事也得以收束。【见九B

---

① 在《五前》中,这样从可控人物到"对头"(boss)的角色转化并不少见,例如被鬼魂附体的瑾轩和被魔翳附体的瑕,但其角色性质并没有长期的变化。相反的转化则有由"未来赠与者"转向"对头"的结萝和厉岩。

（3）】

十二 A、"主人公改头换面—主人公以让人认不出的面貌回到家中或到达另一个国度—主人公被认出—主人公成婚并加冕为王"。

  29.1 成为魔君的姜世离改头换面①。
  23.1 魔君姜世离回折剑山庄找欧阳倩。
  27.1.1 改头换面的姜世离被欧阳倩认出。
  31.1 姜世离成为魔君，携欧阳倩私奔到覆天顶。

这四个功能项在内容上有所重叠。

普罗普从形态学角度对"神奇故事"下的定义是："始于加害行为或缺失、经过中间的一些功能项之后终结于婚礼或其他作为结局的功能项的过程。"② 但这里的仙侠故事并未完全遵循"神奇故事"的结局，以结婚宣告结束。其原因或是由于故事中存在多条主人公线索，即普罗普所说的"一个故事里有两个寻找者"。

九 B、（3）最初的灾难或缺失或消除。

  19.2.1 暮蔼村人和瑕的病被治好。

十三、"缺失—消除"—"战斗—胜利"：

（1）A 对头给一个家庭成员带来危害或损失—灾难或缺失被告知，向主人公提出请求或发出命令，派遣他或允许他出发—主人公与对头正面交锋—对头被打败—敌人受到惩罚—最初的灾难或缺失或消除。

  8.1.3 姜世离率净天教教众进攻锁妖塔。
  9.2.5 谢沧行被派去守护锁妖塔。
  16.2.1 谢沧行与姜世离、枯木等交战。
  18.2.1 枯木被谢沧行重伤至真身，其名为魔翳。

---

① 在游戏中直接体现为人物造型的改变。
② ［俄］普罗普：《故事形态学》，贾放译，中华书局 2006 年版，第 87 页。

30.1 魔翳被谢沧行刺成重伤，百年内难以恢复。
19.1.2 锁妖塔封印被巩固。

此处，谢沧行代替主人公发挥了主要作用，打败了对头。由于他的结局是最终兵解，因而没能一直代替主人公展开行动。

（2）B 主人公与对头正面交锋—对头被打败—最初的灾难或缺失或消除—主人公成婚并加冕为王。

16.2.2 瑾轩与枯木的对峙。
18.2.2 枯木肉身夏侯韬被打死，魔翳魂魄进入瑕体内。
19.2.3 魔翳的获取水源计划失败。
31.2 瑾轩为救瑕跳下悬崖。

通过对上述功能（对）出现频率的统计可知，仙侠故事中出现次数最多的两大核心功能对是"恶行/缺乏—消除"和"考验—反应—接受魔物"，前者与李扬提出的中国民间故事中三大核心功能对"缺乏—缺乏消除""恶行—惩罚""违禁—惩罚"有重合，而后者的出现在此范围外。实际上它是故事剧情在电子游戏战斗这一特殊体裁下的产物，一方面使玩家在游戏过程中不断战斗、获得宝物，另一方面通过操控战斗行动推进故事情节。

与此相对，"无理要求—揭露""难题—解题"和"禁令—违禁"则是出现次数最少的功能对。因为"假冒主人公"和"难题"在故事中仅以雪女和楼兰王这两个小插曲的形式出现，而"禁令—违禁"只出现在姜承主线的开头。此外，有的功能对如"出发—返回"，在姜承主线中对应二 A、三、五、六、七 A、八、九、十、十一，在瑾轩主线中则对应了二 B、四、五、六、七 B——构成了多重的叙事线索。

经梳理发现，仙侠故事的序列中功能项顺序已发生变化，且出现了一些新的功能项组合。一些功能项存在回环往复，如 13.1.1 到 13.1.4；另一些功能项则出现递增重复，如 4.1.1、4.1.1.2 和 4.1.1.3，基本遵循了民间故事"三段式"结构。有的情节只重复了一次，但曲折回环的效果同样存在，如八 A 与九 A，以及七 B 内部的两次情节重复。也有一些功能片段在两条线索中交叉进行，如五 AB 与六 AB，此时落难主人公与寻找主人公一同历险。不同序列之间也可能有内容上的平行关系。如楼兰和夜叉是相似的缺水环境，楼兰王国家意识的淡漠也对同为君主的龙溟有所触动。因此，对龙溟序列二 C 而言，楼兰王故事所属的序列六 AB 情节有暗示作用，也是类似于三段式的"重复"。

(二) 故事的序列及整体结构

故事的功能对及其组成的功能片段构成序列的情况如下：

一、三、五、八、九、十、十一构成姜承主线这个最大的序列；二 (A、B)、七、七 (1)、十三构成瑾轩主线序列，仅次之。四、六、二 C、十二单独构成序列。整个仙侠故事由六个序列构成，包括姜承、瑾轩、龙溟三个大的主线序列和雪女、楼兰王、净天教三个小的序列，可称"亚序列"。

李扬指出，绝大部分序列之间为"直接接续式"和"共同结局式"两种关联式结构，其余以"中间插入式""轮流插入式"等形式嵌入其中。① 由于"口语表述是一种线性的横向组合结构，所以，要叙述事件中的行动，就只能将其拆分开来，逐一排列在一维的线性序列上。这种从多维共时到单线历时的转换，就造成了共时行动在次序设置上的多变"②，在仙侠故事中，单一线性发展的故事也经常被讲述者的叙述策略分割成无数部分。"※"部分中，与"③"所代表的暮蔼村故事相并列的仙岛故事就是一例。二者以"仙乡奇遇型"故事共同收尾。阐述姜承身世的功能项则被插叙在二 A (5) 和七 B (2) 之间。

由以上分析可知，仙侠故事呈现出"功能群"的结构③。

正如功能片段与序列的并列关系那样，亚序列和亚故事的关系也是并列的。每个序列内部由多个"亚故事"组成，每个亚故事也可以由一个或多个亚序列构成。虽然二者在结构上彼此独立，但不同亚故事的情节之

---

① 李扬：《中国民间故事形态研究》，中国社会科学出版社 2015 年版，第 166 页。
② 康丽：《隐匿的秩序：论中国巧女故事叙事结构中的故事范型序列》，《民族文学研究》2006 年第 1 期。
③ 受康丽在《故事类型丛与情节研究：中国巧女故事研究》一文中提出的"类型丛"概念启发，笔者将仙侠故事结构概括为"功能群"。

间又相互关联，共同构成了仙侠故事这个整体。这样，就可以得到包含四个亚故事的三条主线故事：

1. 姜承主线故事，包括一、二 A、三、五、八、九、十、十一，以及净天教故事（十二）。

2. 瑾轩主线故事，该故事中除二 B、十三外，还包括仙岛故事（七）；暮蔼村故事［七（1）］；雪女故事（四），楼兰王故事（六）。

3. 龙溟主线故事，包括二 C。

可以看到，雪女、楼兰王、净天教等亚故事穿插在姜承、瑾轩、龙溟三大主线中，将主线故事分割成多段穿插于不同主线之间。

由康丽对中国巧女故事的研究可知，中国民间故事的构成大体遵循由低到高依次为"情节单元/母题（角色/母题素）—故事范型—（亚类型）—类型—系列—故事类型丛"的层级顺序。类似地，仙侠故事的内部结构由低到高依次为"情节（功能项）—功能对（片段）—亚序列（亚故事）—序列—故事—功能群"。但其"功能"和"序列"并未按照从下位到上位的顺序完成概念聚合，而是由于其中一些功能对被拆散，导致无法和其他功能项构成功能对而单独成立，但与成对功能项构成的序列共处一个故事结构中。换言之，这里的功能、功能对及其所组成的功能片段、序列三种结构是平行出现的。

三　结语

本文通过对《五前》故事情节的梳理和探讨得出结论：游戏情节结构大体来自民间叙事，符合故事形态学理论模型，但出现了诸如情节自由拼接和主人公对宿命性结局做出反抗的例外情况，由此形成功能项、功能对、片段、序列这四个层级在故事中"并列"的现象。这一现象是民间故事结构经过文人叙事改造的表现，对此尝试引入"功能群"及"亚序列""亚故事"等概念予以描述。研究过程中笔者还发现许多问题，如：在商业利益的驱动下，《五前》的"牵绊"主题满足了玩家群体怎样的娱乐需求？现代人在仙侠故事中投射了怎样的情感？限于文章篇幅和个人学力，对此只聊举冰山一角，希望于将来的研究中更求善方。

从语义标注文本中推定普罗普的功能项

[美] 马克·阿兰·芬雷森[①] 著 张瑞娇 李 扬译

引 言

弗拉基米尔·普罗普（Vladimir Propp）的《故事形态学》一书出版于1928年，于1958年首次被翻译成英文[②]，这是民俗学的一部开创性著作，引领了结构主义时代，为后来的民间故事叙事结构研究提供了范例，也启迪了一代又一代的民俗学家。普罗普的形态学是迄今为止对叙事结构最精确的表述之一，它提出了一个引人注目的机器学习课题。如果能够从一组给定的民间故事中自动地、可靠地提取形态，这将会引起广泛的兴趣。对民俗学家和文学理论家而言，这种工具将会是进行比较、索引和分类的无价之宝。对文化人类学家而言，它将为研究文化及其跨时空变化提供一种新技术；对文化心理学家而言，它将为探究文化及其对思想的影响指明新的实验方向；对认知科学家而言，它可以作为理解文本抽象和叙事理解本质的模型；对计算语言学家而言，它将推进对自然语言更高层次意义的理解；对研究人工智能和机器学习的人而言，它代表了我们从复杂数

[①] 作者：马克·阿兰·芬雷森（Mark Alan Finlayson），佛罗里达国际大学计算机科学助理教授。原文载《美国民俗学刊》（AFS）2016年第129期。此译文的翻译和发表已得到作者授权，但作者本人并未核查译文的准确性。特此说明并向作者致谢。

译者：张瑞娇，中国海洋大学文学与新闻传播学院硕士研究生；李扬，中国海洋大学文学与新闻传播学院教授。

[②] Vladimir Propp, *Morphology of the Folktale* (2nd edition), trans. Laurence Scott, Austin: University of Texas Press, [1928] 1968, p. 21.

据集当中提取深层结构的能力的进步。当然，在每个领域中也可以发现其他领域所取得的相关进展。

然而，直到现在，形态的提取仍旧依靠人工，这类学者如 A. J. 格雷马斯（A. J. Greimas），克洛德·列维—斯特劳斯（Claude Lévi – Strauss），阿兰·邓迪斯（Alan Dundes），以及弗拉基米尔·普罗普。因为一组特定的民间故事构建形态需要多年的阅读与分析，所以目前还不确定已经完成的形态研究中，有多少是源于民俗学家的个人偏好或对其他现存形态的熟悉，而不是通过调查对故事性质做出的正确反映。此外，盲目地对形态分析进行再现或验证是一项异常艰巨的工作，这需要具备必要技能的学者，来回溯人工生成故事形态所需的长达数年的阅读、分析与合成的过程。

我展示了一种技术，可以用计算方式解决从一组给定的故事中识别出形态的问题。该算法是被称为模型融合的机器学习技术的改进版，该算法还使用了一组规则，源自普罗普对自身寻找故事间相似性的过程的阐述。在这项技术中，算法将语义标注文本（semantically annotated texts）作为数据运行，并将民间故事的表面语义以计算机可读的表达加以编码。在这个特殊的论证中，数据是普罗普分析的单一回合的（single – move）俄罗斯神奇故事里的一部分，并将之翻译成英语。值得注意的是，文本表面语义的编码是人工辅助的，而对普罗普功能项特征的实际学习则是由计算机完成的。

本文主要内容如下：第一，我解释了当前机器学习的问题，指出了普罗普理论中我将要重点学习的部分；第二，我描述了所使用的学习技术的结构，以及它与正则模型融合的不同；第三，我阐释了实验中使用的数据，包括文本、语义标注方案以及测量算法性能的黄金标准数据（普罗普的分析）；第四，我列出了一组源于普罗普的描述的合并规则，它在模型融合框架内工作，以重现普罗普的大部分功能项；第五，我阐释了该算法在提取普罗普的功能项指征方面的表现。

学习目标

普罗普的形态学中包括一组人物类别和三级情节结构：总体结构（*回合*），中级结构（*功能*）和精细结构（我在本文中将之称为亚型：普罗普本人没有给出特定的术语）。登场人物的类别被称为*角色*，普罗普确定了七种角色：主人公、对头、公主、差遣者、赠与者，相助者和假冒主人公。由功能项组成的单一故事是不成熟的，一个标准的故事往往是由一个或多个回合组成，它们可能还会以复杂的方式相互交织。功能是一种情节元素，是"从其对于行动过程意义角度定义的角色行为"[1]。每个功能都属于一种主要的类型，这由它在一个回合中的位置、情节的目的，以及所涉及的角色来确定。普罗普识别出了 31 种不同的功能项。每个功能项对应正在发生的事情，但是不一定能指出事情是如何发生的——也就是说，功能项可以通过许多不同的方式例示，这就是我所说的功能项的亚型。

在单词的形式及计算的意义上，普罗普的情节结构定义了一种语法。在这项研究中，我努力从文本本身学习这种语法的某些部分。正如我们从文法推理[2]中所知道的，语法力量影响了语法学习的难度。那么普罗普的语法有多强呢？

普罗普将故事的最高级结构定义为可选择的先在序列，其后是一些可能相互交织的回合。这个级别的语法复杂性至少是与上下文无关的（context‐free），这与拉科夫的分析一致，自然是一种相当强大的语法。中级结构是一种正则文法，其中功能项要以受到限制的顺序出现，它比上下文无关文法简单，因此更容易学习。亚型级则可以在故事弧内产生长期影响，因为在一个故事中，早期对特定亚型的选择（例如 A，加害行为是绑架）会影响后来对特定亚型的选择（例如 K，解决方案是对被绑架者的救助）。这种亚型的影响增加了额外的复杂性，但可以采取特征文法[3]或广义短语结构语法[4]的形式并入功能级正则文法（或回合级上下文无关文法）中。因此，抛开角色不谈，普罗普理论的整体文法，至少是其广义

---

[1] Vladimir Propp, *Morphology of the Folktale* (2nd edition), trans. Laurence Scott, Austin：University of Texas Press, [1928] 1968, p.21.

[2] Colin de la Higuera, *Grammatical Inference：Learning Automata and Grammars*, Cambridge：University of Cambridge Press, 2010.

[3] Joshua Goodman, "Probabilistic Feature Grammars", Harry Bunt&Anton Nijholt ed., *Advances in Probabilistic and Other ParsingTechnologies*, Dordrecht：Springer, 2000, pp.63 – 84.

[4] Gerald Gazdar, Ewan Klein, Geoffrey K. Pullum, Ivan A. Sag, *Generalized Phrase Structure-Grammar*, Oxford：Basil Blackwell, 1985.

短语结构语法(GPSG),确实有很高程度的复杂性。

目前,我们还没有可以同时学习普罗普 GPSG 的字母表、转换及角色类别的计算技术。即使给出了角色,学习 GPSG 也仍旧十分困难。因此,在本文中,我只集中学习普罗普功能项的指征,并指出可以被看作普罗普最突出贡献的功能项类别。几乎所有其他内容都是参考功能进行定义的:回合是功能的复合体,亚型是对功能的调整,角色也部分地由其所参与的功能来定义。大多数以普罗普为基础的民俗学和计算工作都集中在功能层面上[1]。

我把以下内容留待将来研究:角色类别,功能亚型类别,回合级文法,以及功能级正则文法的转换结构。在本文中,我的关注点仅在研究功能项类别上,相当于只是学习功能级正则文法的字母表。由于使用已知的字母表学习正则文法是一个颇具吸引力的问题,我利用这项工作为学习正则文法的字母表构建了一种新算法。

学习技术

模型融合是一种从正例中学习正则文法的自动化技术[2],这是我的研究方法的概念基础。我的技术采用了模型融合,并扩充了两个关键性内容。第一,虽然模型融合假设语法的字母表是已知的,但学习普罗普形态学的一个主要挑战在于学习功能项本身的指征。为了达到这个目的,我从

---

[1] Alan Dundes, "The Morphology of North American Indian Folktales", *FF Communications*, No. 195, Helsinki: SuomalainenTiedeakatemia, 1964; Benjamin Colby, "A Partial Grammar of Eskimo Folktales", *American Anthropologist* 75 (3), 1973, pp. 645 – 662; Belén Díaz – Agudo, Pablo Gervás, Federico Peinado, "A Case Based Reasoning Approach toStory Plot Generation", *Proceedings of the European Conference on Case Based Reasoning (ECCBR)*, Madrid, 2004, pp. 142 – 156; Harry Halpin, Johanna Moore, Judy Robertson, "Automatic Analysis of Plot for Story Rewriting", *Proceedings of the Conference on Experimental Methods in Natural Language Processing (EMNLP)*, Barcelona, 2004, pp. 127 – 133.

[2] Stephen M. Omohundro, "Best – First Model Merging for Dynamic Learning and Recognition", John E. Moody, Stephen J. Hanson, Richard P. Lippmanned., *Advances in Neural Information Processing Systems* 5, San Mateo, CA: Morgan Kaufmann, 1992, pp. 958 – 965; Andreas Stolcke&Stephen Omohundro, "Inducing Probabilistic Grammars by Bayesian Model Merging", Rafael C. Carrasco & Jose Oncina ed., *Grammatical Inference and Applications*, Berlin: Springer, 1994, pp. 106 – 118.

一个非常大的可能性字母表开始,并在最后加入一个筛选阶段,用以从最终模型中识别真正的字母;第二,尽管模型融合认为模型状态(model states)是相对微小的,且模型状态发出的符号只有一种概率分布,但是我的技术在进行融合时,考虑到了每个模型状态丰富的内部结构(源于文本上的语义标注)。

模型融合可用于从一组正例中导出正则文法。如两个字符序列的集合 {ab, abab},最简明地描述这两个序列的模式是什么?一种猜测是正则文法(ab | abab),确切地说,是第一个或第二个字符串。然而我们觉得这种猜测并不令人满意,因为它没有超出所提供例子的范围;另一种猜测是大家都能发现,更合理的猜测是子字符串 ab 重复了一次或多次,或者写成一个正则文法表达式:(ab)+。模型融合是一个框架,它能让我们找到这种模式的良好近似值;我们所需要的只是一种搜索可能的语法空间的方法。

模型融合遵循文法推理范式,该范式始于一个模型,其建构目的在于接受由观察而来的正例组成的有限语言[①]。通过对模型中的状态进行合并操作以实现一般化,其中两种状态从模型中被移除并被替换为单一状态,后者会继承前者转换与发出的内容。这种合并操作催生了一个很大的模型搜索空间。

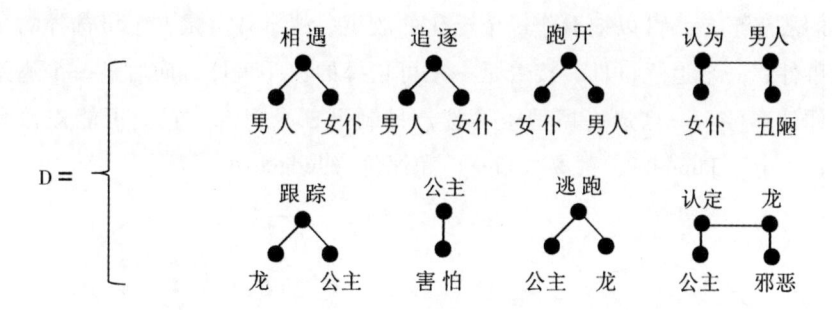

为了说明我的技术,图 1 展示了如何从两个非常短的故事中提取一个简单的形态。编写这些故事也是为了说明该技术。第一个故事是关于一个老人和女仆:他们在路上相遇,他追逐她,她跑开了,最后她认为他是一

---

① Matthew Young-Lai, "Grammar Inference", Ling Liu & M. Tamer Ozsu ed., *Encyclopedia of Database Systems*, Berlin: Springer, 2009, pp. 1256–1260.

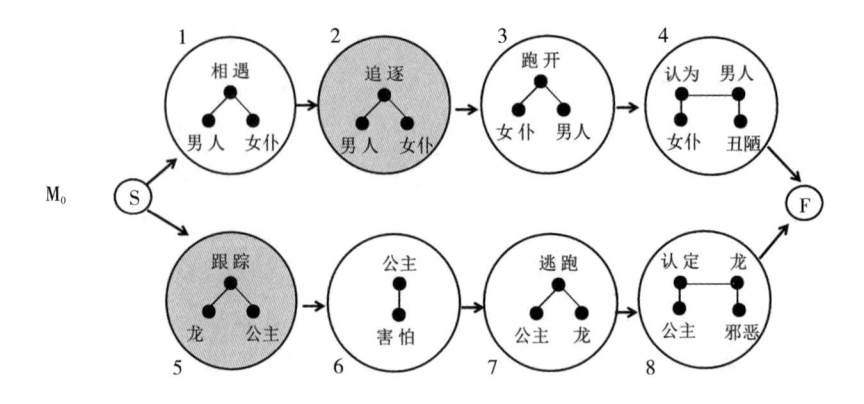

图1

个丑陋的男人。第二个故事是关于一条龙和一位公主：龙跟踪公主，这让她感到害怕，所以她逃跑并躲了起来，最后她认定龙是邪恶的生物。在某种抽象层面，这两个故事是相似的。追逐与跟踪事件相似，因为它们涉及一个参与者跟随另一个参与者；跑开与逃跑事件相似，因为它们涉及一个参与者远离另一个参与者的行动；认为和认定则都是涉及评估的心理事件。通过这些事件的语义表示，人们可以使用语义距离度量和类比映射算法以发现语义和结构的相似之处。在图1所示的一组合并中，首先被合并的是追逐和跟踪事件，而后是跑开和逃跑项，最后是认为和认定事件。最终的故事形态，可以被看作一个泛化的故事，故事开头是一个可选择的玩闹事件、一个追逐事件，接着是一个可选择的惊吓事件，而后是一个逃跑和评估事件。一旦最终模型被筛选，只剩下三个状态，它们可能被命名为：追寻（Pursuit），逃离（Flee）和评价（Judgment）。

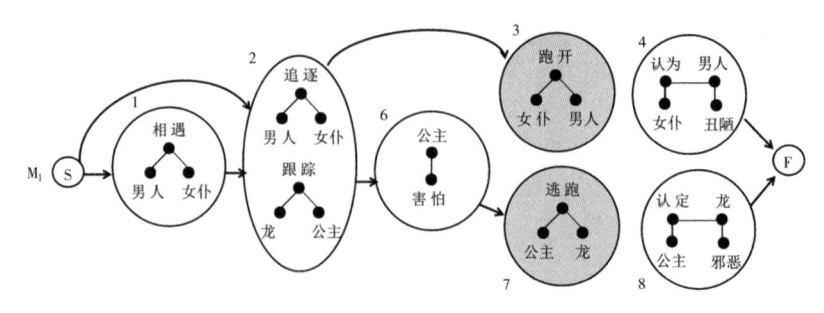

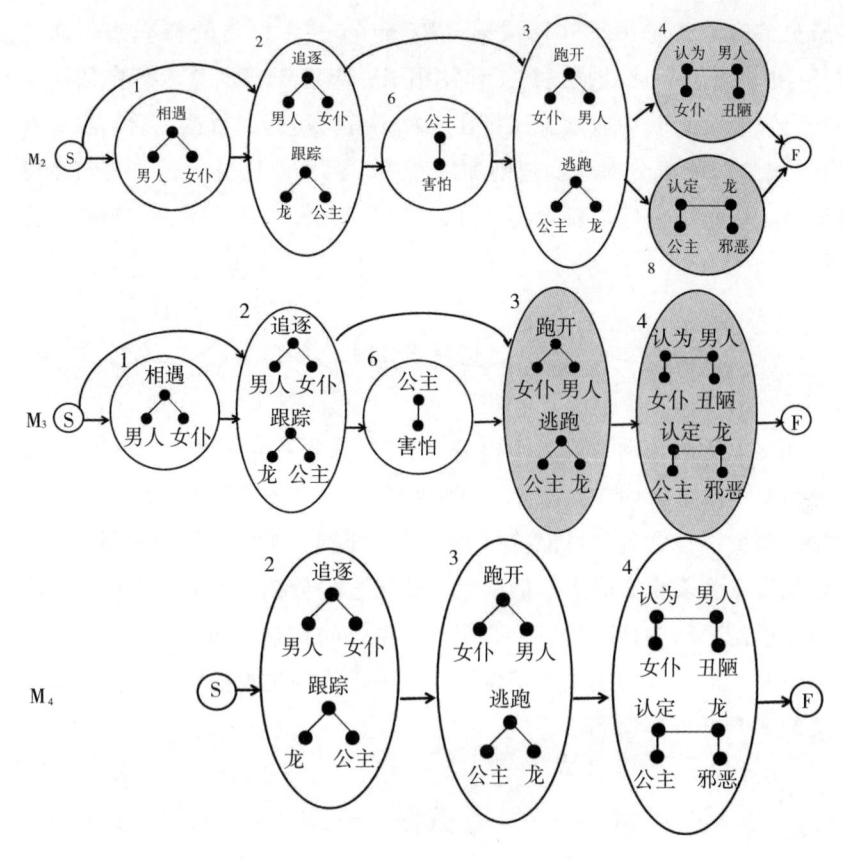

图 2

图 1. 两个简单故事的合并示例。模型 M3 不仅描述了两个被输入的故事，而且还增加了另外两个可以包含或排除节点 1 和 6 的故事。因此，这一模型已经在两个输入示例之外实现了一般化。由筛选步骤产生的模型 M4 即代表最终形态。

初始模型是从故事世界本身的事件时间线导出的。模型中的每个初始状态都来自各个故事的单一事件，当它们在故事时间线中出现时会被排序。然后，每个单独的故事时间线会作为一条单独的支线并入初始形态中。在图 1 中有一个被标为 M0 的初始模型示例，其中，两个简单故事及其各自的四个构成事件都被转换成了一种包含四种状态的序列。

有许多方法来驱动搜索合适的合并集。我曾经在其他研究中探索过一种常见的方式，是由贝叶斯法则（Bayes's rule）得出的概率来驱动的搜索①。相比之下，此处描述的工作使用了一组源于普罗普专著中的语义和结构合并规则来驱动搜索。我将在解释了实验运行的数据之后，在标题为"合并规则"的部分对这些规则加以概述。但显而易见的是，我们需要一些规则、启示或偏好来发现一个好的模型：在大多数情况下，穷举搜索是不可能的②。

筛选阶段

如图 1 所示，倒数第二个模型（M3）尚且不是一个形态：它包含的状态与两个故事之间的抽象相似性（即状态 2 和 3）并不对应。这是因为初始模型会以包含各种可能符号的字母表开始。使用筛选步骤则可以从融合模型转变为表现实际形态的模型。筛选过程会在最终的融合模型中构造另一个模型，从中移除所有不符合特定条件的状态。筛选后剩下的状态成为普罗普的语法或功能项的字母表。有关此筛选过程的详细信息，请参阅下文的"合并规则"部分。

数据

普罗普选择了一组特定的故事来分析并导出了他的形态学：亚历山大·阿法纳西耶夫俄罗斯神奇故事集的前 100 个故事（Alexander Afanasyev, 1957）。③ 普罗普在其"附录Ⅲ"中，提供了他所分析的近一半故事的功能图式：在普罗普作品的英译本中，功能表内有 45 个故事，整个文本中散布着少量的附加分析。在本文中，我不打算学习回合级语法、

---

① Mark Alan Finlayson, "Learning Narrative Structure from Annotated Folktales", PhD diss., Massachusetts Institute of Technology, 2011.

② 对于非平凡起始故事，模型融合的搜索空间变得太大而难以管理：它相当于贝尔数 Bn，其中 n 是模型中的初始状态数（罗塔，1964）。当 n 增大时，贝尔数也会迅速变大。例如，当 B2 = 2 时，B3 = 5，当 B10 = 115975 时，$B55 \approx 3.59e + 31$。

③ Aleksander N. Afanasyev, *NarodnyeRusskieSkazki*, 3 vols, Moscow: Gos, Izd - voKhudozh, Lit - ry, 1957. 请注意，普罗普使用的是阿法纳西耶夫故事集的旧版。为方便起见，我们在文中提供了更现代的引文。

亚型语法以及角色类别。这种范围限制了数据准备的特定方法。首先，回合级上的异文被筛选，只留下普罗普认定为只包含单一回合的故事；其次，学习数据明确包含对人物角色类别的识别。由于我将范围限定在单一故事中，所以普罗普分析的 45 个故事中可用的故事减少了一些；在普罗普形态学的几个译本中，我发现总共有 21 个单一故事包含了功能分析。我的研究预算进一步限制了我对这一组故事的详尽语义标注；最后，我留下了共计 18862 个单词的 15 个单一故事，对此我完全能够进行详细标注。

此外，虽然普罗普因现实原因在研究中采用了故事的原始语言（俄语，有时是白俄罗斯语或乌克兰语），但我使用英文翻译进行了我的分析。民俗学家有时也会研究被翻译过的故事，并且大家的共识是，对最初的结构语义分析而言，故事的重要信息应保留在一个良好的译文中。正如 J. L. 费希尔（J. L. Fischer）所说："如果一个人将故事翻译成另一种语言，那故事的结构和故事图像的基本特征应该保持原貌。"[1]

语义标注

我在这里所使用的"标注"一词与语料库语言学相同，它涵盖了"所有应用于原始语言数据的描述性或分析性标记"[2]。自动生成本文所需的多方面高质量语义标注超出了当前自然语言处理（NLP）的技术范围。因此，为了实现高质量、低误差的语义标注，我需要雇用人力，来更正自动生成的标注（即所谓的半自动标注）或从一开始就提供完全的人工标注。虽然这很慢而且花费不菲，但进行半自动或人工标注的好处是，我们可以获得尚且无法自动创建的高质量标注。因此，虽然对普罗普功能的学习是通过机器完成的，但研究的原始数据"文本的形式化语义"基本上是由人工产生的。

标注者为这项工作进行的所有自动、半自动或人工标注都是使用 Story

---

[1] J. L. Fischer, "The Sociopsychological Analysis of Folktales", *Current Anthropology* 4 (3), 1963, p. 249.

[2] Steven Bird&Mark Liberman, "A Formal Framework for Linguistic Annotation", *Speech Communication* 33 (1 - 2), 2001, pp. 23 - 60.

Workbench 标注工具完成的①。Story Workbench 是一种通用的文本标注工具,支持多层语义标注,提供容易操作的图形用户界面,并支持对任意文本的标注。表1中列出了标注层次。普罗普的形态建立在人物和事件结构之上,即什么时候谁在对谁做什么,我称之为文本的"表面语义"。每个列出的层次都是从每个文本中提取表面语义的关键。

表 1

层次	语义捕捉	标注方式	一致性
指称表达式	世界上的事物	人工	0.91
语义同指	可语义同指的指称表达式	人工	0.85*
时间表达式	时间和日期	人工	0.66
事件	发生的事情与状态	半自动	0.69
时间连接词	文本时序	人工	0.59
语义角色	动词论元	半自动	0.60↑
Wordnet 意义	字典定义	人工	0.78
事件效价	事件对主人公的影响	半自动	0.78
角色	普罗普的人物类型	人工	0.70
功能	普罗普的功能项	人工	0.71↕

* 偶然性校正兰德指数

↑ 仅核心论元

↕ 部分重叠

说明:本文中使用的标注。一致性被同时表示为 F1 度量或一个偶然性校正兰德指数(chance – adjusted rand index)。F1 度量的范围从 0(无一致性)到 1(完全一致)。兰德指数范围从 – 1(完全不一致)到 1(完全一致)。

---

① Mark Alan Finlayson, "Collecting Semantics in the Wild: The Story Workbench", *Proceedings of the AAAI Fall Symposium on Naturally Inspired Artificial Intelligence*, Washington, DC, 2008, pp. 46 – 53; Mark Alan Finlayson, "Learning Narrative Structure from Annotated Folktales", PhD diss., Massachusetts Institute of Technology, 2011.

指称表达式与语义同指

用于计算故事人物的原始信息由"指称表达"和语义同指标注给出[①]。指称表达的表示（representation）标注了指代某些事物的词语集合，其中的单词集合连续与否都可以。这种表示是人工标注的。例（1）展示了指称表达式的三个示例，以下划线标出。

(1) 伊万有一把剑。它是锋利的。

在这句话中，指称对象是人和事，是故事世界中的具体事物，但它们并非总是如此。指称表达式还可以指代抽象对象（如想法）、事件、时间、动作、情感和许多其他事物。

例（1）也说明了一个显而易见的要点，即一个单一的指称对象可以在文本中被多次提到。在本例中，一个单一的指称对象（剑）有两个指称表达式（短语"剑"和"它"）。句中的后两个指称表达是语义同指的，因为它们指代的对象相同。为了使用指称表达式来标注指称对象，同指性指称的表达式集合被汇集在了语义同指的集合之中。因此，语义同指集是一个指代同一类事物的指称表达式列表。这种表示是人工标注的。

被标注的语义同指集的第二个方面是集合内成员的关系。下面的例（2）展示了一种简单形式，其中的指称表达式"杰克和吉尔"指的是包括杰克和吉尔的集合。该信息对于确定哪些个体角色实际参与了哪些事件非常重要。

(2) 杰克和吉尔去了山上。他们取来一桶水。
时间表达式，事件，时间连接词

[①] RaquelHervás & Mark Alan Finlayson, "The Prevalence of Descriptive Referring Expressions in News and Narrative", *Proceedings of the 48th Annual Meeting of the Association for ComputationalLinguistics*, Uppsala, 2010, pp. 49–54.

为了构建故事的时间线，我使用了 TimeML 标注方案①。TimeML 包含三种表示：时间表达式，事件和时间连接词。前两者会标记居于时间线上的对象，最后一个则定义时间线上各对象的顺序。本节中的示例来自 TimeML 标注指南。②

时间表达式会标记时态表达式的位置、类型和值。每个表达式都是一个可能不连续的事件符号序列，表明时间或日期、某事持续多长时间或某事发生的频率。时态表达式可以是日期、一天的时间，也可以是持续的一段时间，例如几个小时、几天，甚至几个世纪。时态表达式可以精确，也可以模糊。

（3）龙在中午来了。（时间）

（4）龙在春天的最后一日来了。（日期）

（5）他在地下世界住了将近一年。（一段时间）

有趣的是，在本项研究分析的神奇故事中，时间表达式非常稀少，在 18862 个单词的整个语料库中只有 142 个实例，平均每 1000 个单词只有 7.5 个时间表达式。事实上，大多数故事的时间表达式都不到 10 个，甚至有两个故事都只有一个时间表达式。这可能是因为民间故事通常发生在不确定的日子，或完全在历史之外。不管原因是什么，都说明时间表达式对于整体的时间线并不重要。

事件是居于时间线上的第二类对象。事件被定义为发生的事情或状态。它们可以如例（6）所示立即发生，也可以如例（7）所示持续一段时间。在大多数情况下，达到或适用某些事物的状况被视为事件，如例（8）中的"短缺"。

---

① James Pustejovsky, Jose Castano, Robert Ingria, RoserSauri, Robert Gaizauskas, Andrea Setzer, Graham Katz, "TimeML: Robust Specification of Event and Temporal Expressions in Text", *Proceedings of Fifth International Workshop on Computational Semantics* (IWCS – 5), Tilberg, 2003, p. 193.

② RoserSaurí, Jessica Littman, Bob Knippen, Robert Gaizauskas, Andrea Setzer, JamesPustejovsky, "TimeML Annotation Guidelines", Version 1.2.1., 2006, http://www.timeml.org/site/publications/timemldocs/annguide_1.2.1.pdf.

(6) 伊万迅速击中了龙的头。
(7) 英雄们前往遥远的国度。
(8) 整个国家食物短缺。

事件和时间通过表示时序的连接词衔接在一起。时间连接词分为三大类，包括对两个时间、两个事件，或时间和事件之间的排序，如例（9）和例（10）所示。

(9) 伊万的兄弟们在战斗结束之后才到达。（时间——之后）
(10) 他在底下住了将近一年。（时间——期间）①

体连接词（aspectual links）表明了一个事件与它的某个组成部分之间的关系，如例（11）所示。从属性连接词（subordinating links）表明了带论元的事件的关系，如例（12）所示。对从属性连接词出现在开头的事件而言，好的例子是在其论元中加入部分真值条件，或是暗指其论元与未来或可能世界有关。

(11) 伊万开始寻找他的妻子。（体——开始）
(12) 伊万忘了带上咒语。（从属——叙实性的）

单词意义

词义消歧（WSD）是众所周知的自然语言处理任务，其中每个开放类符号或多词表达（即每个名词、动词、形容词或副词）会从词义清单中被指定一个单一的意义，这为我们提供了每个词实际意义的指标②。为

---

① 例（10）原句为：He lived in the underworld for almost a year. 其时间连接词为 for。——译者注

② Eneko Agirre & Philip Edmonds eds., Word Sense Disambiguation, Dordrecht: Springer, 2007.

了本项研究，标注者使用电子词典 Wordnet3.0[①] 对每个单词进行了词义消歧。由于大多数 WSD 算法并不比默认的高频词义基准好多少，所以这一标注完全由标注者人工完成。当他们指定单词意义时，还更正了多词表达边界、词性标记和词干。虽然 Wordnet 的覆盖面非常广，但有时它也会缺乏一个适当的词义。在这类情况下，标注者会用一个合理的同义词取代原来的词义。在极少数情况下，标注者找不到合适的替代词，则被允许将之标记为"没有可用的适当意义"。

语义角色

标注者还捕捉了文本中所有动词的论元结构，这一任务被称为语义角色标注。具体而言，我们使用了 PropBank 体系。[②] 本项标注是由一个统计语义角色的初级标注器以半自动方式完成的，该标注器的建模基于研究者的文献描述[③]。这个标注器在文本上运行，为每个动词创建论元边界和语义角色标签。每个动词也被分配了一个 PropBank 框架，它是被承认的语义角色及其描述的列表。这个框架本身是唯一一则未被自动标注的信息，标注者需要添加其框架、所有缺少的论元、语义角色标注，并更正已有的论元边界和标注。与单词意义的情况一样，有时，PropBank 的框架集内并没有适当的框架。这可能在每个文本中发生一两次，在这类情况下，标注者会找到最相近的匹配框架，并以之取代原来的框架。

事件效价

每个 TimeML 事件也因其效价而被标注，旨在获取事件对主人公的正

---

① Christiane Fellbaumed., Wordnet: An Electronic Lexical Database, Cambridge, MA: MIT Press, 1998.

② Martha Palmer, Paul Kingsbury, Daniel Gildea, "The Proposition Bank: An Annotated Corpusof Semantic Roles", *Computational Linguistics* 31 (1), 2005, pp. 71 – 105.

③ Sameer Pradhan, Kadri Hacioglu, Valerie Krugler, Wayne Ward, James H. Martin, Daniel Jurky, "Support Vector Learning for Semantic Argument Classifcation", *Machine Learning* 60 (1 – 3), 2005, pp. 11 – 39; Daniel Gildea& Daniel Jurafsky, "Automatic Labeling of Semantic Roles", *Computational Linguistics* 28 (3), 2002, pp. 245 – 288.

面或负面影响。其标度与温迪·莱纳特（Wendy Lehnert）的积极或消极心理状态类似（1981）。但我的标度数值是从 −3 到 +3，并以 0（中性）作为潜在效价（potential valence），而不是像莱纳特的表述那样，仅限于正或负。表 2 中列出了标度范围内每个效价的重要性。这一表示是人工标注的。

表 2　　　　　　　　　　效价标度

效价	描述	例子
+3	对主人公或其盟友立即有利	主人公与公主成婚；主人公被赠送黄金
+2	可能直接导致一个 +3 事件	某人在主人公被追捕时将他隐藏起来
+1	某人承诺某件事将会 +2 或 +3	一位老人承诺当主人公最需要的时候他会提供帮助
0	不好也不坏	
−1	某人威胁称某件事将会 −2 或 −3	女巫以死亡威胁主人公
−2	可能直接导致一个 −3 事件	主人公与龙交锋
−3	对主人公或其盟友立即不利	公主被绑架；主人公被放逐

说明：描述了每种影响的级别，并列举了一些例子。

角色

普罗普从其民间故事人物中识别出了七种类型，这些人物类型在他的理论中非常重要。如前所述，我打算将角色学习留待将来研究。因此，被标注的角色信息被用来帮助获得形态结构。这种表示包括七个标签：主人公、对头、公主、差遣者、赠与者，相助者和假冒主人公。不论多少，它们都可以附在文本中特定的指称对象上。正如普罗普所指出的那样，在某些情况下，某个人物会扮演多个角色。这一表示是人工标注的。

功能项

最终的标注获取了普罗普的功能项。该标注用作度量学习算法结果的标准。标注普罗普的功能项是一项精细的任务。虽然普罗普非常详细地描述了他的形态，但仍未能在文本中以一种清晰标注的方式加以明确表示。普罗普的专著富有启发性，但并不是一本有效的标注指南。普罗普描述的方案中至少有四个主要问题：布局不清晰；功能项隐含；多重标记（连续重复两次、三次或四次的功能组）不一致；而且，在少数情况下，普罗普自己的分类方案与故事内容之间存在明显分歧。

关于布局不清晰，可以参考下文摘录的阿法纳西耶夫第 148 号故事：

> 沙皇亲自去乞求硝皮匠尼基塔（Nikita），希望他能使沙皇的疆域摆脱恶龙的威胁，并能够把公主拯救出来。当时尼基塔正在揉搓皮子，他手里拿着十二块生皮。当他见到沙皇亲自朝他走来，他胆战心惊，双手颤抖起来，把那十二块皮子都扯破了。但是不管沙皇和皇后怎样恳求（entreated）他，他都不肯去对付龙。于是他们召集了五千个小孩子，并派他们去哀求尼基塔，希望孩子们的眼泪会让他产生怜悯之心。孩子们来到尼基塔身边，流着泪乞求（begged）他去和那条龙战斗。尼基塔看到孩子们的泪水，也开始流下（shed）眼泪。他弄来一万二千磅大麻，浇上树脂，一下子全裹在身上，以防止自己被龙吞下，就找龙去了。①

普罗普表示，在这个故事中存在功能项 B 和 C。普罗普称 B 为"调停，承上启下的环节"，其定义扩展为："灾难或缺失被告知，向主人公提出请求或发出命令；派遣他或允许他出发。"②。他称 C 为"最初的反抗"，其定义扩展为："寻找者应允或决定反抗"③。大体而言，这两个功

---

① Aleksander N. Afanasyev, Narodnye Russkie Skazki, 3 vols, Moscow: Gos, Izd - voKhudozh, Lit - ry, 1957; Aleksander N. Afanasyev, *Russian Fairy Tales*, trans. Norbert Guterman, New York: Pantheon Books, 1975, pp. 310 - 311.

② VladimirPropp, *Morphology of the Folktale* (2nd edition), trans. Laurence Scott, Austin: University of Texas Press, [1928] 1968, p. 36.

③ VladimirPropp, Morphology of the Folktale (2nd edition), trans. Laurence Scott, Austin: University of Texas Press, [1928] 1968, p. 38.

能项是向主人公呈现任务（B），以及接受任务（C）。

在这段故事中找到这两个功能项并非易事。B到底在哪里？是整段内容吗？是从"恳求"（entreated）一词到"乞讨"（begged）一词之间吗？功能边界应该与句子或段落边界对应吗？小孩的哀求可以看作是B的一部分吗？在识别功能项时，标注者标记了两组符号。首先，他们标记了一个区域，该区域捕捉了一个功能项的大部分意义及范围。这通常是一个句子，但在某些情况下会扩展到一个或多个段落；其次，他们标记了该功能项的定义词，通常是单个的动词形式。如果单个动词或其同义词在紧邻第一个标记的地方重复了，并且指代相同的动作，则这些重复词也会被标记。在上面的例子中，标注者将"不管沙皇和皇后怎样恳求……流着泪乞求他去和那条龙战斗"的部分标记为B，并将动词"恳求"和"乞求"选为定义词。

C又究竟在哪里呢？C是指前往对抗龙的决定。它似乎发生在尼基塔流泪和他获取大麻为战斗做准备之间的某个地方，但这并没有直接用文字表达，也就是说，功能项是隐含的。普罗普提及了发生在故事中的特定功能，但是当标注者无法找到其明确体现时，便会酌情选择逻辑上与之关联最密切的事件并将其标记为前因（Antecedent）或后续（Subsequent）。引文中C的区域是句子"尼基塔看到孩子们的泪水，也开始流下（shed）眼泪"，并且"流下"被标记为定义动词。这个隐含的功能项被标记为前因。

当多重标记不一致时，或者当所指示的功能似乎与故事本身不匹配时，标注者会尽力确定正确的标记。幸运的是，普罗普表中的大多数印刷错误仅限于功能亚型的不一致，对这些结果并没有直接影响。

一致性

度量标注者之间的一致性可以对标注质量做出评估。在已建立的层次被标注的情况下，我从可用材料中为标注团队准备了一份标注指南。一个标注团队由两个标注者和一个裁定者组成。裁定者要么是对这种工作已有经验的标注者，要么是我自己（如果没有其他裁定者可用的话）。在两个标注者对相同的几千个单词（两三个文本）进行标注之后，整个标注团队会面,将标注合并为一个单独的文档,然后在裁定者的指导下进行讨论更正。重复该过程直到所有文本都被标注。

对不同层次间一致性的度量,最统一的方式是统计学家所熟悉的 F1 度量,它以标准方式计算,并提供了查准率和查全率的调和平均值[1]。我采用 F1 度量而不是更常见的 Kappa 统计[2],后者用以评估去除偶然性后的一致性,是因为计算大多数层次一致性的偶然性(chance-level)是很困难的。F1 度量是合并过程的自然产物,它对数据有明确的解释,并且允许直接比较不同的层次。表 1 概括了人工或半自动标注的不同层次的一致性。总体而言,一致性的值是很好的。

初始模型构建

有了人工标注数据之后,我们便可以进入自动化研究部分了。构建合并算法的初始模型需要以下步骤:首先,从标注中自动提取每个故事的事件时间线。其次,每个事件都自动与一组施事和受事字符相关联。图 2 简要展示了初始模型中包含的信息。

TimeML 标注允许提取每个故事的事件时间线。语料库中的神奇故事在时间结构上非常简单;除了一个之外,其他所有的都可以用线性时间线加以描述。为了给每个故事构建线性时间线,我首先删除了所有从属事件。仅由从属连接词衔接的事件表示的是在时间线上实际不发生的事件。其次,我使用时间连接词(之前,之后,同时等)的直接定义,写了一个按照起点顺序排列事件的简单算法。[3]

应该注意的是,时间线上很多事件是通用的,并且仅依据表面语义是无法与其他非功能性事件区分开来的。这些事件最终被过滤,这将在

---

[1] C. J. van Rijsbergen, "Evaluation", *Information Retrieval*, London: Butterworths, 1979, pp. 112-140. 另参见本期的 Nikolić 和 Bakarić。

[2] Jean Carletta, "Assessing Agreement on Classification Tasks: The Kappa Statistic", *Computational Linguistics* 22 (2), 1996, pp. 249-254.

[3] Mark Alan Finlayson, "Learning Narrative Structure from Annotated Folktales", PhD diss., Massachusetts Instituteof Technology, 2011.

"龙抓住（seized）了她"

抓住

单词意义：抓住（seize）%2：35：00
注释：抓住（take hold of）
同义词：抓住（prehend）、抓紧（clutch）
词源：take, get hold of

效价：-3
位置：0.215

PropBank框架：抓住.01

施事 受事
对头 公主

"尼基塔与龙决斗（fought）"

决斗
（具有对称性）

单词意义：决斗(fight)%2：33：00
注释：参与一场战斗（be engaged in a fight）
同义词：争斗（contend）、打斗（struggle）
词源：n/a

效价：-2
位置：0.686

PropBank框架：决斗.01

施事 受事
对头
主人公

"尼基塔杀死(killed)了他"

杀死

单词意义：杀死(kill)%2：35：00
注释：导致死亡（cause to die）
同义词：n/a
词源：n/a

效价：+3
位置：0.938

PropBank框架：杀死.01

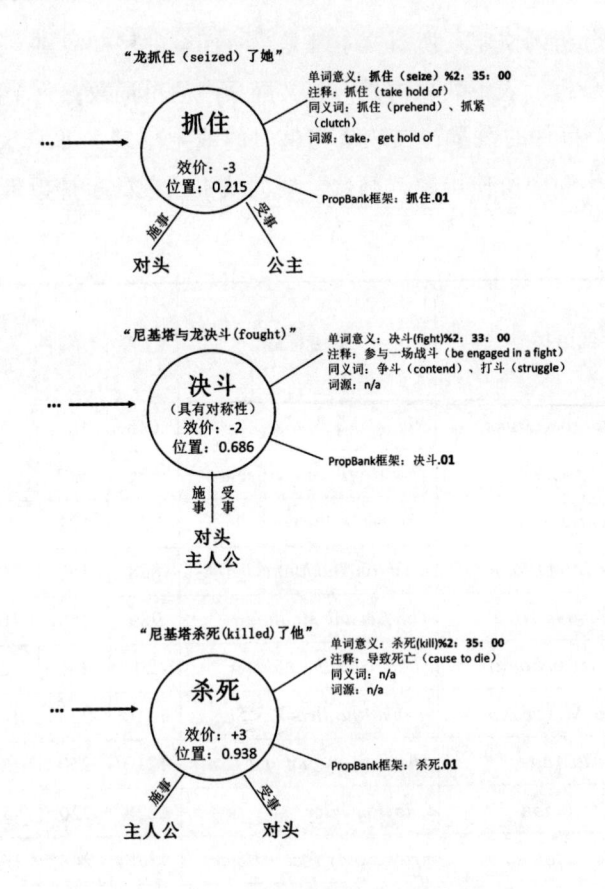

施事 受事
主人公 对头

图 2 从标注中提取信息的示意图

说明：每个故事由一个有序的事件列表（时间线）表示，它是从 TimeML 标注中提取的。如果可能的话，为每个事件分配一组施事和受事角色，这些角色从附加到参与指称表达的角色标签中收集，其中的人物群体被替换为个体。每个事件也与一个或多个 PropBank 框架、一个或多个单词意义，以及一个事件效价相联系。

"合并规则"一节中进行更多讨论。表 3 展示了被标注的 15 个故事①、事件的数量、完整时间线上（不包括从属事件）的事件数量，以及在最终实验中使用过的被筛选的时间线上的事件数量。

---

① 表 3 中 15 个故事的中文名称按表中顺序翻译如下：硝皮匠尼基塔，神奇的天鹅，谢缅七兄弟，布赫坦·布赫坦诺维奇，水晶山，机灵的工人萨巴尔沙，熊之子伊万科，蛇与吉普赛人，伊万·波普洛夫，老坐在那儿的弗罗尔卡，伊瓦什科与巫婆，逃兵与魔鬼，丹尼拉·戈沃里拉王子，商人的女儿和女仆，黎明、黄昏和午夜。——译者注

表 3 被分析的文本。所有文本都是单一回合的民间故事，普罗普为之提供了功能分析。表中列出的是：英文翻译中的单词数；每个故事中所标注的 TimeML 事件的数量；在故事完整时间线中出现的非从属事件数量；以及在学习实验中所使用的"筛选"时间线上出现的事件数量。

表 3

故事序号	俄语标题	英语标题	#字数	#事件	完整时间线	被"筛选"的时间线
148	Никита кожемяка	Nikita the Tanner	646	104	75	16
113	Гуси-лебеди	The Magic Swan Geese	696	132	94	43
145	Семь симеонов	The Seven Simeons	725	121	87	42
163	Бухтан Бухтанович	Bukhtan Bukhtanovich	888	150	107	62
162	Хрустальная гора	The Crystal Mountain	989	150	104	43
151	Шабарша рабочий	Shabarsha the Laborer	1202	236	122	55
152	Иванко Медведко	Ivanko the Bear's Son	1210	223	143	65
149	Змей и цыган	The Serpent and the Gypsy	1210	250	138	80
135	Иван Попялов	Ivan Popyalov	1228	220	170	46
131	Фролка-сидень	Frolka Stay-at-Home	1388	248	169	56
108	Ивашко и ведьма	Ivashko and The Witch	1448	276	157	61
154	Беглый солдат и черт	The Runaway Soldier and the Devil	1698	317	190	76
114	Князь Данила-Говорила	Prince Danila Govorila	1774	341	223	92
127	Купеческая дочь и служанка	The Merchant's Daughter and the Housemaid	1794	331	234	89
140	Зорька, вечорка, и полуночка	Dawn, Evening, and Midnight	1934	339	250	78
	平均数		1258	229	151	60
	总计		18862	3438	2253	904

一旦我构建了事件时间线，（如果可能的话）我就会自动为每个事件分配一个施事和一个受事。我从语义角色、指称表达和语义同指的标注中提取了此信息。语料库中的每个动词都标有语义角色，该角色为表现为文本范围的动词提供了一致性。语料库中几乎每个事件都通过其动词表达式与至少一个语义角色相关联。事实上，在故事时间线上的3438个事件中，只有两个事件没有语义角色。在后期处理中，我手动指定了这两个事件的施事和受事。当一个事件的语义角色不止一个时，意味着使用某动词多次提到了该事件，我为每个相关联的语义角色合并了其主语和宾语的填充词，在冲突情况下支持首次提到的语义角色。

　　我使用每个语义角色的相关PropBank框架来查找主语和宾语。根据PropBank的规则，标记为ARG0的动词论元通常是主语，标记为ARG1的论元通常是宾语。然而，由于框架定义的特殊性，许多PropBank框架没有这种ARG0-ARG1的主—宾结构。此外，一些PropBank框架可以被认为是对称的，其中施事和受事的角色在语义上并不是截然不同的［例如，当动词"结婚（marry）"以不及物动词被使用时："安娜和鲍勃结婚了。"］由于这种信息没有被PropBank囊括，所以我对语料库中发现的所有对称类PropBank框架及施事受事角色进行了人工分类。

　　一旦正确的主语和宾语范围被确定后，每个范围内最大的指称表达式将会被自动选择为最合适的语义角色填充词。填充一个事件主宾语角色的指称表达式被确定以后，仍会有一个或多个初级指称来自动替换该指称表达式。有时，这需要用部分指称来替代复合性指称。

合并规则

　　为了设计在模型融合框架内再现普罗普功能的合并规则，我考虑了三个特征，它们与普罗普本人在其分析中所注意到的相同。普罗普在他的专著中描述了这三个特征：事件语义、涉及的角色，以及事件在回合弧中的位置，通过这些特征他发现了事件之间的相似性。我在一个两阶合并过程中巧妙地利用了这三个方面的相似性。第一阶段将语义相似的事件进行粗略合并；第二阶段仅合并包含多个事件的状态，并在这些状态中合并了附近对主人公具有相同情感效价的状态。

这两个阶段只合并了包含一致角色集合的状态。当两个事件中的角色完全一样或者是彼此的固有子集时，它们被认为是一致的。更具体而言，就是在施事和受事位置上的每个参与者，其角色标签都被添加到了一个施事或受事的标签集合中。如果主人公标签在某个集合中，则相助者标签也会被添加进去，反之亦然。如果一个事件中，角色标签的施事和受事集合与另一个事件的施事和受事集合相同（或者是其固有子集，反之亦然），则认为两个事件具有一致的角色。如果其中一个事件被标记为对称性事件，其中施事和受事的位置可以互换，则每个事件的角色集合会被合成一个以便进行匹配。

第一阶段：语义

第一阶段的合并规则如下。两种状态会自动合并的条件是：（1）结果状态（resultant state）中所有事件都是非通用的（参见下文）；（2）就Wordnet意义而言，结果状态中所有成对事件都同义或其上位词同义（hyper-synonymous）；（3）结果状态中，附属于所有事件的每个独特的PropBank框架都会被至少表示两次。我在下文更详细地定义了这些条件。

通用事件（Generic Events）：我识别了一种动词类型，并称之为"通用"动词。它们被自动排除在合并之外，因为无法将这些词的信息性、功能性用法与其通用的填充意义区分开来。动词"说"及其同义词就是一个很好的例子：它们占据了所有事件的近四分之三，而普罗普的每一个功能项都至少包括一个"说"的事件。也就是说，人物可以通过言语行为完成普罗普的所有功能项。角色可以相互威胁（A，加害，或Pr，追捕），初次见面或提供帮助（D，第一次与赠与者相遇），对其他人的行为做出反应（E，主人公对赠与者的反应），提供某种效劳（C，决定反抗），因某任务而派出主人公（B，派遣）等。更确切地说，通用事件是指其动词被Wordnet标记为归属于词典编纂者档案的交际动词、感知动词或位移动词的事件。这些动词包括"说""看"或"走"等。

同义性：如果两个事件所附带的Wordnet意义或这种意义的上位词共享同义词，则认为它们是同义的。这定义了一种宽泛的语义相似性，允许事件以意义为基础进行聚类。

双重 PropBank 框架：如前所述，PropBank 框架通过语义角色标注被附加到事件上。对于要合并的两种状态，在某个状态中某个事件上找到的每个 PropBank 框架，都需要在该状态中至少其他一个事件中被找到。这种更具体的语义相似性能够平衡 Wordnet 同义词所提供的更丰富的相似性。

第二阶段：效价和位置

在合并的第二阶段，两种状态会自动合并的条件是：（1）两状态中都已包含多个事件；（2）状态中的事件效价是相容的；（3）两种状态是故事弧中最密切的事件对。

效价匹配：如果一种状态中的事件效价是相容的，则两个状态在此阶段将会自动合并。如表 2 所示，事件效价是在从 +3 到 –3 的 7 点标度内测量的。如果两个效价的值相等，则它们是相容的，只有中性效价（值为 0）可以与其他所有效价相匹配。

最密切的一对：这个阶段也按照特定顺序自动合并为状态，其顺序视状态的组成事件在时间线上相隔多远而定。每个状态的位置计算如下：事件的位置被定义为 0 到 1 之间的分数（包括 0 和 1），对应于其在最初的线性时间线中的相对位置。合并节点的位置是其组成事件位置的平均数。然后根据所合并的状态之间的位置差异，对成对合并的状态进行排序，其中最小的被推到搜索队列的前面。

结　　果

根据前文描述的普罗普功能标注，我构建了度量最终模型的黄金标准。最终模型中，功能标记的黄金标准集合实际上从普罗普专著中的功能项列表中减少了很多，原因有三个：普罗普的省略；功能项没有在语料库数据中出现或太稀少；功能项隐含。

在 31 个功能项中，普罗普没有说明前 7 个功能项的存在（它们是预备功能项，标有希腊字母）。因此，必须将这些功能排除在分析之外。在剩下的 24 个功能项中，J、L、M 和 N 在我的语料库的 15 个故事中没有被找到，因此只剩下了 20 个功能项。它们当中的四个功能项——o，Q，Ex 和 U——只有两个或更少的实例，也都因太稀少无法学习而被排除在外。

在 276 个功能项标记中，有 186 个是显性的（explicit），90 个是隐性的（implicit）。由于我没有进行常识性推断，因此这些隐性功能项或超过 30% 的数据在文本中没有实际的事件实例。这个问题在很大程度上被回避了，因为我只注意到大多数隐性功能项是包含在 E - F（反应和获益）和 H - I（交锋和战胜）这两对之中的功能项之一。在这些情况下，如果其中一对是隐性的，则另一对是显性的。例如，当主人公与对头进行战斗时，只有实际的交锋被提到而战胜是隐含的，或是战胜被提到而交锋是隐含的。因此，为了进行度量，我将这两组功能项合并在了一起。这导致 45 个隐性功能标记在合并中转变为显性功能实例，在 276 个中留下了 234 个显性功能项标记，其余 45 个隐性标记被排除在目标之外。这些数据汇总在表 4 中，最右边的一列表示在筛选了通用事件后的功能项数量（参见下一节）。

我使用了三种不同的度量方式来分析学习程序的性能。第一个是应用偶然性校正兰德指数以度量在普罗普功能项中事件聚类的总体质量[1]；第二个是应用于普罗普每个功能项的 F1 度量；第三个是交叉验证分析，用以测试该实现（implementation）与少量数据的合作程度。

事件聚类

我使用偶然性校正兰德指数[2]来检验普罗普功能项类别中事件聚类的质量。我创造了三种标准，通俗而言，可以从"严格"（strict）到"宽松"（lenient）进行排列。它们是：（1）严格分数，最终模型中的聚类与表 4 "筛选前的显性功能"纵列所列举的所有普罗普显性功能标记聚类进行比较；（2）仅交互式分数（an Interactive - Only score），最

---

[1] Gian - Carlo Rota, "The Number of Partitions of a Set", *American Mathematical Monthly* 71 (5), 1964, pp. 498 - 504.

[2] LawrenceHubert& Phipps Arabie, "Comparing Partitions", *Journal of Classifcation* 2 (1), 1985, pp. 193 - 218.

终模型中的聚类与普罗普的显性功能聚类进行比较,并移除非交互事件;(3) 仅交互且非通用 (Interactive Non – Generics Only) 分数,最终模型中的聚类与普罗普的显性功能聚类进行比较,并移除非交互的、通用的事件。这三个结果列于表 5 中。对于最宽松的度量(仅交互且非通用的)而言,该算法性能相当好,对普罗普最初的功能项获取的偶然性校正兰德指数大致为 0.714。我之所以在这里说"相当好",是因为实际上我们不清楚这种性能究竟有多好,因为没有先例:有史以来,以计算机方式在民间故事中学习普罗普的功能,这是首次尝试,所以没有以前的技术与之比较。

表 4　　　　　　时间线筛选前后存在于语料库中的功能

符号	描述	#筛选前的显性功能	#筛选后的显性功能
A/a	加害/缺失	18	15
B	调停/派遣	7	7
C	最初的反抗	7	5
up	出发	13	7
D	与赠与者相遇	16	16
EF	反应/获益	30	29
G	转移	4	2↑
HI	交锋/战胜	71	66
K	灾难或缺失的消除	12	9
down	归来	10	2↑
Pr	追捕	18	14
Rs	获救	13	10
T	改头换面	3	2↑

续表

符号	描述	#筛选前的显性功能	#筛选后的显性功能
W/w	回报	12	8
	总计	234	186

↑数据中可被提取的实例太少，不被列入总数。

表5 关于聚类质量衡量的三种偶然性校正兰德指数（分数从最严格到最宽松）

方法	分数
严格	0.511
仅交互式	0.581
仅交互且非通用	0.714

功能项类别

第二种度量是针对单个功能项类别的F1度量。在最终数据中的14个功能类别中，有8个被复原。这些结果显示在表6中对交互式非通用的功能项O的度量中。重要的是，该算法提取了形态最核心的功能：最初的加害（A），遇到赠与者的三重步骤（DEF），与对头的交锋和战胜（HI），灾难的消除（K），追捕—获救双重步骤（Pr – Rs），以及最终的回报（W）。在所分析的故事中乃至普罗普的整个形态学中，这些都是关键功能。

最显著的成功之处是提取了HI，即交锋—战胜这一组功能。完整的51个实例被正确分类，并且，在对被筛选后的时间线进行度量时，这使得整体F1度量值为0.823。这种成功可能归因于这一特定功能语义的基本一致，因为所有动词都是关于角逐和战斗的。

另一个显著的成功之处是对A（加害/缺失）和W（回报）的识别，其F1度量值为0.8。这是两个关键性功能，因为它们代表着行动的开始与结束。与HI类似，这些功能项的语义一致性对于它们的成功提取很重要。在俄罗斯故事中，最常见的加害行为是绑架公主或其他弱势群体，而回报通常是与公主获救并与其结婚或得到金钱报酬。

表6　　　　　　　　　功能项识别的 F1 度量

符号	描述	语义	#假正类	#真正类	#假负类	F1
A/a	加害/缺失	吞噬、拖拽、伤害、抓住	3	12	3	0.8
D	与赠与者相遇	拖拽，击打	0	6	10	0.585
E-F	反应和获益	掩护，吃，做	3	9	20	0.839
H-I	交锋和战胜	攻击，击破，切割，击败，拖拽，战斗，击打，伤害，推动，竞争，密封，抓住，投掷，吹口哨	7	51	15	0.823
K	灾难或缺失的消除	充满	0	3	4	0.6
Pr	追捕	追逐，考虑	0	5	9	0.529
Rs	获救	攻击，投掷	1	6	4	0.706
W	回报	礼物，结婚	1	6	2	0.8

交叉验证

　　第三个成功的度量标准是交叉验证研究。在交叉验证研究中，算法在不同的数据子集上运行，并且在数据量较小的情况下表现出了平稳下降趋势。值得注意的是，在仅有两个故事时，该技术仍获得了偶然性校正兰德指数 0.457。图 3 以语料库不同子集上的最佳参数值展示了这种性能，表 5 中的三种偶然性校正兰德指数对其进行了衡量。图中的每个数据点，是民间故事语料库的所有故事子集的平均数。可以看出，该算法的运行呈现出平稳下降趋势，直到一次只考虑两个故事时，它对非通用类的度量保留了 0.457 的惊人良好值，仅交互式度量的值为 0.360，严格度量的值为 0.325。这一度量方式表明，该工具应对数据变化非常稳定。

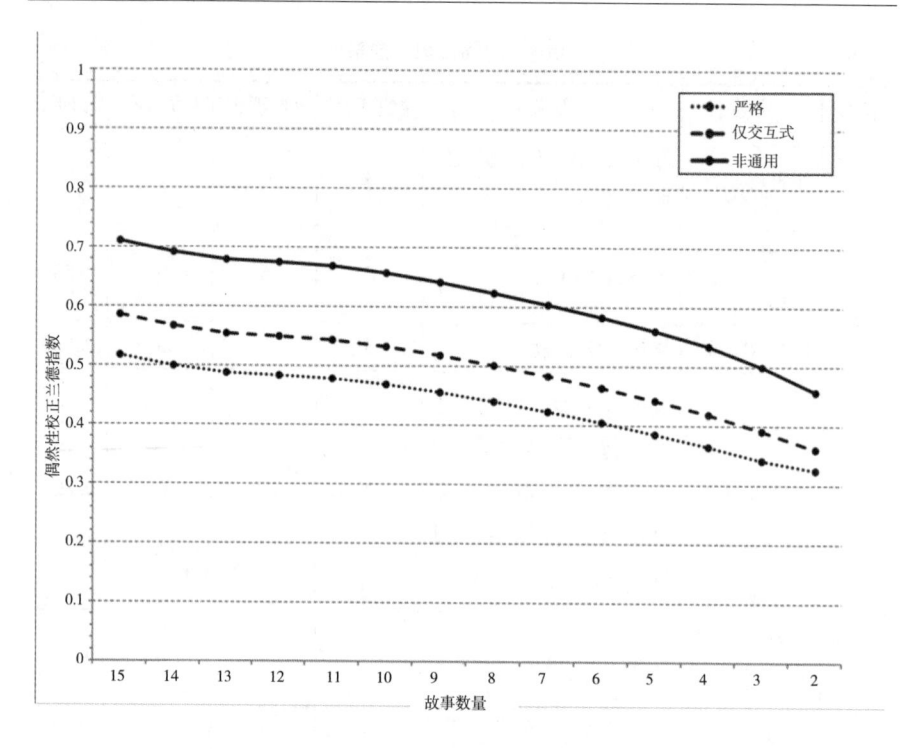

图3　普罗普 ASM 实现在语料库所有子集上的性能

相关研究

虽然这是第一篇通过计算的方法学习叙事结构实际理论的文章，但最近还有一些关于学习更一般的叙事模式的有趣研究。纳撒内尔·钱伯斯（Nathanael Chambers）和丹·尤拉夫斯基（Dan Jurafsky）利用对大型语料库的分布式学习来识别常见的事件序列（2008年，2009年）。该技术依赖于动词之间的逐点式交互信息分数，这些动词共享论元以构建公共事件对及其顺序，然后将这些事件对编织在一起形成叙事链。叙事链有几个有趣的共同点，与本文有所不同。钱伯斯、尤拉夫斯基和我都试图识别出各组文本中常见的事件链。此外，他们的研究是另一个数据点，其支持的观点是：明白人物的角色（如，谁是主人公）对识别常见叙事结构的重要性。另外，该技术依赖于惊人的文本数量（他们检验了超过100万个文本）来发现相似之处。这种方法与我的算法形成鲜明对比，我的交叉验证研究表明，只剩两个故事时其工作效果可能更好。与我的方法相比，钱伯斯和尤拉夫斯基使用的叙事链模型非常接近文本的含义：共享词根的动词被认为是相同的。而我的技术超越了这种表面意义，我从数据中进行抽象和概括——例如，使用语义知识统一诸如"绑架"和"抓住"之类的事象，然后用诸如导致"伤害"或"加害"的"折磨"之类的动词进一步统一它们。

此外，米夏埃拉·勒涅里（Michaela Regneri）、亚历山大·科勒（Alexander Koller）和曼弗雷德·平克尔（Manfred Pinkal）[1] 的研究力图从行动清单中学习事件脚本。该技术是生物信息学中的多序列比对技术的变体。他们能够从数据中提取合理的类似脚本的结构。其数据类型（与自然故事相对，在完成一项任务时关键行动的主题生成列表）与我的工作有所不同，而不能学习循环这一点则与钱伯斯、尤拉夫斯基相同。此外，他们也没有过滤掉不重要的事件，因为其起始数据只包含与特定脚本相关的事件。

结　语

本项研究体现了人工智能领域和民俗学领域的共同进步。对人工智能而言，它展示了一种学习语义级别的技术，这种技术很少被尝试，也从未以这种经过验证的方式被学习。对民俗学而言，它表明计算技术可以为检测民间文学的更深层结构提供重要帮助，而不仅是在词汇或关键词分析的表面水平进行操作。在未来的工作中，还有许多方面可供探索。首先，我们应该继续扩展这些技术，以自动学习其他级别的普罗普理论：回合、亚型和主人公；其次，关于功能项，将这项研究应用于其他形态学分析是很自然的事，如科尔比（1973）和邓迪斯（1964）的那些形态学分析；最后，基础技术本身也有很大改进空间：如关于原因、通用类和其他语义的常识性知识的更大整合；学习隐性功能项的尝试；以及通过心理或文化实

---

[1] Michaela Regneri, Alexander Koller, Manfred Pinkal, "Learning Script Knowledge with Web Experiments", *Proceedings of the 48th Annual Meeting of the Association for Computational Linguistics*, Uppsala, 2010, pp. 979－988.

验，验证形态分析的有效性以结束循环。通过这些努力，人工智能和民俗学可以期待将来诸多令人兴奋的跨学科互动，这将丰富和推进这两个领域的研究。

（原载《民俗研究》2019年第4期）

后　记

　　我本人对故事形态学理论的兴趣，最早始于20世纪80年代在香港大学求学期间，记得有一次在图书馆偶尔见到一部美国某大学的英文博士论文，作者运用普罗普形态学理论研究中国台湾皮影戏，读后颇受启发，随后查阅相关资料，发现彼时国内学界对普罗普的这一重要理论，虽有零散介绍，但总体重视不足，便萌生了尝试使用这一理论，来较为系统地分析中国民间故事形态的想法。这一尝试的结果就是拙著《中国民间故事形态研究》，由汕头大学出版社于1996年初版，后又于2015年由中国社会科学出版社再版。

　　拙著算是国内学界这一领域较早的"探路"之作，初时反响寥寥，后来逐渐受到学界的关注，产生了一定的学术影响。惭愧的是，自己的学术兴趣游移不定，未能坚持在这一领域继续深耕细作，取得更进一步的收获。好在，随着普罗普理论在国内学界的逐渐升温，越来越多的学者开始关注、阐释、运用普氏形态学理论，相关成果可谓如雨后春笋般出现。编选这部集子，旨在反映近十余年来这方面较有代表性的一些学术进展。所收论文，多已公开发表，也有部分论文是首次见刊。其中，既有学理概念的深入思辨与申发，也有故事文本的多维分析和阐释；研究对象既包括民间故事，又扩及小说、电影乃至电子游戏诸类；作者既有功底深厚的著名学者教授，亦有思维活跃的年轻学子。他们的论述，或高屋建瓴，或洞幽烛微；既慎思明理，扎实有据，又多有创新，发见迭现。编选过程中再次细细研读，时见高论映发，目不暇给，受益良多！

　　各位作者对选集编纂给予了大力支持；中国海洋大学文科处领导、文学与新闻传播学院古代文学学科负责人刘怀荣教授等，全力支持资助本书的出版；中国社会科学出版社安芳编辑，认真审校书稿，付出大量心血；我的研究生陆慧玲，不辞辛苦，承担了规范格式、校核文稿等烦琐工作。在此，向上述人士致以诚挚的谢忱！

李　扬

2019 年 3 月